KB121285

연애, 그
당돌함

연애, 그 당돌함

2020년 4월 10일 초판 1쇄 인쇄
2020년 4월 16일 초판 1쇄 발행

지은이 서경
발행인 이종주

기획 편집 이은정 주수지
경영 지원 배진경
마케팅 김정수

발행처 (주)로크미디어
출판등록 2003년 3월 24일
주소 서울시 마포구 성암로 330(상암동) DMC첨단산업센터 B동 318호
편집 문의 (02)6365-5156 **구입 문의** (02)3273-5135
홈페이지 rokmedia.blog.me
E-mail romance@rokmedia.com

평생 같이하고 싶은 사람이 생겼습니다.

장편소설 ·· 그 어떤 난관 앞에서도 사랑은 당돌하게!

ROCOCO

Contents

Prologue

경영지원팀의 월요일 아침은 숨 고를 시간도 없이 빠르게 지나갔다. 출근해서 앉자마자 다들 밀려오는 전화를 받고 곧 있을 회의를 위해 자료를 체크했다.

상반기 공채를 앞둔 시점에서 예산안을 두고 재무팀과의 신경전이 있었고, 다들 제때 올라오지 않은 서류들로 인해 신경이 날카로웠다. 각 부서들과 두루두루 연락을 해야 하다 보니 경영지원팀 직원들은 이곳이 TG전자 직원 고객센터와 다름없단 말을 우스갯소리로 하곤 했다.

잠시 숨 돌릴 틈이 생기자, 직원들은 의자 바퀴를 끌어 민지의 자리로 몰려들었다.

"자― 썰 좀 풀어 봐."

"무슨 썰이요?"

"저번 주 토요일에 맞선 봤잖아!"

김채이 과장과 이 대리의 얼굴에 화색이 돌았다. 남의 연애는 항상 즐거운 법이다. 그런 그들의 틈으로 입사 동기인 주성이 끼어들었다.

"뭘 물어요? 당연히 또 만나겠죠."

······아닌데, 장렬하게 까였는데.

내 인생에 봄날은 없다고 좌절하며 집에 왔는데?

"그렇지? 맞선남이 30대 중반이라고 했지? 그럼 애프터 신청은 예의상으로라도 100퍼센트네."

"대리님, 그게 왜 100퍼센트예요?"

"맞선에 나왔다는 건 결혼 생각이 있다는 거고, 우리 민지 씨 봤으면 한 번은 더 만나 보고 싶다고 생각했을 거야. 대기업 다니지, 외모 출중해, 몸매도 이 정도면 훌륭하지! 그리고 원래 맞선 자리에서 한 번은 애프터 신청하는 게 예의야, 예의."

"하긴, 저도 애프터 신청은 다 받아 본 거 같아요. 주성 씨는 어때요?"

"······저도 소개팅에서 마음에 들든 아니든 애프터 신청한 거 같네요. 제가 왜 그랬는지 모르겠지만."

주성이 무테안경을 올리며 대답하자, 역시 그렇지 않냐며 김 과장과 이 대리가 호응을 해 왔다.

"그래서, 언제 만나기로 했어?"

저번 주 주말에 맞선 본다고 말을 한 이 입이 문제였다. 사람들의 호기심이 이렇게 왕성할 줄 모르고 말이다.

"그, 그게······."

세 명의 눈동자, 그러니까 부담스러운 눈알 여섯 개가 동시에 민지 쪽으로 쏠렸다. 저마다 빠른 속도로 깜빡거리며 검은

자와 흰자를 보였다가 감추기를 반복했다. 환공포증이 있는 사람이라면 지금 이 순간 도망갔을지도 모른다.

당황한 민지는 눈을 깜빡거리며 도톰한 입술을 살며시 열었다.

"만, 만나……."

"역시!"

"축하해!"

"동기 파이팅!"

만, 만나지 않기로 했어요…….

그 대답은 그녀의 입술 속으로 쏙 들어갔다.

그때, 주명철 팀장이 재무팀과 한판 하고 왔는지 씩씩거리는 얼굴로 경영지원 2팀으로 들어왔다. 다들 주 팀장 눈치를 보며 바퀴를 굴려 자리로 돌아가 마우스, 전화기, 키보드 등 닥치는 대로 손에 쥐었다.

자리에 앉으니 오해로 인해 어긋나 버린 맞선 자리가 자꾸 머릿속에 맴돌았다.

오해만 없었다면, 아니 말하라고 있는 입으로 물어만 봤다면 좋았을 텐데.

이왕 이렇게 된 거 맞선남에게 제가 먼저 애프터 신청을 해 볼까?

슈트가 제 옷처럼 꼭 맞던 남자는 뒤태가 섹시해서 사람들의 시선을 받았다. 다리를 꼬면 슈트 바지가 타이트하게 조여 근육의 생김새가 숨이 막힐 정도였다.

그게 끝이 아니었다. 뒤태보다 멋진 앞태. 태어나서 이렇게 잘생긴 남자를 가까이에서 본 건 처음이었다.

거기다 남자는 매너도 좋고 다정하며 한편으로 어른스러웠다. 오해만 없었다면 맞선남은 그녀가 감히 살아생전 만나 본 남자 중에 최고였다고 해도 과언이 아니었다.

그녀는 사실 맞선남을 조금 더 만나 보고 싶었다.

그래! 용기를 내 보는 거야. 지금 연락하지 않으면 나중에 후회할 거 같아.

[안녕하세요, 저 저번 주에 맞선 본 이민지입니다.]

상대는 답이 없었다. 민지는 바로 이어서 메시지를 쓰기 시작했다.

[우리, 한 번 더 만나요!]

메시지를 보내 놓고 나니 일이 손에 잡히지 않았다.

남자들 중에도 은근 소심해서 여자가 먼저 대시하길 바라는 사람이 많다고 들었다.

따로 애프터 신청을 하진 않았지만, 혹시 그도 나를 기다리지 않았을까.

그런 설렘을 담고 민지는 상대의 답을 기다렸다.

[지금 바쁩니다. 미안해요.]

책상에 올려 둔 핸드폰의 진동이 끝나기도 전에 앞으로 가져왔다. 그런데 그녀의 눈앞에 뜬 메신저의 내용은 예상과 180도 다른 답변이었다.

민지는 맞선남을 떠올렸다.

한류의 중심에 있는 기획사 대표인 그는 젊은 나이에 그 자리에 올랐고, 연예계에 조금만 관심을 가지면 얼굴을 알 수 있을 정도로 나름대로 유명인이기도 했다.

JS연극단과 기획사를 같이 운영하던 그가 샤인 프로덕션으로 사명을 변경하면서 모든 걸 통합하였고, 지금은 기획사 하면 1순위와 2순위를 오가고 있었다.

거기다 그는 누가 연예인이고 대표인지 모를 만큼 빼어난 외모를 가졌다. 185cm를 웃도는 장신에 맞선 복장인 슈트가 제 몸처럼 잘 어울리는 남자. 커피 잔을 드는 손, 걷어 올린 소매 아래로 보이는 핏줄이 섹시한 남자.

……그리하여 그녀는 맞선남을 스테'미남'이라고 핸드폰에 저장해 두었다.

막상 바쁘다는 문자를 받고 보니 착잡한 마음에 한숨이 나왔다. 그냥 아까 까였다고 말할걸. 그 순간 웃음거리가 되고 싶지 않았고, 애프터 신청도 못 받았다고 하면 어디 모자란 사람이 될 거 같았다.

지금이라도 한 명씩 손 붙잡고 까인 거라고, 애프터 신청 못 받았다고 말해야 하나. 그게 더 민망할 거 같다.

그리고 그게 아니더라도 민지는 남자를 오해하여 성의 없이 봤던 맞선 자리를 만회하고 싶었다. 사실은 그날 오해만 아니었다면 그와 잘해 보려고 했을 것이다.

이렇게 된 이상, 그녀는 무조건 한 번은 만날 생각이었다. 제 손아귀에 그 남자를 데려오면 되는 것이다.

[그럼 주말은요ㅠㅠ?]

아주 조금, 비굴해지더라도 말이다.

1장. 우연

저번 주 금요일.

"식후엔 커피가 최고죠!"

민지는 늦은 점심 식사 후 경영지원 2팀 직원들과 함께 편의점에 들렀다. 그녀는 1+1 커피를 검은 봉지 가득 사서 사무실로 올라왔다. 봉지 안에는 자그마치 여섯 병이 들어 있었다.

"민지 씨, 그렇게 커피 마시고 밤에 잠이 와?"

"이거 다 마셔도 집에 들어가면 등만 대도 잠이 오더라고요. ……저도 제가 신기해요."

"그래도 줄여야지. 그러다 몸이 훅 간다고."

"네! 줄여 가겠습니다."

민지는 줄여 간다고 말하면서 자신이 사 온 커피를 팀원들에게 하나씩 돌렸다.

TG전자는 대기업답게 연봉도 높지만 다른 회사에 비해 의자에 앉아 있는 시간도 두 배였다. 그래서 평소에도 밤에 건물의 불이 꺼지지 않는 날이 더 많았다. 그러나 민지는 오늘 무조건 칼퇴를 해야만 했다.

"저 오늘 무조건 일 다 끝내 놓고 가야 해요. 그리고 이번 주 주말에 못 나옵니다."

"왜? 민지 씨, 주말에 바빠?"

"네! 맞선 봅니다."

"맞서언~?"

삭막한 회사에 누군가의 봄바람 같은 이야기는 놀림감의 대상이자, 호기심의 근원지였다. 다들 민지의 자리로 몰려왔다.

"누구랑? 언제?"

"하하, 내일 저녁이요."

괜히 말했나…….

이미 한 말, 주워 담을 수 없었다.

"아직 맞선 볼 나이 아니잖아?"

"저는 인생의 목표를 차근차근 이뤄 나가고 있답니다. 대학교 입학, 취직까진 했고, 결혼, 이제 좋은 사람과의 결혼만 남았어요."

민지는 중학생 때를 제외하고는 순탄한 삶을 살아왔다. 공부에 매진한 그녀는 고등학생 때부터 두각을 나타내 좋은 성적으로 한국대학교에 입학했다.

입학하자마자 살을 빼겠다고 결심하고 다이어트를 시작했다. 그래서 그녀는 학창 시절 친구들이 못 알아볼 정도로 살을 뺐다.

그 결과 도서관에서 공부를 할 때면 종종 같이 공부를 하자거나 커피를 마시자는 대시를 받기도 했다.

대학교에 가서도 열심히 공부해서 원하던 대기업에 입사하였고, 이제 좋은 사람과의 결혼 하나만 남았다. 물론, 단 한 번의 맞선으로 운명의 상대가 나타날 거라 생각하진 않았다.

민지는 250㎖ 커피 병의 뚜껑을 땄다. 달달한 바닐라 라떼가 입안에 가득 고여 기분이 좋아졌다. 그녀는 모니터 속의 작은 글씨와 전쟁을 할 것처럼 노려보며 키보드 위에서 손가락을 풀었다.

"다음 주 금요일에 우리 미팅 룸 체크했지?"

"네, 6층에 미팅 룸 잡아 두었습니다."

민지의 대답에 이 대리는 고개를 끄덕였다.

"그런데 대리님, 그날 중요한 손님 오세요? 벌써 네 번째 질문을 하셔서요."

"내가 네 번이나 했어?"

"네. 정확히 네 번이요."

주성은 안경을 치켜 올리며 심각한 표정으로 고개를 끄덕였다. 여러 번 물어본 거 같은데 네 번이나 한 줄은 몰랐다는 얼굴이었다.

"샤인 프로덕션 유 대표님 오셔."

"유재신 대표님이요?"

이 대리가 고개를 끄덕이자, 김 과장을 포함한 여직원 몇몇이 볼을 붉혔다. 주성은 시큰둥한 표정을 지었지만 귀는 쫑긋 세우고 있었다.

"응. 아줌마를 설레게 하는 마성의 남자지."

"잘생기긴 했어요. 샤인이 이렇게 잘될 줄 알았으면 미리 주식 좀 사 놓을걸. 거기 기획사 배우들이 세계에서 놀 줄 누가 알았냐고요. 특히 중국 돈을 싹쓸이한단 소문이 있던데…….”

“누가 데려갈지 그 남자 잡는 여자는 돈방석이다, 돈방석!”

“이미 결혼하지 않았어요?”

“아니지 않나?”

주성은 여직원들의 포커스가 ‘유재신 대표’에게 꽂히자 의자를 밀고 자리로 돌아갔다. 직원들의 수다가 길어질 거라 직감한 것이다.

“아마 결혼은 아닐걸요?”

“기든 아니든 그냥 잘생겨서 좋더라고요. 하루만 내 남자 친구였으면 소원이 없겠다! 왜 연예인 안 하고 기획사 대표를 하지?”

“최정상 연예인을 보유하고 있는 기획사가 더 잘 벌걸요? 하…… 그게 무슨 상관이에요. 그저 그분은 그림의 떡. 그것도 겁나게 맛있어 보이는! 그런데 민지 씨, 인생의 목표인 결혼을 위해 누구랑 맞선 봐? 사진 있어?”

이 대리가 호기심 가득한 눈으로 민지에게 물었다. 유재신 대표에 대한 수다가 꽃을 피우다가 다시 민지의 맞선 이야기로 주제가 돌아왔다.

주로 야근을 하는 날마다 경영지원 2팀의 여자 직원들은 작은 포장마차에 모여 막걸리 잔을 기울였었다. 그 결과 그녀는 대리님과 과장님께 무한한 사랑을 받음과 동시에 관심의 대상이 되었다.

너무 세세한 것까지 서로 알려고 드는 통에 가끔은 부담스럽지만 또 한편으로는 외동인 그녀에게 언니처럼 잘 대해 줘서 좋기도 했다.

그러나 지금처럼 맞선에 대한 관심은 부담스러웠다.

"……네."

사진도 있고, 직업도 아는데…… 그녀는 머리를 긁적였다.

"민지 씨 부끄럽구나?"

"크큭, 그럼 맞선 갔다 와서 후기 들려줘!"

민지는 상황을 모면하려 고개를 끄덕였다. 다들 이제 정말 업무 마무리를 하자며 자리로 돌아갔다.

그녀는 내일 저녁에 만날 맞선남의 프로필을 보기 위해 메신저를 들어갔다.

거기엔 수려한 외모의 남자 증명사진이 있었다.

[유재신. 36살. 샤인 프로덕션 대표]

하루만 남자 친구였으면 좋을 그 남자가 민지가 내일 저녁에 만날 맞선 상대였다. 남자는 좋은 사람일까? 어떤 사람일까?

그녀는 맞선남의 사진을 끄고 또 다른 톡을 확인했다. 그녀가 기다리고 또 기다리던 티켓이 모바일로 날아와 있었다.

오늘의 퇴근이 절실한 건, 오늘 그녀가 기대하고 또 기대하던 총 게임 'REAL'의 '리얼 리그 코리아 시즌2'의 결승전 날이었기 때문이다.

상상만 해도 척추를 훑고 가는 짜릿함에 그녀는 절로 힘이 났다.

❀ ✱ ❀

[리움호텔 6시. 맞선. 이민지. 26세. TG전자 경영지원팀 2년차 사원…….]

재신은 '리움호텔 6시'까지만 보고 핸드폰 액정 불빛을 껐다. 차 여사의 문자였다. 여동생인 지유를 먼저 시집보낸 후, 어머니는 은근히 재신에게 압박을 주고 있었다.

여동생은 이미 슬하에 쌍둥이 남매를 둘 동안, 그는 뭐 했냐고 면박을 주면서도 막상 아무 여자나 만나서 간다고 하면 한사코 거부하셨다.

여자는 본인이 골라 주겠다며 어머니께선 재신을 가만두지 않고 맞선 자리에 매번 내보냈다. 그러다가 본인이 또 평가하여 그 여자는 안 되겠네 하면서 정리를 해 주기도 하였다.

재신은 일하는 게 재밌고 회사가 커 가는 데 보람을 느끼기 때문에 사실 여자는 있어도 그만, 없어도 그만이었다.

직업 자체가 화려한 연예인들을 주로 접하고 그들과 섞여 지내다 보니 외모를 믿고 다가오는 부류에는 이골이 나 있었다.

배우, 가수, 지망생, 거래처 대표까지 수없이 많은 여성에게 대시를 받았지만 그는 그때마다 단호하게 거절했다. 꿈쩍 않는 그를 녹이기 위한 수많은 유혹이 있었지만 그는 그런 쪽엔 차가운 편이었다.

누군가에게 잘해 주기만 해도 기삿감이 되고 상대에게 타격이 가다 보니 그는 점점 여자 앞에선 표정이 굳고 냉혈한이 되어 버렸다.

그런 그가 유일하게 솜사탕 녹듯 풀어지는 순간이 친구들과 있을 때와 동생 지유, 그리고 조카들을 대할 때였다. 조카들이 생긴 이후 어머니께선 아들 장가보내기에 돌입하신 것 같았다.

처음엔 학벌, 고스펙, 집안 다 따져 보던 어머니께서 얼마 전부터 뭐에 꽂힌 건지 그보다 한참 어린 여자를 자꾸 맞선 상대로 데려다 놓으셨다.

맞선 상대의 나이를 그와 비슷하게 맞춰 달라는 그의 부탁을 어머니께선 귓등으로 들으셨다.

재신은 그런 어머니와의 싸움을 피하기 위해 꼬박꼬박 맞선 장소에 나갔다.

이번엔 또 어떤 상대가 나오려나…….

그때, 인터폰이 울렸다.

– 대표님, 오늘 e-sports 리얼 토너먼트, 루즈벨트팀의 결승전이 있습니다. 경기 관람하러 가시겠습니까?

"네. 10분 후에 출발하죠."

한류스타를 대거 배출한 샤인 프로덕션의 새로운 관심사는 e-sports였다. 재신은 프로게이머들 중에 스타성이 있는 사람을 발굴해서 성공적인 데뷔를 시킨 이력이 있었다.

그래서 요새는 큰 경기가 있거나 그가 눈여겨본 프로게이머가 있으면 직접 보러 가기도 했다.

최근 다른 게임에선 샤인이 구단주로 등장해서 게임 업계가 술렁이며 주목을 했던 사건도 있었다. 그의 눈썰미는 게임에서도 통했다는 걸 경기에서 증명했다.

그때, 책상 위에 있던 그의 핸드폰에서 진동이 울렸다.

[지유]

그는 액정에 찍힌 동생 이름을 보고 부드럽게 웃으며 전화를 받았다.

✽ ✽ ✽

민지는 리얼의 결승전 경기를 보며 두 주먹을 꼭 쥐고 있었다. 루즈벨트팀과 그녀가 응원하는 토너먼트팀이 진검승부를 펼치고 있었다.

루즈벨트팀은 각각 선수들이 평균 이상의 실력을 갖고 있는 반면, 토너먼트팀은 몇몇 선수가 천재적인 능력을 갖고 있었다. 다른 선수들처럼 후원을 받지 못해 팬과 개인의 사비를 끌어모아 결승까지 온 팀이었다.

다른 팀과 다르게 토너먼트팀은 어디로 튈지 모르는 매력이 있었다. 그래서 꼭 그들과 대결을 하면 마지막 판까지 아슬아슬하게 가게 된다.

일간에선 그들이 더럽게 경기한다는 소리도 있었다. 죽여도 죽여도 어떻게든 발을 비벼서 살아남는다고 해서 전략 파악조차 어려운 팀이었다.

"와, 와! 와!! 5, 4, 3! 으아아아!"

이길 뻔한 타이밍에 또다시 상대팀이 점령을 했고, 게임 캐릭터끼리 총질을 해서 주요 팀원이 죽자 리스폰 기간이 숨이 막힐 듯이 쪼여 왔다.

"아…… 제발."

민지는 자신이 경기를 하는 것처럼 입이 바싹 마르는 그 순간을 참지 못하고 손으로 무언가를 와락 움켜쥐었다. 폭신한 느낌이 들었다. 상대팀과 계속해서 역전의 역전을 거듭하자 발을 동동 구르며 손도 같이 흔들었다.

몇 분 뒤에 결승전 우승팀이 판가름 나는 중요한 순간이었다. 두 팀의 피 말리는 신경전에 그녀는 손에 쥔 것을 더 꽉 쥐며 숨죽여 토너먼트팀이 이기게 해 달라고 기도했다.

- 주고받아요. 하나하나가 우승과 연관된 거예요!
- 힐, 힐! 힐러가 밀리면 안 되죠!
- 막히죠. 우와, 팀원들 사이에서 엄청 쿠사리를 먹었던 재리가 캐리하고 있네요. 이 지점에서 속도 올려야 됩니다. 토너먼트팀으로 기울고 있어요. 루즈벨트, 지금 힘내야 해요. 아, 잘렸네요. 지금 이러면 안 되는데. 나오자마자 잘렸어요. 또 잘리네요.
- 야- 이거 못 잡았네요! 과연, 과연! 한 번 더! 토! 너! 먼! 트! 우승팀 탄생입니다.

MC들이 소리 지름과 동시에 토너먼트팀은 헤드셋을 빼고 서로를 안고 소리를 지르며 좋아했다.

- 새로운 역사를 썼습니다. 화려한 신예 토너먼트팀의 우승입니다!

민지도 소리를 꽥 지르며 자리에서 일어났다. 게임에 빠져 주말마다 어디 나가지도 않고 총질을 하다가 뒤늦게 게임 덕질에 빠져 살았는데, 제가 응원하던 팀이 우승하니까 절로 시야가 흐려졌다.

그들이 벅차하는 모습을 보며 그녀 또한 벅차서 코끝이 찡했다.

민지는 토너먼트팀이 트로피를 받으며 우는 모습까지 본 다음 경기장을 나왔다. 왜 이렇게 나가는 길이 뿌듯한 건지 모르겠다.

오전부터 오후까진 회사에서 전쟁 같은 업무를 처리하고, 저녁엔 식사도 못 한 채 경기를 관람했더니 뱃가죽과 등가죽이 붙은 상태였다.

배가 고픈 그녀가 손으로 배를 살살 쓸다가 제 손에 들린 손바닥만 한 인형을 보고 고개를 갸웃했다.

"이게 뭐야? 어디서 나왔지?"

그녀는 혼잣말을 하며 인형을 내려다봤다. 저를 보며 눈웃음치고 있는 악어 인형은 그녀의 것이 아니었다.

당황한 그녀가 인형을 쥐고 주변을 두리번거리던 그때, 그녀보다 한참 키가 큰 남자 하나가 그녀에게로 다가오고 있었다.

가까워질수록 잘생긴 얼굴에 절로 시선이 갔다.

"저기요."

캐주얼한 슈트를 입은 남자는 목소리마저 부드러웠다. 민지는 댕그랗게 뜬 눈을 깜빡였다. 그러곤 주위를 둘러보았다. 아무래도 자신을 부른 거 같은데.

"저, 저요?"

"네. 잠시만요."

남자가 코앞까지 가까워졌다. 그녀는 위를 올려다보았다. 아래에서 위로 보아도 사람이 이렇게 완벽하게 생길 수 있나 싶을 정도로 신이 내린 외모였다. 날렵한 턱선에 날카로운 콧날, 입매와 입술색도 매력적이라 눈이 갔다.

'저기요, 아까부터 그쪽 보고 있었어요. 경기는 어땠어요?'

혼자 김칫국을 마시며 그녀가 손등으로 얼굴을 매만졌다. 최대한 눈을 덜 깜빡였다. 혹시 아까부터 자신을 보고 있었던 걸까? 같은 취미를 가진, 게임을 좋아하는 상대를 찾는 걸까? 그러다가 내가 눈에 보인 건가?

뱃가죽과 등가죽이 붙을 만큼 배가 엄청 고팠는데 남자를 보고 있으니 배고픔이 사라졌다.

여기서 헌팅 당할 줄 알았으면 더 예쁘게 하고 올걸.

"네, 네. 말씀하세요."

설렌다. 다음 말이 기대돼서 입술이 바싹 마른다.

얼른 말해 줘!

경기 어땠냐고! 어느 팀 팬이냐고. 그러면 이번 경기에서 재리가 캐리했다고 말해 줄 거야. 그러면 조금 더 얘기를 나누자며 밥을 먹거나 술 한잔 하자고 하겠지. 그럼 부끄러워하면서도 좋다고 허락할 거야!

혼자 시나리오를 쓰며 그녀는 그의 입술이 열리길 기다렸다.

"손에 든 그거요."

남자는 손가락도 키처럼 시원시원하게 길었다. 섹시하게 뻗은 손가락이 그녀가 든 인형을 가리켰다.

"이거요?"

"네. 그거, 저희 겁니다."

"앗…… 네에, 이게 그쪽 거였군요. 죄송해요."

민지가 남자에게 도로 인형을 돌려주던 그때, 여자아이 하나가 그들에게로 뛰어왔다. 그러더니 아이는 남자에게 두 손을 뻗었다. 남자는 앞에 있는 아이를 한 손으로 번쩍 안아 어깨에 앉혔다. 아이는 세 살 정도 돼 보였다.

그 움직임이 너무 자연스러웠다. 꼭 아이 아빠처럼.

보통 아이를 낳고 나면 여자도 변하지만, 남자도 살이 찌고 변하는 게 인지상정인데. 이 남자가 유부남, 그것도 아이 아빠라니. 충격적이었다.

방금 전 헌팅 당하면 어떻게 대처할지에 대해 고민했던 자신이 순간 부끄러워졌다.

"다연이 인형 찾았다. 재욱이는 어디 있어?"

"조~기."

고사리 같은 손이 가리킨 곳엔 또 다른 남자 하나가 남자아이를 안고 있었다.

"인형 찾아 주셔서 고맙습니다. 연락처 주시면 사례하겠습니다."

"아닙니다. 저도 그게 제 손에 왜 있었는지 모르겠어요. 얼른 가 보세요. 기다리시는 거 같은데……요."

못 먹는 감, 왜 이렇게 맛있게도 생긴 건가.

아니, 못 먹는 감 찔러라도 본다는데 그랬다간 부인한테 머리털이 다 쥐어뜯기게 생겼다.

남자는 할 말이 있다는 듯 입을 열려 했지만, 아이가 아빠를 잡아당기며 보채자 그녀에게 묵례를 하고 아이에게 집중했다.

그는 여자아이를 안은 채로 저 멀리 서 있는 남자에게로 갔다. 그 남자도 아이 아빠 같지 않았다.

그러고 보니 제게 말을 걸었던 남자 얼굴이 너무 익숙했다.

왜 익숙하지? 연예인인가? 우리 회사 홍보팀 회의 때 온 적이 있나? 어디서 봤지?

저 멀리 있는 사람도 연예인인 거 같기도 하고.

두 남자 모두 외모가 천상계였다. 얼추 보기에도 8등신은 되어 보였다. 기다란 다리와 아이를 어깨에 앉힌 채 걸을 정도로 넓은 어깨. 아이가 귀여워서 볼에 입을 쪽 맞추며 웃는 모습을 보니, 자연스레 입가에 미소가 번졌다.

불타는 금요일 밤, 아이를 보고 있는 두 유부남은 그녀가 상상하던 남편의 모습과 일치했다.

아이가 예뻐서 눈에서 꿀이 떨어지는 모습과 사랑이 가득한 표정, 불금이든 언제든 아이와 함께하는 시간을 좋아하고 소중히 하는 것. 두 사람에게서 그런 모습이 보였다.

그래서 그녀뿐만 아니라 지나가던 사람들도 그들을 힐끗거리며 보는 것 같았다.

결혼하고 싶다.

순간 그런 생각이 들었다.

저런 사람이 내 남자라면, 내 아이의 아빠라면…….

아이를 향한 다정한 모습에 자꾸 눈길이 갔다. 그녀는 눈길을 거두고 배를 채우기 위해 포장마차 안으로 들어갔다.

✳ ✳ ✳

"인형 찾았어?"

"어."

"눈도 밝네. 어떻게 찾았냐?"

"그러게."

재신은 어깨에 앉아 있는 다연을 내리고 볼에 쪽, 쪽 입을 맞췄다.

"삼촌, 하지 마아아."

인형을 찾은 후 삼촌이 귀찮아진 모양이었다. 뽀뽀하는 삼촌의 얼굴을 밀어내며 다연이 아빠에게 두 팔을 벌렸다. 도형은 두 아이를 번쩍 안았다.

지유의 회사에 갑작스럽게 일이 터졌다고 해서 재신은 두 아이를 데리고 경기장에 왔다. 도형이 금방 촬영이 끝나서 이곳에 올 테니 1시간만 봐주면 된다고 한 것이다.

퇴근하고 온 도형이 게임 경기를 보기 시작하더니 끝날 때까지 아이들을 데리고 관람했다. 바로 아이들을 데리고 갈 줄 알았더니 오히려 게임 경기에 빠져서 몰입하고 있었다.

오랜만에 자유를 찾은 도형 대신, 재신은 아이들을 챙겼다.

아이들의 사탕을 까 주고, 음료를 챙겨 주며 정신없는 틈에 여자 하나가 그의 눈에 들어왔다.

그들 옆에 앉은 여자는 두 손을 꼭 쥔 채 토너먼트팀을 응원하고 있었다.

큰 눈이 감겼다가 뜨이자 눈동자가 초롱초롱하게 빛났다. 어떨 땐 뭐가 그렇게 아쉬운지 눈가를 찌푸린다. 작고 도톰한 입술에선 쉴 새 없이 팀을 응원하는 소리가 터져 나왔다.

'와아아아! 이겼다! 축하해! 모두 수, 고, 했, 어! 와아아!'

마지막에 우승팀을 발표했을 때 여자는 한 줄기의 눈물을 흘렸다. 금방 손등으로 닦아 내며 웃었지만.

순수하게 경기를 관람하고 응원하는 팀과 희로애락을 같이 했다.

하나로 질끈 묶은 머리카락이 열띤 응원으로 인해 반쯤 풀려 있었다. 귓가로 떨어진 머리카락이 그녀가 응원할 때마다 흩날렸다.

자신의 일처럼 좋아하는 모습이 신기했다.

팀이 우승을 해도 여자가 돈을 버는 것도 아니고, 그게 그녀의 삶에 도움이 되는 것도 아닌데.

기획사를 하면서 여러 형태의 팬을 만났는데, 그녀는 어떤 팬일까? 극성맞은 팬은 아니면 좋겠는데. 그런 생각을 하는 재신의 눈이 여자에게 닿았다.

여자는 경기가 끝나고 오늘은 사인회가 없다는 소식을 듣고 바로 깔끔하게 경기장을 나갔다.

'……삼쫀! 삼촌!'

'응? 다연이 왜? 잘 안 들려.'

그는 다연을 안아 들었다. 귀를 가까이 대자 다연이 울먹거리며 밖으로 손을 가리켰다.

'인형, 인형을 가져갔어.'

손에 들고 있던 인형이 없어졌다는 것이다. 그는 당연히 찾을 수 없을 거라 생각했다. 새로 사 준다고 했지만 다연은 계속 울었고 도형과 재신은 밖으로 나올 수밖에 없었다.

그때, 사람들 틈에서 걸어가고 있는 한 여자가 보였다.

방금 전 그들의 옆에 앉았던 여자였다. 옆에서 볼 땐 한참 어릴 거 같았는데 전체적인 옷차림을 보니 직장인이었다.

순간 기쁜 마음이 들었다. 그는 도형에게 다연을 맡기고 저도 모르게 여자에게로 달려갔다.

'저기요.'

불러 놓고도 뭐라고 답해야 할지 모르던 그때, 여자의 손에 들린 인형 하나가 보였다.

'손에 든 그거요.'

저 악어 인형은 다연의 것이 확실했다.
내일 맞선을 앞두고 뭐 하는 짓인지.
이 여자를 왜 잡은 거지?
그때, 다연이 멀리서 달려와 그의 앞에 와서 안겼다.

'연락처 주시면 사례하겠습니다.'

그는 충동적인 행동을 이해하지 못한 채, 여자에게 사례를 한다고 하였고 여자는 거부했다.
이건 그의 호의를 거절하겠다는 뜻이라고 생각해도 무방했다.
이 정도 나이가 되면 '저기요'라고 사람을 잡는 행위에도 분명 의도가 숨어 있다.
방금 전 경기를 바로 옆에서 관람했던 남자가 밖에서 여자를 잡았고, 사례한다고 말한다는 건 어떠한 여지를 주는 거였다.

그걸 여자가 모를 거라 생각하진 않았다. 적당히 사회 물을 먹었다면 더더욱 모를 리가 없다.

"유재신?"

"어. 도형아. 다연이랑 재욱이 잘 데리고 가. 나 미팅 하나 남았어."

"덕분에 고맙다. 나는 애들 데리고 좀 더 놀다가 들어가야겠다."

"조심히 가고. 우리 다연이랑 재욱이, 삼촌이 또 보러 갈게."

"응. 꼭 와야 돼!"

"삼촌, 좋아. 내일 또 와!"

어눌한 발음으로 두 아이는 그를 배웅했다. 아이를 두고 회사 가는 아빠 마음이 이런 걸까. 발길을 떼기가 아쉬웠다.

그는 무릎을 꿇고 앉아 두 조카의 이마에 뽀뽀를 했다. 눈 맞춤을 하고 일어서면서 넓은 시야로 눈길을 돌렸으나 여자의 흔적은 보이지 않았다.

벌써 간 모양이었다. 아쉬운 감정이 들었다. 이럴 줄 알았으면 도형에게 다연을 맡기고 다시 가서 한 번 더 말을 해 볼 걸 그랬나.

그때까지만 해도 그는 내일 저 여자를 맞선 자리에서 다시 만날 거라곤 생각하지 못했다.

❉　✱　❉

민지는 오후 1시가 넘어서야 눈을 비비며 일어났다.

어제 경기 관람 후 집에 오니 온갖 피로가 몰려와서 등을 대

29

자마자 곯아떨어졌고, 알람도 맞추지 않고 잤던 그녀는 오후가 돼서 겨우 눈을 뜬 것이다. 이렇게 늦잠을 잔 게 얼마 만인지 모르겠다.

기지개를 켜며 침대에 멍하니 앉은 그녀는 눈을 감았다 뜨며 시계를 보고 또 보았다.

"1시?!"

아니, 시간이 왜 이렇게 빨리 가는 거야? 벌써 1시라니 믿기지 않는다.

어젯밤 뜨겁게 게임 경기를 보고 온 다음 딱 한 판만 하고 잔다는 게, 두세 판이 되었던 것까지 기억이 난다. 결국 늦잠을 잤구나.

민지는 이불을 박차고 일어나 화장실로 들어갔다. 눈이 팅팅 부어 있었다. 그녀는 밥 생각도 잊고 엄마가 등산 갈 때 가져가는 손수건을 여러 개 꺼내서 부엌으로 왔다. 얼음을 손수건 가운데 넣고 돌돌 말아 양쪽 눈가의 부기를 뺐다.

"하필 맞선 보는 날 눈이 붓고 난리야."

목을 빙그르르 돌리며 스트레칭을 하는데 냉장고에 붙은 메모지가 보였다.

「오늘 점심에 부부 동반 사장님 모임. 밥 차려 놓고 나간다. 맞선 잘 보고! -엄마」

민지는 그제야 테이블로 시선이 제대로 꽂혔다. 밥과 국, 반찬이 정갈하게 놓여 있었다.

엄마는 늘 제 몫의 밥은 꼭 차려 놓고 나가셨다. 한창 목욕관리사 일을 할 때도, 작은 회사의 사모님이 된 지금도 말이다.

민지의 아버지와 어머니는 목욕탕에서 연애를 하고, 결혼을 하셨다. 아빠는 남탕에서, 엄마는 여탕에서 목욕관리사로서 고객들의 때를 시원하게 밀어 주는 일을 하셨다. 학생 때 동네 친구 엄마들의 때는 다 민지네 엄마가 관리한다고 얼마나 놀림을 받았던지.

한창 살이 통통하게 올랐을 무렵에는 '때를 먹고 자라서 뚱뚱하대요!'라고 놀림을 받기도 했었다.

그 기억이 들자 잠시 기분이 가라앉았지만 그녀는 금방 그 기억을 잊고 욕실로 들어갔다. 맞선을 위해 숍에 들러서 머리를 하고, 메이크업도 받아야 했다. 특별히 엄마가 예약을 한 곳이라고 했다.

결혼만 하면 이제 그녀가 꿈꾸던 삶의 마지막 소원을 이루는 거였다. 또한 부모님께도 최대의 효도가 될 테고, 더 이상 저를 걱정하지 않고 마음을 놓으실 거 같았다.

❋　❋　❋

"내가 먼저 왔나?"

민지는 리움호텔에 도착해서 '유재신' 이름을 말한 후 자리를 안내받았다.

대한민국 지하철은 정말 빠르다. 그녀가 여유를 잡고 1시간 반을 생각했는데, 40분 만에 이곳에 도착하였고 지금은 오후 5시 10분이었다.

막상 맞선을 본다고 하니 심장이 쿵쾅쿵쾅 뛰었다.

소개팅을 놔두고 왜 맞선이냐고 묻는다면, 민지는 어려서부터 결혼은 일찍 하고 싶었기 때문이다. 부모님은 민지를 낳은 후 더 이상 자식을 낳지 않으셨다. 두 분의 사이가 너무 좋아서, 얼른 아빠처럼 다정하고 든든한 사람을 만나고 싶었다.

엄마처럼, 사랑받고 싶었다.

기다리기 지루해 핸드폰을 꺼내자 카톡이 물밀 듯이 밀려들었다. 대학 동기들이 있는 그룹 메신저에 +300이 찍혀 있었다.

300개가 넘는 메신저를 볼 수가 없어서 가장 마지막에 뜬 사진만 눌러 보았다.

"악!"

민지는 너무 놀라 핸드폰을 테이블 위로 던졌다.

"무슨 일 있으십니까?"

지배인이 다가와 그녀에게 물었고, 민지는 고개를 저었다. 사진 속에는 피로 칠갑된 여중생이 무릎을 꿇고 있는 사진 한 장이 달랑 올라와 있었다.

그걸 보는 순간 발끝에서부터 올라온 화가 머리끝까지 솟구쳤다. 그 밑에 첨부된 기사까지 읽은 그녀는 손을 부들부들 떨었다.

어떻게 이렇게 잔인하게 사람을 때릴 수 있을까.

법은 왜 이렇게 미성년자에게 관대해서 이런 일이 아직도 일어나는 걸까.

민지는 속이 메슥거렸다. 그 사진을 보자마자 과거의 일이 떠오른 것이다. 그녀도 사진 속 아이처럼 학생들에게 둘러싸여 여자 화장실에서 기절할 때까지 맞은 적이 있었다.

뚱뚱해서 밥 먹는 게 재수 없다고.

부모님이 때밀이라고. 목욕탕에 갔더니 쟤네 엄마랑 아빠가 속옷만 입고 돌아다닌다더라고.

주제도 모르고 남자 밝힌다고.

그녀는 자신이 왜 맞는지도 모르고 맞았다. 당시 불량서클의 우두머리 격인 여자애가 좋아하는 남학생이 그녀에게 관심을 주지 않고, 저보다 못나다고 생각한 민지를 짝사랑한 게 문제라면 문제였다.

한참 지난 후에 반 친구들이 말해 줘서 알았다. 민지는 친하지 않은 남학생을 찾아가 저를 좋아하지 말아 달라고 부탁했다.

그게 발단이 되어 그녀는 여자 화장실로 또 불려 갔고 모진 매질과 대걸레를 빤 물세례를 받고, 발길질을 당했다.

그때의 기억이 되살아난 민지는 심장이 불쾌하게 뛰었다.

"이민지 씨?"

그런 그녀에게 제 이름을 부르는 남자의 목소리가 들렸다. 다정한 음성에 불쾌하게 뛰던 심장 박동이 편안하게 돌아왔다. 그녀는 위로 고개를 들었다.

"……!"

눈이 마주치자 남자도 놀란 모양인지 눈이 커졌다. 금세 남자는 포커페이스로 돌아왔지만 그녀는 놀라서 눈만 깜빡였다.

어제 짧은 시간이었지만 한눈에 반했던 남자였다. 그런데 저 남자는…….

"……."

어제 분명 악어 인형을 찾아다 안겨 준 예쁜 딸이 있었다. 아이가 있는데 맞선에 나온다는 건, 부인이 없는 건가? 이혼? 사

33

별? 어쨌든 중요한 건 초혼은 아닌 거였다.

남자의 품에 있던 아이와 그 다정했던 표정이 머릿속에 어른거린다.

그녀는 제 맞선 상대가 재혼남이라는 것에 충격을 받아 말을 잃었다. 애 딸린 남자라니…….

좋은 남자에게 시집보내고 싶다던 엄마가 정말 괜찮다고 칭찬했던 남자가, 애가 딸린 남자였다니. 한 번 갔다 온 남자라니!

그녀는 충격을 금치 못했다.

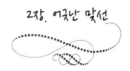

2장. 어긋난 맞선

"이민지 씨?"

"네, 네! 제가 이민지입니다. 유, 재신 씨?"

"네. 유재신입니다."

그는 그녀에게 고개 숙여 예의 바르게 인사를 했다.

"반갑습니다."

그러곤 그는 그녀에게 손을 내밀었다. 그녀는 악수를 해야 할지 말아야 할지 고민되었다.

이 손을 잡는 건 오늘 맞선을 잘 보자는 의미도 담겨 있기 때문이었다. 애가 딸린 재혼남이란 걸 모르고 있던 때와 지금의 상황은 달랐다.

일찍 결혼하고 싶은 것도 맞고, 마음만 맞으면 나이 차이나 외모는 중요하지 않다고 생각한다. 사람이다 보니 부족한 부분도 있을 거라 생각한다. 그런데 다 떠나서 내가 낳지 않은 아이를 키운다는 건 그녀에겐 상상할 수 없는 일이었다.

몇 초간의 정적이 흘렀다.

그는 손을 뒤로 빼며 자리에 앉았다.

"주문은 제가 했습니다."

"네."

그가 매니저에게 눈짓을 보냈다. 바로 식사가 나올 모양이었다.

그들의 테이블에 음식이 하나둘씩 놓였다.

"맞선 보기에 이른 나이 아니에요?"

"그렇죠. 아무래도."

상대는 이른 나이에 결혼하려는 이유가 궁금한 것 같았다.

"저는 가볍게 만나는 것보다는 결혼으로 발전할 수 있는 진지한 만남을 하고 싶어요. 상대도 저를 한 번 만나고 마는 가벼운 상대로 생각하지 않았으면 해요. 너무 진지했죠?"

주로 그녀의 일상이 집과 회사이다 보니 남자를 만날 기회가 많지 않았다. 회사 사람은 연락이 와도 나중을 생각해서 거절하는 편이었고, 길에서 만나는 사람은 어떤 사람일지 위험도가 커서 대응하지 않는 편이었다.

적어도 맞선은 누군가의 소개로 이루어지는 거니까 진지한 만남일 테고, 상대도 저를 가볍게 생각하지 않을 거 같았다.

이런 생각을 말하면 다들 미쳤다고 하긴 하지만 말이다. 유부남, 유부녀 선배님들도 그녀를 극구 말렸다. 결혼은 상상과 다르다고.

"아닙니다. 아무래도 맞선으로 만나는 건 가볍지만은 않죠. 존중합니다."

남자는 그녀의 말 하나하나를 귀 기울여 들어 주었다. 중간에 어깨를 으쓱 올렸다 내리거나 고개를 끄덕이는 걸로 그녀의 뜻을 존중해 주었다.

　　직원은 바삭하게 구운 그리시니 빵을 가져왔다. 바삭바삭한 겉과 달리 안은 쫀득하고 맛있었다. 민지는 수프에 빵을 찍어 먹으며 다시 재신을 응시했다.

　　왜 하필 초혼이 아닌 건지. 이렇게 잘난 남자가 그간 임자가 없었다는 게 더 이상하긴 해.

　　물어볼까? 아니야. 상대는 이미 알고 나온 거로 알 텐데. 남의 과거사를 들추는 걸지도 몰라. 재신을 앞에 두고 민지의 머릿속은 바쁘게 움직였다.

　　몇 입 먹자 직원은 두 사람의 빈 접시를 치운 후, 메인 요리인 스테이크 접시를 놓아 주었다.

　　고기를 부드럽게 써는 그를 보며 그녀도 본인의 스테이크를 썰어 보았다. 그런데 이것도 먹어 본 사람이 잘하는 건지 나이프의 움직임대로 고기가 딸려 움직이며 잘리지 않았다.

　　재신은 묵묵히 자신의 접시에 있는 스테이크를 먹기 좋게 자른 후 민지의 접시와 바꿨다.

　　"매너가 좋으시네요."

　　"감사합니다."

　　남자는 말이 많은 편이 아니었다.

　　사람만 놓고 보면 첫 맞선 상대는 최고였다. 외모는 말할 것도 없고, 저음의 목소리는 그녀의 귀에 듣기 좋았다. 엄마가 적극 추천한 자리이니 부모님의 마음에 드는 것도 호감을 갖게 하는 요인 중 하나였다.

대게나 랍스타를 먹을 때 아빠가 엄마와 그녀가 먹기 좋으라고 살을 발라 주던 것처럼, 그는 스테이크를 잘라 제게 주는 모습에서 다정한 아빠가 될 거 같단 생각이 들었다.

아, 이미 아빠지.

매너가 좋아서 인성도 좋게 보였다. 그렇지만 역시 재혼남이라는 것에서 와장창 기분이 깨졌다. 그래서 자꾸 미간이 구겨졌다.

"드세요."

"네."

민지는 포크로 한 점을 집어 입에 넣었다. 입에서 고기가 사르르 녹았다.

"맛있네요. 입에서 살살 녹아요."

"더 드실래요?"

재신은 말을 함과 동시에 그의 접시 위에 있던 고기의 반을 민지의 접시 위에 덜어 주었다.

음식까지 양보하는 남자라니.

어려서부터 식탐이 있었던 민지로서는 상상할 수 없는 이야기였다.

아이 아빠라서 역시 음식도 양보할 수 있는 건가.

"민지 씨는 게임을 좋아하시는 편인가 봐요."

"아뇨."

잠시간의 침묵이 흘렀다. 그도 어제 자신과 만난 것을 기억하는 모양이었다. 게임을 무척 좋아하는 편인데 그녀는 이 맞선이 혼란스러워 자신도 모르게 단답형의 말을 했다. 그러다 상대가 난처해 보여 다시 입을 열었다.

"······보는 건 좋아합니다."

"그래서 경기장에 오셨군요."

남자가 고개를 끄덕이며 어제의 일을 입에 올렸다. 그녀는 그 경기장에서 아이를 안고 있던 두 남자를 떠올리곤 시무룩해졌다.

이 맞선은 잘못되었다. 먼저 미안하다고, 좋은 여자 만나라고 선수를 쳐야 할까? 아니면 그냥 자연스럽게 다음 만남을 거절하면 되는 건가. 남자가 객관적으로 매력적이라는 건 인정하지만 그 외 그가 가진 핸디캡이 그녀에겐 너무 크게 다가왔다.

"민지 씨, 다른 취미는 없어요?"

"네."

"취미를 가져 보는 것도 좋을 거 같습니다. 일 스트레스를 어딘가엔 풀어야죠."

대화를 나누는 사이 벌써 디저트가 나오고 있었다. 디저트는 접시 위의 아트 같았다. 장인의 손길이 담긴 것처럼 아름다웠다.

"디저트는 입에 잘 맞아요?"

"네."

색색깔이 곱고 예쁜 디저트는 입에서도 살살 녹았다. 그런데 그녀의 마음까지 녹이진 못했다.

"민지 씨, 미안합니다."

남자는 갑작스럽게 그녀에게 사과했다. 계속 어제 아이와 이 남자를 생각하며 혼이 나가 있던 그녀는 상념에서 깼다.

드디어 아이 이야기가 나올 차례인가. 그녀는 침을 꼴깍 삼켰다. 동글동글한 과일 콤프트와 마카롱, 샤베트까지. 모두 예쁘고 먹음직스러웠으나 맛을 볼 타이밍은 아니었다.

"네? ……뭐가요?"

"저는 맞선으로 결혼할 생각, 추호도 없습니다."

재신은 민지에게 정중하게 사과를 하고, 제 뜻을 말했다.

"민지 씨는 모르겠지만, 이 나이쯤 되면 맞선 자리에 수시로 불려 다닙니다. 그럴 때마다 저는 이렇게 상대에게 사죄를 해야 합니다. 부모님의 뜻을 꺾는 것보다 이편이 더 효과가 좋더 군요."

"제가 마음에 안 드시는군요."

"마음에 들고 아니고의 문제가 아닙니다. 저는 아직 결혼 생각이 없습니다."

그의 말에 민지의 눈썹이 위로 올라갔다.

자신이 마음에 들었다면 그는 신념을 뒤집고서라도 제게 이런 말을 하지 않았을 것이다. 이건 꼭 이제 식사 다 했으니 따로 2차를 가지 않고 여기서 헤어지자는 뜻 같았다.

당연히 애프터 신청은 없을 거란 걸 변화구가 아닌 직구로 말한 것이다.

시원시원한 이목구비를 가진 남자는 말 하나도 시원하게 했다.

"……."

"상처받았다면, 미안합니다. 나이가 저에 비해서는 어리셔서 억지로 나온 줄 알았습니다. 자발적으로 결혼 상대를 찾는다고 하니, 저 말고 좋은 사람 만나시기 바랍니다."

머릿속에 번개가 내려치는 기분이었다.

세상 잘생긴 남자한테 까이는 게 이런 기분이구나. 그것도 대놓고!

어딜 봐도 자신이 아깝다고 생각이 드는 상황이라 그런지 더 억울했다. 방금 전 어떻게 거절할까 먼저 생각했던 그녀였지만 오히려 그가 선수 치니 당황해서 뭐라 해야 할지 몰랐다.

그래요, 그렇게 하세요, 라고 해야 하나? 아니면 상처받지 않았다고 괜찮다고 오늘 즐거웠다고 하며 마무리를 해야 하는 건가. 그녀의 표정이 시시각각으로 변했다.

그러나 가장 중요한 건 그녀 또한 결혼을 꿈꿨지만, 그 결혼에 '재혼남'은 없다는 것이었다.

※ ✻ ※

재신은 맞선녀를 집 앞까지 데려다준 후 지유의 집으로 갔다. 겨울 이맘때쯤 제 절친한 친구와 결혼한 여동생 지유는 벌써 애가 둘이었다.

그때 서도형과 연애한단 말을 듣고 얼마나 충격적이었는지 지금도 그때 생각하면 등골이 오싹했다.

배 속에 쌍둥이 혼수를 장만한 그녀에게 느꼈던 배신감은 아주 잠시였다. 같이 조카들의 심장 소리를 듣고 초음파 사진을 본 순간부터 그는 조카 바보가 되었다.

트렁크에서 장난감 박스를 두 손 가득 꺼내 들고 그는 초인종을 눌렀다.

"왔냐?"

지유가 하필 제 친구와 결혼할 줄이야.

"오빠, 뭘 이렇게 많이 사 왔어. 오빠 때문에 창고에 장난감이 한가득이야."

"버려. 또 사 줄게."

재신은 신발을 벗고 들어가자마자 달려 나오는 조카들에게 방긋방긋 웃어 준 후 손을 씻으러 들어갔다. 깨끗하게 손을 씻은 후 수건에 물기를 닦고 밖으로 나갔다.

"우리 재욱이, 다연이~"

"삼촌!"

그의 품으로 달려온 다연이 와락 그를 안았다. 재신은 다연을 번쩍 안아 들어 품에 안고 볼을 비볐다. 그러자 아래에서 쌍둥이 오빠인 재욱이 그를 가자미눈을 하고 쳐다보고 있었다.

"삼촌! 다연이 내려 줘!"

"알겠다, 알겠어. 우리 재욱이도 안아 볼까!"

그는 사자다 하면서 달려가 재욱도 품에 안았다. 올해로 세 살이 된 녀석들은 말문이 트여서 제법 말귀를 알아듣고 그에게 말대꾸도 한다. 태어났을 때 그 작았던 녀석들이 이만큼이나 컸다니.

"너희들은 저기 가서 과자 먹고 TV 보고 있어. 엄마는 삼촌 과일 좀 깎을게. 재욱 아빠, 애들 좀 봐 줘요."

꼬물이들이 언제 저렇게 컸나. 보고 있으면 흐뭇했다. 그러다 문득 든 생각에 재신은 물끄러미 지유를 보았다.

"지유야, 네가 올해로 몇 살이지?"

"스물아홉. 아홉수. ……와, 말하고 나니까 나도 나이를 먹긴 하는구나, 흑. 오빠 미워! 나이 잊고 지냈는데!"

"아직도 어리기만 한데. 내 눈엔 아직도 애로 보여."

두 아이의 엄마지만, 지유는 여전히 그에게 귀여운 여동생이었다. 과일을 제법 먹기 좋게 깎은 지유가 접시에 예쁘게 플레이팅 했다.

그사이 그는 잠시 민지를 떠올렸다. 자신의 여동생보다도 어린 나이……. 지유는 아직도 교복을 입던 그때처럼 어리게만 보이고 챙겨 줘야 할 거 같은데, 더 어린 그녀에게선 왜 그런 마음이 안 드는지 모르겠다.

"무슨 생각을 그렇게 해?"

TV에서 다연이와 재욱이가 가장 좋아하는 뽀로로 영상을 틀어 준 후, 도형이 그의 앞에 앉았다.

"도형 오빠, 애들은?"

"무섭도록 집중했어. 뽀로로 누가 만들었는지 절하고 싶다."

다정한 부부를 보며 재신이 짓궂은 미소를 만들어 냈다.

"조심해라. 셋째 생길라."

"오빠는! 그런 소리 마. ……도형 오빠, 묶을 거지?"

"……."

도형은 아무 말이 없었다.

"그래, 좀 묶어라. 내 동생 힘들게 하지 말고."

"……생각해 볼게."

"맨날 생각만 하겠대."

지유가 콧잔등을 찌푸리며 재신에게 일렀고, 재신은 지유의 편을 들며 키득키득 웃었다.

아무리 생각해도 애 셋 이상은 맞벌이 부부에게 무리일 거 같았다. 둘 중 하나가 커리어를 포기하지 않는 이상은 말이다.

동생이 잠시 일을 손에서 놓긴 해도 평생 아이의 엄마로만 사는 걸 원치 않는다는 걸 잘 알기에 재신은 조만간 도형과 뜨겁게 소주를 마셔야겠다고 생각했다.

그때 거실에서 아이의 울음소리가 들렸다.

"아…… 집중했다더니, TV에서 뭐가 안 나오나 보네. 과일 먹고 있어. 나는 애들한테 가 볼게."

지유는 거실로 갔다. 도형은 지유의 뒷모습을 보고, 쌍둥이 남매가 잘 놀고 있는지 확인한 후 재신에게 시선을 돌렸다.

"오늘도 맞선 봤어?"

"응."

"네 맞선 경력에 마침표를 찍을 때가 되지 않았냐?"

"그 전에 어머니께서 포기하시면 더 편할 텐데 말이다."

"네가 장모님 닮았어. 자기 소신을 둘 다 너무 지켜서 탈이지. 좀 져 줘라. 주말마다 불려 나가는데 마음에 드는 여자가 그렇게 없어? 연애라도 좀 하든가. 맞선 지겹지도 않냐."

재신은 고개를 끄덕였다. 여자를 만나려고 해 봐도, 그때마다 회사에 바쁜 일이 생겼고 그 일에 치여 살다 보면 여자 생각은 또 없어졌다.

오늘 만난 맞선 상대는 조금 호감이 갔지만.

맞선을 보는 내내 상대가 한숨을 쉬었던 걸 보면 어지간히도 마음에 안 드는 모양이었다.

"오늘 맞선 상대는 어땠는데?"

"내가 마음에 안 드는 눈치였어. 나이가 많아서 그런가?"

"널 마음에 안 들어 했다고?"

도형은 무슨 해괴망측한 소리를 들은 사람처럼 놀라워했다. 그가 고개를 끄덕이자 친구는 고개를 저으며 믿을 수 없단 표정을 지었다.

"나처럼 억지로 맞선 보러 다니는 모양이야. 말은 그게 아닌데, 표정 보니 그렇더라고. 그래서 거절하기 어려워 보이길래 이번엔 내가 거절했다."

"네가 아쉬워한 건 처음인 거 같은데?"

"그랬나."

수많은 맞선 상대를 만나고서 아쉽다는 마음이 든 건 도형 말대로 이번이 처음이긴 했다. 상대와의 맞선 중에 그녀의 기분을 상하지 않게 하기 위해 나름 전전긍긍했던 거 같기도 했다.

나이 차이가 있다 보니 혹시라도 꼰대 같은 말이 나갈까 봐 최대한 말을 아꼈다.

그럼에도 상대가 저를 마음에 안 들어 한 부분은 자존심이 상했다. 저를 좋다는 여자만 봐 와서 그런지, 반대의 상황은 익숙하지 못했다.

한편으로는 피곤한 감정 놀이를 하고 싶지도 않았다.

좋으면 만나고, 상대가 싫다면 말고. 그렇게 생각하니 마음은 편해졌다.

✳ ✳ ✳

맞선을 보고 들어온 민지는 구두를 벗자마자 엄마를 찾았다. 늦게 들어온다던 엄마는 아직 귀가하지 않은 모양이다. 그녀는 핸드폰을 들고 전화를 걸었다.

– 맞선 잘 봤어?

"아니. 엄마! 너무해!"

– 뭐가 너무해? 유재신 대표 별로였어? 잘살고, 능력도 있고, 외모도 출중한데. 왜? 아무래도 서른여섯이란 나이가 걸려? 나이 빼고는 빠지는 데 없는데. 인성 좋다고 소문 자자하고.

"아니. 다 좋은데, 애가 있는 남자잖아."

나는 남의 아이를 키울 정도로 마음이 넓은 여자는 아니라고.

민지의 말에 엄마는 잠시 말이 없었다.

– 애가 있다고? 유재신 대표가? 확실해?

"응. 내가 전날에 애 안고 있는 걸 봤단 말이야."

– 아는 사이야? 맞선 보기 전에 만났어? 자세히 좀 말해 봐.

민지는 엄마에게 전날 게임 경기를 보러 가서 만났다고 상황 설명을 했다. 그걸 다 듣고 있던 엄마는 잠시 알아보겠다며 전화를 끊었고, 5분도 지나지 않아 다시 핸드폰이 울렸다.

– 애 없대. 네가 오해한 거 같아.

"없다고? 그럼 내가 본 애는? 세 살쯤 돼 보였는데. 막 뽀뽀도 하고 엄청 다정했어. 처음 보는 사이는 아니었다고."

– 여동생이 딸, 아들 쌍둥이가 있대. 그 애들 같은데…… 혹시 그 애들하고 있는 거 본 거 아니냐고 물어보시더라고.

어제의 기억이 스쳐 지나갔다. 재신만큼이나 허우대 멀쩡한 남자가 남자아이를 안고 있었다. 재신은 여자아이를 안은 채 그 남자에게 갔다.

그래서 아빠들끼리 경기 관람을 하러 나온 거라 착각했다.

"내, 내가 오해를 했다고? 엄마, 나 어떡해."

맞선 자리에선 제멋대로 이혼을 하고 재혼하려는 애 딸린 남자라고 규정지었다.

상대에게 애가 있는지 물어볼 생각을 못 했다.

처음 보는 사람에게 당신 애냐고 물어보긴 정말 이상했고, 맞선 자리에서도 예의에 어긋날까 싶어 못 물어본 거였다.

'연락처 주시면 사례하겠습니다.'

그 말은 혹시 정말 헌팅이었을까.
거절당했다고 생각하려나.
오늘 맞선 보는 내내 한숨을 쉬었던 거 같은데…….
중요한 건 뭐가 어떻든 남자는 제게 애프터 신청을 하지 않았다. 이제야 아쉬운 마음에 그녀는 발을 동동 굴렀다.

＊　＊　＊

월요일 아침, 재신은 김 실장으로부터 일정을 전달받았다.
오전에 제작사에서 온 영화, 드라마 대본을 체크하고 오늘 미팅 일정을 한번 훑었다. 곧 전체 회의가 있을 예정이었다.
그는 인터폰을 눌러 커피 한 잔을 부탁했다. 얼마 지나지 않아 윤 비서가 커피 한 잔을 타서 왔다.
"회의실로 갑시다."
재신은 자리에서 일어나 대표실을 나왔다. 그의 뒤로 김 실장과 윤 비서가 따랐다. 회의실로 들어가자 물과 가벼운 다과가 각 자리마다 놓여 있었다.
드르르륵.
그의 손 위에서 핸드폰 진동이 울렸다.
"잠시만요."

앞에서 브리핑을 하려던 기획팀 조 팀장은 잠시 말을 멈췄다. 재신은 불빛이 나는 액정에 뜬 메시지를 보았다.

[안녕하세요, 저 저번 주에 맞선 본 이민지입니다.]

이민지? 맞선녀? 왜 연락했을까?

반가운 마음에 그는 자신이 웃고 있다는 것도 몰랐다. 회의를 앞둔 시점이라 핸드폰 액정의 불빛을 껐다. 회의가 끝난 후 연락해도 늦진 않을 거 같았다.

한창 회의가 진행될 때쯤, 다시 한 번 핸드폰이 울렸다.

드르르륵.

재신은 미간을 좁히며 핸드폰 액정을 다시 보았다.

[우리, 한 번 더 만나요!]

이번에도 민지였다. 분명 저를 마음에 안 들어 하는 눈치였는데…….

메신저를 보내 놓고 기다리고 있을 그녀의 표정이 상상되었다. 게임 경기를 볼 때처럼 초롱초롱하게 보고 있지 않을까.

"잠시만요."

그는 지금 그녀에게 전화할 순 없지만 예의상 조금 이따 연락하겠다는 문자를 보내 둬야 할 거 같았다. 그만큼 그 또한 그녀의 연락에 초조했다.

[지금은 바쁩니다. 미안해요.]

그는 그녀에게 답장을 보냈다. 그는 회의 시작 전보다 훨씬 기분이 좋아진 상태였다. 다시 연락해서 만날 생각에 봄바람이 불듯 산뜻한 기분이 들었다.

"자, 회의 시작하죠. 팀장님 시작해 주세요."

[그럼 주말은요ㅠㅠ?]

이렇게까지 비굴하게 보냈는데, 바쁘다는 답장을 바로 보내 놓고 이번엔 한참 동안 답이 없었다. 벌써 1시간이나 지났는데 말이다.

"월요일인데 밥 어디서 먹지."

주명철 팀장은 손등으로 침을 닦은 후 기지개를 쭉 켰다. 오 전 내내 숙취로 책상에 엎드려서 잔 흔적이 군데군데 보였다. 직원들은 서로 눈치껏 모른 척해 줬다.

"제가 뼈해장국집 예약했습니다."

그때 주성이 손을 들고 팀장에게 예약한 식당을 어필했다.

"역시, 주성 씨밖에 없네. 내가 이래서 주성 씨를 좋아해. 센 스가 있잖아, 센스가."

주명철 팀장은 여자 직원들을 쭉 훑어보더니 쯧 혀를 찼다. 경영팀 전체를 아우르는 부장으로 몇 년째 낙방하고 있는 주 팀장은 그게 제 팀원들 탓이라며 특히 여자 직원을 갈궜다.

여자 직원들은 이를 바득바득 갈지만 더러워도 주 팀장이 상 사니까 누구 하나 항의할 순 없었다.

원래 크고 오래된 기업일수록 고이고 썩은 물은 존재하기 마 련이다. 하루빨리 그 썩은 물이 영영 집으로 흘러가 이 회사에 없었으면 싶지만, 어쩌면 집으로 가는 건 주 팀장보다 여기 있 는 팀원들이 더 빠를 수도 있다.

퇴사 시기는 입사 순서가 아니고, 기업은 수평적인 관계보다 는 수직적인 구조이기 때문이다. 그건 아무리 위에서 바꾸려고 해도 하루아침에 되는 게 아니었다.

"한주성이는 나랑 뼈해장국 먹으러 가고. 이 대리, 알아서 직원들하고 먹어."

"네! 식사 맛있게 하십시오."

주 팀장은 식사 내내 수다를 떠는 타입이었다. 주 팀장과 주성이 나가는 걸 보며 팀원들은 기쁨을 참지 못하고 입술을 실룩거리며 주성에게 손을 흔들었다.

네가 오늘도 희생해라.

팀원들은 가뿐한 발걸음으로 구내식당으로 내려왔다.

"우리 구내식당이 이렇게 맛있는데, 주 팀장은 왜 맨날 밖에서 먹재. 본인이 사 줄 것도 아니면서."

"그러니까요. 여기 노른자 땅이라, 밥값 얼마나 비싼데. 백반집이 없어요, 백반집이."

"그래요? 전 비싼지 모르겠던데."

주희 선배가 새침한 표정을 지으며 말했다. 민지보다는 1년 먼저 입사한 선배로, 팀 내에서 가장 예쁘고 자기 관리가 철저한 편이었다.

곱게 자란 티가 머리부터 발끝까지 흘러서 낙하산 아니냐는 소문도 돌았지만 실제로는 집안만큼이나 스펙도 좋았다.

민지는 주희 선배와 잘 지내는 편이었는데, 대리님과 과장님은 썩 좋아하진 않는 것 같았다.

주희 선배 말에는 항상 대꾸를 잘 해 주지 않는 느낌이랄까.

"그나저나 민지 씨, 맞선은 어떻게 됐어요?"

왜 안 물어보나 했다. 주희 선배도 역시 사람이었다. 모두 민지의 자리로 모일 때 홀로 책상 앞에 있더니 귀는 민지 쪽으로

레이더를 세우고 있었나 보다.

"하하하…… 그게."

"잘 안 됐어요?"

역시, 눈치 백단.

민지가 불쌍한 표정을 지으며 속상함을 털어놓으려는 순간, 김 과장이 두 사람 사이를 가르며 가운데로 식판을 들고 들어왔다.

"잘 안 되긴, 애프터 신청 받았대."

아니에요! 아니라고요!

애프터 신청 받지도 못했고, 심지어 제가 했는데 까였어요.

차라리 '주말은요?'라고 묻지 말걸. 뒤늦게 후회가 밀려왔다.

남자가 세상에 얼마나 널렸는데!

"민지 씨, 핸드폰 울리는데?"

"아, 잠시만요."

민지는 한 손으로 식판을 들고 카디건 주머니에 꽂아 뒀던 핸드폰을 꺼냈다. 너무 늦게 꺼낸 모양인지 액정의 불빛이 꺼져 있었다. 그녀는 전원 버튼을 눌러 액정을 켰다.

[스테'미남']

연락한 이는 유재신이었다.

스테미너에 좋은 음식은 평생 안 먹어도 힘이 넘칠 거 같은 남자!

TG전자에서 일하면서 그런 사람 딱 한 명밖에 못 봤는데, 아니 인생 전체를 통틀어 그런 사람 실물로는 딱 한 명 봤는데, 재신을 본 이후론 둘로 늘었다.

"민지 씨, 사람……."

북적이는 사람들 틈에서 민지가 멍하니 핸드폰을 보고 있자, 김 과장이 그녀의 팔을 잡아 뒤로 끌었다.

식판이 흔들리면서 그녀는 밥과 핸드폰 중, 두 손으로 식판을 선택했다.

"아앗. 내 핸드폰."

울상을 지은 그녀는 테이블에 식판을 올려놓고 몸을 숙여 핸드폰을 주웠다. 방금 전 스테미남에게 전화가 왔는데, 바닥으로 핸드폰이 곤두박질하면서 전원이 꺼져 버렸다.

"중요한 전화였어?"

"······아뇨."

기다리던 전화였는데······.

아쉬움에 바로 핸드폰을 켜자, 다행히 전원은 켜졌다. 다만 액정이 깨졌을 뿐. 다행인 건 보호 필름 탓에 그걸 떼지 않는 한 사용은 할 수 있었다.

"민지 씨, 그거 최신 폰 같은데. 깨져서 어떡해."

"네. 저번 달에 일시불로 샀는데······ 얘 운명이 이렇게 얄궂네요."

민지는 입술을 삐죽이며 팀원들에게 박살 난 핸드폰 액정을 보여 줬다.

"액정값 비싸서 핸드폰 바꾸는 사람도 있잖아."

"전 약정이 걸려서 바꾸지도 못해요. ······위약금 물어야 할걸요."

하아, 한숨을 쉬던 그녀는 핸드폰을 켜자마자 통화 목록을 확인했다.

[스테'미남']

역시, 그 남자에게서 전화가 온 게 맞았다!

"저 전화 좀 하고 올게요."

"그래. 국 식기 전에 와~"

민지는 팀원들에게 간단히 묵례를 한 후, 식당을 벗어났다. 그러는 바람에 그녀는 수요일 미팅으로 예정되었던 샤인 프로덕션 유재신 대표가 오늘 오후로 일정을 변경했다는 소식을 전해 듣지 못했다.

"……."

재신에게 전화를 걸었지만, 통화음 소리만 들렸다. 정말 바쁜가? 많이 바쁜가? 무슨 일로 전화했지?

분명 바빠서 미안하다고 거절을 했는데.

생각해 보니 한 번 더 만나고 싶어진 건가.

상대가 전화를 받지 않자 실망한 그녀는 다시 구내식당 안으로 들어가기 위해 몸을 돌렸다. 몇 걸음 걷자 손안에 있던 핸드폰에서 진동이 울렸다.

액정을 확인한 그녀는 바로 전화를 받았다.

✳　✱　✳

재신은 회의가 끝난 후 바로 민지에게 전화를 걸었다.

[그럼 주말은요ㅠㅠ?]

이런 귀여운 문자라니.

지금까지 맞선 상대 중에 이런 여자는 처음이었다. 보통 적당한 나이가 되면 상처받기 싫어서 용기조차 내지 못하는 경우가 많기 때문이다.

그는 그녀가 이렇게 다시 연락해 주니 너무 반갑고 고마웠다.

"대표님, 좋은 일 있으십니까?"

김 실장은 핸드폰을 보며 히죽거리는 재신을 보며 물었고, 그는 웃음기를 싹 지우고 입술을 일자로 곧게 폈다.

"저희 수요일에 베트남으로 출국해야 해서 TG전자와의 미팅은 금일 오후로 잡았습니다. 저녁 약속 전에 잠깐 2시간 정도 남아서 저희가 사무실로 내방하기로 하였습니다."

"네. 그렇게 하세요. TG에서 보내 준 자료 다시 한 번 검토해 볼게요."

협상의 달인이자 대기업과 싸워도 승소할 수 있는 인물.

기획사 대표지만 법대 출신인 재신은 법에도 밝았고, 말로는 어디 가서 지는 법이 없었다. 평소엔 발톱을 숨기고 있지만 중요한 상황에선 헌터처럼 꼭 계약을 따 왔다. 그게 직원들이 젊은 대표인 그를 신뢰하는 이유 중 하나이기도 했다.

"그럼 중요한 전화 좀 하겠습니다."

"네. 나가 보겠습니다. 중요한 일 있으시면 부르세요."

김 실장이 나간 후 재신은 가죽 의자에 등을 기댄 후 반 바퀴 돌려 창문 밖 풍경을 봤다. 동시에 민지에게 전화를 걸었다.

Rrrrr.

– 연결이 되지 않아, 삐–

신호음이 가자마자 전화기가 꺼져 있다고 나올 확률은 얼마나 될까.

재신은 인터폰을 눌렀다.

"윤 비서."

- 네, 대표님.

"전화를 걸자마자 수신음 두 번 정도 가고 연결이 되지 않는다고 안내 멘트 나오면, 그거 상대가 수신 거부한 거죠?"

그가 알고 있는 지식이 맞다면, 이 여자는 저를 수신 거부한 거다. 먼저 만나자고 하더니 수신 거부를 한 건가?

- 아마도요. 무슨 문제 있으십니까?

"아닙니다. 조카 녀석이 장난을 친 모양입니다."

- 네.

"감사합니다. 일 보세요."

재신은 윤 비서에게 조카라고 둘러대고 인터폰을 껐다. 그러니까, 차단당한 게 맞네.

혹시나 하는 마음에 그는 잠시 후 다시 민지에게 전화를 걸었다. 상대가 차단했다고 생각하니 깔끔하게 다신 안 볼 사람으로 정의를 내리면 되는데, 이상하게 신경 쓰였다.

'차단'이란 단어가 주는 어감은 생각보다 불쾌했다.

이번엔 신호음이 한 번 울리자마자 상대가 전화를 받았다. 차단한 거 아니었어?

- 네, 여보세요? 재신 씨?

재신은 가죽 의자에서 일어나 창틀에 몸을 기댔다. 블라인드를 걷자 그의 얼굴로 따사로운 햇살이 내리쬐었다. 눈가를 찌푸리며 수화기를 들지 않은 반대편 손을 위로 들어 해를 가려 보다가 블라인드를 다시 내렸다.

- 여보세요?

"네. 유재신입니다."

- 알고 있어요!

"……조만간 한번 뵙죠."

– 주말에 시간 되세요?

수요일에 베트남으로 출국해서 3박 4일 일정이니까, 변수만 없다면 토요일에 귀국이었다. 중간에 월드 투어를 하고 있는 소속 가수의 콘서트를 들를 생각이었지만, 일본을 가는 일을 제외하면 일요일에는 일정이 될 것 같았다.

"일요일에 가능할 것 같습니다."

– 왜! 정말요? 그럼, 점심 같이 먹어요. 할 말 있어요.

"그래요."

– 밥 먹고 영화도 볼까요?

재신은 적극적인 여자의 공세에 당황했다. 술을 먹자며 유혹하는 여자는 더러 있어도 밥 먹고 영화 보자며 건전하게 제 시간을 구애하는 여자는 정말 오랜만이었다. 대학생 시절을 제외하고선 정말로 오랜만…….

그의 입가가 위로 부드럽게 말리며 저로 모르게 웃음이 나왔다.

"보고 싶은 영화 있어요?"

– 이제부터 찾아봐야죠. 영화는 제가 예약할게요.

"밥도, 영화도 제가 예약하겠습니다. 보고 싶은 영화만 문자로 보내 줘요. 먹고 싶은 것도요."

재신은 그녀에게 동화되어 다음 만남에 대한 약속을 잡고 있었다.

이렇게 된 이상 그도 할 말이 있었다. 맞선 때 애프터 신청을 하지 않은 이유는 그녀가 억지로 맞선 자리에 나왔다고 오해했기 때문이다. 그러나 그게 아니라면…… 이 마음 가는 대로 해도 된다는 거였다.

– 못 드시는 음식 있으세요?

"아…… 내장류는 못 먹습니다."

– 저는 매운 걸 못 먹어요.

"그럼…….."

스테이크로 해야 하나. 역시 양식이 좋겠지. 양식이 어떠냐고 물으려는 찰나 상대가 먼저 입을 열었다.

– 양꼬치 어떠세요? 이건 고기인데.

"……네. 먹어 보죠."

재신은 순순히 대답했다. 예전에 중국 출장 때 양꼬치를 먹었는데 그때 비린내가 났던 기억이 있었다. 그래서 굳이 그가 선호하는 식품군은 아니었지만 음식을 떠올리기도 전에 대답이 먼저 나갔다.

"죄송하지만, 다니는 회사가 어디라고 했죠?"

재신은 어머니께서 보낸 문자 목록을 살피려다가 주마다 올라오는 여자 사진과 프로필 더미에서 그녀를 찾는 것보다 물어보는 게 빠를 거란 생각을 했다. 프로필은 한 명이 아닌 여러 명이 동시에 올라왔고, 그중 고르시는 것도 어머니의 선택이었다.

– TG전자요!

"혹시, 무슨 팀이에요?"

– 경영지원 2팀이요. 2년 차 직원입니다. 잘하면 내년엔 승진할 거 같아요! 아, 방금 너무 TMI였죠?

"아닙니다. 그럼 이따 뵐게요."

– 네, 일요일에 봬요!

재신은 전화를 끊은 후 인터폰을 눌렀다.

"윤 비서."

– 네, 대표님.

"TMI가 뭡니까?"

– 투 머치 인포메이션이란 뜻입니다. 무슨 문제 있으신가요?

"없습니다."

오늘 윤 비서랑 김 실장 소설 쓰겠네. 수신 거부에 대해 물어봐, 말 많은 사람에 대해 물어봐. 분명 무슨 일인지 엄청 궁금해하고 있을 것이다. 그럼, 이따 김 실장이 제게 질문할 테고.

그는 기지개를 쭉 편 후, 의자에 앉았다.

"일요일 전에 보겠네."

그의 입꼬리에는 여전히 미소가 걸려 있었다.

❊　❊　❊

정숙은 제 딸을 위해 장을 보러 인근 백화점으로 갔다. 새삼 백화점에서 장을 보는 날이 오다니, 그녀는 감격해서 백화점 내부와 이곳을 드나드는 사람들을 눈에 담았다.

손이 팅팅 붓고, 하지정맥류가 와도 고객들의 세신을 위해 한평생을 바쳤다. 그랬던 그녀의 삶이 바뀐 건, 남편의 목욕용품 사업이 성공하기 시작할 때부터였다.

덕분에 그들은 제법 넉넉한 살림을 꾸려 가고, 조금 더 큰 집으로 이사를 가고, 최근에는 노른자 땅에 입주할 수 있게 되었다.

잘살게 되고 보니 정숙은 민지에게 뭘 더 해 먹이고, 뭘 사

쥐야 하는지가 하루의 고민거리였다.

그녀는 주변을 둘러보다가 연포탕을 해 주기 위해 낙지를 파는 수산물 코너로 갔다. 지리탕처럼 하얀 국물에 스테미너에 좋은 낙지를 먹이면 애 기력이 솟지 않을까.

이 동네에 이사 온 후 친해진 윤 여사는 맞선 주선자로 유명했다. 그녀는 냉큼 딸의 정보를 올렸고, 윤 여사는 이 정도면 신붓감 1순위라고 칭찬이 자자했다.

그런데 저번 주 토요일 날 첫 맞선을 보고 온 민지는 표정이 좋지 못했다.

제대로 된 남자를 소개해 주려고 했는데. 애가 있다는 오해는 풀었지만 어쩐지 꺼림칙했다.

"어머, 정숙 씨?"

"……누구, 아! 안녕하세요, 사모님."

예전에 목욕탕에서 일할 때 그녀의 단골 고객 중 한 분이셨다. 사모님이 오시는 날 그 시간대는 고객들을 모두 물릴 정도로 거물급이었다.

추천으로 왔다던 사모님은 한 달에 한 번은 꼭 찾아와 주었고 나중에는 거액의 일당을 주며 집으로 직접 와 달라고 요청을 하기도 했다. 그때 사모님 집에 갈 때마다 얼마나 박탈감이 들었던가.

빈부격차를 2주에 한 번은 뼈저리게 느끼고 집으로 돌아오곤 했었다.

종종 들었던 그 집 딸아들과 민지를 비교하며, 내 딸에게 못해 준 것만 더욱 생각나며 더 속상해했었다.

"여기서 다 만나네요. 반가워요."

"네, 사모님. 저도 반갑습니다. 잘 지내셨어요?"

"그럼요. 정숙 씨도 분위기가 달라졌네요?"

그녀의 질문에 정숙은 민망하다는 듯 얼굴을 매만지며 눈을 살짝 아래로 내렸다. 몸에 밴 습관은 무시 못 하는지 사모님 앞에선 여전히 주눅이 들었다.

"네. 나이 들면서 분위기가 변하나 봅니다. 자녀분들도 잘 지내시죠?"

"그럼. 둘째는 이미 결혼했고, 우리 아들은 이제 장가보내려고 마음의 준비를 하고 있지요. 하도 잘생겨서 어릴 때부터 따라다니는 여자가 끊이질 않는데 눈길 하나 안 주고 엄마만 챙겨서 내 참, 얼른 보내려고 하고 있어요. 저번에도 호텔 스위트룸에서 모델 불러다가 VIP 쇼핑도 하게 해 주고 그랬다니까. 나이 들수록 나한테 더 잘하더라고. 정숙 씨도 딸이 있었나?"

"네. 제 딸이 엄마 안 닮아서 좋은 대학……."

정숙이 말을 시작했지만 상대는 더 들을 생각이 없는지 건성으로 말을 들었다. 말을 하던 그녀가 입을 다물자 상대는 그녀를 보며 우아하게 싱긋 웃어 주더니 이만 가려는 듯 몸을 반쯤 돌리는 게 보였다.

"나는 아들 저녁 해 주려고 장 보러 왔어요. 그럼, 수고해요~"

"네……. 들어가세요, 사모님."

저 사모님은 예전에도 아들 사랑으로 유명했었다. 고객으로선 대박 고객이지만, 항상 들을 때마다 저기 시집가는 여자는 참 시집살이 혹독하게 하겠다, 라는 생각이 절로 들 정도였다.

아직도 내 아들, 내 아들 하나 보다.

"내 딸만 아니면 되지, 뭐."

정숙은 어깨를 으쓱하며 카트를 반대편으로 밀고 수산물 코너로 갔다. 그땐 사모님의 아들과 제 딸이 만날 일이 전혀 없다고 생각했었다.

3장. 만나다

민지는 컴퓨터 오른쪽 하단에 뜨는 시계를 보며 초조해했다. 얼마 전 토너먼트팀에 없어서는 안 될 재리가 팀을 탈퇴하고 학업을 위해 돌아가겠다고 팬카페에 장문의 글을 남기면서 이 일이 시작되었다.

그의 팬카페 글을 본 '큰언니님'은 재리를 포함한 토너먼트팀에게 힘이 되기 위해 사진전을 기획했다.

큰언니님이 전시 관련된 일을 하는데, 마침 어제 전시회가 끝나서 빈 공간이 있는데 그곳에서 잠시 토너먼트팀 게릴라 사진전을 한다고 팬카페에 띄운 것이다.

사진으로 얻은 수익은 모두 토너먼트팀에 기부를 한다고 하였다. 스폰서도 없이 자기 돈 써 가며 우승까지 거머쥔 그들을 위해서라면 팬들은 제 한 몸 불태우겠다며 지방에서 올라오겠다고 하였다.

문제는 그녀가 팬인 '재리'도 방문한다고 SNS에 올린 것이다.

〈가지 말아요, 재리~〉

재리는 토너먼트팀을 탈퇴하고 학업을 위해 학교로 돌아가겠다고 장문의 글을 팬카페에 남겼다. 그 후로 배너엔 '가지 말아요, 재리~'가 내려오질 않고 있었다.

알고 보니 재리는 가난한 의대생이었다.

그가 쓴 내용은 돈이 없어서 어려서부터 잘했던 게임을 목숨 걸고 한 거고, 그걸로 학업을 이어 갈 정도의 돈이 모아졌으니 이제는 돌아갈 거란 내용이었다.

일부는 그의 게임 실력을 두고 이건 연습으로 될 것이 아니라 천재적이라고 찬사를 했다. 그런데 이제 본업으로 돌아간다니.

"재리, 누나가 보러 갈게. 좀만 기다려."

그녀는 재리의 사진에서 눈을 떼지 못하며 인터넷 창을 내렸다.

1시간 업무를 하면, 5분은 꼭 쉬었다. 신입사원일 때는 쉬지도 않고 일을 했는데 그러다 보니 나중에 일에 대한 슬럼프가 몰려오곤 했다. 그래서 그녀는 1시간 일하고 5분에서 10분 정도 쉬는 시간을 가졌다.

그 시간엔 거의 토너먼트팀 덕질을 하지만 말이다.

"민지 씨."

"네, 팀장님!"

"커피랑 쿠키 종류 몇 개만 사 와. 주희 씨는 위에 미팅 룸 다시 한 번 체크하고, 주성 씨는 홍보팀이랑 전무님 비서실에 회의 시간 바뀐 거 다시 전화로 확인해 주고. 이 대리랑 김 과장은 자료들 최종 확인해 줘."

"예썰!"

사원인 민지는 아직은 심부름꾼과 다름없었다. 오늘도 중요한 미팅이 있는 모양이었다. 그녀는 법인카드를 받았다.

"팀장님, 저 잠시 10분만 어디 들렀다 와도 될까요? 개인적인 사정이 있어서요."

"그럼 올 때 내 담배 하나도 사다 줘. 이건 내 카드고. 부탁해."

"네. 주십쇼!"

민지는 법인 카드 외에 팀장의 개인 카드도 받았다.

대학생 땐 화이트컬러가 되면 우아하게 일을 할 줄 알았는데, 입사 후엔 보이는 게 다가 아님을 알게 되었다.

씻는 시간, 먹는 시간 줄여서 차라리 몇 분 더 잠을 자겠다고 침대와 혼연일체 되는 생활을 해 보니 학생 때와 별반 다르지 않단 생각을 했다.

오히려 그때보다 지금이 더하면 더했다. 신입사원들 중에서 해가 지날 때마다 버티지 못하고 퇴사하는 사람이 늘었다.

그런데 그녀가 오늘 팀장님께서 그녀에게 시킨 가장 주요한 일은 커피와 담배를 사 오는 거였다. 선배님들 말씀이 다 이런 시기를 거쳐서 승진한다고 하였다.

"역시 힐링은 재리로 해야지."

그녀는 TG전자 건물을 나와 몇 블록만 가면 있는 큰언니님의 갤러리로 향했다. 게릴라 사진전을 놓칠 수 없었다.

※　※　※

재신은 김창우 비서실장과 TG전자로 미리 출발하였다. 가는 길에 인근에 있는 갤러리에 들러 '재리'를 만날 계획이었다.

그는 원래 루즈벨트팀에 관심이 있었는데, 그날 토너먼트팀에서 보석을 발견하였고 그를 다시 만나 볼 계획이었다.

"재리, 이재권, 스물다섯. 동영대 의예과."

키는 187 정도, 몸무게 70kg 정도. 기본적으로 골격을 갖고 태어나서 딱히 운동을 한 몸이 아님에도 적당한 몸매는 잡혀 있었다.

무섭도록 집중하는 그 집념이면, 그는 재리를 데리고 국내뿐만 아니라 해외에서까지 같이 이뤄 낼 자신이 있었다.

"전시회에 재리가 도착했다고 합니다. 조금 더 속도 내겠습니다."

"응."

그는 재리에 관한 자료를 읽고 있었다. 재리는 그들의 제안을 거절했던 유일무이한 사람이었다.

전시장에 도착한 재신은 안으로 들어갔다.

검은 실내엔 조명이 비추는 재리의 사진이 벽을 가득 채우고 있었고, 중간에는 삼각 스탠드에 사진이 올려져 있었다. 삼각 스탠드들을 원형으로 세워 두고 그곳에 조명을 비추니 밋밋한 공간을 꽉 채워 주는 효과가 있었다.

《재리의 깜짝 사인회》

나가는 곳엔 사진을 구매한 분들을 위한 사인회가 열렸다.

이 사진전에서 얻은 수익은 모두 팀을 위해 기부된다고 적혀 있었기에 재신도 망설일 것 없이 전체 사진을 다 구매했다.

이곳은 전시된 사진을 사는 게 아니라, 전시된 사진을 고르면 그 자리에서 출력해서 액자에 넣어서 파는 형식이었다. 장당 가격은 5만 원이라 다 사도 백만 원이었다.

조금 떨어진 자리에서 재신은 사인받기 위해 줄의 가장 앞쪽에 서 있는 여자를 보았다.

이민지?

그는 습관적으로 손목시계를 보았다. 아직 업무 시간인데…….

토너먼트팀의 열정적인 팬인 건 알았지만, 그중 재리를 유독 좋아하나? 그의 미간이 살며시 좁혀졌다.

"골든벨 주인공이시네요. 이름이 민지 씨 맞죠?"

"네! 네! 와…… 영광입니다. 제 이름을 다 기억해 주시고."

"경기에 자주 오셨잖아요. 사인도 몇 번 해 드렸고. 이제는 볼 기회가 없겠네요."

그녀는 재리의 웃음에 황홀한 표정을 지으며 숨이 막히는지 손바닥으로 목 아래를 짚으며 심호흡을 했다. 재리는 그녀가 귀엽다는 듯 보고 있었다.

단순히 팬과 스타의 관계라고 보기엔 어려웠다.

팬을 바라보는 재리의 표정이 호감을 나타내고 있었다.

"어떤 길을 가든 항상 누나가 응원할게요!"

"……누나라고요?"

사인을 마친 재리가 고개를 들어 그녀를 보았다. 민지는 신을 영접한 사람처럼 고개를 끄덕이고 있었다.

"어, 그럼 혹시 학생······."

"아뇨. 회사 다녀요."

그녀의 나이를 훨씬 낮게 본 모양이었다. 민지는 역시나 기쁜 얼굴로 방긋 웃으며 답했다.

"그럼 죄송하지만, 명함 한 장 주실 수 있나요?"

"제 명함이요?"

누가 봐도 작업인데.

재신의 눈썹이 꿈틀거렸다.

다행히도 여자는 회사에서 급하게 나온 모양인지 사원증 외에 명함은 없는 모양이었다. 말하는 도중 시계를 본 그녀의 표정이 시시각각으로 변하더니 냉큼 인사를 한 뒤 사인 액자를 들고 전시장 밖으로 뛰어나갔다.

사인회가 끝난 후, 재신은 재리에게 갔다.

"샤인 프로덕션 유재신입니다."

"······아?"

"리얼 게임 결승전 이후에 저희 회사에서 따로 연락을 드렸으나 팀에서 탈퇴하셨다는 답변을 받았습니다. 그와 관련해서 이야기를 나누고 싶은데, 잠시 시간 있으십니까?"

재리는 정중하게 묻고 있는 재신을 보며 경계태세를 갖췄다. 그를 위아래로 보며 대 볼 수 있는 상댄지 아닌지 판단하려 했으나, 재신이 시선을 피하지 않고 맞받아치는 순간 재리는 그가 위험한 남자라는 걸 직감했다.

"지금은 조금 어렵고, 다음 주에 제가 귀사로 찾아뵈면 어떨까요?"

지금 대화를 시작하면 말릴 거 같은 기분이 들어 재리는 그와의 만남을 미루는 게 지금 시점에서 제일 좋으리라 판단했다.

"그러시죠."

재신은 빳빳한 명함 한 장을 재리에게 건넸다.

샤인 프로덕션 대표이사 유재신.

그 명함 한 장에 조금 자신감이 수그러든 건지, 재리는 두 손으로 공손히 명함을 받았다. 그러면서도 티를 내지 않으려, 눈을 마주하려 애썼다. 피하는 것도 아니고 그렇다고 똑바로 쳐다보지도 못한 채.

"시간은 우리 김 실장과 잡으면 될 거 같습니다."

재신은 재리에게 인사를 한 다음 전시장을 나갔다. 혹시나 하는 마음에 주변을 둘러보았으나 민지는 없었다.

그는 김 실장에게 주차는 TG전자 건물에 하라고 문자를 보냈다. 몇 블록만 가면 되니 걸어갈 생각이었다.

걸어가는 동안 그는 민지에게 전화를 해 볼까 말까 잠시 고민했다.

그 고민은 오래가지 않았다. 그는 통화 버튼을 눌렀다.

[이민지]

딱 그의 성격처럼, 그의 핸드폰엔 모두 본명으로 저장되어 있었다.

통화음을 들으며 걷다 보니 벌써 TG전자 건물이 눈앞에 보였다. 그의 눈에 익숙한 뒷모습이 보였다.

아직 사무실에 복귀하지 않은 모양이었다.

그는 어깨를 으쓱하며 그녀에게로 서서히 걸어갔다. 그녀는 한 손엔 사인 액자가 든 봉지를, 다른 한 손엔 커피와 샌드위치가 든 봉지를 들고 있었다. 전화를 받을 여분의 손이 없어 보였다.

"민지 씨."

하나라도 들어 주려는 그때, 민지가 화들짝 놀라며 뒤를 돌아보았다.

"으아……!"

놀란 그녀가 핸드폰을 놓쳤다. 앞에서 전화를 받기 위해 봉지를 든 손에 핸드폰을 쥐고 낑낑대고 있던 모양인데 놀라는 바람에 손에서 놓친 거 같았다.

공중에 붕 뜬 핸드폰이 아래로 착지하기 전, 재신은 그것을 잡았다.

부르르르, 부르르르. 진동이 울리고 있었다.

[스테'미남']

그가 자신의 핸드폰에 통화 종료 버튼을 누르자 '스테미남'이 그녀의 핸드폰 액정에서 사라졌다.

그녀의 얼굴이 발갛게 달아올라 있었다. 그는 핸드폰을 그대로 그녀에게 돌려주었다. 그러고는 그녀가 들고 있는 큰 봉지 두 개를 거뜬히 들었다.

저를 스테미남으로 봐 주고 있었다니, 감사할 따름이다.

그렇다면 실망시키면 안 되겠지.

"들어가시죠. 안까지 들어다 드릴게요."

"아녜요. 제가 해도 되는……."

"스테미남인데 이 정돈 해 드려도 됩니다."

"앗! 보셨어요? 하하……."

그런 그녀의 눈이 봉지 하나로 계속 쏠렸다. 그건 재리의 사인 액자였다. 그가 걸을 때마다 무릎에 봉지가 부딪치고 있었다. 정확히는 그의 무릎이 봉지 속 재리의 코를 가격하고 있는 꼴이었다.

그녀는 그의 오른쪽으로 이동해서 걸었다. 차마 호의를 베푸는데 다시 달라고는 못 하고 사인 액자를 보는 폼이 똥 마려운 강아지 같았다.

그가 봉지를 반대로 들자 그녀가 안심하는 눈치였다.

"여기는 어쩐 일이세요? 지나가시는 길이었어요?"

"미팅 있어서 왔습니다."

"아……. 그때 맞선 때는 죄송했습니다."

"뭐가요?"

그녀가 제게 죄송할 일이 있었나? 그는 전혀 모르겠다는 표정을 지으며 그녀를 보았다.

"그때 게임 결승전에서 뵙고 오해했어요. 아이 아빠라고."

"아, 그러셨군요."

"그래서 맞선 때 저 혼자 그렇게 판단하고 혼란스러웠거든요. 여쭈어보는 게 실례일까 봐 묻지도 못했어요. 오해했던 부분은 죄송하다고 꼭 말씀드리고 싶었어요. 전혀 아이 아빠처럼 보이지 않는데, 또 엄마가 주선한 맞선 자리인데 하면서 끙끙거렸어요."

"동생 아이입니다."

이제야 그녀가 맞선 때 한숨을 쉬던 이유를 알아차렸다. 그럼 그 이후에 제게 연락했던 건 아닌 걸 알고 한 걸 거다.

"네. 들었어요. 저도 제가 왜 그런 바보 같은 오해를 했는지 모르겠어요. 많이 당황하셨죠?"

"아닙니다."

사실, 그는 조금 당황했다.

어디 가서 아이 아빠 같단 소린 들어 보지 못했는데.

오해를 했다고 해도, 아무리 아이를 안고 있었다고 해도, 의심을 했다는 건 그렇게 보인다는 거니까.

나이를 먹는 걸 실감하지 못했는데, 민지의 말을 들으니 이제야 제대로 실감이 되었다. 아이 아빠라고 해도 이해할 정도의 나이가 되었다는 것을. 재리가 아이를 안고 있었다면 조카나 막둥이 동생을 안고 있다고 오해했을 것 아닌가.

두 손을 저어 가며 미안하다고 사과하는 모습을 보니 그는 자꾸 웃음이 나왔다.

"저 근데 하나만 더 물어봐도 돼요?"

"네. 물어보십시오."

"그때 리얼 게임 경기장에서 저한테 사례한다고 번호 물어보셨잖아요. 혹시, 그거 작업이었어요?"

그가 물끄러미 그녀를 보았다. 초롱초롱한 눈망울의 그녀는 그의 대답을 기대하고 있는 듯했다. 그는 슬금슬금 올라가는 입꼬리를 잡으려 입가에 힘을 주었다.

그에게서 대답이 없자 민지는 어깨를 으쓱 올렸다가 내리며 밝게 미소 지었다.

"여기까지 짐 들어 주셔서 감사합니다!"

"위에까지……."

"아닙니다. 제가 다시 전화 드릴게요. 정말 감사드려요!"

그녀는 그의 손에 있는 봉지들을 냉큼 받고 성큼성큼 건물 안으로 갔다. 그런데 들어간 줄 알았던 그녀가 다시 그에게 다가왔다.

"일요일에 다시 봬요! 저 진짜 들어갈게요."

"잠시만요."

동그랗게 커진 눈이 예쁘게 깜빡거렸다. 그는 그녀에게 가까이 고개를 숙였다.

"그때 그거, 작업 건 거 맞아요."

대답을 들은 그녀의 볼이 붉어지더니 눈빛이 흐려진다. 짧은 묵례를 마친 그녀가 다시 건물 안으로 뛰어 들어갔다.

때마침, 그도 김창우 실장에게서 전화가 오고 있었다. 그녀는 그의 핸드폰이 울리는 걸 보더니 고개 숙여 인사한 후 건물 안으로 들어갔다.

✳ ✳ ✳

사무실로 복귀한 민지는 경영지원 2팀 앞에 있는 동그란 회의용 테이블에 샌드위치와 커피가 든 봉지를 올리고, 팀장님 책상 앞으로 갔다.

법인카드, 팀장님 개인카드, 담배를 고스란히 위에 올려 두었다.

"민지 씨, 나 이거 복사 좀. 넉넉히 10부만 부탁해."

"네, 대리님. 복사해서 어디로 가져가면 될까요?"

"10층 5번 미팅 룸으로 부탁해. 그럼 과장님하고 나는 먼저 올라갈게."

주 팀장님은 먼저 올라가신 모양이고, 이 대리님과 김 과장님도 급하게 펜과 노트를 챙겨서 올라갔다.

"오늘 어디랑 미팅 일정 있어요? 어제 본 스케줄 표엔 없었던 거 같아서요."

"아— 민지 씨 아까 점심때 전화 받느라고 못 들었구나. 샤인 프로덕션 미팅이 오늘로 당겨졌어. 곧 오실 거 같은…… 왜? 무슨 일 있어?"

"어디라고요? 아, 아니에요. 저 복사하고 오겠습니다!"

샤인 프로덕션 미팅이면, 재신이 오늘 여기로 온다는 거였다. 그래서 아까 위에까지 들어 준다고 말한 거였나 보다.

'그때 그거, 작업 건 거 맞아요.'

얼굴이 달아올랐다. 그녀는 종이 뭉치로 부채질을 하며 잠시 열을 식힌 후, 자료 복사에 박차를 가했다.

민지는 순식간에 복사를 해서 스테이플러로 찍은 후, 10부를 만들었다.

TG전자의 전자제품 모델은 전부 샤인 프로덕션에서 책임지고 있었다.

밥솥, 에어컨, TV, 김치냉장고, 세탁기 모두 새로운 신제품이 나올 때마다 모델이 교체되기도 하는데, 그렇더라도 샤인 프로덕션 소속 연예인으로 진행했다.

그쪽과 협업했을 때 완판 신화를 기록하였고, 또 TG에서 찾는 적합한 연예인이나 요새 핫한 셀럽이 샤인 프로덕션에 많았기에 계속 지금까지 좋은 관계를 유지해 왔다.

비단 배우, 가수뿐만 아니라 요새는 운동선수, 크리에이터, 프로게이머도 소속사가 있기 마련이었다. 샤인이 다른 분야의 사람에게도 발 빠르게 관심을 갖고 움직였고 다른 직군의 셀럽들도 소속사로 데려왔다.

민지는 복사를 한 후 주희 선배와 함께 10층으로 올라갔다. 미팅 5번 룸은 여러 부서가 모여도 될 정도로 회의실이 넓었다. 그 앞에 서 있는 김 과장님께 서류철에 낀 기획안을 전달하였다.

"고마워요, 민지 씨."

그녀는 열린 문틈으로 안의 상황을 보았다. 앞쪽 자리에서 재신이 웃으며 김재현 전무와 대화를 나누고 있었다.

언뜻 풍기는 아우라가 보통이 아니었다. 김재현 전무 앞에서 저렇게 웃을 수 있는 사람이 몇이나 될까. 그녀가 알기론 처음이었다.

농담을 했는지 두 사람이 웃음을 주고받았다.

"저기요, 잠시만요."

"아, 네! 죄송합니다."

샤인 프로덕션 소속 연예인이 매니저를 대동하고 나타났다. 문 앞을 막고 있던 민지는 옆으로 비켜섰고 TV에서만 보던 그들을 눈앞에서 보았다.

"안녕하세요."

민지는 모두에게 깍듯이 인사했다. 그 옆에 선 주희 선배는 같이 안으로 들어가 자리를 안내했다.

그들 중 마지막으로 들어가는 여자를 보았을 때, 민지는 흠칫 놀랐다.

'너 오늘도 처먹냐? 그러니까 살이 찌지. 아오, 돼지 냄새 나.'

'때 먹고 커서 뚱뚱한가? 너희 엄마랑 아빠가 요 앞 목욕탕에서 다 벗고 있다며?'

하지 말라고 놀리면 그녀는 손찌검을 했고, 어쩔 때는 그녀가 먹는 식판을 엎고 가기도 했다. 원래 이유 없이 친구들을 괴롭히긴 했지만 그녀에겐 유독 심했다.

아직도 민지는 그녀의 이름을 잊지 못하고 있었다.

최혜린.

중학생 때 그녀는 혜린의 무리에게 여자 화장실에 끌려가서 맞았다. 어느 날은 가위로 머리를 싹둑싹둑 자르기도 했고, 어느 날은 뚱뚱한 애한테 교복은 사치라며 찢기도 했다. 발길질은 기본이고, 물세례도 맞았다.

그래서 아침마다 학교에 가는 게 죽을 만큼 싫었다. 자퇴하고 싶다고, 전학 가고 싶다고 부모님을 조르고 싶었지만 그럴 수 없었다.

목욕탕에 가면 엄마가 어떻게 일하는지 보이니까. 아빠도 남탕에서 별반 다르지 않게 쉬지 않고 일하고 있을 걸 아니까.

중학생인 그녀와 비슷한 체구인 엄마가 그 수증기 가득한 곳에서 브래지어와 팬티만 입은 채로 동네 할머니와 어머니들의 몸의 때를 밀어 주고, 아빠 또한 남탕에서 같은 일을 하셨다.

그래서 그녀는 집에 오면 깨끗하게 씻고 말끔한 모습으로 부모님을 기다렸다. 나중엔 결국 옷으로 가려진 부위가 멍투성이임을 알게 되고, 두 분이 그녀의 손을 잡고 우셨다.

"안에 대표님 계세요?"

혜린의 질문에 과거의 상념이 깨졌다.

76

"네. 대표님 먼저 와 계세요."

"어머나. 그렇구나. 고마워요~"

혜린은 저를 못 알아보는 것 같다. 그렇게 괴롭혀 놓고도.

그녀 때문에 고막이 터져서 이비인후과를 다닌 적도 있었고, 배를 세게 맞아서 내과를 방문했던 적도 있었다. 어쩔 때는 정형외과에 가서 물리치료를 받기도 했다.

그 병원 기록만 아니었다면 부모님께서 속상해할 일이 없었을 텐데. 그땐 그녀가 피보험자여서 아빠 건강보험 밑에 있다는 걸 몰랐었다.

그녀는 사무실로 내려와서 인터넷 창을 켰다.

〈최혜린〉

그녀에 대해 검색해 보았다.

〈샤인이 발굴한 샤이닝 스타! 최혜린!〉

그녀에 대한 기사가 여럿 있었다. 그녀는 지금은 해체한 T-day라는 가수 그룹 출신이었고, 몇 개월 전부터 샤인과 한솥밥을 먹게 되었다고 나와 있었다.

그룹을 살리기 위해 혼자 열심히 고군분투한 리더, 제 팀을 위해 희생했던 장면들이 동영상으로 떠돌고 있었다.

거기다 선후배에게 얼마나 잘하는지 인성이 좋다는 말이 수두룩했다.

사람은 잘 안 변한다는데, 사회생활을 일찍 시작하면 좋아질 수도 있는 건가.

씁쓸한 웃음을 지으며 그녀는 친구인 한영에게 메시지를 보냈다.

회의가 끝나길 기다리며 오늘 처리해야 할 업무를 착실히 처리하고 있을 때쯤, 주 팀장님과 함께 김 과장님, 이 대리님이 밝은 표정으로 내려오셨다. 그녀는 궁금한 표정으로 그들을 보았고, 그들은 엄지를 치켜세웠다.

"좋은 조건으로 협상 끝났어. 모두 수고했어."

"네. 와— 그 유 대표님 진짜 장난 아니시더라고요. 우리 회사 홍보팀이 어디 가서 꿀리지 않는데, 완전히 그 위에 계셨다니까요. 홍보팀 서 팀장님 오늘 또 엄청 깨지시겠네요."

"재무팀도 꼼짝 못하는 거 봤죠? 그나마 김재현 전무님만 웃으면서 촌철살인을 날리는데, 와…… . 김 대표가 한발 양보하는 거 처음 봤어. 물론, 그래도 우리에게 손해는 아니었지만."

김재현 전무님은 주요 미팅이 아니면 웬만해선 참석하지 않으신다. 비서실에서도 그의 업무를 핸들링하기 어려울 정도로 과한 일정을 소화하고 계셨다.

그런 그가 참석하는 미팅이라면 상대가 만만치 않다는 거였다.

존잘씨, 존나 잘생긴 쉬발놈이 별명인 김 전무와 맞먹는다니…… .

그녀는 자신이 재신에게 했던 행동을 되짚어 봤다. 어쩐지 피라미드 꼭대기에 있는 상위 포식자에게 저를 갖다 바친 꼴이 아니었나 하는 생각이 들었다.

✳ ✳ ✳

민지는 회사가 끝난 후 한영의 집으로 갔다. 한영은 일찍 결혼해서 슬하에 아들 한 명을 두고 있었다. 스물셋에 낳았으니 아들이 네 살이었다.

"태웅이는?"

"씻고 잠들었어."

이번 주는 태웅 아빠가 출장을 가서 주말에나 들어온다고 하였다.

"너를 위해 내가 치킨을 주문했다."

"나는 너를 위해 맥주를 사 왔다!"

민지가 검은 봉지를 흔들었다. 한영의 눈빛이 초롱초롱해졌다.

한영이 미리 주문한 치킨이 때마침 도착하였고, 두 여자는 치킨을 뜯으며 맥주를 마셨다. 맥주 두 캔을 비우자 두 사람의 볼이 발그스름해졌다.

"한영아, 너 나 엄청 뚱뚱했을 때 친구 해 줬잖아. 내가 진짜 고마워."

"왜 갑자기 그런 말을 해?"

"그냥, 그때 나 자신감도 없고 친구를 옆에 두는 것조차 무서웠거든. 나 중학교 때 학교폭력 때문에 전학 간 거잖아. 그때 나 괴롭혔던 애를 우연히 만났는데, 엄청 잘 살고 있더라."

SNS를 다 살펴본 결과, 수억대의 집을 소유하고 있었다. 반짝 떴다가 망한 걸그룹치고 삶은 일반 직장인인 그녀보다 화려했다.

"야. 근데 걔가 이상한 거야. 네가 뚱뚱한 게 아니라 통통이였지. 네가 뭐 80kg이었냐, 90kg였냐."

"66kg인가? 거의 70kg에 가까웠지."

"그러니까! 그 정도면 적당했어. 오히려 고등학생 땐 너 인기 많았잖아. 예나 지금이나 삐쩍 마른 애들은 연예인들이나 좋지, 실제론 남자들이 별로 안 좋아해. 난 걔가 너 샘나서 그런 거라 확신한다."

"걔가 나를 샘낸다고? 그럴 리가. 그리고 나 인기 안 많았어."

"아냐, 너 은근 고백도 받고 그랬는데. 기억 안 나? 화이트데이 때 사탕 많이 받았잖아."

"그거 그냥 다 주는 거야. 그럴걸."

민지는 기억이 안 난다며 고개를 저었다. 고백을 받았다면 기억을 못 할 리가 없었다.

고등학교에 입학한 후엔 공부만 했었다. 잠을 자고 먹는 시간을 제외하면 책상에서 엉덩이를 떼지 않았던 거 같았다. 누구에게 잘 보이고, 누군가의 감정을 신경 쓸 여유는 없었다.

학교 폭력으로 인한 부모님의 눈물이 그녀의 인생을 바꿔 놓은 것이다.

네 애가 부족해서 그런 거다, 애 부모가 그런 일을 하느라 애를 못 돌봐서 그런 거다.

가해자 부모들은 사과 하나 없이 오히려 피해자를 탓했다. 결국 돈이 있는 쪽이 이기는 법. 피해자인 민지의 가족이 동네를 바꾸고 전학을 가게 되었다.

아빠는 억울함에 술을 먹고 한참을 우셨다. 민지는 그 모습들이 충격으로 다가왔고 이런 현실을 바꿀 수 있는 건 공부밖에 없다고 생각했다.

성적이 향상되고 전교 등수에서 놀기 시작하면서 부모님께서는 만족해하셨다. 학교에서 부모님을 초청하여 자신에 대해 이것저것 상의를 하기 시작했고, 학부모들이 엄마의 연락처를 어떻게든 알아내서 공부 비법에 대해 물어보기도 하였다.

고등학교 땐 징글징글하게 공부한 기억만 있어서 딱히 기억에 남는 친구는 없었다. 오히려 중학교 때 고백했던 권남우라면 모를까.

부르르, 부르르.

그때, 민지의 핸드폰이 울렸다.

[이제 퇴근합니다. 저녁 먹었어요?]

그녀는 고개를 갸웃거렸다. 그러자 한영이 다가와 그녀의 문자를 대신 보았다.

"스테미남? 누구야?"

"나 맞선 봤던 남자."

"잘돼 가고 있는 거야? 아니면 벌써 사귀는 사이?"

"아니. 그런 거 아니야."

맞선으로는 결혼할 생각이 없다던 남잔데.

애프터 신청도 하지 않았고.

자신이 만나자는 건 거절하지 않았지만, 제게 관심이 있다는 느낌은 받지 못했다. 아마 주말에 영화를 보고 밥을 먹다 보면 다음 번 만남이 있을지 아니면 거기서 끝이 될지 결정이 날 거 같았다.

"얼른 답장 드려! 기다리시겠다."

"왜 네가 더 설레?"

"어휴, 스테미너 단어만 봐도 설렌다. 왜? 거기다 미남이잖아. 다 갖춘 거지. 얼른 보내 얼른!"

친구의 성화에 민지는 뭐라고 답을 보낼지 곰곰이 생각했다.

[저는 먹었]

"그게 아니지. 내가 부르는 대로 문자 보내 봐."

"응. 불러 봐."

"저도 방금 퇴근했는데, 아직도 식사 못 하신 거예요?"

민지가 한영이 부르는 대로 문자를 입력하다가 손을 멈췄다.

"나 너랑 치킨 먹었잖아."

"여지를 두는 거지, 여지를. 지금 저녁 먹었냐고 묻는 거 보면 같이 먹고 싶은 거 같은데?"

"에이— 아니야. 그렇게 날 마음에 들어 하진 않았다고."

민지는 한영의 충고대로 보내지 않고, 사실대로 문자를 보냈다.

[친구랑 치맥 하고 있어요! 퇴근이 늦네요? 힘드셨겠다…….]

"와…… 이 연애 고자. 힘드셨겠다래. 진짜 민지야. 널 어쩌면 좋으냐!"

"왜?"

"아니야. 연애를 하다 보면 깨닫게 되리라. 근데 스테미남이면 벌써 둘이 잔 거야?"

"아니?"

한영이 맥주 한 캔을 더 마시더니 입을 삐죽 내밀었다.

"우리 남편도 결혼 전엔 스테미남이었는데, 요새는 3분컷이야. 나한테는 3분이 3초인데, 울 남편은 3분이 30분 같나 봐. 하아…… 나의 육체 생활은 끝났어. 흑흑!"

"얘가, 얘가. 못 하는 말이 없어."

민지는 한영의 성생활에 대해 들으며 손으로 부채질을 하였다. 결혼 전엔 준호 씨가 호시탐탐 한영과의 밤을 노렸던 거 같은데.

그땐 한영이 무슨 짐승이 따로 없다고 하소연을 했는데, 3분 컷이라니.

"그래, 세상에 섹스가 다가 아니지. 암. 그렇지, 근데 이미 맛을 알아 버렸으니 아쉬울 뿐이지. 흑흑. 민지야, 넌 꼭 스테미남 잡아라. 흑흑."

"준호 씨가 너한테 잘하면 됐지. 다정하시고, 해 달라는 거 다 해 주고, 응? 돈도 잘 벌어 오고. 너희 부모님께도 잘하잖아."

"그렇긴 해. 그래서 3분컷으로 식던 사랑도 다시 생기고……."

[네. 저는 집 와서 간단하게 3분 요리 해서 먹으려고요. 너무 늦게 들어가지 말고, 조심히 들어가요.]

재신에게서는 한참 뒤에 문자가 왔다.

친구와 대화하는 중에도 민지는 핸드폰을 흘끔거렸다. 그에게서 또 문자가 오려나? 대화를 하면서도 일부러 꺼진 액정을 켜서 시간을 확인하고 그랬다.

별거 없는 문자인데 왜 기다려지는 건지…….

"그래서 다시 돌아가서, 너 인기 많았다니까."

"아니라고! 내 기억에 고백받은 적이 없어."

"그걸 꼭 말로 해야 아냐, 맹추야!"

두 사람은 맥주잔을 기울이며 서로 키득거렸다.

✳ ✳ ✳

간단하게 식사를 한 후, 재신은 지하 1층 수영장으로 내려갔다. 건물 입주자들을 위해 마련된 수영장은 24시간 개방되어 있었다.

예전엔 주로 술집에서 만나던 친구들이었는데 요샌 종종 수영장이나 헬스장에서 약속을 잡곤 한다.

일에 대한 스트레스를 전에는 술로 풀었다면, 이제는 운동으로 에너지를 소모하는 쪽으로 변한 것이다.

제 여동생을 뺏어 간 도형과 미국에서 최근 귀국해 피부과를 개업한 종우가 먼저 와 있었다. 제 소속사 배우인 태훈은 10분 정도 늦는다고 연락이 왔다.

"몸 좀 풀자고."

그들은 각각 자리에 서서 몸을 풀었다. 발목을 돌리고 기본적인 스트레칭을 하였다.

"재신아. 너 우리 몰래 다른 운동 하냐?"

"헬스? 마라톤?"

"아닌데. 어떻게 갈수록 저렇게 몸이 좋아지지? 너 허벅지가 웬만한 여자 아이돌 허리만 하겠다."

"과장은."

"진짜 과장 아니야. 도형아, 애 좀 봐 봐."

"내가 더 굵은데?"

도형의 말에 종우는 두 사람 허벅지를 번갈아 보며 눈대중으로 사이즈를 체크했다. 그러더니 재신의 손을 잡고 위로 들었다.

"유재신 윈. 그럼, 준비 출~발!"

종우는 본인이 먼저 수영장으로 뛰어들어 출발하였다. 도형과 재신은 익숙하다는 듯 바로 수영장으로 다이빙해서 들어갔다.

재신은 깊게 숨을 참고 물살을 가르며 최대한 멀리까지 수영을 했다. 그는 다른 운동보다도 유독 수영을 좋아했다.

재신이 시작점으로 돌아와 물안경을 벗으며 물 아래 땅에 발을 딛고 섰다. 그다음 종우가 들어왔고, 바로 이어 도형이 들어왔다.

정확히 보지 않으면 셋 다 비슷한 시간이라고 해도 무방했다.

"내가 1등 같은데?"

종우의 말에 재신과 도형은 고개를 저었다.

"넌 부정 출발했으니까 아웃."

"태훈아, 누가 1등이냐?"

그들이 시합을 할 때 수영장에 들어온 태훈이 스트레칭을 하고 있었다. 아무리 친구여도 승부의 세계는 정확해야 한다.

"재신이가 제일 빨랐어. 그다음 종우, 도형이가 꼴찌."

"……이런."

"쌍둥이 아빠 되더니 서도형 힘 죽었네."

"쟨 힘 더 죽어도 돼."

재신의 말에 도형이 찌릿하고 재신을 보았다. 친구이기 전에 동생의 오빠로서 재신은 도형의 힘이 더더욱 줄어들길 바랐다. 조카들은 예쁘지만, 지유가 너무 힘드니까…….

"유재신 넌 그 많은 힘을 어디다가 쓸래?"

"일할 때."

"죄악이다, 죄악. 마음에 드는 여자가 그렇게 없나?"

그러고 보니 다들 제 짝들이 있는데.

도형과 태훈은 이미 유부남이었고, 종우는 이미 헤어졌지만 요새 다시 잘해 보려는 거 같았고.

그들은 각자 숨이 턱까지 차오를 때까지 수영을 했다. 접영, 평영, 배영, 자유형까지 자유롭게 물 위를 노닐던 네 사람은 발을 딛고 서서 물안경을 빼며 숨을 몰아쉬었다.

"근데, 다들 워커홀릭인데 여자 만날 시간이 있어? 어떻게 결혼을 했지. 신기하네."

숨이 찬 친구들 사이에서 멀끔한 재신이 말문을 뗐다. 친구들도 저와 별반 다르지 않게 워커홀릭이었다. 그런데 두 명은 유부남이고, 한 명도 다시 유부남이 될 예정이었다. 언제 연애를 하고 결혼을 하고, 애를 만들었던 건지 신기했다.

"응. 있지."

"당연하지. 시간을 만들어야지."

"일을 줄이고, 잠을 안 자면 돼."

도형의 한마디가 되게 컸다. 사랑하는 일까지 줄여 가며, 잠을 포기하면서, 식사를 건너뛰면서도 제 동생을 만나러 간다는 말에 뿌듯하면서도 한편으로 신기했다.

"재신이 넌, 요새 눈 가는 여자 정말 없어?"

"음?"

"왜 생각만 해도 몸이 뜨거워지는…… 허벅지가 터질 거 같은 그런 느낌 안 드냐고."

종우의 질문에 재신은 잠시 생각에 잠겼다.

문득, 맞선을 봤던 여자 한 명이 머릿속에 스쳤다. 하나로 머리를 질끈 묶었을 때 옆으로 흘러내린 머리카락과 가녀린 목선, 그리고 쭉 곧게 뻗은 다리. 매력적으로 생긴 이목구비의 그녀는 눈이 가게 만드는 매력이 있었다. 많은 사람들 틈에서도 찾아낼 수 있을 정도로.

재신의 표정이 묘하게 변했다.

"있어? 그런 여자?"

"배우? 가수? 개그맨? 아니면 의사? 직장인? 누군데?"

태훈과 종우가 꼬치꼬치 물어 왔다. 재신은 피식 웃으며 고개를 저었다. 그는 수영장 물 안에서 팔을 밖으로 빼서 한 번에 점프해서 밖으로 나왔다. 그가 물 밖으로 나오면서 물이 넘쳐 흘렀다.

"너희 본가에선 따로 연락 없어? 연락 왔다며."

재신은 샤인 프로덕션의 수장이자, 후암그룹의 외손자였다. 후암기획으로 시작하여 후암 이노베이션과 후암 커뮤니케이션즈까지 점점 사업 영역을 넓혀 가며 굳건히 자리 잡은 대기업이었다.

외할아버지는 어머니를 예뻐해서 아들에게 모두 물려주지 않고, 후암 이노베이션을 사위인 그의 아버지에게 물려주었다. 그때는 후암 이노베이션이 모기업을 꺾을 거라고 생각하진 못하셨던 거 같다.

그런데 아버지가 잘 운영해서 후암에서 독보적인 캐시카우가 되었고, 그때부터 가족 간의 균형이 삐걱대기 시작했다. 그러다 사고로 아버지께서 돌아가시자, 업무에 대해 아무것도 모르는 어머니는 가족들에 의해 후암가에서 매장 당했다고 봐도 무방했다.

그들은 어머니에겐 평생 다 쓰고도 남을 돈을 쥐여 주곤 아예 후암에 발도 들이지 못하도록 싹을 잘라 버렸다고 해도 과언이 아니었다.

그래서 재신은 가족의 누구에게도 손을 벌릴 수 없었다. 가족이지만 그들은 재신이 아빠를 닮아서 언제든 후암을 통째로 삼킬 거라고 경계하고 있었다.

"응. 도와 달라고 하더라."

그랬던 그들이 그에게 연락을 한 건, 도와 달라는 거였다. 기업과 정치가 떼려야 뗄 수 없듯, 기업과 소속사도 모종의 관계를 맺는 편이었다. 그러나 아버지가 없는 후암은 워낙 더러운 추문이 많아서 그는 도와줄 생각은 전혀 없었다.

"하긴. 네가 샤인 어떻게 키웠는데. 버리진 못하지."

"내실만 두고 보면 지금이 낫지 않나? 굳이 재벌가로 기어들어가는 것보다는."

"그러게. 우리 재신이 건물주님이잖아."

"하늘에 계신 우리 건물주님이시여, 미천한 저를 받아 주옵소서."

종우는 태훈과 대화를 하다가 두 손을 모으고 하늘을 보며 기도를 하는 척하며 재신을 놀렸다.

"건물주님은 무슨, 그리고 우리 소속사 건물이지."

"그러니까 그게 네 거 아니냐. 전부."

재신은 샤인 프로덕션이 지금 여기까지 오는 동안 수도 없이 숨을 참고 물살을 가르며 달려왔다. 첫 시작을 함께해 준 태훈이 큰 도움이 되었고 같이 고생해 준 모두의 몫이라 생각했다.

제 것이라 생각해 본 적은 없었다. 그렇지만 샤인이 내가 지켜야 할 것이라는 건 확실했다.

"먼저 씻으러 간다."

그는 수영모를 벗으며 머리를 털었다. 그러곤 먼저 씻겠다며 샤워실로 걸어갔다.

남자 샤워실로 걷는 동안 같은 건물에 거주하는 몇몇의 시선을 받았다. 처음엔 재신에게 먼저 와서 번호를 묻기도 하고 맥주를 마시자는 말을 건네기도 하더니, 몇 번 매몰차게 거절을 했더니 이제는 멀리서 보기만 하고 말을 걸진 않았다.

　그는 간단한 묵례로 일부러 그가 수영하는 시간대에 찾아오는 주민에게 인사를 했다.

[그럼 주말은요ㅠㅠ?]

　그녀가 보냈던 문자가 생각나서 씻으면서도 웃음이 새어 나왔다.

　보통은 그렇게 묻기 어려운데…….

　뜨거운 물이 그의 몸으로 쏟아져 내렸다. 샤워실 안은 수증기로 뿌옇게 찼다. 종우의 말대로 허벅지가 터질 것처럼 뜨거워졌다. 그건 그 여자를 떠올린 순간 때문이었는지, 아니면 샤워기의 물 온도 때문인지 확실하진 않았다.

　샤워를 다 마쳤을 때 그의 몸에는 연기가 일었다.

❉　❉　❉

　재신과 만나기로 한 아침, 꼭두새벽부터 일어난 그녀는 옷을 고르고 화장을 했다. 너무 빨리 준비를 마쳐서 약속 시간까지 기다리기가 힘들어 약속 장소로 갔다.

　양꼬치를 먹기로 했지만 아무래도 그가 내장류를 좋아하지 않는다는 말을 했던지라 그녀는 식사 장소를 바꾸었다.

먼저 도착했다고 하면 상대가 불편해할 거 같아서 예약된 음식점 건너편에 있는 카페에서 웹툰을 보기도 하고, 게임 영상을 찾아보며 시간을 보냈다. 그러면서도 반대편 건물로 재신이 들어가진 않는지 틈틈이 살폈다.

일부러 커피 대신 루이보스 차를 주문했는데, 약속된 음식점 건물을 볼 때마다 커피를 마실 때처럼 심장이 뛰었다.

잘 잤는지, 밥은 먹었는지 안부를 물어 오는 그의 문자가 떠오르니 더 떨렸다. 이 사람 나한테 관심이 없었다고 생각을 하면서도 한편으로 반대의 가능성도 동시에 생각을 하기 때문이다.

어쩌면 한편으로는 반대의 가능성이 진짜이길 바라는 건지도 몰랐다.

바빠서 답을 오랫동안 못 할 때는 꼭 '죄송합니다. 미팅 중이었습니다.' 등으로 그의 답이 늦어진 이유를 꼭 설명해 주었다. 그녀는 그의 그런 면이 더 마음에 들었다.

설렘으로 물든 그녀의 눈이 잠시 커졌다. 투명한 창밖으로 소나기가 쏟아지고 있었다. 우산이 없던 그녀는 일기예보에도 없던 소나기에 당황했다.

카페에서 우산을 빌려서 가야 하나? 맞고 갈 수도 없고. 심지어 이 건물엔 편의점도 없었다.

그녀는 시계를 힐끔 보고 재신에게 전화를 걸었다.

– 네, 여보세요.

그의 목소리와 함께 내비게이션의 음성이 같이 들렸다.

– 도착했어요?

"네. 제가 일찍 도착해서 커피숍인데."

– 우산 있어요?

"아뇨…… 그것 때문에 전화 드렸어요."

그는 어쩜 제 맘을 찰떡처럼 알아듣는 걸까.

– 위치가 어디예요?

"건너편 건물 투유 커피숍이요."

– 투유…… 아, 잠시만요.

창문을 내린 남자가 손을 밖으로 뻗어 주변 차에게 양해를 구한 후, 부드럽게 유턴을 하는 게 보였다. 검은색 마세라티 차가 그와 잘 어울렸다.

– 우산 들고 앞으로 갈게요. 나와요.

그의 차는 도롯가에 깜빡이를 켠 채 멈췄다. 그는 검은색 장우산을 펴면서 차에서 내렸다.

가볍게 차려입은 그가 우산을 들고 앞으로 걸어오는 모습이 흡사 모델 같았다. 청바지에 흰 셔츠도 맵시가 좋았다. 흰 셔츠 소매 부분을 걷어 입은 그가 걸어올 때마다 주변의 시선이 그에게 쏠렸다.

민지는 카페 밖으로 나갔다. 카페 문을 열자 그가 그림처럼 바로 앞에 서 있었다.

"비 맞지 않게 이리 와요."

그가 손을 내밀었다.

민지는 그의 손을 잡고 그의 품으로 착지했다. 몸이 닿지 않아도 그의 온기가 따스하게 전해졌다. 남자의 스킨 향이 코끝을 스치고, 우산으로 쏟아지는 빗줄기의 소리가 겹쳐졌다. 그때 우산을 잡은 남자의 손과 생명력 있는 핏줄이 눈에 잡혔다.

"잠시 실례 좀 할게요."

남자는 그녀가 대답할 틈도 주지 않고 어깨를 감싸 그의 품으로 당겼다. 그와 몸이 닿자 민지는 심장이 쿵덕거려 숨을 멈췄다. 생각보다 그가 너무 가까이 있었다.

맞선 이후로 데이트로는 두 번째 만남이었고, 통틀어서 보면 네 번째 만남이었다. 이렇게 스킨십을 자연스럽게 하는 건 너무 빠른 걸까? 이걸 스킨십의 범주에 넣어도 되는 걸까?

한영의 말대로 연애 고자가 맞는 것 같다.

"비 맞잖아요. 가까이 와요."

그는 조수석 문 대신 뒷좌석 문을 열어 주었다. 그의 어깨가 젖어 가도 그는 상관하지 않으며 그녀를 살폈다.

"조수석엔 차들이 급하게 다니니까, 우선은 여기 타요. 바로 앞이니까."

"네. 감, 감사합니다."

민지는 볼을 붉힌 채로 뒷좌석에 탔다. 그는 운전석으로 돌아오며 우산을 접었다. 말끔한 처음과 달리 살짝 머리에 물기가 배어 있었다. 그는 대수롭지 않게 손으로 툴툴 털며 비상등을 끄고 액셀을 밟았다.

그들이 식사를 예약한 건물에 주차를 한 후, 그는 먼저 내려서 아까처럼 뒷좌석 문을 열어 주었다.

"손잡아 줘요?"

"아뇨. 혼자 내릴 수 있어요."

그녀의 말에 그는 고개를 끄덕이며 손을 뒤로 물렸다.

아까는 비가 오는 상황이라 손을 잡았지만, 지금은 굳이 잡을 이윤 없었다.

"아래 미끄러워……."

"끄악!"

그가 경고하는 그 순간, 그에게 잘 보이기 위해 신고 나온 구두는 처참하게 미끄러졌다. 그녀는 그의 가슴에 두 손을 붙인 채 그에게로 쏟아졌다.

그는 그녀가 넘어질 줄 알았다는 듯 단단한 돌처럼 서서 그녀의 허리를 받아 지탱했다.

"괜찮아요?"

"아, 네네……."

"미끄럽다고 말해 주려고 했는데."

그가 그녀를 보며 피식 웃었다. 민지는 화끈거리는 얼굴을 얼른 그의 몸에서 떼고 괜히 머리를 매만졌다.

비가 온 터라 실내 주차장 바닥은 매우 미끄러웠다.

"잠시 실례할게요."

그는 이번에도 큰 손으로 그녀의 손을 잡아 왔다. 손끝에서부터 닿는 그의 체온에 온몸이 바싹 긴장되었다.

그는 그녀가 넘어지지 않게 팔과 다리에 힘을 주며 그녀를 잡아 주었다. 뾰족 구두를 신은 다리가 걷는 기능을 제대로 하지 못해 흔들거렸다.

"다시, 만나서 좋네요."

주차장에서 엘리베이터를 기다리는 동안 그가 그녀에게 말을 건넸다. 손을 놓지 않은 채로.

그 다정한 음성에 민지는 가슴이 설레었다.

4장. 만나 봐요, 우리

이건 데이트라고 봐도 될까?

민지는 그가 꼭 남자 친구 같단 생각이 들었다.

음식이 나오면 그녀를 먼저 챙겨 주고, 물컵에 물이 비면 그가 직원을 불러 물을 채우도록 했다. 그녀가 하는 말마다 호응을 잘 해 주며 곧잘 웃는다.

"아참, 그때 토너먼트팀 재리 사진전에는 왜 오신 거예요? 저처럼 팬이신 거예요?"

"그건 아닙니다."

"난 또, 토너먼트팀 팬인가 했어요."

"그 팀 중에서 재리를 제일 좋아합니까?"

"네. 눈웃음이 예쁘잖아요. 동생 같고, 귀엽고, 알고 보니 열심히 사는 청년이더라고요. 도와주고 싶게."

대화 주제에 '재리'가 들어가자 재신의 얼굴 표정이 미묘하게 바뀌었다. 그는 냅킨으로 입가를 닦은 후 포크를 내려놓았다.

"와인 한잔 하시겠어요?"

"네. 좋아요."

재신은 위로 손을 들었다. 직원이 가져온 메뉴판을 보며 그가 그녀에게 질문을 했다. 그러나 그녀는 와인에 대해 아는 게 없었다.

그는 알아서 와인을 주문하였다. 얼마 지나지 않아 디저트와 와인이 같이 나왔다.

바깥은 여전히 비가 내리고 있었다. 그들이 앉은 창가 자리는 밖의 상황을 여실히 보여 주고 있었다.

"비 올 때 와인 마시니까 좋네요. 맞다, 아까 저 때문에 옷 젖으셨죠?"

"괜찮습니다."

"찝찝하지 않으세요?"

그에게선 잠시 말이 없었다. 그러던 그가 입을 열었다.

"괜찮습니다."

그는 괜찮다고 했지만 보기엔 그렇지 않았다. 축축한 걸 잘 못 참는 성격인지 젖은 어깨를 손으로 만지며 불편해했다. 그럼에도 그녀에겐 티 내지 않으려고 하는 듯 보였다.

"전에 맞선으로 결혼할 생각 없다고 하셨잖아요."

"네."

"지금도 혹시 그런가요?"

그래서 그때 애프터 신청도 안 한 걸까?

자신이 만나자고 해서 만나 주는 걸까.

"네. 단번에 서로 조건만 맞춰서 결혼할 생각은 없습니다."

"……아. 그럼 저는요?"

그가 와인 잔을 내려놓고 느긋하게 그녀를 보았다.

깊은 눈매와 마주하고 있으니 민지는 심장이 쿵쿵 뛰었다. 저 입에서 어떤 말이 나올지 궁금했다.

"민지 씨만 괜찮으시다면, 조금 더 만나 보고 싶습니다."

"……."

"알아 가고 싶어요."

그의 진심이 비가 땅에 스며들듯이 그녀에게 다가왔다. 조금 더 만나서 서로를 알아 가고 싶다는 것은 사귀자는 말과 일맥상통하는 거 같았다.

"너무 빠른가요?"

그가 다시 물어 왔다. 민지도 연애에 있어서는 쑥맥인데 상대도 마찬가지인 거 같았다. 그녀는 고개를 붕붕 저었다.

"아뇨. 아뇨. 빠르긴요. 충분한 속도예요."

"……그렇군요."

"연애, 연애하자는 거죠?"

대놓고 말을 해 놓고 그의 답을 기다리는 동안 다시 심장이 쿵쿵 뛰었다. 그가 고개를 위아래로 끄덕였을 때 그녀의 입가에도 비로소 미소가 번졌다.

그들의 알콩달콩한 시간을 방해한 건, 재신의 핸드폰이었다.

"잠시만요."

그는 핸드폰을 들고 일어나서 밖으로 나가더니 잠시 후 피곤한 표정으로 도로 돌아왔다. 그사이 회사에 무슨 일이 있었던 건가? 지금 가 봐야 하는 건가?

"2차는 다른 데로 옮겨도 될까요?"

"그럼요. 무슨 일 생긴 거예요?"

"주차장에서 일이 생긴 거 같은데, 같이 잠시 내려갔다가 이동하죠."

"네. 그런데 큰일이에요?"

민지가 걱정을 담은 눈빛으로 재신을 보았다.

"주차하다가 제 차를 박은 모양입니다."

"네에?"

민지의 눈이 휘둥그레졌다. 그의 차로 말할 거 같으면, 외제차 중에서도 고가라서 시내에서도 잘 볼 수 없는 차종이었다. 그런데 그 차를 박았다는 건……

그녀는 얼굴도 알지 못하는 상대가 안쓰러워졌다. 보험료 할증 장난 아니겠다. 주차장에서 가만히 있는 차 박은 거면 100% 과실인데.

두 사람은 레스토랑 입구로 걸었다. 재신이 몇 발자국 앞으로 걷더니 계산을 마쳤다. 맞선 때도 얻어먹었는데, 이래도 되나? 상대가 계산하는데 내가 내겠다고 카드를 내미는 건 상대가 자존심 상하게 느낄 수 있는 부분일 거 같다.

자연스럽게 계산할 수 있는 방법을 찾아야겠다. 다음엔 꼭 내가 내야지.

계산을 한 그가 엘리베이터로 가다가 아직 계산대 앞에 있는 그녀에게 다가왔다.

손 주위에 타인의 온도가 느껴진다고 생각할 때쯤, 큰 손이 그녀의 손을 잡아 왔다.

"주차장으로 가죠."

그가 그녀의 손을 당겨 엘리베이터 방향으로 이끌었다. 그녀의 뒤로 계산을 위해 줄을 서 있는 사람들이 있었다. 그녀는 얼른 비켜섰다.

그를 따라 주차장으로 내려가는 동안, 그녀는 손바닥에 땀이 차지 않을까 고민을 하며 긴장했다.

입안에 침이 바싹 말랐다.

"헉. 재신 씨, 차가……."

도대체 주차를 어떻게 배웠길래.

상대 차가 후진을 해서 재신의 차 앞을 박은 모양인데, 앞 범퍼가 긁혀 있었다. 상대 차의 뒤 범퍼는 어디 삼중충돌은 난 것처럼 아래가 반은 내려와 있었다.

"차주 되십니까?"

재신은 앞에 서 있는 남녀 커플에게 다가갔다. 상대편 남자는 여자를 뒤에 세우고 어깨를 편 채 재신에게 고개를 숙였다.

"죄송합니다. 주차를 하다가 그만……."

"보험 처리 하시겠습니까?"

재신의 질문에 남자는 화들짝 놀라며 여자 친구를 두고 재신에게 더 가까이 다가왔다. 뒤에서 잘 들리지 않도록 매우 작은 목소리로 재신에게 말을 걸었다.

"제 차가 주차 센서가 고장나서요. 여자 친구 생긴 기념으로 데이트하려고 아빠 차를 가져온 건데…… 주차할 때 브레이크를 밟아야 하는데 잘못 밟았어요. 죄송합니다. 보험 처리만은……."

남자는 말을 하면서도 차마 잇지 못했다.

지금 이걸 보험 처리하지 않고 본인이 문다고 생각하면 앞날이 더 캄캄할 거다. 더군다나 아버지 차면.

민지는 재신과 남자, 그리고 멀뚱히 서 있는 여자까지 번갈아 보며 슬그머니 재신의 손을 빼려고 했다.

그러자 재신이 손을 놓긴 싫은지 그녀의 손을 꼭 잡고 있었다.

"저도 보시다시피 데이트 중이라 서로 시간 소모는 최소화하죠. 연락처 주시면 평일에 다시 연락드리겠습니다."

데이트 중……. 민지는 그 단어만 귀에 쏙 박히듯 들렸다.

"네. 제 연락처 드리겠습니다."

명함을 건네는 남자의 손이 미세하게 떨렸다.

"네. 그럼 평일에 다시 이야기해 보죠. 제 명함도 드리겠습니다."

재신은 민지의 손을 잡은 반대편 손으로 카드지갑을 꺼냈다. 그러더니 지갑을 열어 민지에게 내밀었다.

"명함 좀 꺼내 줄래요?"

잡던 손을 풀고 지갑을 열면 쉬울 것을. 그러나 그는 손을 놓지 않았다. 내심 그게 좋아서 그녀의 입술 끝이 실룩였다.

"네. 여기요."

그녀는 그의 지갑에서 명함을 꺼내서 그에게 주었다. 재신은 그걸 받아 상대 남자에게 주었다. 두 사람은 사고 난 곳을 촬영한 다음 손을 잡은 채 건물 밖으로 나왔다.

❉ ❉ ❉

두 사람은 식당을 나와 한남동 Bar로 갔다. 건물 지하로 내려가자 프라이빗한 공간이 펼쳐졌다.

Bar 안에는 사람이 많지 않았다. 어떻게 보면 카페 같기도 했으나 계산대를 지나면 루이 13세와 유명한 주류의 30년산 같은 것들이 놓여 있어서 영락없는 술집이었다.

그들이 앉은 테이블 옆쪽으로는 수많은 술병이 진열되어 있었고, 어두운 공간에 조명이 진열장을 비추고 있어서 분위기가 남달랐다. 사진을 찍고 싶게 만드는 인테리어였다.

그녀가 회사 직원들과 가던 곳과는 차원이 달랐다. 먹고 죽자가 아닌, 술과 분위기를 즐기러 오는 사람이 더 많은 거 같았다.

또는 아직은 서먹한 남녀가 친해지기 위해 가볍게 한잔하러 오는 것 같다. 그와 나처럼.

"우와. 와인하고 글라스가 너무 멋져요."

그녀는 재신을 따라 와인 셀러도 구경하였다. 서늘한 온도가 와인의 온도를 맞춰 주고 있었다. 거기다 와인 잔, 술잔도 꼭 예술품처럼 각 맞게 진열해 놓았다.

민지가 메뉴판을 보며 뭐가 뭔지 몰라 눈동자를 요리조리 굴리는 사이, 재신이 손을 들었다. 직원이 다가오자 재신은 민지를 한 번 보고는 상태를 파악했는지 알아서 주문을 하였다.

"전에 마시던 거로 드릴까요?"

"아뇨. 맥클랜으로 주세요. 안주는 부드러운 걸로 준비해 주세요."

그가 자주 오는 Bar인지 직원은 그가 안주 명칭을 정확히 말하지 않아도 알아서 주문을 받아서 갔다.

재즈풍의 음악이 안에 흘렀다.

분명 마주 보고 있는데 레스토랑에 있을 때보다 가까워진 느낌이었다.

"술 좋아해요?"

"가볍게 마시는 건 좋아요. 머리 아프지 않을 정도로만. 아! 누구랑 마시느냐에 따라 좋고 나쁘고가 정해지는 거 같아요. 회식 땐⋯⋯."

민지는 고개를 절레절레 저으며 입꼬리를 늘였다.

한동안 여자 직원은 술을 마시지 못하게 하는 사내 문화 때문에 상사와의 술자리가 줄긴 했었다. 그게 겉으로는 좋아 보였으나 현실에서는 소외감을 느끼게 하였다.

그 이유는 여자를 제외하고 남자들끼리 주로 술자리를 가졌기 때문이고, 같이 술자리를 하더라도 은근슬쩍 소외시켰기 때문이다.

'민지 씨는 술 못 마시죠?'

'아뇨! 주세요!'

'아니야. 못 마시잖아. 마실 필요 없어~'

주 팀장은 한주성과 대화하며 술잔을 기울였다. 민지가 저도 마실 수 있다고 말했지만 주 팀장은 몸을 사리며 마시지 말라면서 더 불편한 분위기를 만들었다.

그럼 결국 술자리는 남자 직원들끼리 하게 되고, 그럼 그 직원을 총애하게 되고, 결국엔 그게 승진과도 연결될 거란 건 누구나 다 아는 사실이었다.

유쾌한 술자리는 아니지만 그래도 회사에서 살아남기 위해서 빼고 싶은 자리는 아니었다. 마셔야 하지만 마시는 것도, 소외당하는 것도 둘 다 유쾌하지 않은 자리.

"안주 나왔습니다~ 형 여자 친구예요?"

"어. 석현이 오랜만이다. 왜 여기까지 나왔어?"

"인사하러 나왔죠. 누군데요, 인사시켜 줘요. 여자 친구 데려온 거 처음이잖아요."

재기발랄하게 생긴 남자는 쟁반에 훈제연어 요리와 석화 구이를 예쁘게 플레이팅 해서 자리에 놓아 주었다. 그러곤 맥클랜 18년산과 잔을 세 개나 가져왔다.

"민지 씨 인사해요. 여기 Bar 주인 겸 셰프 차석현이에요. 여기는 민지 씨."

"반갑습니다."

석현이 먼저 민지에게 손을 내밀었다. 그녀는 석현과 악수를 하면서 고개를 갸웃했다. 어디서 많이 본 거 같은데…….

"얼굴이 낯익죠?"

민지가 고개를 끄덕이자 석현이 환히 웃었다.

"예전에 톰과 제리라고 혼성그룹 출신이에요."

"아!"

"형, 내 과거는 밝히고 싶지 않다고!"

톰이 아니라, 차석현으로 산 지 벌써 10년이 넘었다고 재신에게 투정 부리듯 말하는 걸 보니 두 사람은 많이 친한 거 같다.

"그때 노래 되게 좋아했었는데~ 이렇게 뵙네요. 저 사인 받아도 돼요?"

"아직도 제 팬이 있군요!"

"그때 제 친구들이 막 제리가 되고 싶다고 했었거든요."

톰은 이국적인 외모에 몸도 외국인처럼 여느 아이돌보다 건 장했다. 제리는 여리여리한 분위기를 내는 여자였고. 그래서 두 사람의 궁합이 잘 어울려서 스캔들이 나기도 했다. 여자 학 생들은 모두 제리가 되고 싶어 했고, 남자 학생들은 톰이 되고 싶어 했다.

당시 수학여행에서 학년 장기자랑 때 꼭 커플들이 따라 했던 그룹이 톰과 제리기도 했다. 그때의 학생들에겐 우상이라고 해 도 무방했다.

"형. 옛 팬에게 술 한 잔 드려도 될까? 제가 사고 싶은데."

"다음에."

"아쉽네. 그럼 두 분 좋은 시간 보내시고! 다음에 또 놀러 오 세요."

아직 사인 못 받았는데! 그는 할 일이 많은지 안으로 쏙 들어 갔다.

"여기서 톰을 만나게 될 줄이야. 알고 보니까 왜 못 알아봤나 싶어요."

"다음에 같이 또 와요. 그땐 사인 받게 해 줄게요."

"아녜요. 안 받아도 돼요."

민지는 고개를 절레절레 저었다. 사실 톰이 재신의 옆에 있 으니, 옛날 버프가 있었음에도 재신이 더 멋졌다. 깔끔한 포마 드헤어가 그를 더 우아하고 멋스럽게 보이게 했다.

거기다 조명까지 받으니 주변에 있는 남자가 보이지 않을 정 도였다.

"맥클랜 18년산은 싱글 몰트 위스키 중 세계 최고라고 하더 라고요. 바닐라 향이 섞여서 먹기 좋을 거예요."

그의 설명을 들으며 민지는 한 모금 마셨다. 아무리 맛있는 술이라고 해도 술은 술이었다. 민지가 콧잔등을 찌푸리자 그가 픽 웃으며 그녀에게 초콜릿을 건넸다.

"많이 써요? 안주도 좋은데 초콜릿하고 같이 먹으면 더 괜찮아요."

그녀는 그가 준 초콜릿을 입안에 넣었다. 하필이면 다크초콜릿이었다. 달달한 맛을 예상했던 그녀는 잠시 인상을 썼다가 점점 묘한 매력에 빠졌다.

"괜찮죠?"

"네. 이 궁합 괜찮은데요?"

"아니면 와인으로 바꿀까요?"

"그럼 이 뜯은 술은 어떡해요?"

"킵해 두면 됩니다."

"아하. 킵도 되는군요. 신기한 곳이에요."

남은 술은 버리는 건 줄 알았는데. 킵이라니.

재신은 위스키 대신 더 가볍게 마실 수 있는 와인으로 술의 종목을 변경하였다. 민지는 그가 골라 준 와인을 마시고 연어 스테이크를 포크에 찍어 먹었다.

"아까 먹고도 또 들어가네요. 저 너무 많이 먹죠?"

"보기 좋습니다."

그는 그러면서 테이블 위에 있는 냅킨을 뽑아 그녀에게로 손을 뻗었다. 민지는 살며시 상체를 테이블로 가까이 댔다.

그는 냅킨으로 그녀의 입가에 묻은 소스를 닦아 주었다.

입 바로 앞까지 온 그의 손에선 옅은 남성 향수 향이 났다. 그 향 때문에 가슴이 콩닥거렸다. 소스를 닦다가 문득 닿은 그의 손등이 부드러웠다.

찌릿한 기분에 민지가 침을 삼키지도 못하고 숨을 멈췄다.

그때, Bar 안의 음악이 바뀌었다.

재신은 그녀에게서 손을 떼곤 다리를 꼰 채로 위스키를 마셨다. 아까완 다르게 음악 자체가 엇박자에 느리게 흘러갔다. 그 사이 읊조리듯 들린 숨소리가 귓가에 꽂혔다.

아까 마신 위스키 때문인지 음악 소리에 가슴이 쿵쿵 뛰었다.

"음악이 바뀌었네요."

"아마도 저놈이 일부러 바꾼 모양이에요."

그의 말에 민지가 술이 진열되어 있는 곳 쪽으로 시선을 두자, 석현이 손을 흔들었다.

음악은 갈수록 끈적해졌다. 그의 말대로 석현이 일부러 이런 음악을 고르는 거 같았다.

"말 편하게 하셔도 돼요."

"……그럼 민지 씨도 편하게 하세요."

"한참 어른이셔서."

민지가 씩 웃으며 농담을 던졌다.

사실 그가 한참 어른이긴 했다.

그녀의 나이가 올해로 스물여섯, 재신의 나이가 서른여섯이었다. 정확히 열 살 차이.

액면가로 보기엔 비슷해 보이지만 무려 실제 나이는 앞자리의 숫자가 달랐다.

"제가 민지 씨에 비해 나이가 좀 있죠."

"아뇨, 아뇨. 그런 의미는 아니었어요. 저는 위로 딱 열 살까지 괜찮아요!"

"정말요?"

"네. 그리고 같이 다니면 열 살 차이로 안 보잖아요. 뭐랄까, 액면가는 비슷하니까."

그녀의 말에 그는 피식 웃었다. 그러더니 생각할수록 재밌는지 육성으로도 웃음이 터져 나왔다. 민지는 그의 웃음을 보며 따라 시원하게 웃었다.

"고마워요."

"진짠데."

"그래도 민지 씨가 한참 어린 게 티 나요. 저 남잔 좋겠네 하면서 다 부러워할 거 같은데요?"

"에이."

"벌써 차석현 저놈부터가 계속 저를 흐릿한 눈으로 보잖아요."

살짝 술이 들어가자 재신도 딱딱하던 말투가 조금 부드럽게 풀렸다. 이쪽을 보며 계속 음흉한 표정을 짓던 석현이 결국 참지 못하고 가까이 다가왔다.

"음식 부족한 거 없어요? 와인 다른 것도 마셔 볼래요? 형 말고 이분께 추천하고 싶은 와인이 있는데~"

"다음에요. 저희 많이 마셨어요. 여기 바 분위기 너무 좋아요."

"감사합니다. 자주 놀러 오세요. 성함이 어떻게 되세요?"

"이민지입니다."

"나이는요? 아, 단순히 제가 민지 씨보다 위인지 아래인지 궁금해서……."

"차석현, 그만."

재신은 민지의 나이를 묻는 버릇없는 질문에 표정을 굳혔다. 술 덕분에 풀어진 상태여도 안 되는 건 절대 안 된다. 그의 표정을 본 석현이 입을 뾰족 내밀며 꾹 닫았다.

"괜찮아요. 아마 제가 더 아래일 거예요. 스물여섯이에요."

"……네?"

석현은 잠시 말문이 막혀 두 남녀를 번갈아 보다가 금세 표정을 바꾸고 재신을 나무랐다.

"재신이 형…… 사람 그렇게 안 봤는데. 민지 씨가 너무 아까운데요? 형이 아니라 도둑이었네, 도둑!"

"저리 가, 좀."

재신은 반박은 못 하고 헛기침을 했다. 도둑이라며 민지가 아깝다는 석현의 말을 부정하고 싶었지만 그가 생각해도 그런 거 같았다.

제 친구인 서도형과 지유가 몇 살 차이였더라. 일곱 살 차이. 그때도 도둑놈이라고 그렇게 욕했는데, 이 여자와 자신은 무려 열 살 차이였다.

그가 대학교에 입학했을 때 고작 초등학교 3학년이었다는 거다. 초등학교로 바뀌기 전인 '국'민학교의 '국' 자도 못 들어 봤을 나이.

"이러려고 여자는 쳐다도 안 보고 살았나 봐요. 이 형이 보기와 다르게 진짜 철벽남이거든요."

석현은 조금 더 말을 붙였다. 그는 형을 위한다는 명목으로 사실을 전달하며 재신을 어필했다.

"그런데 와, 정말. 형. 형이 승리자인 거 같네."

"좀 가."

"안 그래도 가려고 했어. 그럼 좋은 시간 보내요~"

민지는 석현이 가고 나서도 입꼬리가 계속 위로 올라갔다. 유쾌한 석현은 인성이 좋아 보였다. 그런 동생과 친한 재신도 또한 사람이 좋아 보였다.

"재신 씨, 주변에 친구들 많죠?"

"네. 그런 편이죠."

"그럼 친구들 만나다 보면 일주일이 다 가겠네요?"

그녀의 말에 그는 잠시 말을 멈추고 그녀를 응시했다. 중간에서 눈빛이 마주쳤다.

"그렇지 않아요. 친구들은 자주 안 만나니."

"정말요?"

"네. 데이트할 시간은 많습니다. 시간만 내 주신다면."

그럴 의도로 물어본 건 아닌데, 자신이 시간만 내 주면 언제든지 시간을 내겠다는 말에 자꾸 웃음이 새어 나왔다. 그 말이 왜 듣기 좋은 건지 모르겠다.

"그렇게 말해 주니까 기분 좋네요. 고마워요. 근데 사실 일도 많고 바쁘시죠?"

"누군가를 만나려면 일과 잠은 줄이는 거라고 들었는데, 공감이 안 됐거든요. 근데 앞으로 그럴 수 있을 거 같아요."

"……"

"그렇게 될 거 같은 기분이 드네요."

그의 진심은 담백한 편이었다.

당신이 마음에 든다, 당신이 좋다. 굳이 직설적으로 말하지 않아도 이런 대사 하나하나에서 그의 마음이 느껴졌다.

그는 분명 내게 호감을 느끼고 있었다.

"저 사실, 연애는 처음이에요."

"……."

"이런 말씀 드리기 정말 부끄러운데, 저는 상대에게 항상 솔직하고 싶거든요. 학창 시절 땐 남자에 딱히 관심이 없었고 공부하는 게 제일 중요했어요. 대학생 때도 마찬가지였고요."

"그렇군요."

"물론, 남자가 아예 없었던 건 아닌데…… 사귀지는 않았어요. 그래서 많이 서툴지도 몰라요."

그녀에게 고백을 해 오는 남자들은 많았으나 지금 재신처럼 이렇게 발전된 관계는 없었다. 연인으로 발전되기 전에 썸을 타는 기간에 거의 끝이 나곤 했다.

연애를 하고 싶다는 생각이 간절하지 않았던 시기였다. 딱히 첫눈에 반한 남자도 없었고, 썸을 타다 보면 이런 불확실한 마음 상태로 이어 가는 건 아니라는 생각에 결국 먼저 남자를 밀어내곤 했다.

그래서 어떻게 이 남자에게 한눈에 반했는지 지금도 신기했다.

"아까 위스키 도수가 셌나 봐요. 제가 이렇게 막 제 이야기를 다 풀어내고 있네요."

민지는 볼을 붉히며 손부채질을 했다. 이미 달아오른 볼이 쉽게 식지 않았다.

"저는 연애, 처음은 아닙니다."

"당연하죠! 그 나이에 처음이라고 했으면 오히려 실망했을 거예요. ……아니면 어디에 문제가 있다고 생각했거나."

민지의 시선이 잠시 아래에 머물렀다. 재신은 헛기침을 하며 귓불이 붉어졌다.

그녀는 내가 처음이라고 그도 꼭 처음일 필욘 없다고 생각했다.

지금 그와 내가 인연이 닿았고, 연인이 되려는 순간과 이 과정이 중요했다.

그의 과거에 누가 있었든지 그건 그녀의 관심 밖이었다.

"그렇게 말해 주니 고마워요. 석현이 말대로 민지 씨가 제게 정말 아까운 여자네요."

"……아니에요, 전혀. 그렇게 생각하지 마세요."

민지는 고개를 붕붕 저어 가며 말을 했다.

"그래도 놓치고 싶진 않습니다."

"……."

그녀는 대답할 정신을 잃었다. 테이블 위에 아무렇게나 올려둔 그녀의 손 위에 그의 손바닥이 덮였다.

잡은 것도, 안 잡은 것도 아닌 애매한 상태였다.

나도 당신이 좋아.

아직은 호감이지만 사귀고 싶어. 연인으로 발전하고 싶어.

볼이 터질 것처럼 달아올라서 그런지 생각하고 있는 말들이 목구멍을 통해 뱉어지지 않았다. 말하려니 너무 부끄러웠다.

마음을 전하는 방법이 이렇게 어렵다니.

그녀는 눈을 질끈 감았다. 마우스를 잡을 때처럼 동그랗게 모아져 있던 손을 반대로 돌렸다. 그러곤 제 손등을 감쌌던 그의 손가락에 손을 끼웠다.

"……!"

바로 옆자리에 있었다면 분명 손을 뒤집었을 때, 딱 손을 잡는 모양새가 되었을 것이다.

그의 말에 제 마음을 전할 방법으로 손을 잡는 걸 생각했는데, 지금은 그와 마주 보는 자리에 앉아 있어서 그녀의 예상과 달랐다.

손을 돌리니 손톱이 그의 손바닥에 닿았다. 스르르 손바닥을 긁듯이 미끄러뜨려 그의 손가락에 끼워 보려 했으나 잘 되지 않았다.

그러자 그가 손을 떼곤 그녀의 네 손가락부터 잡더니 단숨에 그의 손아귀에 작은 손을 모두 넣었다.

감싸져 있는 그 손의 느낌이 좋았다.

"대답 잘 들었어요."

그의 입가에도 미소가 번져 있었다.

민지는 심장이 간질거려서 구두 안에 있는 발가락을 최대한 오므렸다.

이 사람, 왜 이렇게 달지.

너무 달아서 온몸이 녹을 것만 같았다.

잠시 화장실을 다녀온 민지는 재신에게 인사를 하며 자리에 앉으려는 여자를 보고 잠시 굳었다.

중학생 때 이후로 마주칠 일이 없었는데, 벌써 두 번째였다. 그녀는 저를 기억하지 못하는 거 같았지만, 피해자였던 민지는 죽을 때까지 그녀를 잊지 못할 거였다.

지금도 여자 화장실을 보면 무섭고 메슥거려서 최대한 가지 않으려고 애쓰곤 했다.

꼭 볼일을 보고 있으면 누군가 발로 문을 찰 거 같고, 머리 위로 무언가 쏟아질 거 같고, 문을 열었을 때 저를 밟을 누군가가 서 있을 것만 같아서 말이다.

그래서 그녀는 지금도 정 급한 순간 아니면 칸막이 안에는 안 들어가려고 용을 쓰곤 했다.

"왔어요?"

그녀를 발견한 재신이 말을 걸며 그녀가 오는 방향으로 몸을 돌렸다.

"네에. 두 분 말씀 나누세요. 저 물 마시고 있을게요."

"아닙니다. 다 했어요."

그는 딱 잘라 말하며 민지를 볼 때와 다르게 무감한 표정으로 서 있는 혜린을 올려다보았다.

"대표님, 저도 같이 마셔요. 자리도 여기 비는데."

혜린이 샐쭉하게 웃으며 민지의 옆자리로 치고 들어왔다.

"제 후배예요? 소개 좀 해 주세요."

"혜린 씨. 나 지금 데이트 중인데, 이러면 곤란한데요."

"……!"

민지와 혜린, 두 여자의 눈이 동시에 커졌다. 한 사람은 데이트 중이라고 대놓고 말한 것에 놀랐고, 다른 한 사람은 두 사람의 연애가 놀라운 표정이었다. 아니, 유재신 대표의 입에서 나온 '데이트'라는 말에 놀란 눈치였다.

"대표님도 연애하셔야죠. 하하. 전혀 몰랐어요."

"제가 그걸 소속 배우들과 논할 필요는 없다고 봅니다. 계약 사항은 법무팀과 얘기해 보시고, 이후에 저는 보고를 받겠습니다. 그럼 이만."

재신은 고개를 까닥여 혜린에게 인사를 전했다.

민지는 지금 상황이 안 봐도 훤했다. 재신은 눈치채지 못한 거 같지만, 그녀 눈에는 혜린이 재신에게 잘 보이려, 어떻게든 매력을 어필해 보려는 게 보였다.

어쩌면 혜린은 이곳에 재신이 있다는 걸 알고 왔을 것이다. 다른 여자와 있는 줄은 몰랐겠지만.

"……!"

순간적으로 혜린과 눈이 마주쳤다. 민지는 본능적으로 어깨를 움츠렸다. 그러자 그녀가 환하게 웃으며 손을 앞으로 뻗었다. 민지는 어색하게 혜린의 손을 잡아 악수를 받아 주었다.

정말로 나를 못 알아보는 거야?

복날에 개 패듯 팼는데? 너 때문에 내 고막이 터지고 온몸이 상처투성이였는데.

너 때문에 우리 부모님의 마음이 찢어졌는데.

나는 전학까지 가서도, 아니 지금까지도 트라우마를 안고 사는데.

"대표님은 어떤 분 만날지 정말 궁금했는데, 예쁘시네요."

"감사합니다."

"혹시 전에 아역 배우나 이쪽 일 했었어요? 얼굴이 익숙해서요."

"최혜린 씨."

지금까지 정중함을 가장했던 재신이 싸늘한 목소리로 혜린의 이름을 불렀다.

"가세요. 얼른."

"네네, 대표님. 너무 반가워서 그랬죠. 갈게요. 제가 오늘 톰

114

오빠 보러 온 건데. 다음에 저도 꼭 술 사 주세요!"

혜린은 생긋 웃으며 전매특허인 눈웃음을 날렸다. 무릎 위로 한참 올라오는 원피스, 자연스럽게 굴곡진 헤어와 화장을 보니 숍에 들렀다 온 모양이었다.

민지는 오히려 저렇게 화려하고 예쁜 사람 앞에서 무감한 재신이 신기했다. 혜린이 가고 나자, 재신의 시선은 오직 민지에게만 머물렀다.

"대표님은 좀 신기한 거 같아요."

"뭐가요?"

"저렇게 예쁜 사람 앞에서 눈 하나 깜짝 안 하셔서요. 웬만큼 예쁘지 않으면 눈에도 안 들어오지 않을까 싶어요."

그러고 보면 샤인의 소속 배우와 가수들의 외모와 몸매는 굳이 따지자면 최상이었다. 재신은 그런 사람들을 밥 먹듯이 본다는 거였다.

민지는 빈 잔을 채워 달라는 듯 그에게 잔 안쪽을 내보였다. 그러자 재신이 와인을 따라 주었다.

"제 눈엔 민지 씨가 더 예쁩니다."

"아하하. 감사해요. 어쩐지 술이 오늘따라 다네요."

그녀는 와인을 꿀꺽꿀꺽 마신 후, 다시 한 잔 더 달란 뜻으로 그의 앞으로 와인 잔을 밀었다. 와인을 너무 소주같이 마셨나?

"최혜린 씨 같은 경우엔 그저 회사 직원으로 보일 뿐입니다. 그건 다른 분도 마찬가지이고요. 우리 회사의 직원이자 수익을 창출해 줄 수 있는 사람 정도랄까요."

"아하."

유재신을 제외하고 다른 남자들은 모두 답변이 다를 거라 확

신했다. 직원이자, 수익을 창출해 주는 사람이라니. 왠지 그답
다는 생각이 들어 민지는 피식 웃었다.

"왠지 자신감이 생겨요."

"그런가요?"

"모두가 예쁘다고 눈을 못 떼는데 고작 직원으로 보인다니."

그게 어떤 느낌일지 충분히 머리와 가슴이 인지하자 그녀는
자꾸 웃음이 나왔다.

"취한 거 같은데, 데려다줄게요."

"저 안 취했어요~"

이제 기분 좋아지고 있는데.

민지는 자신이 말을 하면서 손동작이 아까보다 조금 더 커지
고, 목소리도 한층 업되었다는 걸 알지 못했다.

"그쪽 취하면, 나 자제 못 합니다."

"……."

"그러니까 빌미 제공하지 마요."

재신은 그렇게 말하며 민지를 부축하기 위해 일어났다. 민지
도 발딱 일어나 테이블을 짚었다. 앉아서 술을 마실 땐 괜찮았
는데 일어나니까 순간적으로 머리에 피가 확 쏠리는 기분이 들
었다.

"잡아 줘요?"

재신의 말에 민지는 고개를 붕붕 저었다.

빌미 제공이라니. 그의 솔직한 말에 마음 상한 그녀는 입을
빼쭉 내밀었다.

"내가 또 언제 빌미를 제공했다고. 마음 맞는 사람과 술 마시
다 보니까 기분 좋아서 조금 그런 건데, 같이 좀 더 술 마시면

116

분명 더 즐거울 텐데."

그녀는 볼이 발갛게 달아오른 상태로 혼잣말을 구시렁거렸다. 그 소리가 재신에게도 들렸다. 그는 바로 앞까지 다가가 민지의 어깨를 감쌌다.

"알겠어요. 내가 실수했어요."

"……."

"민지 씨 아니라, 내가 날 못 믿어서 그래요. 남자라서."

"……."

"근데, 취한 모습이 왜 이렇게 귀여운 겁니까."

그는 그들 테이블이 보이지 않게 단단한 등과 넓은 어깨로 시선을 막았다. 그러곤 민지 앞에 선 채로 지그시 내려 보다 드러난 볼록한 이마로 입술을 내렸다. 아주 잠시 닿았다가 떼었다.

"……."

"얼른 가죠."

재신은 민지의 눈을 피했다. 이마에 입술을 댈 때는 저돌적이더니, 떼고 나서는 수줍어하고 있었다.

"저, 잠시만요. 손 좀 씻고 올게요."

"그럴래요?"

민지는 이마에 닿았던 감촉을 떠올리며 화장실로 빠르게 걸어갔다. 중간에 발목이 삐끗했지만 그녀는 개의치 않았다.

술에 취해 가던 중이었는데, 정신은 확 깼다. 방금 전 무슨 일이 있었던 거지? 이마에 닿은 게 재신 씨 입술 맞아? 무슨 입술이 이렇게 달아? 제 앞에 바짝 선 그의 몸에서 났던 향이 떠오르자 얼굴이 화끈거렸다.

어떡해야 하지.

얼굴을 어떻게 보지?

데려다준다고 했는데……. 그럼 이따가 헤어질 때 내가 뽀뽀를 해 줘야 하는 건가?

"헤…… 또 해 주면 좋겠다."

그녀는 거울 속 제 얼굴을 보며 혼잣말을 했다. 손톱을 물어뜯으며 발을 동동 굴렀다. 주먹을 쥐었다가 펴며 지금 스킨십 속도가 너무 빠른 건 아닌지 고민했다. 너무 빠르니 조금 천천히 와 달라고 할까? 그런데 지금 너무 좋은데.

연애가 처음이다 보니 지금의 속도가 빠르게 느껴졌다. 그런데 한편으로 좋아서 더 빨리 가더라도 그에게 맡겨 따라가고 싶은 마음도 들었다.

물을 틀어 손을 씻던 그녀는 거울로 보이는 여자 얼굴에 화들짝 놀랐다. 하얀 얼굴이 조명을 받아 더 하얘 보였다.

"아…… 안녕하세요."

간 줄 알았는데, 아니었던 모양이었다. 술을 마신 건지 혜린 또한 볼이 붉었다.

"우리 반말해도 될 사이 같은데."

"네?"

"이민지, 너 생각났어."

"……!"

"TG전자에서도 봤었지? 익숙하다고 생각했는데, 나랑 동창 맞지?"

"…….."

혜린이 그녀에게 한 발짝 다가왔다. 민지는 과거의 혜린과 지금의 모습이 겹쳐졌다. 한쪽 입꼬리를 삐뚜름하게 올려 웃은 다음엔 오른손이 날아와 내 왼쪽 볼이 피멍이 들도록 때렸고, 고개가 옆으로 틀어질 땐 발길질이 이어졌었다.

세면대를 꼭 쥔 그녀는 본능적으로 화장실 입구로 걸었다.

"동창 맞구나. 살을 많이 뺐나 봐? 성형한 거야? 몰라보게 예뻐졌네."

"바, 반가워."

"내가 반가워? 의외네."

혜린이 고개를 갸웃하자, 민지는 흠칫 몸을 떨었다. 순간적으로 무릎을 세워 몸을 막았다. 자연스럽게 나를 보호하기 위한 몸짓이었다.

"대표님이랑 만나?"

"어? 응."

"어떻게 만나? 네가? 무슨 수로?"

"맞선으로……."

"맞선? 너희 집이 대표님하고 맞선 볼 집이 아닌데? 너희 부모님 다 때밀이 아니었나? 우리 동네 어머님들 때는 다 너희 엄마가 밀었잖아."

"이젠 그 일 안 하셔."

민지는 부모를 우습게 말하는 것을 참지 못하고 표정을 굳혔다. 예전에도 꼭 이 부분에서 발끈해서 얘한테 더 맞았던 거 같다. 그땐 일대일도 아니었고, 꼭 혜린은 지 친구 여럿을 데려와 그녀를 괴롭혔었다.

그때는 왜 한 놈만 잡고 패 볼 생각을 못 했을까.

"우리 부모님 이제 그 일 안 하셔. 그리고 그 일을 한다고 해도 너한테 무시당할 분들 아니셔."

두 주먹을 꼭 쥔 민지는 과거의 자신에게서 벗어나려고 애썼다. 자신 있게 말을 하지만 목소리는 떨려서 나갔다. 그러나 전처럼 당하고 싶지 않았다. 이제 성인이었다. 그녀 또한 무서울 게 없었다.

"오~ 깡 세졌는데?"

"나 너한테 이런 말 들을 이유 없잖아. 동창이라고 해도 알은척할 사이 아니고. 시간이 지나서 혹시 만나면, 나는 네가 나한테 사과할 줄 알았다. 적어도 양심이 있다면, 네가 사람이라면 말이야."

"뭐? 사과? 내가 왜? 네가 뚱뚱하고 못생겨서 처맞은 거잖아."

"너 이미지 신경 안 써? 내가 이거 다 인터넷에 올리고 주변에 말하면 어쩌려고 그래?"

"그런 거 막으라고 소속사 있는 거 아니겠니?"

T-day의 리더이자, 팀이 해체되기 직전까지 고군분투하고 눈물 찍어 가며 동정론 유발했던 건 모두 연기였던 거다. 얘는 변한 게 없었다.

"대표님은 아셔? 너희 부모님 때밀이인 거?"

"그렇게 말하지 마."

"모르는 모양이네. ……맞선이라. 서로 비슷한 부류끼리 결혼을 전제로 만나는 그거?"

혜린이 피식 웃으며 민지를 위아래로 훑어보았다.

"비슷한 부류는 아닌 거 같은데."

"……그건 내 일이야. 네가 상관할 바 아니고."

민지는 혜린이 코앞까지 다가오자 등 뒤로 손을 놓고 문고리를 잡았다. 자칫하면 문을 열어 버릴 생각이었다.

그녀는 민지의 구두 앞코 위에 하이힐의 굽을 올려놓고 웃으면서 지그시 밟았다. 그 구두굽이 위로 올라오더니 살갗에 닿았다. 엄지와 검지 사이 어딘가를 그녀가 콱 눌렀다.

아픔에 악 소리도 못 낸 그녀가 문고리를 잡아 돌렸다.

"어머! 미안. 민지야 괜찮아? 내가 술에 취해서 너 있는 줄 모르고. 어떡해, 미안해."

화장실 문이 열리는 것과 동시에 혜린은 그녀에게 와서 어깨와 팔을 쓸고 어쩔 줄 몰라 하며 미안한 표정을 지었다.

"어떡해. 살갗이 까졌네. 하필 오늘 내가 높은 굽 신고 와서. 괜찮아? 석현 오빠한테 구급상자 갖고 오라고 할게. 어떡하지."

"별로 안 미안해 보이는데?"

"무슨 소리야. 진짜 내가 미안해. 의도적으로 한 건 아니었어."

방금 전 재수 없던 여자는 어디 간 건지. 새삼 착한 얼굴을 하고 있었다. 민지는 어이없어서 인상을 쓰며 몸을 반대로 돌렸다. 그러자 남자 화장실과 여자 화장실 문 중간에 선 재신이 보였다.

"……."

"다쳤어요?"

"대표님, 제가 술 마시고 비틀거리다가 실수로 그만…… 화장실 들어가다가 밟았어요. 죄송해요. 그런데 알고 보니 저랑 동창이지 뭐예요. 세상이 이렇게 좁네요. 그때 저희 친했거든요. 갑자기 민지가 이사 가서, 너무 변해서 몰라봤어요. 전혀 다른 사람 같아요. 못 알아봐서 미안해, 민지야."

혜린은 눈웃음을 치며 민지의 팔에 팔짱을 끼었다. 민지는 혜린의 팔짱을 푼 다음 재신의 옆에 서서 그의 손을 잡았다.

"잠시만 잡을게요."

"네. 두 사람 동창이에요?"

"……네."

"그렇군요."

혹시 밖에서 소리를 다 들었을까?

재신에게 알리고 싶은 내용은 아니었다. 부모님께서 과거에 했던 그 일을 숨기려는 건 아니다. 그녀는 부모님께서 밤낮없이 일하셔서 자신을 뒷바라지한 것을 오히려 자랑스러워하곤 했다.

그런데 뚱뚱해서 괴롭힘을 당하고, 맨날 맞았던 과거는 알리고 싶지 않았다. 얼마나 멍청한 아이로 볼까? 차라리 팼으면 모를까, 맞은 사실을 그가 몰랐으면 싶었다.

그녀는 재신의 손을 잡으며 흘끗 위로 고개를 들어 그의 표정을 살폈다.

"언제부터 와 있었어요?"

"방금요. 아까 걸어갈 때 비틀거리길래 걱정돼서 왔어요."

"아……."

들은 건가? 제발, 아니길 바라는데.

"업혀요."

재신이 혜린이 보는 앞에서 몸을 아래로 낮추고 민지에게 업히라고 말했다. 그런 두 사람을 보는 혜린이 표정 관리를 못 했다.

잔뜩 인상을 찡그린 혜린이 가소롭다는 듯 픽 웃었다. 재신은 몸을 숙이느라 못 봤지만, 민지는 혜린의 표정을 똑똑히 보았다.

"얼른요. 아까 발목도 삔 거 같은데. 술 깨면 엄청 아플 거예요."

그의 넓은 등에 업혀? 말아? 고민하는데 그가 뒤로 손을 뻗어 민지의 손을 잡아 앞으로 당겼다. 그녀는 그의 등에 몸을 대고 목에 두 팔을 걸었다. 재신은 카디건을 그녀의 허리 아래에 두른 후 번쩍 안으며 일어났다.

"술도 드셨는데, 괜찮아요?"

"가벼운데요, 뭘."

"……농담하시긴."

"진짭니다."

재신의 눈에 그녀의 발등 쪽에 난 상처가 보였다. 실수로 밟았다고 하기엔 정말 콱 찍은 흔적이었다. 도대체 어떻게 지나가면 이런 상처가 날 수 있단 말인가. 그는 왠지 혜린이 거짓말을 하는 거 같았다.

둘이 별로 친해 보이지도 않았고.

민지의 표정으로 봐선 알은척을 하고 싶지 않은 사이로 보였다.

"이거 진짜 실수로 밟은 거 맞습니까?"

"네. 대표님, 당연하죠. 제가 동창이 갑자기 생각나서 다시 돌아서 나오다가 실수로 밟았어요. 대표님도 참, 아무리 여자 친구가 좋아도 저 의심하시는 거예요? 너무해요."

혜린이 억울하다는 표정을 지었다. 눈망울은 톡 건드리면 울

것처럼 눈물이 그렁그렁했다.

"분명 아까는 들어가다가 실수로 밟았다고 했던 거 같은데요."

혜린의 얼굴이 빨개졌다.

"아, 아까는 말을 잘못한 건, 건데요."

"내일 회사에서 따로 보죠."

재신은 그 말을 남긴 후 민지를 업은 채로 그곳을 나왔다. 콜택시를 불러 둔 그는 술집 앞에 서 있는 택시에 민지를 태우고 그 옆에 탔다.

민지는 어쩐지 든든한 느낌이 들었다.

그 상황에서 상대가 뭐라 하든 제 편이 되어 준 느낌이었다. 제법 나이 차이가 있다 보니 눈치도 빠른 건지, 그는 이미 혜린이 제 발을 일부러 밟았다고 확신하는 거 같았다.

"우리 진짜 만나는 거죠?"

"네. 그죠."

"그럼 다음번에 볼 땐 말 편하게 하세요. 저도 천천히 그럴게요."

"……음."

"저 혜린 씨랑 동창이긴 한데 안 친해요. 앙숙이었어요. 유치하긴 한데, 앞으로도 알은척은 안 하고 지낼 거거든요. 혹시 그게 불편하면 말해 줘요."

"안 불편해요."

맞은 것까지 얘기하기엔 아직은 재신과 이제 막 연애를 시작한 참이었다. 더 깊은 얘기는 나중에 하면 되겠지.

"내 생각 말고 하고 싶은 대로 해요. 앙숙하고 친하게 지내지

124

않아도 되니까."

"재신 씨도 나 때문에 소속 가수 미워하지 말고요. 재신 씨 회사 수익 창출해 주는 사람이라면서요."

그러자 그가 그녀의 손을 잡아 왔다. 그의 손은 따뜻하고 부드러웠다.

"그럴게."

민지는 피식 웃었다. 제 말을 너무 잘 듣는 거 아닌가. 말을 놓으라니까 놓고, 혜린을 미워하지 말라니까 그러겠다고 한다. 그 행동에 웃음이 났다.

저보다 키도 몸도 한참 큰, 심지어 나이 차이도 나는 그가 제 말에 순종하는 느낌은 나쁘지 않았다. 기분이 좋아진 민지가 그의 어깨에 살며시 머리를 기댔다.

"기사님, 죄송하지만 창문 좀 내려도 되겠습니까?"

"네~"

기사의 허락에 재신은 창문을 살짝 내렸다.

그 틈으로 선선한 바람이 타고 들어와 재신의 머리카락을 흔들었다. 민지는 바람이 전해 오는 그의 향기를 맡으며 쿵쿵 빠르게 뛰는 심장 소리를 느꼈다.

정말로, 연애가 시작되었다.

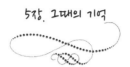

5장. 그때의 기억

'나 오래전부터 널 좋아했어.'

그날은 비가 쏟아지는 날이었다. 우산을 챙겨 오지 못한 민지는 하굣길에 저를 기다리고 있던 남우에게서 갑작스럽게 고백을 받았다.

'사귀자.'

반 친구들에게 들어서 그녀는 남우의 마음을 알고 있었다. 그녀의 눈엔 다른 여자아이들에게도 똑같이 하는 거 같은데, 다들 남우가 저를 좋아한다고 확신하고 있었다.
남우는 학교에서 인기가 많았다. 공부도 잘하고, 농구부여서 운동도 잘하는 남학생. 그래서 항상 그의 주변엔 여학생들이 많았다. 발렌타인데이 때는 그의 사물함에 다 넣지 못할 정도로 많은 초콜릿을 받았던 것도 기억 속에 남아 있다.

'남우야. 나는…….'

중학생이 무슨 연애야. 와닿지 않는 이야기에 입술만 뗐다가 붙이는데, 남우가 환한 미소를 지었다.

'괜찮아. 답은 나중에 줘도 돼. 급하지 않으니까.'

그러면서 그는 본인이 갖고 있는 우산을 내게 주었다. 민지는 쏟아지는 장대비 속에 남우에게 우산을 돌려주지 못한 채 쓰고 귀가했다.

문제는 다음 날부터였다.

'민지야, 혜린이가 너 찾더라.'
'최혜린? 6반?'
'응.'

친구가 가리킨 곳에는 짧게 교복을 줄이고 딱 보기에도 불량해 보이는 최혜린이 서 있었다. 그녀를 보며 손을 까닥거리고 있었다.

민지는 별 의심 없이 교실 밖으로 나갔다. 혜린과 그녀의 친구들이 민지에게 팔짱을 끼고, 어깨동무를 하였다.

'안녕하세요, 선생님~'

'안녕하세요!'

'곧 수업 시간이다. 어디 가는데?'

'매점이요, 매점!'

지나가는 선생님들께 깍듯이 인사하며 혜린은 민지를 데리고 1층으로 내려갔다.

'우리 어디 가?'

'잠깐 대화 좀 하자.'

그들의 손에 이끌려 간 곳은 교문을 벗어난 곳이었다.

오래된 주택 구조의 건물 뒤편에는 작은 공터가 있었는데, 이 주택이 곧 허물 예정이라 지나다니는 사람이 없는 곳이었다.

그 뒤편에는 소위 말하는 일명 노는 아이들이 대거 포진해 있었다.

'어제 소영이가 너 남우랑 있는 거 봤다는데…… 남우가 뭐라고 했어?'

'남우? 권남우 말하는 거야?'

'응.'

혜린은 싱긋 웃으며 그녀에게 팔짱을 끼었다.

'남우랑 내가 초등학교 동창이잖아.'

위협스런 분위기 속에서도 혜린이 친근하게 다가오자 그녀는 긴장을 한시름 놓았다.

'어제 나 우산을 안 가져와서 남우가 우산 빌려줬어.'
'그리고?'
'……조, 좋아한다고.'

그 말을 뱉는 순간, 학생들의 시선이 모두 그녀에게로 향했다. 혜린은 여전히 웃고 있었다. 다만, 팔짱을 끼고 있던 팔을 뺐다.

'남우가 그래? 네가 좋다고? 아…… 골 때리네.'

민지는 제게 다가오는 여자 학생들을 보며 뒷걸음질 쳤다. 이름표 색깔이 다른 거 보니 갓 입학한 1학년 아이들인 거 같았다.

그 이후엔 혜린의 후배들이 돌아가며 민지에게 싸대기를 날렸다. 그러고 나선 발길질이 돌아왔다.

차마 선배를 때리지 못해 멈칫하고 있던 후배는 혜린에게 머리채를 잡혀 입가에 피가 터지도록 맞았다. 그들은 선배에게 맞지 않기 위해 민지를 더 세게 때렸다.

귀에서 이명이 들릴 때쯤…… 발길질과 손길이 멈췄다.

그날을 시작으로 민지는 학교 폭력에 시달리게 되었다. 그녀와 같이 다니는 친구들에게조차 혜린이 폭력을 행사하자 결국 그녀는 혼자가 되었다.

화장실을 갈 때도, 밥을 먹을 때도, 수시로 괴롭혀 왔다.

결국 민지는 남우를 찾아갔다.

'남우야…… 제발 나를 좋아하지 말아 줘. 제발…….'

그녀는 남우의 고백에 대한 답을 전했다. 남우 앞에서 펑펑 울며 좋아하지 말아 달라고, 혜린이한테 가서 나랑 아무 사이 아니라고 말을 해 달라고 빌었다.

그날 이후로 남우에게 한 소리를 들은 모양인지 혜린은 더욱 못되게 변했다. 그녀의 체육복을 찢어 놓고, 실내화 안에 커터 칼을 넣는 등, 점점 강도가 세졌다.

결국, 모든 사실을 부모님께서 알게 되시고 전학을 가게 되었다.

※　✱　※

잠에서 깬 민지는 축축한 베갯잇을 만졌다. 잠옷과 머리카락이 땀에 푹 젖어 있었다.

재신과 연애를 시작하고부터 달콤한 것과 반대로 혜린이 불쑥불쑥 꿈속에 찾아왔다. 과거의 기억은 어쩜 이렇게 선명한지.

상담 센터를 안 간 지 얼마나 됐더라…….

평소에 괜찮다가도 몸이 힘들거나, 정신이 극한에 몰릴 때면 그때 일이 떠오르곤 했다. 그래서 그녀는 정신의학과에 가서 약을 타서 먹기도 하고, 주기적으로 상담을 받았다.

[좋은 꿈 꿔.]

재신에게서 온 마지막 메시지를 확인하였다. 최근 며칠간은 그와 문자를 주고받다가 잠들곤 했다. 집에 부모님이 계시기 때문에 늦은 시간에 통화는 하지 못했다.

[좋은 꿈 꾸고 싶었는데, 악몽 꿨어요. ㅠㅠ]

민지는 답장을 보내 놓고 기지개를 켰다. 악몽을 꾸는 바람에 일찍 일어난 그녀는 아침 시간이 한가해졌다.

회사를 일찍 가는 건 왠지 손해 보는 거 같고.

씻으러 가려는데 핸드폰에서 진동이 울렸다.

[일찍 일어났네. 아침에 잠깐 커피 마실까? 집 앞으로 갈게.]

재신의 문자에 민지는 심장이 쿵쿵 뛰었다. 지금 보러 온다고? 오늘 보자고? 민지는 거울 속 제 상태를 먼저 확인한 후 시계를 보았다.

[준비하려면 30분 걸려요.]

[지금 출발하면 시간 맞을 거 같네.]

이런 스윗한 사람. 오전의 붕 뜬 시간을 같이 보내다니.

약속을 잡고 만나는 날은 전날부터 설레는데, 이런 갑작스러운 만남은 서서히 찾아오는 설렘이 단시간에 극도로 몰려서 심장에 무리가 오곤 했다.

씻고 준비하는 그녀의 손놀림이 빨라졌다. 자꾸 허둥지둥거리던 그녀는 화장을 하는 데도 평소보다 애를 먹었다.

정확히 30분 뒤, 그녀는 출근 준비를 마친 후 집 밖을 나설 수 있었다.

새벽에 헬스장에서 운동을 하고 씻고 나온 재신은 바로 차 시동을 켜고 민지에게 출발했다. 지금 가면 한두 시간 정도 만날 수 있었다.

여자 친구와의 만남을 위해 잠을 줄이고, 없는 시간을 쪼갠다는 말을 이해할 수 없었는데 아침에 일찍 일어난 민지의 문자를 보니 그 짧은 시간에도 만나고 싶단 생각이 먼저였다.

사람이 이렇게 빠르게 변할 수 있나?

민지의 집 앞에 차를 주차한 다음, 그는 잡고 있는 운전대를 검지로 두드렸다.

[대표님, 오늘 회사에서 봬요. CF 건으로 논의 드리고 싶은 부분이 있어요♡]

혜린에게서 온 문자였다.

그는 표정을 굳히곤 김창우 비서실장에게 문자 한 통을 넣었다. 그런 일은 실장을 통해 그가 전달받으면 되는 거였다. 굳이 만날 필요 없는…….

굳이 사무실을 찾아온 혜린은 술집에서의 일은 오해라며 눈물을 찍어 냈다. 옆에 있던 김 실장과 다른 비서진은 그녀를 보고 안타깝다며 제게 냉혈한이라고 한 소리 했지만, 그는 그녀의 눈물에 눈 하나 깜짝하지 않았다.

그는 남을 쉽게 믿지 못하는 편이었다. 그건 소속 연예인이라도 마찬가지이다. 세상에 비친 이미지는 그가 기획을 통해 만든 거기 때문에, 그는 혜린을 믿지 않았다.

만약 누군가의 부탁이 아니었다면, 혜린을 통해 더 큰 목표인 김재훈을 영입할 수 있다는 전제조건이 아니었다면 절대 샤인으로 그녀를 데려오지 않았을 것이다.

바에서 마주친 이후 혜린은 종종 이런 식으로 개인 연락처로 그에게 문자를 보내곤 했다.

[민지랑도 같이 식사 한번 해요. 그때 일 미안해서 제대로 사과하고 싶은데, 제가 번호를 몰라서요.]

[그럴 일 없을 거 같군요. 계약 관련은 김창우 실장에게 말하시면 됩니다. 보고받으면 확인해 볼게요.]

그는 답장을 보낸 후, 이쪽으로 걸어오고 있는 민지를 보았다. 좁혀 있던 미간이 펴지며 입가엔 미소가 번졌다.

차에서 내린 재신이 민지에게 다가갔다.

"악몽 꿨다며."

"으음…… 네. 엄청 무서운 악몽이었어요. 자고 일어났는데 베갯잇이 젖어 있더라고요."

"무서웠겠네."

그의 말에 그녀는 고개를 끄덕였다. 그녀는 차에 올라타기 전 그의 바로 앞까지 와서 위를 올려다보았다. 중간에서 눈이 마주치자 그녀가 싱긋 웃었다.

민지는 차 문을 열어 주는 그의 팔을 콕콕 찔렀다. 차에 타기 전 여기까지 와 준 그에게 고마움을 표현하고 싶었다.

"아침이니까 한 번만 안아 주면 안 돼요?"

민지의 촉촉한 눈망울을 보며 재신은 와락 그녀를 안았다. 안 될 게 뭐 있나. 매번 이러고 싶은걸.

방금 씻었는지 그녀에게선 좋은 향이 났다. 촉촉하게 젖은 머리카락, 시폰 원피스에 카디건을 걸치고, 적당한 높이의 구두까지 신은 민지는 어디다 내놔도 남자가 따를 것만 같았다.

순간 이 예쁜 모습을 나만 보고 싶단 생각이 들었다.

한 번 더 꽉 그녀를 안아 준 후 그는 조수석 문을 열었다. 민지가 차에 올라탄 다음, 그도 운전석으로 돌아왔다.

TG 전자와 가장 가까운 맥도날드로 온 두 사람은 맥모닝을 주문했다. 회사 주변에 문을 연 브런치 카페가 없었기 때문에 이곳이 최선이었다.

"더 맛있는 거 사 주고 싶은데."

"다음에요. 이 시간에 연 곳이 없잖아요. 저 이거 되게 좋아해요."

민지는 맥모닝을 맛있게 먹으며 아메리카노도 홀짝 마셨다. 재신을 위해 뼈해장국집에 가자고 할까 하다가 오늘 회사에서 주요한 회의가 있기 때문에 맥모닝으로 바꿨다. 혹시라도 원피스에 국물이 튀면 옷을 갈아입거나 새로 사야 하는 난감한 상황이 생기기 때문이다.

"양이 너무 적죠? 하나 더 시킬까요?"

"아냐. 딱 좋아."

그의 손에 든 맥모닝은 무슨 장난감처럼 귀엽게 느껴졌다. 그는 한 세 개는 먹어야 할 거 같은데…….

"보기보다 많이 먹지 않아."

"정말요? 그럼 뭐 먹고 이렇게 컸어요? 우유?"

"아니. 우유도 딱히."

"아…… 유전이구나."

그녀의 말에 그가 고개를 끄덕였다. 키가 크고 몸이 좋은 건 노력도 노력이지만, 기본적으로 유전이구나. 그런 거였어. 그래서 내가 우유를 하루도 빠짐없이 먹어도 키가 그의 반만큼밖에 안 되는구나.

"여기 묻었어."

재신이 본인의 입술 오른쪽을 가리키며 그녀에게 말했다. 민지가 입 근처를 손으로 털자 그가 티슈를 들고 팔을 뻗어 왔다.

"반대쪽."

"아아! 반대쪼옥."

그가 오른쪽을 털고 있어서 그녀도 오른쪽 입가를 손으로 털었는데, 왼쪽이었던 모양이다. 입가에 묻은 튀김 가루를 털어 준 그가 손을 도로 뒤로 빼자, 그녀가 덥석 그의 손을 잡았다.

"오늘 많이 바빠요?"

"응."

"통화할 시간도 없고요?"

"아마도. 저녁땐 괜찮아."

그제야 민지는 밝게 웃었다. 어차피 회사에 있을 땐 그녀도 일에 치여서 핸드폰을 자주 못 들여다보곤 했다.

"진짜 내가 어떻게 애 딸린 유부남으로 봤을까? 너무 신기해요."

"근데……."

"네?"

재신이 그녀의 손을 자신의 손바닥 위에 올리고 다른 손으로 위를 덮었다. 공공장소에서 왜 이러고 있나 본인이 생각해도 웃긴지 그가 그 모습을 보며 피식 웃었다.

"나를 뭐라고 불러야 할지 몰라서 일부러 호칭 안 하는 거야?"

"티 났어요?"

"저기라고 하기도 그렇고, 이름 부르기도 어색한 거잖아. 그래서 날 아예 안 부르는 거 같은데."

"티 안 내려고 일부러 노력했는데, 어떻게 알았어요?"

"문자에서도 그렇고, 통화할 때도 그런 느낌이 있어."

그는 예리한 사람이었다. 그의 말대로 민지는 그를 뭐라고 불러야 할지 몰라서 웬만하면 호칭을 생략하곤 했다.

재신 씨, 당신, 오빠, 그쪽, 저기요……

뭐라고 불러도 다 이상했다.

"오……빠?"

민지의 호칭에 재신이 이번엔 피식 웃었다.

"그냥 오빠라고 할까요?"

"응. 편한 대로."

"오빠, 오빠, 오……빠. 흠, 재신 오빠."

민지는 그의 이름을 넣어서 불러 보았다. 막상 부르고 나니까 별로 어렵지 않네. 그전엔 왠지 간지러운 느낌이었는데.

"오빠, 내가 꼭 해 보고 싶은 데이트가 있는데요."

"뭔데?"

"같이 게임 하는 거요. REAL 총 게임!"

"어디서?"

게임은 당연히 PC방 아닌가? 같이 소파에 앉아서 커피도 마시고, 라면도 먹고, 게임도 하고. 만약에 재신이 게임 하는 걸 지루해한다면 한 번의 데이트 이후로 굳이 게임 하러 가자고 조르진 않을 것이다.

"PC방은 좀 그렇죠?"

"우리 회사에 게임방 따로 있는데, 네가 괜찮다면 거기서 할래?"

"회사에 게임방이 있어요?"

"응. 태훈이가 결혼할 때 본인 집에 못 한다고 우리 회사 건물에 만들어 놨어."

"컴퓨터 사양이?"

"최고급일 거야. 여섯 대 정도 있어."

"와— 대박!"

그런 좋은 곳이!

"그렇게 좋아?"

"당연하죠. 오빠는 저랑 하고 싶은 거 있어요?"

민지는 붕붕 떠 있는 기분을 느끼며 재신에게 물었다. 그러자 그가 눈을 슬며시 피하며 잠시 귀가 붉어졌다가 돌아왔다.

"노코멘트. 하고 싶은 건 나중에 말할게. 그럼 게임 하는 날, 몇 명 더 불러도 돼?"

"오빠 친구요?"

"응."

"혹시 친구분들 등급이……?"

실버? 다이아? 골드?

"물어볼게. 잠시만."

그녀의 질문에 재신이 핸드폰을 꺼내 문자를 보냈다.

"물어보라고 한 건 아니었는데!"

"한 명은 마스터, 다른 친구는 골드."

"오빠는요?"

"……초보."

"아……."

등급도 잘 모르는 거면, 그 게임을 모른다고 봐도 무방했다.

"괜찮아요, 오빠. 제가 캐리할 거니까."

민지의 위로에 재신은 그저 피식 웃었다. 게임 얘기를 할 땐 평소보다 즐거워해서 그 또한 같이 기분이 좋아졌다.

"으악, 벌써 회사 출근할 시간이에요. 시간이 왜 이렇게 빠르지?"

"그러게."

"오빠도 바로 회사로 갈 거죠?"

"응."

재신이 다 먹은 쟁반을 정리해서 들고 일어났다. 훤칠한 그가 걸어가자 맥모닝을 사러 온 손님들의 시선이 그에게 향했다. 몇몇은 그를 알아보는 거 같기도 했다.

'그 TV에서 봤던, 그 대표! 샤인 프로덕션!'

그는 쟁반을 정리한 후, 민지에게 다시 왔다.

"그날 그럼 내 친구도 보겠네."

"그러네요."

"어색하면 말해 줘."

"아녜요. 전혀요."

"다음에 네 친구도 소개해 줘. 맛있는 밥 살게."

"그럼, 사양 않고 약속을 잡겠습니다!"

민지는 키득 웃으며 주차장으로 가면서 그에게 팔짱을 끼었다. 연애란, 아침부터 이렇게 사람을 설레게 하는 거였나 보다.

"회사 앞에서 내려 줄게."

"아녜요. 길만 건너면 되는데."

"알아."

그는 짤막하게 답변을 하며 조수석 안을 턱짓했다. 진짜 너무 가까운 거리라 오히려 차를 타고 가는 게 더 시간이 걸릴 수도 있었다.

"조금만 더 같이 있고 싶어서 그래."

재신의 말에 민지는 손으로 볼을 감싸며 부끄럽다는 듯 웃음을 보였다.

그래서 자꾸 차에 타라는 거였구나, 데려다준다고 한 이유를 깨달은 그녀는 냉큼 조수석에 올라탔다. 걸어서 3분, 차를 타면 P턴을 해야 해서 10분 이상. 그래도 좋았다.

※　※　※

퇴근을 한 민지는 아버지 회사로 향했다. 아침엔 남자 친구, 저녁엔 세상에서 가장 사랑하는 아빠. 하루의 시작과 끝이 좋았다.

크라운바디.

아빠와 엄마가 평생 목욕관리사로 일한 덕분에 질 좋은 상품을 개발하고 꼭 필요한 제품들로 선별하여 찜질방과 호텔에 제품을 납품하였고, 이후에는 마트에 입점을 하게 되었다.

작게 시작한 사업이 어느덧 건물 한 층을 쓰고도 모자랄 정도로 직원이 많아졌고, 점점 거래처가 늘어나는 추세였다.

"아빠!"

현재 엄마는 일선에서 빠지고, 아빠는 전문경영인을 뽑아서 함께 운영하고 있었다. 모든 결정권은 아빠에게 있지만, 아빠는 자신이 뽑은 대표와 직원의 말을 귀담아듣는 편이었다.

"민지 왔어? 와서 앉아."

회장실. 번듯한 푯말이 적힌 방에 제 주인처럼 익숙하게 그녀를 맞이하는 아빠의 모습을 보고 있으면 가끔은 아직도 어색하다. 그녀가 학창 시절 기억하는 아빠는 온몸이 땀에 절어 있었고, 얼굴이 항상 벌겠다.

아빠의 얼굴이 뽀얗고 하얀 편이라는 걸, 크라운바디가 창립한 이후에 알게 되었다.

"바쁠 줄 알았는데 아빠 오늘 시간이 되네."

"오늘 딱 저녁 약속이 없었어."

사업을 하는 사람은 낮보다는 저녁이 더 바빴다. 전문경영인이 있지만, 여기저기 영업을 다니고 인간관계를 넓히는 건 아빠의 몫이었다.

그건 재신 또한 마찬가지일 거다.

처음엔 대표직, 회장직에 오르면 의자에 앉아서 보고를 받고 쉬는 줄 알았는데 사실은 직원보다 더 바쁜 스케줄을 소화하고 있다는 걸 아빠를 통해 알았다. 회사의 규모가 크면 클수록 시간을 분 단위로 쪼개서 삶을 사는 사람도 있을 것이다.

"뭐 사 줄까? 뭐 먹고 싶어?"

"저번에 엄마랑 아빠랑 먹었다던 타이 요리. 엄청 맛있었다며."

"그래, 그거 먹자. 길 건너편이야."

두 분이 데이트를 하고 오신 그날, 엄청 맛있다며 자랑을 했던 게 생각났다. 민지는 아빠를 따라 태국 요리를 파는 음식점을 갔다.

한번 와 봐서 그런지, 아빠는 메뉴판을 다 보지도 않고 2인 세트를 주문했다.

"아빠, 메뉴 알고 주문하는 거야?"

"저번하고 같은 거로 주문했어."

민지는 수저를 놓고, 물컵에 물을 채웠다.

"요새 누구 만난다며."

"엄마가 말했어?"

"응."

아빠의 얼굴에 서운함이 묻어났다.

"맞선 볼 나이도 아닌데, 왜 굳이…… 더 놀다가 가도 되잖아. 네 엄마는 좋은 대학 나와서 잘사는 집안에 보낼 생각에 좋아하는 것 같다만 네 아빠는 굳이 그런 게 중요할까 싶다."

"그런가?"

"서로 집안 학벌 따지지 않고 연애결혼 하는 게 좋지 않을까? 아빠는 네 엄마랑 연애해서 평생 같이 일하고 힘든 시기를 겪었잖아. 사랑하니까 같이 버틴 거지. 근데 네 엄마는 네가 그런 고생을 안 하길 바라는 눈치야. 아빠가 네 엄마 너무 힘들게 했나 봐."

민지는 고개를 좌우로 세게 저었다.

"아빠가 뭘 힘들게 해. 다 그렇게 사는 거지, 뭐."

"민지 너 초등학생 때 기억나? 부모 직업 적는 란에 네가 때밀이라고 적었던 거. 그거 네 엄마가 보고 너 혼냈잖아. 회사원으로 쓰라고. 너는 왜 굳이 거짓말을 해야 하냐고 대들고."

"맞다, 그랬었지."

그때도 그녀는 부모님의 직업이 부끄럽지 않았다. 엄마는 부모님의 직업을 회사원이라고 써 달라고 했지만, 그녀는 거짓말을 할 수가 없어서 결국 '때밀이'라고 적어서 냈다.

그 결과 '쟤네 부모님 목욕탕에서 빤스만 입고 돌아다닌대! 때밀이래~ 때밀이.' 등등 놀림을 당해야 했었다. 그녀를 아는 친구들은 그러지 않았으나 오히려 잘 알지 못하는 학생들의 시선이 그녀를 옥죄었다.

"너 놀림받는 거 알면서도 그게 가족의 밥줄이니까 그만두지도 못하고. 네 엄마가 그 과거는 싹 지우고 산다, 요새. 아빠는 그때 그런 시기가 있어서 지금이 있다고 생각하거든. 요지는, 맞선 보지 말고, 연애해서 결혼해. 이것저것 재고 따져서 만나면, 결국 그것 때문에 헤어지는 법이야."

민지는 고개를 끄덕이는 걸로 답을 대신했다.

아빠의 잔소리가 좋은 이유는 딱 1절에서 끝난다는 것이다. 보통 엄마는 2절, 3절 아니면 후렴구를 몇 번이나 반복하는데 말이다.

"그래서 나 지금은 연애하고 있어. 일단 만나 보고 정하려고. 맞선 봐서 바로 결혼 안 해. 조선시대도 아니고!"

"잘 따져 봐. 아빠는 우리 딸한테 잘하는 남자면 다 돼."

"돈 없어도?"

"아빠가 있잖아. 우리 딸 눈에 차는 남자면 돼. 열 살 연하여도 좋아. 다른 거 걱정 말고 좋은 사람 만나."

"워후~ 아빠 최고!"

민지는 게 요리를 와그작와그작 깨물어 먹으면서 주먹을 쥔 채로 엄지만 위로 올렸다.

"아빠 요거 진짜 맛있다."

"네 엄마는 면도 잘 먹던데. 이것도 먹어 봐."

아빠는 엄마가 잘 먹었던 요리를 그녀 쪽으로 밀어 주었다. 엄마가 맛있게 먹었던 요리는 그녀의 입에도 잘 맞았다.

싹싹 밥을 비워 낸 그녀는 바로 옆 건물에 있는 커피 매장으로 갔다.

"아빠, 나 뭐 물어봐도 돼?"

"뭐?"

"왜 갑자기 엄마랑 일 그만두고, 사업할 생각 했어?"

"음."

아빠는 쉽게 대답하지 못하고 커피를 한 모금 마신 후 잠시 생각에 잠긴 듯했다.

"예전에 네가 학교 폭력으로 고생할 때, 우리가 해 줄 수 있는 게 없더라. 그래서……."

그때 가해자 부모들이 엄마와 아빠를 번갈아 가면서 찾아온 걸 나중에 알게 되었다. 거지 취급하며 돈을 주고 가기도 하고, 일부러 엄마가 일하는 일터에 찾아와서 때를 밀고 가기도 하고, 나중에는 진상 짓을 하며 얼른 사건을 마무리 지을 것을 압박하기도 했었다.

결국, 엄마는 아빠를 부둥켜안고 펑펑 울며 딸 전학을 결심했다. 엄마에게 그런 일이 있었다는 건 나중에 성인이 되고서 알게 되었지만 말이다.

부르르르, 부르르르.

테이블 위에 올려 둔 핸드폰이 울렸다.

[스테'미남']

그 요상한 이름에 아빠의 눈썹이 삐죽 올라갔다. 매우 궁금한 눈치였다. 그녀의 핸드폰을 안 보는 척하면서 자꾸 눈동자가 액정으로 향하고 있었다.

민지는 전화를 끊은 후 문자를 남겼다.

[아빠랑 밥 먹고 있어요.]

"누구? 남자 친구?"

"응. 만나는 사람."

"맞선 본 그 남자?"

"응."

엄마가 말해서 대충 이력은 아빠도 알고 있을 것이다.

"나이가 너무 많던데."

"잘생겼어. 나이처럼 안 보여."

"회사 규모가 커서 많이 바쁠 거 같아. 그럼 우리 민지 만날 시간도 없을 거 같은데."

"오늘 아침에도 나 회사 데려다줬어. 없는 시간도 쪼개 줄 거야. 나를 위해서!"

아차차, 민지는 너무 재신의 편을 들었나 싶어서 입꼬리를 옆으로 늘리며 어색하게 웃었다.

"아빠보다는 별로야. 우리 아빠 발끝에라도 미치는 사람인지, 내가 한번 지켜볼게."

"그래. 우리 딸. 아빠보다 못난 놈은 아예 만나지를 말아."

"그럼 나 평생 혼자 살라는 거야?"

"그럼 좋고."

그제야 환히 웃는 아빠를 보며 민지도 키득키득 웃었다. 엎드려서 받는 절도, 입에 바른 칭찬도 안 하는 것보단 하는 게 낫다.

아빠도 알면서도 좋은지 올라간 입술이 내려올 생각을 하지 않고 있었다.

"아빠는 다시 사무실 가 봐야 하는데. 택시 타고 가."

"아니야, 아빠."

"가는 길에 남자 친구랑 통화할 거잖아. 택시 안에서 해. 지하철에서 시끄럽게 통화하면 민폐야. 버스에서도."

아빠는 카페 밖으로 나와 택시를 잡아 준 후, 지갑에서 5만 원짜리 지폐를 꺼내서 기사님께 주었다.

덕분에 민지는 편안히 집까지 갈 수 있었다.

그녀는 택시 문이 닫히자마자 재신에게 전화를 걸었다.

– 여보세요.

"안 받는 줄 알고 끊으려고 했는데 바로 받았네요!"

– 끊길까 봐 조마조마해서 바로 받았지.

"어디예요?"

– 저녁 식사하고 잠시 회사 왔어. 밤에 예능국 PD들과 술자리 있어.

"또요?"

저녁때도 어디랑 먹는다고 아까 문자 한 거 같은데.

– 응, 또.

"미팅이 진짜 많네요."

– 술만 아니면 잠깐이라도 집 앞에 가는데.

재신의 말에 민지는 눈을 감았다가 번쩍 떴다.

"술 먹어도 와도 돼요. 이따가 밤에 집 앞에 오면 숙취해소제 들고 나갈게요!"

– 그게 집에 있어?

"아빠가 숙취해소제 박스째로 사다 놓고 드세요."

잠시 그에게선 답이 없었다. 수화기 너머로 웅성거리는 소음이 들렸다.

─ 갈게. 11시까지 술자리 끝내 볼게.

"정말 괜찮겠어요? 생각해 보니 내일도 출근하잖아요. 주말도 아니고. 피곤할 텐데."

─ 너만 괜찮다면, 가고 싶어.

그 달콤한 소리에 그가 없는데도 볼이 붉어졌다. 사르르 녹는다는 느낌이 이런 걸까.

그녀는 그가 오면 피곤할 걸 알면서도 와 주길 바라는 속마음을 숨기지 못했다.

"그럼 기다릴게요."

─ 응. 혹시 졸리면 자고. 문자 하나만 남겨 줘.

"아니, 아니! 기다릴래요. 또 보고 싶어요."

아침에도 봤지만, 또 보고 싶어요.

왜 자꾸 보고 싶고, 같이 있고 싶은 건지 모르겠어요.

민지는 나머진 속으로만 생각하며 전화를 끊었다. 금세 집 앞에 도착한 그녀는 얼른 집으로 들어가 깨끗하게 샤워를 했다.

집에 있다가 나갈 땐 화장을 하고 있어야 할까? 옷은 원피스는 이상할 거 같고, 어떻게 입지? 뭘 입어야 하지?

자연스럽고 꾸민 티를 안 내고 싶은데, 또 그의 눈에 예뻐 보이고 싶은 마음도 있었다.

자꾸 시계를 보지 않으려고 일부러 총 게임에 접속했지만 전혀 집중이 되지 않았다. 어느새 눈은 핸드폰 액정을 보고 있었다.

그와 있을 땐 빠르게만 가던 시간이 기다릴 땐 더디기만 했다.

＊　＊　＊

힐링상담센터.

민지는 센터 앞을 기웃거렸다. 회사와 가까운 곳에 생긴 '힐링상담센터'는 직장인들을 위한 무료 상담을 진행하고 있었다. 초기 상담만 무료고 추가 상담과 주기적인 치료는 유료지만.

민지는 혜린을 보고부터 악몽을 꾸는 횟수가 잦아졌고, 여자 화장실 마크를 보는 것만 해도 끔찍했던 기억이 떠올라서 점심시간을 이용해 상담센터를 찾은 거였다.

"저 무료 상담 팸플릿 보고 왔는데요."

민지는 팸플릿을 내밀며 데스크 직원에게 말을 걸었다.

"무료 상담은 예약 잡고 오셔야 해요. 잠시만요……."

직원은 어딘가로 통화를 하고, 또 다른 곳에 전화를 했다. 아마 가능한 상담 선생님이 있는지 찾는 모양이었다.

"우선 간략한 정보 작성 좀 부탁드릴게요. 상담 선생님 가능한지 일정 보고 다시 말씀드릴게요. 저쪽에 펜 있어요."

민지는 펜과 종이를 들고 테이블과 의자가 있는 곳으로 갔다. 인적사항을 적는 난이 있었고 그 이후엔 워커홀릭인지 아닌지, 지금 상태가 어떤지 알 수 있게 간략하게 체크할 수 있는 문항이 있었다.

직장인에게 딱 적합한 질문들로만 되어 있어서 이곳에 오는 사람 중 반 이상이 상담을 필요로 하는 경우라고 나오지 않을

148

까 싶었다.

> 「주 40시간 이상 일한다.
> 내가 직접 안 하면 문제가 생길까 봐 추가로 확인한다.
> 일하는 시간 외에도 시도 때도 없이 일에 대해 생각한다.」

워커홀릭이라고 생각한 적은 없는데 체크하다 보니 왜 내 이야기 같지?

40시간 이상 일하는 건 맞고, 실수할까 봐 추가로 여러 번 확인을 하게 되고, 일을 안 할 때도 일 생각을 하는 거 같다.

대리님께서 무료 상담 받고 추가적인 상담을 받기로 하고 카드를 긁었다고 하셨는데 그 이유를 알 거 같았다. 특히 센터장님이 웃으면 저도 모르게 찬양하게 된다고, 센터장님은 꼭 피하라는 말도 덧붙였다.

그때, 직원이 그녀에게 다가왔다.

"저희 센터장님께서 잠깐 시간이 된다고 하십니다. 이쪽으로 모시겠습니다."

"네……"

그 센터장님…… 카드를 긁게 만든다는 그분.

민지는 핸드폰 케이스 안에 넣어 둔 카드를 한번 보고는 오늘 무사하기를 바라며 직원을 따라 복도를 지났다.

똑똑.

직원은 문을 두드렸다.

"네. 들어오세요."

안에서는 저음의 목소리가 들렸다.

직원이 문을 열어 주었고 민지는 그 안으로 들어갔다. 센터 장과 눈이 마주친 그녀는 눈을 세게 감았다가 다시 뜨며 미간을 좁혔다.

'남우야…… 제발 나를 좋아하지 말아 줘. 제발…….'

그녀가 남우에게 했던 마지막 말이 떠올랐다. 그 이후, 그는 그녀에게 관심을 더는 표하지 않았고 모르는 사람처럼 굴었다. 전학 가기 전까지도.

"그럼 나가 보겠습니다."

두 사람의 시선이 미묘하게 부딪쳤다. 직원이 문을 닫고 나간 후에도 둘 다 누가 먼저 입을 열지 고민하는 것처럼 입을 실룩였다.

"이쪽으로 와서 앉으세요."

센터장 권남우.

네가 왜 여기에…….

"혹시 우리 중학교 동창 아닌가요?"

"맞는 거 같아요."

민지가 먼저 운을 떼자 남우의 입술이 곡선을 그렸다. 다정한 그의 웃음은 학창 시절부터 반 여학생들을 설레게 했었다.

곧게 자란 태가 나는 남자. 학생 때보다 좀 더 선이 굵어져 남성미가 돋보였다. 그때 그 느낌에서 좀 더 남자답게 변한 것만 빼면 남우는 그때와 비슷했다.

"말…… 놔도 되지?"

남우가 먼저 물었고, 민지는 고개를 끄덕였다.

"오랜만이다."

"그러게."

상담사와 환자의 관계로 다시 만날 줄은 몰랐지만.

그런데 그 상담 내용 안엔 남우도 포함되어 있어서 말을 못 할 거 같았다.

"그럼, 상담 전에 먼저 자료 한번 읽어 볼까?"

남우는 종이를 달라고 손을 내밀었다. 민지는 일단 자료를 주었다. 그걸 읽어 내려가는 남우를 보니 괜히 긴장이 되었다.

"일하다 보면 막 짜증나고 그래?"

"아니, 그렇진 않아."

"일할 때 옆 사람이 뭘 부탁하거나, 어머니 아버지가 전화 오면 화나? 일이 끊기거나 할 때."

"아닌 거 같아."

남우는 몇 가지 질문사항을 더 보더니 고개를 갸웃했다. 몇 가지 질문을 더 한 결과 민지는 워커홀릭은 아닌 거로 판명이 났다.

"일에 대한 강박증은 아닌 거 같고, 남자 친구 있는지 물어봐도 돼?"

"……."

저를 보는 남우의 눈빛이 올곧아서 민지는 잠시 멈칫했다.

'나 오래전부터 널 좋아했어.'

그때의 눈빛과 비슷했다.

"어, 있어."

"그렇구나. 그럼 일 때문에 남자 친구분과 싸우거나 부딪친 적은?"

"없는 거 같아."

"……음?"

남우가 고개를 갸웃하며 종이를 내려놓았다.

"점심 먹었어?"

"어? 아니. 점심 생략하고 상담 받으러 온 거야."

"밥 먹으러 가자. 내가 사 줄게."

"아냐, 아냐. 내가 사야지. 남우 네가 나 무료로 상담해 주고 있는데."

"응. 상담사로서 조금 더 깊은 얘기를 해야 할 거 같아서. 이 종이로는 알 수 없는 네 마음 상태 같은."

남우는 종이를 흔들더니 그의 가죽의자 뒤편에 있는 종이분 쇄기에 넣었다. 종이가 갈기갈기 찢기는 소리가 들렸다.

"밥은 나 혼자 먹을게. 다음에 먹자. 명함 하나 줘."

민지는 남우에게 명함을 받아서 나갔다. 그리고 재신에게 밥을 먹으러 간다고 문자를 보냈다. 어쩐지 상담을 받으러 왔다고 말을 하기 좀 그랬다.

재신과 연애를 시작한 지 얼마 안 됐기에 그녀는 아직 그에게 좋은 모습만 보이고 싶었다.

예쁜 모습, 좋은 모습. 그래서 좀 더 서로를 알고 사랑이 무르익었을 때 그때 과거 일을 얘기해도 늦지 않을 것이다.

생각하니까 또 보고 싶네. 핸드폰 속의 문자가 재신이라도 되는 양 그녀는 씩 웃으면서 글자 하나하나를 눈에 새겼다.

재신은 올해 새로 데뷔할 걸그룹 최종 리허설을 지켜보았다. 샤인은 배우들이 주로 있는 소속사지만 그래도 몇 년에 한 번은 걸그룹과 보이그룹을 데뷔시키곤 했다.

스타성도 중요하지만 그가 제일 첫 번째로 보는 게 인성이었다. 샤인의 이름을 달고 최고의 서포트를 받는 이들은 분명 데뷔하자마자 많은 인기를 누리게 될 것이다. 그전에도 그랬고, 앞으로도 그건 변함없는 진실이었다.

그런데 그 이후에 변하지 않을 사람. 계속해서 열심히 강사의 지시에 따라 여러 방면으로 공부를 하고, 춤과 노래를 게을리하지 않을 사람. 그런 사람을 골라내는 건 쉬운 일이 아니었다.

그랬기에 연습생 생활을 하는 동안 성실성을 계속 보는 편이었다. 세 번 이상 지각을 하면 아예 연습생에서 아웃해 버리는 것도 그 이유 중 하나였다.

"좋네요. 고생했어요."

재신의 한마디에 걸그룹 멤버와 그들을 지금껏 키우고 연습시킨 윤서우 이사와 신지현 팀장은 그제야 마음을 놓았다. 재신은 스타성은 볼 줄 알지만 가창력과 댄스에 관해서는 두 사람에게 아예 맡기는 편이었다.

"대표님, 저희 다음 스케줄은 외국계 게임 회사인 드랍더빗 홍보팀과의 미팅이 있습니다."

"바로 출발하죠."

재신은 연습실을 나와 김 실장과 함께 주차장으로 갔다. 그는 뒷좌석에 차를 타면서 피식 하고 웃었다.

운전석에 앉은 김 실장이 그런 재신을 이상하게 보았다.

"무슨 좋은 일 있으십니까?"

"아닙니다."

그는 어제의 일이 생각나 소리 없이 한 번 더 웃었다. 뒷좌석에 앉아 있으니 민지가 생각났다.

어젯밤 그는 민지의 집 앞으로 갔다. 술을 마신 탓에 운전은 대리 기사가 해 주었고, 재신은 뒷좌석에 타고 있었다.

그때 민지가 밖으로 나왔다. 머리를 하나로 질끈 묶고 연보라색 위아래 반팔 반바지 세트를 입은 그녀는 발랄해 보였다. 그가 차에서 내리자 그녀가 총총 뛰어 다가왔다.

'숙취해소제부터 줄게요!'

그녀가 건넨 숙취해소제. 그는 단숨에 물과 함께 꿀꺽 삼켰다. 사실 그는 어떤 사람을 만나 술을 마셔도 취해 본 적이 없었다. 아, 단 한 명, 제 동생과 결혼한 서도형 앞에선 취했었다. 그때 얼마나 낙심을 했던지.

'술 많이 마셨어요?'

'아니. 조금.'

'보자, 얼마나 마셨나 한번 볼까요?'

민지가 성큼 그의 앞으로 오자 그가 몸을 뒤로 뺐다. 말끔하게 씻은 그녀를 보니 차마 술을 마신 상태로 손을 대면 안 될 거 같았다.

눈을 깜빡이며 그를 올려다보는 그녀가 예뻐서 그는 피식 저도 모르게 웃음이 났다.

　그랬던 그녀의 손이 그의 허리를 덥석 잡았다.

　'술살은 없네요. 크크.'

　허리에 닿은 조막만 한 그녀의 손. 잠시 닿았지만 순간 등줄기가 오싹한 느낌에 재신은 당황했다.

　그는 두 팔로 그녀를 와락 안았다. 품에 쏙 안긴 그녀가 그의 허리에 두 팔을 감았다. 그녀의 좋은 향기가 코끝을 스치고 몸이 달아올랐다.

　순간적으로 피가 몰려 허벅지 부근이 뻐근하게 느껴졌다. 술을 마셔서 본능이 앞선 걸까.

　'좋은 향이 나요.'

　'아닐 텐데. 술 냄새 아니고?'

　'네. 오빠 특유의 향?'

　그는 그녀의 뒤통수를 감싸 꽉 안았다. 그러던 그녀가 건물 센서 등이 밝아지는 걸 보자마자 차 뒷좌석 문을 열고 안으로 들어갔다. 먼저 앉은 민지가 그에게 얼른 타라고 손짓했다.

　그는 그녀의 말대로 차에 탄 다음 문을 닫았다.

　'아빠가 분리수거하러 나간다고 하셔서…… 아빠일까 봐요. 휴우. 다행히 아니네요.'

　'연애하는 거 아시면 곤란한가?'

'아뇨. 이미 아시는데, 부끄러워서요. 안고 있거나 입이라도 맞추고 있을 때 아빠가 보면 진짜 쥐구멍에 숨고 싶을 거 같아요.'

볼이 발갛게 물든 그녀는 색색거리며 말을 했다. 너무 귀여워서 주머니에 넣고 다니면 좋겠다는 생각이 절로 들었다.

'여기선 안 보이니까 입 맞춰도 되나?'

당황한 그녀의 눈빛이 흔들렸다. 재신은 천천히 손을 뻗어 그의 볼을 잡고 그대로 천천히 입술을 내렸다.
그때, 그녀가 손바닥으로 입을 막았다. 재신의 입술이 그녀의 손등에 쪽 하고 닿았다.

'술 안 마셨을 때, 그때 해요.'
'……'
'첫, 첫 키스란 말이에요.'

눈을 피하며 첫 키스를 고백하는 그녀를 보고 있으니 온 얼굴에 키스를 퍼붓고 싶어졌다. 흉포한 감각이 온몸을 집어삼킬 거 같았다.

'못 참겠어요?'

걱정하는 눈빛이 또 사랑스러워서 그는 웃으며 차의 창문을 내렸다. 그러나 차 시동이 꺼져 있는 상태라 창문이 내려가지 않았다.

　어제 사랑스럽던 민지의 얼굴이 또렷이 머릿속에 그려져서 재신은 차 뒷좌석에 앉을 때마다 그녀가 생각날 거 같았다.

　김 실장은 미러에 언뜻 보이는 대표를 힐끗힐끗 보며 얼마 전부터 묻고 싶었던 걸 물어볼까 말까 고민했다.

　"대표님, 뭐 하나만 여쭤봐도 되겠습니까?"

　"네."

　"……혹시 최근에 연애하세요?"

　"티가 납니까?"

　당황한 기색을 보였으나 금세 포커페이스로 돌아왔다. 그러나 재신의 곁에 오래 함께했던 김 실장은 그 작은 순간도 캐치할 수 있었다.

　"많이 납니다. 맞선이 드디어 잘된 겁니까? 큰사모님께서 주말마다 대표님 힘들게 했잖습니까. 계속 맞선 자리 만드시는 큰사모님도, 죽어도 여자 안 만나는 대표님도 둘 다 되게 질기다고 생각했습니다."

　"그랬습니까."

　죽어도 여자를 안 만난다라…….

　그렇게까지 관심이 없어 보였나?

　딱히 회사를 꾸려 가면서부터는 마음과 몸이 동하는 여자를 못 만났을 뿐이다. 그보다는 일이 더 좋았으니까.

　"샤인 프로덕션 대표 게이설이 괜히 돌았던 게 아닙니다. 정말 여자를 돌같이 보셨습니다."

　"돌이라니. 그 정돈 아니에요."

　게이설도 돌았고, 또 동생을 짝사랑한다는 내용이 금융계 찌라시로 돌기도 했었다.

그가 동생인 지유를 예뻐하고 엄청 챙기고 시스터 콤플렉스였던 건 맞지만, 짝사랑은 전혀 아니었다. 그것 또한 그가 굳이 곁에 여자를 두지 않았기 때문에 생긴 소문이었을 거다.

"좋은 사람인가 봅니다. 대표님이 마음에 들어 하시는 거 보면요."

"네. 예쁜 사람입니다."

"……."

사랑에 빠지면 사람이 말랑말랑해진다더니. 내 입에서 이런 말이 나올 줄이야.

재신은 말해 놓고 민망해서 헛기침을 했다.

귀엽고, 예쁘고, 사랑스럽다.

민지를 생각하면 떠오르는 단어였다. 뭘 해도 예쁘단 건 그녀 두고 하는 말 같다.

[저 점심 먹으러 나왔어요. 회사 주변에 돈카츠 먹으러 갈 거 같아요. 점심 꼭 챙겨 먹어요! 든든하게 먹어야 힘내서 일하죠.]

언제 또 만나려나.

누군가와의 만남이 기대되고, 그녀를 만나기 위해 촘촘한 스케줄 속에서 언제 어느 시간을 빼서 그녀에게 갈 수 있을지 고민하게 된다.

"오늘 오후 일정이 언제 끝날까요?"

"저녁 식사 미팅이 있고, 영화 제작사와 술 약속이 있습니다."

"네."

"저는 자주 가시는 삼겹살집에 내려 드리고 바로 출국 준비하러 가겠습니다. 내일 오전에 모시러 갈 예정입니다."

"네. 알겠습니다."

재신은 여자가 접대하러 나오는 술집은 꺼려 했다.

샤인에서 연습생과 그 학생들의 부모들을 보다 보면 자연스럽게 책임감이 생긴다. 그런 친구들이 데뷔해서 고작 20대 초밖에 되지 않은 나이에 뜨기 위해 몸을 굴리는 걸 직접 눈앞에서 보고 싶진 않았다. 알고 있는 것과 직접 보는 건 다르니까.

그래서 그는 접대를 해야 하는 자리라면 술자리 대신 점심 미팅을 잡았고, 친한 감독과 그를 잘 아는 사람들과는 삼겹살집 등 일반 밥집에서 만났다.

처음엔 술과 여자가 빠져서 아쉬워하던 사람들도 점차 재신에게 적응해서 나중엔 알아서 맛집 위주로 찾아서 만나자고 했다.

가끔 그에게 접대를 하는 사람들 중 코드를 잘못 맞춰서 여자를 대동하고 오는 경우가 있지만 그럴 때마다 그는 여자를 내보내고 창피를 주기도 했다.

❋　❋　❋

민지는 다음 날 아침 황당한 문자 하나를 받았다.

[나 오늘 출국해. 2박 3일로. 도착하면 연락할게.]

어제까지만 해도 해외 출장에 대해 말이 없던 재신이었다. 당황한 그녀는 손가락으로 눈을 비볐다. 다시 봐도 국내에 없다는 문자였다. 그녀는 이른 아침임에도 불구하고 재신에게 전화를 걸었다.

– 여보세요.

"지금 공항이에요?"

– 응. 일찍 일어났네.

"어제 해외 나간단 말 없었잖아요!"

– 그렇지. 오늘 나가니까.

뭐가 문제냐는 듯 그는 평소의 그였다. 내가 이상한 건가? 지금 황당해하는 감정이 잘못된 건가? 아니, 내가 잘못됐다고 해도 이 감정이 드는 것도 나잖아. 난 적어도 그가 오늘 출국하는 거면 그전에 알고 싶었다고.

"며칠 동안 못 보잖아요. 그럼 어젯밤이라도 보러 갈걸."

– 갔다 오면 제일 먼저 보러 갈게.

"다음부터는 미리 알려 주면 안 돼요? 나는 미리 알고 싶어요. 국내는 그렇다 쳐도 해외는…… 되게 멀리 있는 기분도 들고."

– 알겠어. 다음부터는 미리 말할게.

그의 대답을 듣고 나니 민지도 안정이 찾아왔다. 별거 아닌 거로 투정을 부린 거 같지만, 감정을 쌓아 두다가 나중에 터지는 것보단 그때그때 말하는 편이 나을 거다.

– 잘 먹고, 잘 자고. 도착해서 전화할게.

"응. 좋아요. 아! 오빠, 해외에서 전화하면 통화료 엄청 많이 나가잖아요. 보이스톡 전화로 해요."

– 그거 끊겨서 불편해. 전화 얼마 한다고.

"알겠어요. 아~ 벌써 아침이라니. 출근 준비해야겠어요."

민지가 기지개를 쭉 켜며 침대에서 일어나 좌우로 허리를 굽혔다 펴며 스트레칭을 했다. 어깨와 목은 아침만 되면 귀신 몇 명은 태우고 있는 것처럼 뻐근하고, 머리는 술 먹은 다음 날처럼 지끈거렸다.

얼른 주말이 오면 좋겠다. 이번 주 주말은 푹 잠을 자고 싶다.

민지는 천근같이 무거운 몸을 끌고 욕실로 갔다. 씻을수록, 얼굴에 뭔가를 바를수록 생기 있는 얼굴로 돌아왔다.

대중교통을 타고 회사 앞에 도착한 민지는 앞서가고 있는 이 대리님을 보고 더 빠른 걸음으로 가서 대리님을 불렀다.

"대리님!"

"민지 씨~ 아침 먹었어?"

"아뇨. 아침에 밥 먹으면 더부룩해서 잘 안 먹는 편이에요."

"빈속에 커피 마시니까 몸이 골골거리지~ 잘 챙겨 먹어."

"감사해요!"

동생처럼 챙겨 주는 그 마음이 너무 고마웠다. 상사 중에 이윤정 대리님이 제일 다정한 거 같았다.

"어제 상담센터 가 봤어?"

"네!"

"카드 긁었어?"

"아뇨. 저는 사수했습니다!"

민지가 핸드폰 케이스 안에 든 카드를 보여 주며 씩 웃었다.

"난 이따 점심에 워커홀릭 강박증 쪽으로 상담받으러 가. 아무래도 난 업무 때문에 가정이 파괴되는 거 같아서."

"아……."

입사해서 열심히 한 만큼, 성과를 낸 만큼 승진을 하면 얼마나 좋을까.

이윤정 대리님의 입사 동기가 과장급으로 승진을 하고, 더 빠른 분은 팀장으로 승진했다고 들었다. 거기서 오는 박탈감과 주명철 팀장의 남자 사원과의 차별이 대리님의 스트레스에 한몫한 거 같았다.

승진을 못 할 거 같단 불안감이 워커홀릭을 낳은 것이다. 막상 일은 제일 잘해서 부서에서 주요 업무는 모두 대리님께 물어보고, 대리님이 처리하는데 말이다.

"같이 갈래?"

"저도요?"

"응."

무료 상담은 끝나고 예약도 따로 하지 않았는데, 가더라도 그녀는 대리님을 기다려 주는 거 외에 할 일이 없었다. 그런데 왠지 같이 가 달라고 하는 대리님을 모른 척할 수가 없었다.

"네. 같이 가요!"

민지는 점심시간이 되자 대리님과 함께 힐링상담센터로 갔다. 딱히 할 검사는 없었지만 대리님을 기다리는 동안 그녀는 팸플릿을 꺼내서 요리조리 둘러보았다.

남우를 마주치면 그냥 인사하면 되나?

아무래도 상담은 이 센터에서 하지 못 할 거 같다.

그런 생각을 하고 있을 즈음, 상담이 끝났는지 고객과 함께 나오는 남우가 보였다. 남우의 옆에 선 이는 최혜린이었다. 주변의 시선이 쏠리자 그녀는 선글라스를 썼지만 그래도 이미 그녀가 누군지 사람들이 알아본 이후였다.

"개업 축하해. 남우야."

"직접 와 줘서 고마워. 조심히 가고."

"응."

아주 오래전부터 혜린은 남우 앞에만 서면 작은 사람이 되었다. 친구들을 때리고 괴롭히고 선생님한테도 바락바락 대들 때도 그녀는 남우 앞에선 새삼 착한 사람이 되었고, 지금도 마찬가지였다. 사랑에 빠져 수줍어하는 여자였다.

약삭빠르고 어떻게든 제 뜻대로 주변을 움직이고 어디서든 중심이 되려는 모습은 없었다.

그들이 인사하던 와중, 남우와 시선이 마주쳤다. 그러자 남우가 손을 흔들었다.

"민지야. 왔어?"

"어…… 안녕."

남우를 향하던 혜린의 얼굴이 민지에게 향했다. 선글라스를 끼고 있어도 그녀의 표정을 알 거 같았다.

"두 사람 연락하고 지냈어?"

"아니, 아니."

민지는 손사래를 치며 아니라고 했다.

"하긴, 민지가 우리 대표랑 만나잖아. 남우 너도 알지? 샤인 프로덕션 유재신 대표님. 나 깜짝 놀랐다니까. 그럼, 여긴 어쩐 일이야? 남우 보러 온 거야?"

"민지 어제 고객으로 처음 왔어."

남우가 대신 대답해 주었다.

"아……. 난 또 두 사람 아직까지 친한 줄 알았지."

"친해질 틈을 안 주네."

남우의 말에 혜린은 과하게 하하하 웃었다.

"오늘은 어쩐 일이야? 상담사 다른 분으로 잡아 줘?"

"아니. 우리 회사 대리님 기다리고 있어. 상담 중이시거든."

"아…… 참, 네 명함도 줘."

"내 거? 어, 잠시만."

민지는 주머니를 뒤지다가 핸드폰만 들고 나온 걸 깨닫고 미안한 표정을 지었다.

"내 명함은 네가 잃어버렸을 거 같고."

"아니야. 안 잃어버렸어."

"근데 왜 연락 안 했어? 바로 연락할 것처럼 명함 달라고 하더니."

남우의 서운한 표정에 민지는 머리를 긁적였다. 번호를 저장할까 하다가 굳이 또 만날 일이 있을까 싶어서, 남자 친구도 있는데 연락하고 지내지 않을 거 같아서 그냥 말았다.

"민지가 남자 친구 있어서 곤란해서 연락 안 한 거 같아. 남우 너는 참, 센스 없게."

"내가 무례했나?"

이번엔 남우가 오른손으로 뒷목을 주무르며 미안한 표정을 지었다.

"반가운 마음에 내가 생각이 짧았어."

"아냐. 괜찮아. 무례하지 않아. 핸드폰 줘, 내 번호 찍어 줄게."

민지는 상대가 미안해하자 더 미안한 느낌이 들었다. 동창이랑 번호 교환하는 게 뭐라고. 그녀는 남우의 핸드폰에 자신의 번호를 누르고 통화 버튼을 눌렀다. 핸드폰이 울리자 그걸 남우에게 보여 준 후 통화 종료 버튼을 눌렀다.

분명 전화를 끊었는데 다시 민지의 핸드폰이 울렸다.

[스테'미남']

재신이었다.

그녀는 입꼬리가 상승해서 앞에 남우와 혜린이 보고 있다는 것도 잊고 반가운 표정으로 전화를 받았다.

"여보세요."

두 사람에게 눈인사를 한 후 그녀는 문을 열고 센터 밖으로 나갔다.

― 도착했어.

"다리에 쥐는 안 나요? 난 5시간 타면 다리 팅팅 붓던데."

― 난 8시간까지는 괜찮더라고.

"다행이다."

다리도 팅팅 붓고 비행기 내부가 건조하다 보니 입술이 갈라져 피가 나기도 했다. 그러다 보니 그녀는 가까운 해외 아니고선 국내 여행을 더 좋아했다.

― 같이 게임 하려고 태훈이가 우리 게임방 컴퓨터들 손보고 있어.

"정말요? 근데 그 태훈이…… 그 태훈 맞아요?"

― 맞아.

와우. 대박!

샤인 프로덕션의 태훈이라면 민지가 아는 사람은 딱 한 명이었다. 여자 친구도 유명한 연예인이어서 선남선녀 커플로도 유명했다. 금방 헤어질 거 같단 주변의 시선과 달리 그들의 연애는 길게 이어졌고 결국 결혼까지 골인하였다.

"친하세요?"

― 응. 친구야.

"소속사 대표 대 배우가 아니라, 친구요? 진짜?"

─ 응. 너무 좋아하는 거 아니야? 방금 너 나한테 말 났다?

"하하. 내가 그랬어요?"

재신은 TV에서 보던 사람들을 워낙 자주 보니까 설레지 않겠지만, 민지는 달랐다. 남자든 여자든 TV 속에서만 보던 연예인을 직접 본다고 하면 떨렸다. 그건 재신의 앞에서 설레고 떨리는 것과는 다른 거였다.

─ 점심은 먹었어?

"곧 먹으려고요. 나 이실직고할게요."

─ 뭐를?

"대리님하고 같이 상담센터 왔는데, 여기 센터장이 제 동창이더라고요. 서로 명함 교환하고 번호 저장했어요."

─ 동창? 남자?

"네. 남자인데, 안 친해요."

이게 더 이상한가? 말하지 말 걸 그랬나.

─ 귀국을 서둘러야 할 거 같네. 잠시만.

공항 밖으로 나가 다른 곳으로 움직이는지 영어로 미팅 장소를 설명하는 게 들렸다.

─ 여보세요?

"네. 안 끊었어요."

─ 얼른 보러 갈게. 조금만 기다려.

민지는 그의 말이 달콤하게 들렸다. 온몸이 저도 모르게 배배 꼬여 통화를 하며 좌우로 미세하게 몸을 흔들고 있었다.

통화를 하고 있는 중에 남우와 혜린이 밖으로 나왔다. 기다리고 있던 혜린의 매니저가 얼른 그녀 옆에 섰다.

166

"그럼 일해요. 이따 퇴근할 때 톡 할게요. 한국 얼른 오면 좋겠어요."

– 응. 나도.

전화를 끊고 나니 혜린이 바로 코앞까지 와 있었다.

그때의 기억 때문에 종종 악몽도 꾸고, 학교 폭력 기사를 보면 내 이야기 같아서 두려움이 몰려와 심장이 크게 뛰곤 한다.

가해자를 다시 만나면 진정한 사과를 받고 싶었는데 상대는 그럴 생각도 없고, 여전히 미안함 따위는 느끼지 않는 것 같다. 아마 그건 혜린뿐만 아니라 그때 있었던 동참했던 다른 가해자도 마찬가지일 거 같았다.

그게 참 답답하지만, 그때의 기억 때문에 현재의 행복에 집중하지 못하면 그게 더 바보 같은 일인 거 같았다.

"다음에 같이 한번 보자. 남우랑."

오히려 식사 제안을 한 건 혜린이었다. 셋이서 식사를 하고 싶은 순수한 마음은 아닐 거다.

"생각해 볼게."

사실 단칼에 거절하고 싶었다. 가해자와 마주하며 밥을 먹을 정도로 내 마음이 편하지 못하다고. 이왕이면 안 보고 살고 싶다고 말하고 싶었다. 그런데 그녀는 그러지 못했다.

6장. 질투라는 감정

민지는 대리님과 점심으로 부대찌개를 먹었다. 때마침 상담을 끝낸 대리님이 밖으로 나왔고, 그때 혜린과 남우를 보고 놀라서 한참을 벙쪄 있었다. 그 두 사람이 민지에게 인사하는 걸 보고는 부대찌개를 먹으러 오는 동안 대화가 쉬지 않고 이어졌다.

"그러니까 최혜린하고 동창이라고? 우리 이번에 로봇청소기 혜린 씨가 최종 모델로 확정됐잖아. 세상이 참 좁다더니, 혜린 씨 실제로 보니까 피부 정말 곱더라."

"학생 때부터 미모가 남다르긴 했죠."

"그 원장님도 동창이라니. 내가 그 원장님하고 상담하고 카드 긁은 거잖아. 혹시 혜린 씨랑 그 원장이랑 사귀어? 잘 어울리던데."

"아닐걸요."

한쪽이 상대방을 열렬하게 짝사랑 중이긴 하지만.

오래전부터 지금까지.

"혜린 씨가 샤인으로 가면서 유재신 대표랑 만난다는 찌라시 돌았잖아. 그럼 혹시 그게 진짠가?"

"절대 아니죠!"

"가능성 있다고 봐. 사실 최혜린 샤인에서 거둬 주지 않았으면 재기 불가였어. 거기 회사 잘나가는 스타들이 SNS로 홍보해 주고, 예능에서 띄워 주고. 어? 그뿐이야? 연기도 못하는데 샤인에서 드라마에 꽂았잖아. 그 뭐더라? 강태훈 주연 드라마!"

"……."

유재신 대표의 눈썰미가 보통이 아니어서 역시 될 사람을 샤인으로 데려간 거라는 말이 있었고, 또 다른 쪽에선 두 사람이 연인 관계여서 유재신 대표가 최혜린을 꽂아 줬다고 말하기도 했다.

"그런 찌라시 도는데도 두 사람 다 입 벙끗 안 하잖아. 이상하지 않아?"

"전혀요. 너무 터무니없는 소문이니까 그렇겠죠!"

"그런가?"

"당연하죠! 절대요!"

"유 대표님도 참 보면 가만히 있는데 주변에서 소문을 많이 만들어. 젊은 사람이 높은 위치에 있어서 그런가. 결혼을 했다는 둥, 아니라는 둥. 이미 한 번 갔다 왔다 등등. 사람이 신비주의여서 전혀 모르겠단 말이야."

가끔 재신이 예능 프로그램에 기획사 대표로 이름이 언급되긴 하지만, 그의 사생활에 관한 건 단 한 줄도 언급하지 않는

다. 그래서 여전히 그는 신비주의 컨셉을 유지하고 있었다.

"근데 민지 씨, 유 대표 좋아해?"

"네? 저, 저요?"

"응."

당황한 민지가 기침을 하며 컵에 따라진 물을 벌컥벌컥 마셨다. 왜 이렇게 목이 타는지.

"팬일 수 있지. 능력 있어, 잘생겼어, 몸도 좋아. 거기다가 스캔들 하나 없이 깔끔해. 신비주의에. 예전에 예능에서 오디션 프로그램 할 때 마음에 드는 친구 나오면 씩 웃는데, 눈에서 꿀이 떨어지더라. 유부녀도 이렇게 설레는데. 그럴 수 있어."

"하하, 네. 근데 대리님께선 상담 잘 받으셨어요?"

민지는 상담 이야기로 말을 돌렸다. 그녀는 관심사가 게임 쪽이다 보니 연예계보다는 게임 쪽에 더 빠삭한 편이었다. TG전자가 샤인과 계속 같이 업무 협약이 있었어도 일개 사원인 그녀가 재신을 만날 일도 없고, 샤인 프로덕션 관련 직원과 마주칠 일도 없었다.

만약 재신을 잘 알았다면, 맞선 때 그를 애 아빠라고 오해하지 않았을 텐데…….

"응. 오늘 같이 가 달라고 해서 당황했지?"

"아뇨. 아뇨. 덕분에 점심도 사 주시고."

"혼자 가려니 외롭고 쓸쓸하더라고. 다음부턴 점심에 조용히 다녀올게."

평소 활발하고, 부서에 어떤 일이 있어도 괜찮다고 하셔서 민지는 대리님께서 천사가 아닐까 생각한 적이 있었다.

언니처럼 잘 챙겨 주고, 부하 직원의 말도 잘 귀담아듣고, 또 다른 부서의 투정도 다 받아 주시고.

그런데 속에서는 곪고 있었던 것 같다.

"아! 맞선은? 애프터 신청 받고 그 이후를 못 들었네."

"……."

민지는 대답 대신 털털하게 웃었다. 그런 그녀의 볼이 발갛
게 물들었다.

"벌써 연애 중?"

"……네."

"그럴 줄 알았어. 요새 민지 씨 표정이 화사하더라고."

"티가 나요?"

"연애하는데 티가 안 나는 사람도 있나?"

있는 거 같아요.

재신은 연애하는 티가 안 나니까.

생각만 해도 간질간질하고 보고 싶은 사람이 생기다니. 그녀
로서도 신기한 일이었다.

재신을 생각하며 행복해하고 있을 그때, 테이블에 올려 둔
핸드폰에서 진동이 울렸다. 두 여자의 시선이 모두 핸드폰 액
정에 닿았다.

[스테'미남']

대리님이 바닥을 보이고 있는 부대찌개로 시선을 회피하고
민지의 얼굴은 붉어졌다.

❋ ❋ ❋

"남우야, 이제 들어가 봐. 주변에 회사 단지 많아서 센터 잘

172

될 거 같아. 축하해."

"바쁠 텐데 직접 와 줘서 고맙다."

"아니야. 다른 사람도 아니고 넌데."

밴 안에 탄 혜린은 남우를 보며 아쉬운 표정을 지었다.

이대로 가기 아쉽다. 나를 좋아하지 않는 남자. 모든 사람에게 친절하게 대하며 좋은 사람인 척 행동했지만 실상 그녀의 성격은 전혀 아니었다.

연예계 생활을 하느라 성격을 죽이고 또 죽인 것이다. 그러나 학창 시절, 최혜린을 알았던 동창이라면 지금 TV에 비치는 모습과 전혀 달라서 의아해할 수도 있다.

그러나 그때도 남우 앞에서만큼은 항상 조심스러웠다.

갖고 싶지만 가질 수 없고, 표현해도 절대 받아 주지 않았던 남자. 그래서 그녀는 연인으로서의 남우를 포기하는 대신 친구를 택했다.

우정이 지금까지 이어질 수 있었던 건, 남우도 딱히 관심을 표하는 여자가 없었기 때문이다.

"혜린아, 잠시만."

"응?"

다정한 부름에 혜린은 기대감을 갖고 남우를 보았다. 작은 관심도 좋았다.

"민지가 너희 대표랑 만난다는 거, 진짜야?"

"……어?"

"아까 네가 말했잖아."

"어, 어, 내가 그랬지."

혜린은 고개를 끄덕이며 긍정의 표시를 했다.

"샤인 프로덕션?"

"으응. 맞선 보고 지금은 좋은 관계 유지하고 있나 봐."

"아. 그럼 두 사람 만난 지는 얼마 안 됐겠네."

"그렇지 않을까. 왜?"

설마 아직도 걔한테 관심 있어?

혜린은 아직도 남우가 자신을 벌레 보듯 봤던 그때를 잊지 않고 있었다. 이민지가 남우에게 가서 좋아하지 말아 달라고 울면서 부탁했던 그때, 전후 사정을 알아 버린 남우는 자신이 여자만 아니었다면 한 대 치고도 남았을 거 같은 표정이었다.

한동안은 사람 취급도 안 해 줘서 그녀는 처참한 심경으로 지내야만 했다.

민지가 전학 간 이후, 남우와는 서먹한 사이가 되었다. 그렇지만 그건 오래가지 않았다. 의리가 있고 정의로웠던 남우는 가정 폭력이 비일비재한 혜린의 집을 모른 척할 수 없었던 것이다.

'신고해, 최혜린. 참는 게 답은 아냐.'

그는 폭력을 일삼는 혜린의 아버지로부터 그녀를 숨겨 주었고, 때로는 같이 그의 집에 모여서 단체로 조별 숙제를 해야 한다는 핑계로 그 집에서 구해 주기도 했다.

그렇게 다시 친구로 지내면서 가까워졌다고 생각했는데…….

"아니야. 얼른 가, 스케줄 있다며."

"으응. 연락할게."

남우가 손을 흔들며 배웅해 주었다. 혜린은 멀어지는 남우를 보고 좌석에 머리를 기댔다.

우연히 만난 민지한테 흔들리는 걸까.

이민지 너는 왜 또 나타나서 남우를 살살 건드리는 거야. 왜.

부모에게 사랑받고, 남우도, 대표님도. 그녀가 아는 모든 남자에게 사랑받는 민지가 눈엣가시였다.

예쁜 구석 하나 없으면서, 오히려 살집 있고 통통했던 그녀는 자신보다 나은 구석이 하나도 없었다. 그런데 왜……

혜린은 손가락을 입에 넣고 검지의 살을 잘근잘근 이로 씹으며 그녀는 민지의 얼굴을 떠올렸다.

다른 사람은 몰라도 남우는 안 돼.

너한테는 절대 안 뺏겨.

✻　✻　✻

다소 고단한 2박 3일 간의 출장 일정을 마친 재신은 싱가포르 창이공항에 도착했다. 면세점에서 조카들의 선물을 고르는 그의 입가엔 미소가 번져 있었다.

일부러 텅 빈 기내용 캐리어를 끌며 그는 그 안에 조카들의 선물을 쓸어 담았다.

"이렇게 많이 사면 동생분께서 화내지 않으세요?"

"조금. 근데 다 귀여워서 사 주고 싶어."

남아보다는 여아의 옷들이 훨씬 다양해서 구경만 해도 다 사 주고 싶어졌다. 예전엔 신발도 귀여워서 쌍둥이 녀석들 선물을 샀는데, 녀석들이 금방금방 커서 몇 번 못 신고 버렸다고 해서 이후로는 신발은 고르지 않고 있었다.

"선글라스도 귀엽네."

그는 손바닥 위에 올려도 될 정도로 작은 선글라스가 진열된 곳을 그냥 지나치지 못했다. 몇 가지 디자인을 보다가 두 개를 골라서 샀다.

"지유 것도 살까?"

그는 동생의 선물도 샀다.

이제 여자 친구의 선물만 남았는데…….

옷, 구두, 가방, 선글라스, 시계, 벨트 등. 사 줄 수 있는 건 많은데 뭘 해 줘야 좋을지 모르겠다.

첫 선물이니까 좋은 걸 사 주고 싶은데.

"대표님, 여자 친구 선물 고르세요?"

"네. 근데 뭘 사 줘야 할지 모르겠네요."

"립스틱 어떨까요?"

"립스틱?"

그건 생각을 못 해 봤네. 명품점 쪽으로 눈이 가 있던 재신이 화장품 판매하는 곳으로 갔다.

전체적으로 보면 붉은색인데, 자세히 보면 미세한 차이가 있어서 뭘 골라야 할지 난감해졌다. 다 예쁜 색인 거 같은데.

재신이 난감해하고 있자 직원이 다가왔다.

『도와드릴까요?』

『네. 여자 친구 걸 사려고 하는데, 색이 너무 많네요.』

직원은 제 손등에 립스틱을 발라 보며 재신에게 이것저것 추천을 해 주었다. 뭘 발라도 다 예쁠 것 같다.

붉은색은 입술이 돋보여서 화사하게 예쁠 테고, 촉촉함을 머금은 주황빛은 발랄하고 생기 있어 보일 거 같다. 그 외에도 질은 붉은색을 발라도 우아할 거 같고.

『피부색은 하얀 편인가요?』

『네.』

직원은 다른 계열의 립스틱도 추천해 주었다. 단 하나만 사서 주자니 다 예쁠 거 같았다. 결국 재신은 직원이 추천한 여섯 가지를 모두 구매했다.

직원이 계산하는 걸 기다리고 있을 때쯤, 자신처럼 여자 친구의 선물을 사고 있는 몇몇 남자들이 눈에 들어왔다. 남자들끼리 싱가포르에 놀러 온 모양이었다.

그와 같은 비행기를 타는 모양인지 그들은 한국인이었다.

"나는 골랐어. 얼른 골라. 곧 비행기 타야 돼."

"잠깐만. 이게 핫한 제품이래. 이거 살까?"

"어. 그거 사."

"립스틱 선물 의미는 알고들 사는 거냐?"

"뭔데?"

"네 입술을 훔치고 싶다."

직원에게 립스틱이 든 종이봉투를 건네받은 재신은 잠시 멈칫했다.

차마 술 마신 상태로 첫 키스를 할 수 없어서 멈추긴 했는데. 그러고 나서 이걸 선물하면 그런 의미로 받아들이려나?

비행기 안으로 들어가려고 캐리어를 끌고 가는 동안 손에 든 립스틱이 무겁게 느껴졌다. 사실 이걸 고르면서 그녀의 입술을 생각해 보고, 이걸 발랐을 때의 모습을 상상하며 키스하고 싶단 생각을 하긴 했다.

"김 실장님, 오늘 저녁에 저희 스케줄 있습니까?"

"입국 수속 끝나고 나면 7시쯤 될 거 같고, 그 이후엔 일정 없습니다. 바로 댁으로 모셔다 드릴 예정입니다."

"그럼 제가 차 몰고 가겠습니다. 지유네 선물도 줄 겸."

그 전에 민지에게 먼저 선물을 줄 거긴 하지만.

"김 실장님은 중간에 내려 드리면 되죠?"

"괜찮습니다. 저는 그럼 공항버스 타고 귀가하겠습니다. 그게 더 편합니다."

"네."

눈치가 빠른 김 실장은 재신이 동생 지유의 집에 가기 전 어딜 들를지 이미 눈치를 챈 모양이었다. 공항버스가 더 편하다는 말에 그는 굳이 더 자신의 차를 타고 가라며 김 실장을 잡진 못했다.

※ ※ ※

퇴근 시간이 가까워질수록 민지는 긴장하기 시작했다. 오늘은 재신이 귀국하는 날이다. 당연히 못 볼 거라 생각했는데 다행히 재신이 먼저 만나자고 제안을 해 왔다.

그가 보고 싶긴 해도 힘들게 출장 갔다 온 사람한테 데이트하자고 할 정도로 철이 없진 않았다.

그런데 그가 먼저 보고 싶다고 하였다.

[야근하면 회사 앞으로 잠깐 가고, 바로 퇴근하면 집 앞으로 갈게. 잠깐 나와 줄 수 있어?]

그녀는 그가 보낸 문자를 보며 피식 웃었다. 2박 3일 동안 그를 얼마나 기다렸던가! 잠깐 나와 줄 수 있냐니.

"민지 씨, 오늘 바로 퇴근해요?"

"아뇨. 아직 마무리를 못해서요. 선배님 먼저 퇴근하세요!"

"선배는 무슨, 언니라고 불러도 돼요. 회식 때 그러기로 한 거 아닌가?"

회식 때 그러긴 했는데.

팀장님, 과장님, 대리님처럼 주희 선배도 직급이 있다면 좋을 텐데, 같은 사원이다 보니 뭐뭐 씨라고 부르긴 그렇고 언니라고 친근하게 부르기에도 주희 선배는 어려웠다.

"맞죠, 언니. 아…… 입에 안 붙어서 그런가 봐요."

"내가 어렵나?"

"아뇨. 전혀, 전혀요. 친절하고 좋으세요."

이게 더 이상한가?

민지는 손사래를 치며 부정하자, 주희가 민지를 보며 어깨를 으쓱 올렸다가 내렸다.

"까칠한 편은 아닌데 다들 날 어려워하더라고. 민지 씨가 제 직속 후배니까 편하게 해요. 저 사람 해치지 않아요."

"당연하죠. 당연하죠!"

"하여튼 민지 씨 얼굴만 예쁜 게 아니라 성격도 좋아. 그럼 나 먼저 팀장님께 인사하고 퇴근할게요. 수고해."

"네! 내일 봬요."

민지는 방긋방긋 웃으며 주희 선배에게 인사를 하였다. 어떻게 야근을 하는 날, 아닌 날 모두 풀메이크업에 매일 저렇게 스타일리시하게 살 수 있지? 하루도 빠짐없이 운동을 하는 것도 그렇고.

야근을 할 때도 회사 건물 내부에 있는 헬스장에 가서 가볍게 뛰고 오는 경우도 있었다. 사무실로 복귀할 땐 샤워 후에 화장도 새로 하고 온다. 인간이 맞는지 의심이 드는 선배이다.

민지는 주희 선배가 퇴근한 후, 김채이 과장과 이윤정 대리가 퇴근하는 것까지 본 후 컴퓨터를 종료했다.

회사 생활을 해 보니 적어도 두 명이 먼저 퇴근한 다음에 나가야 눈치가 덜 보이는 거 같다. 아직 제 아래로 후배 직원이 들어오지 않았기 때문에 이 팀에선 그녀와 주성이 막내였다.

"내일 뵙겠습니다!"

사무실을 나가서 엘리베이터를 기다리고 있는데, 남우에게서 문자가 왔다. 요새 종종 아침, 저녁으로 그에게서 연락이 오고 있었다.

[퇴근했어?]

[응.]

[나도 퇴근 중. 너희 회사 앞 지나가는 중인데, 잠깐 뭐 전해 주고 가려고. 시간 돼?]

민지는 목을 긁적였다. 뭐 전해 준다고 하는데 시간이 안 된다고 할 수도 없고. 엘리베이터를 탄 그녀는 남우에게 답장을 보냈다.

[어. 잠깐. 근데 많이는 안 되고, 오늘 남자 친구랑 약속 있어서…….]

1층에서 내린 그녀는 카드를 찍고 보안대를 통과했다. 밖으로 나오자마자 가까이 서 있는 남우가 그녀에게 다가왔다. 키가 큰 남우는 직장인들 틈에서 얼굴 하나는 더 위에 있는 것 같다.

"민지야."

"응. 남우야. 퇴근이 늦었네?"

"응. 조금. 너도 늦었네?"

"나야 뭐. 칼퇴 하는 날이 거의 없잖아."

민지는 어깨를 으쓱 올렸다가 내렸다.

"향수 선물 받았는데, 여자 거더라고."

그가 작은 종이백을 내밀었다. 종이백 안에는 포장된 네모난 박스가 있었다. 박스 위에는 포장용 끈으로 예쁘게 묶여서 고급스러움을 더했다.

"이거 진짜 내가 써도 돼?"

종이백에는 D사 브랜드 로고가 크게 박혀 있었다. 선물로 받긴 미안한데.

"남자한테 근데 왜 여자 향수를 선물했대?"

"그러게. 우리 센터로 보내셨더라고."

"미안해서 못 받겠다. 차라리 직원 주지."

"직원이 한둘이 아니잖아. 줄 거면 다 줘야 하는데, 좀 그렇더라. 미안하면 나중에 커피 한 잔 사든가."

"이거 받기 진짜 좀 그런데."

공짜라서 좋지만 왜 찜찜하지.

"알겠어. 그럼 내가 잘 쓸게. 안 그래도 향수 살까 했는데 덕분에 횡재했네. 고마워."

민지는 남우가 준 종이백을 들고 감사 인사를 했다. 시계를 본 그녀는 재신이 올 시간이 다 된 거 같아 건물 앞 도로를 보았다.

아니나 다를까. 그의 차가 정문 앞, 주차장으로 빠지기 전에 잠깐 세울 수 있는 공간에 멈춰 있었다.

차에서 내린 재신이 이쪽으로 오고 있었다.

＊　＊　＊

잠깐 선물만 주고 가려던 재신은 회사 앞에서 외간 남자와
서 있는 민지를 목격했다. 그때의 심정을 뭐라고 표현해야 할
까.

너무 보고 싶어서 달려 왔는데 김이 빠지는 기분이 들었다.

"오빠! 출장 잘 다녀왔어요?"

"응. 이쪽은?"

"민지 동창 권남우입니다."

"저는 유재신입니다."

민지의 동창이라는 남자와 인사를 하는데 서먹하고, 어딘지
꺼림칙한 기분이 들었다. 민지는 동창에게 인사를 한 후 재신
에게 팔짱을 끼며 그의 차가 주차된 곳으로 이끌었다.

"오빠 체력 되면 그때 거기 바로 갈까요? 톰 오빠가 운영하
는 거기요."

"어. 그러자."

민지가 피곤하다고 했으면 집에 데려다주면서 선물을 줄 예
정이었는데 먼저 바에 가자고 말해 줘서 고마웠다.

재신은 석현에게 전화해서 미리 예약을 잡고 그쪽으로 차를
몰았다. 가는 동안 그의 표정이 좋지 못했는지 민지가 계속 힐
끗 살피는 게 보였다.

"왜?"

"기분이 안 좋아 보여서요."

"아니야. 좋아."

"아닌데. 혹시 남우 때문에 그래요? 진짜 동창이에요!"

"응."

그때 민지의 손에 들린 종이백이 보였다.

"그건 뭐야?"

"남우가 상담센터 하거든요. 거기에 선물 온 건데, 한 개뿐이라 저 줬어요. 직원들 많은데 한 사람만 주기 좀 그렇다고."

"……"

아무 의심도 없는 그녀가 신기해서 재신은 힐끗 그녀를 보았다. 어떨 땐 사회 물을 먹어서 잘 아는 거 같다가도, 연애 쪽으로는 전혀 눈치가 없는 거 같았다.

"향수래요."

"그렇군."

그 남자 얼굴과 향수가 든 종이백이 겹쳐지니 절로 기분이 다운되었다. 저걸 버리라고 할 수도 없고. 꼴 보기가 싫은데.

질투라는 감정이 비집고 올라오고 있었으나 그는 애써 무시했다. 질투는 저급한 감정이다. 고작 그런 일로 티 내고 싶지 않았다.

적어도 그녀보다 살아온 날들이 더 많은데 유치한 남자로 보이고 싶지 않았다.

바 건물 주차장에 차를 대고 그는 그녀와 함께 안으로 들어갔다. 가방과 선물까지 다 들고 내린 그녀의 손에 시선이 갔다. 차에 두고 내려도 될 것을 굳이.

재신도 민지에게 줄 선물을 들고 내렸다. 다행히 그녀는 모르는 거 같았다.

"형~ 출장 잘 다녀왔어?"

"응."

"자리는 내가 맡아 뒀지. 민지 씨도 왔네요? 반가워요."

"저도요! 또 오고 싶었어요. 오늘 실례하겠습니다."

"실례는요. 여기 앉으시고, 오늘은 가볍게 칵테일 어떠세요?"

석현이 질문하자 재신이 민지를 보았다.

"전 좋아요."

"나도 같은 거로."

"그럼 실력 발휘를 좀 해 볼까?"

재신은 그저 즐거워 보이는 석현을 보며 고개를 절레절레 흔들었다. 그에게 여자 친구가 생겨서 이렇게 데이트를 한다는 거 자체가 석현에겐 신기한 모양이었다.

"형. 내 선물은?"

"네 선물?"

"민지 씨 선물만 사 온 거야?"

석현의 눈이 향한 곳엔 아까 그 동창이라는 놈이 준 선물이 놓여 있었다.

"……."

민지는 당황하며 눈을 어디로 둬야 할지 모르는 표정을 지었다. 아직 재신은 그녀에게 선물을 주지 않았다.

"향수인 거 같은데. 민지 씨, 그거 알아요?"

"어떤 거요?"

"향수의 뜻이 언제나 나를 기억해 줘, 래요. 우리 유 대표님이 그런 뜻을 알고 선물했는지는 모르겠지만."

"……."

언제나 나를 기억해 줘.

립스틱은 당신과 키스를 하고 싶다는 건데, 향수 선물의 의미는 기억해 줘, 라.

역시 방금 전 민지의 동창 놈에게서 느낀 감정은 고작 일개 동창이 아니었다. 그 남자는 민지에게 마음이 있는 것이다.

"내가 뭐 실수했나? 맞다, 형, 이따가 혜린이 온다는데."

"최혜린 씨?"

"응. 미리 말을 해야 할 거 같아서."

석현이 머리를 긁적이며 시선을 민지에게 두었다. 그때 민지와 혜린과의 싸늘했던 느낌을 그도 받은 모양이었다.

"응. 우린 금방 갈 거야."

"네! 저희 오늘 딱 한 잔만 하고 금방 갈 거예요."

민지가 재신의 말에 검지 하나를 올리며 딱 한 잔만 할 거라고 말을 덧붙였다. 방금 전 질투로 인해 기분이 가라앉았다가 싱긋 웃으며 콧잔등을 찌푸리는 그녀를 보니 또 사르르 기분이 녹았다.

푸른색의 칵테일이 민지의 앞에 놓이고, 재신은 투명한 색의 술이 놓였다. 잔 모양도 다르고, 색도 다르고, 왠지 맛도 다를 거 같았다.

석현은 바쁜지 이번엔 술만 두고 빠르게 주방으로 들어갔다.

민지는 남우가 준 종이백을 잘 보이지 않는 구석에 넣었다. 재신이 선물한 거라고 석현이 오해했기 때문에 왠지 그녀도 불편해졌다.

출장을 다녀온 그가 줄 선물은 생각지도 못했는데. 막상 석현이 짚어 주고 나니 상황이 불편해졌다. 정말 안 줘도 괜찮은데.

선물 안 바란다고, 안 줘도 된다고 먼저 선수 쳐야 하나? 그걸 말하면 오히려 분위기가 더 이상해질까?

"이건 출장 다녀오면서 공항에서 생각나서 샀어."

아무렇게나 의자에 놓여 있던 서류 가방에서 그가 선물을 꺼냈다. 민지는 뽁뽁이 봉투에 싸인 선물을 받았다.

"와. 진짜 고마워요. 나 진짜 선물 바란 거 아닌데, 받으니까 기분 진짜 좋네요. 선물 뜯어 봐도 되죠?"

"응. 포장은 못 했어. 얼른 보고 싶어서 바로 오느라."

누가 봐도 선물인 것처럼 박스와 종이백에 예쁘게 포장하진 못했다.

"괜찮아요. 우와, 립스틱이 몇 개야."

그녀는 하나 둘 셋 입으로 숫자를 세 보더니 눈을 크게 떴다.

"너무 통 큰 거 아니에요?"

"색이 다 예쁘더라고. 너랑 잘 어울릴 거 같고."

민지의 볼이 발그레해졌다. 그가 보는 앞에서 하나씩 색을 확인한 그녀는 다 마음에 들어서 히죽 웃었다.

그녀는 뽁뽁이 봉투 안에 립스틱을 도로 잘 넣었다.

"안 발라 봐?"

"나중에 데이트할 때 하나씩 바르고 나갈래요. 너무 고마워요. 메이크업할 때마다 오빠 생각날 거 같아요."

말을 하면서 눈이 마주치자 부끄러워서 그녀는 테이블 아래로 발을 동동 굴렀다. 그가 웃으면서 그녀에게 손을 뻗어 왔다.

"귀엽네. 진짜."

나직하게 말을 하며 그가 그녀의 머리를 살짝 흩뜨렸다. 머리 모양이 망가지지 않을 정도로만 그가 머리를 만져 주자 그녀는 묘한 기분이 들었다.

사랑스럽게 봐 주는 그의 눈길이 좋고, 가끔 닿는 손길이 좋고, 그냥 다 좋은 것투성이였다.

민지는 재신이 손을 도로 가져가려고 하자 덥석 그의 손을 잡았다. 테이블 중간에서 서로 손을 잡고 있는 모양새가 웃겨서 그녀는 키득키득 웃었다.

"저 그냥 오빠 옆자리에 앉을까요?"

"내가 갈게."

그는 말을 함과 동시에 그녀의 옆자리로 왔다. 옆에 앉은 그에게서 좋은 향이 났다.

아무런 방해도 없이 둘이서 이런 기분만 만끽하고 싶다.

그녀는 잘생긴 그의 얼굴을 보고 석현이 만들어 준 칵테일을 한 모금 마셨다. 달콤한 시간이 계속될 거 같았지만, 오늘도 방해꾼으로 인해 깨졌다.

이 바를 아무래도 오지 말아야 할까 봐.

이름을 들으면 알 만한 연예인은 되게 바쁘다던데 실상은 그렇지만도 않은 모양이다. 바 안에 들어온 혜린이 석현에게 인사를 하고 그녀와 눈이 마주치자마자 이쪽 테이블로 오고 있었다.

"대표님, 여기서 뵙네요. 출장 잘 다녀오셨어요? 민지도 안녕."

"네."

"응."

"민지는 또 보네. 그저께도 봤는데, 요새 자주 본다. 귀걸이 예쁘다. 어디서 샀어?"

살갑게 말을 걸며 혜린은 두 사람 앞에 앉고 싶다는 듯 마주 보는 자리 의자를 눈짓했다.

"약속 있는 거 아니야?"

"응. 그냥 혼자 술 마시러 왔지. 딱히 친한 사람도 없고."

혜린은 재신을 힐끗 보았다가 슬픈 표정을 지었다. 괜찮다는 듯 눈웃음을 짓고 있었으나 표정이 주는 느낌이 있어서 남자가 보면 분명 안쓰럽다고 생각할 거 같았다.

누가 봐도 재신을 겨냥해서 짓는 표정인데 그걸 설명할 순 없고, 민지는 속이 타서 재신을 힐끗 보았다.

"주변에 친한 사람이 없다는 건 나 자신을 돌아봐야 하는 겁니다. 혜린 씨도 잘 생각해 보면 좋겠어요."

"친구가 아예 없는 건 아니고요. 다들 스케줄로 바빠서 저랑 시간이 안 맞네요."

"그렇군요."

친구가 아예 없는 건 아니라니. 방금 딱히 친한 사람 없다고 말한 지 1분도 지나지 않았다.

재신은 혜린이 앞에서 불쌍해 보이는 표정을 짓고, 그와 친해지려고 말을 건네도 꿈쩍하지 않았다.

"남우랑 시간 맞춰서 같이 식사하자. 우리 같이 만나기로 했잖아."

"우리가?"

"응. 그제 만났을 때."

생각해 본다고 했지, 밥 먹는다고 안 했는데.

앤 진짜 나한테 미안하지 않은가 보다. 단 1초도 그런 생각을 안 하는 거 같다.

"권남우 씨?"

"대표님도 남우 알아요? 어떻게 아세요?"

"아까 민지 데리러 가면서 인사했어요. 동창이라고 하더군요."

"오늘 두 사람 만났어?"

혜린의 질문에 민지는 고개를 끄덕였다.

"나, 나도 부르지. 아쉽네."

"퇴근길에 잠깐 본 거야. 뭐 약속하고 만난 건 아니라서."

혜린은 입을 꾹 닫고 입안에서 이를 꽉 물었다.

"남우 앤 예전부터 민지 너 좋다고 쫓아다니더니, 아직도 마음 있나?"

"어?"

"앗. 미안. 내가 말실수했나 봐. 대표님, 못 들은 거로 해 주세요. 중학생이 뭘 알았겠어요. 짝사랑이었어요."

민지는 혜린의 폭탄선언에 당황해서 눈이 커졌다. 중학생 때 고백을 받긴 했지만, 좋아하지 말아 달라고 부탁하고 전학을 갔었다. 그 이후엔 만난 적도 없었고.

"미안해, 민지야. 내가 수습할게. 대표님, 두 사람 아무 사이 아니에요. 저는 남우랑 계속 연락하고 지내서 제가 더 잘 알거든요."

혜린은 수습하겠다며 말을 이었으나 자세히 들어 보면 묘하게 남우와의 사이를 까발리는 꼴이었다. 결국 재신은 남우가 오래전에 민지를 짝사랑했다는 것과 고백했던 것도 알게 되었다.

"민지가 그때도 인기가 많았나 보네요."

"그죠, 그죠. 통통하고 귀여워서 남자들한테 인기가 많았어요. 그때가 70kg이었나? 볼살이 정말 귀여웠어요. 아참, 그때 민지 여드름 때문에도 엄청 고생했었지. 지금은 괜찮아?"

왜 하필 '통통'을 논하냐고! 거기다 여드름 얘기는 왜 해서는. 칭찬을 하면서도 자꾸 깎아내리는 거 같은 느낌이 든다.

"민지 주변에 친구도 많고, 남자들한테 인기도 많고. 제가 더 긴장해야겠네요."

"아……."

"안 그래도 걱정하던 중이었는데 혜린 씨 얘기 들으니까 더 걱정되네요."

당황한 혜린이 대꾸를 못 하며 재신의 말을 듣고 있었다. 민지는 왼손으로 얼굴의 반을 가린 상태로 눈가를 누르며 손세수를 했다.

"우린 한 잔 다 마셔서 이제 나갈까 하는데, 혜린 씨도 적당히 마셔요. 웬만하면 친구분들과 집에서 마시면 더 좋겠고. 우리 회사 스캔들 쪽으론 예민합니다. 내일 스케줄 있으면 일찍 들어가는 게 좋겠네요."

"네. 알겠습니다."

혜린은 시무룩한 표정으로 석현이 있는 곳으로 갔다.

"우리도 이만 갈까요? 시간도 늦었는데."

"네! 운전은 어떡해요?"

"차는 주차장에 두고 택시 타고 갑시다."

재신이 먼저 일어났다. 민지도 선물을 잘 챙겨서 그의 뒤를 따랐다.

줄지어 서 있는 택시 중 첫 번째 택시를 잡은 그가 뒷좌석 문을 열었다. 민지가 먼저 안쪽에 앉자 재신이 그 옆에 탔다.

택시는 뻥뻥 뚫린 도로를 달려 민지의 집 앞에 섰다. 재신은 그대로 택시를 타고 집으로 가지 않고 차에서 내린 후 택시를 보냈다.

"데려다줘서 고마워요."

"……."

"립스틱 선물도 완전 고마워요! 잘 바를게요."

민지는 립스틱이 담긴 핸드백을 손으로 가리켜며 씩 웃었다.

피곤할 텐데 여기까지 데려다주고, 또 바로 만나러 와 줘서 고마웠다. 사실 선물이 아니어도 이렇게 와 준 거 자체가 그녀에겐 선물이었다.

"응."

"표정이 이상한데. 아까부터 말도 없고. 무슨 일이에요? 얘기 해야 알죠."

민지는 집으로 바로 들어가지 못한 채 그의 앞에 서서 말했다. 혹시 아는 이웃을 만날까 싶어 그녀는 그의 손목을 잡고 아파트 단지 안 깊숙한 곳으로 들어갔다.

놀이터를 지나 벤치 앞에 그녀가 먼저 앉았고, 그 옆에 재신이 앉았다.

"여기에 이런 곳이 있었네."

"네. 여기 으슥해서 아무도 안 지나다녀요. 껌 좀 씹는 학생들 아니면 거의 밤에는 안 다니는 거 같아요."

"그렇겠네."

재신은 고개를 끄덕였다.

"아까 남우 얘기 때문에 그렇죠?"

"아니. ……응."

"그때는 중학생이었고, 깊은 감정도 아니었을 거예요. 저 금방 전학 가서 남우랑 말 몇 마디 하지도 않았고요."

"응. 알아. 아무 사이 아닌 거. 근데 나도 내가 왜 이런지 모르겠네."

나이를 이렇게나 먹고.

재신은 그 뒤에 말은 굳이 덧붙이지 않았다.

"그럼 권남우 씨랑 최혜린 씨는 전학 가기 전 학교에서 친했던 거야?"

"아뇨. 둘 다 안 친했어요."

"……그래?"

"네."

둘 다 친하지 않았고, 혜린과는 사이가 최악이었다. 그녀가 제게 친한 척을 하고 알은척을 하는 게 이상하긴 하다.

"진짜 화난 거예요?"

"아니. 내가 왜 화나. 전혀 아니야."

그는 괜찮다는 듯 슬며시 그녀의 어깨를 감쌌다. 민지는 그의 어깨에 머리를 기대며 몸을 조금 더 그에게 밀착했다.

달이 뜬 밤, 그의 품에 안겨 있으니 따뜻하고 좋았다.

"사실 질투가 나긴 해."

"에에, 정말? 오빠가 질투를 해요?"

"왜, 나는 하면 안 돼?"

그녀가 그를 보기 위해 고개를 위로 들었다. 그의 머리 위로 달이 떠 있는 느낌이었다. 그가 왜 자긴 질투하면 안 되냐며 묻는데 순간 귀여워 보여서 자신도 모르게 그의 입술에 쪽 하고 갖다 대었다.

쪽!

잠시 닿았다가 떨어진 입술.

그도 당황하고, 입술을 부딪쳤던 그녀도 당황했다.

"순간 너무 귀여워서."

그에게서 뽀로통한 표정은 상상이 안 갔는데, 처음 본 모습이 인상 깊어서 입을 맞췄다. 확실히 충동적인 뽀뽀였다.

그는 어깨를 감싸고 다른 손으로 그녀의 볼 전체를 감쌌다. 그의 얼굴이 점점 가까워졌다. 또렷하게 보이던 그의 눈코입이 점점 흐려지더니, 어느새 입술이 맞물렸다.

그의 입술이 닿으면 어떤 느낌일까 궁금했는데, 실제로는 폭신하고 부드러웠다. 그가 뿌린 향수가 그의 체향과 어우러져 어른스럽고 남자답게 느껴졌다. 그녀의 볼을 조금 더 세게 감싼 그가 입술을 엇갈려 물며 서서히 그녀의 입속을 탐험했다.

부드럽게 그녀의 윗입술과 아랫입술을 건드리고 그 안으로 들어간 그의 혀가 그녀의 혀를 찾았다.

첫 키스.

생경한 느낌에 민지가 어쩔 줄 몰라 하다가 그의 옷깃을 꼭 쥐고, 그가 이끄는 대로 입술을 맡겼다.

그는 입술을 떼고 그녀의 입술을 혀로 어르고, 전체를 입속으로 빨아들였다. 키스를 할수록 그의 몸이 제 쪽으로 쏠리는 느낌이 들었다. 그의 묵직한 느낌이 오히려 좋았다.

그녀는 누가 가르쳐 준 것도 아닌데 그의 옷깃을 잡고 있던 손을 풀고 그의 목을 감쌌다. 조금 더 서로 밀착된 느낌.

"……하아."

점점 호흡이 가빠져 왔다. 그가 키스를 하며 그녀의 볼을 만지작거리자 온몸이 간지러웠다. 배 속에 뭔가가 기어 다니듯 간지럽고, 펑 터져 버릴 것만 같았다.

"잠, 잠깐만요……. 하아, 하아."

어디서 어떻게 숨을 쉬어요?

키스를 하며 코끝이 닿았다가 떨어질 때쯤 숨을 몰아쉬고 입술이 부딪치면 숨을 참았다. 그러나 그가 거세게 입술을 빠는 면적이 넓어질수록 아무 생각이 나지 않아 코와 입으로 닥치는 대로 숨을 쉬었다.

그가 입술을 떼었다. 두 사람의 입술은 서로의 타액으로 번들거렸다.

"하아, 하아, 숨차요."

그는 그녀의 볼을 감싼 손에서 엄지를 뻗어 그녀의 입술에 묻은 타액을 지워 주었다. 입술을 만지는 그의 표정이 나른해서 그녀는 침을 꼴깍 삼켰다.

이때까지 그와 만나면서 그가 짐승 같다는 느낌을 받아 본 적이 없는데.

눈앞에 먹잇감을 두고 침을 뚝뚝 흘리고 있는 수사자 같은 느낌이었다. 괜히 긴장이 되어 그녀가 구두 굽을 부딪치며 그 안에서 발을 꾸부렸다.

"아직 부족해."

입술을 만지는 손길에 그의 욕망이 묻어났다. 그녀는 볼을 붉히며 이로 입술을 물었다. 그는 그녀의 아랫입술을 아래로 당겨서 그녀가 이로 입술을 짓이기지 못하도록 만들었다.

몰아쉬는 그녀의 숨이 잦아들고 안정적인 호흡을 뱉자 그는 다시 그녀의 입술을 훔쳤다. 아까 전보다 키스는 조금 더 짙어졌다. 그녀의 입안을 노닐며 입천장을 핥았다.

모든 것을 삼킬 것처럼 탐하는 키스에 정신이 혼미해졌다. 그녀가 목을 뒤로 젖히자 그가 손으로 받쳐 주었다. 조금 더 편안하게 그가 그녀의 입술을 누르듯 키스하며 나중에는 그녀를 삼킬 듯이 입술을 빨았다.

서로의 타액이 섞이는 소리가 야해서 민지는 귀를 막고 싶었다. 그가 그녀의 허리를 감싼 손에 힘을 주어 잡아챘다.

그의 큰 손이 조금만 더 위로 올라오면 가슴이었다. 그러나 당황할 새도 없이 그녀는 그의 거친 키스를 받아 내야 했다.

몸이 자꾸 꼬이고 아랫배가 제멋대로 요동쳤다. 키스만으로 다리에 힘이 풀려 구두 하나가 발에서 벗겨져 나갔다.

"……하아."

민지는 숨을 몰아쉬며 그를 보았다. 키스가 끝나자 모든 기력을 그에게 뺏긴 기분이었다. 그녀는 그에게 쓰러지듯 기댔다.

"너무 달아."

"……."

"너무 달아서 또 하고 싶네."

그는 씩 웃으며 그녀의 입술을 만지작거렸다. 말랑말랑한 장난감을 만지듯 입술을 쓸고 볼을 감싸고 더 위로 올라와 머리를 흐트렸다.

"숨 제대로 못 쉬는 것도 귀여워 죽겠어."

"숨 쉴 틈이 없었어요. 자꾸 숨 쉬려고 하면 입술을 빼니까."

재신은 그런 그녀가 귀여워서 다시 입을 맞추려고 고개를 숙였다. 그러나 이번엔 그녀의 입술에 닿지 못했다. 민지가 그의 입술을 손등으로 막아 버렸기 때문이다.

"입술 아려요. 더 하면 퉁퉁 붓겠어요."

"그런 거로 안 부어."

그녀는 손으로 자신의 입술을 만져 보았다. 살짝 누르자 멍이 든 것처럼 뭉툭한 느낌이 들었다. 평소보다 조금 더 도톰해진 거 같기도 한데. 이미 부은 거 아닌가? 세게 빨 때 아파서 그녀가 찡그리면 어느새 혀로 달래고 어르고, 또다시 빨고.

"진짜 아파?"

민지는 고개를 좌우로 저었다. 아프다고 칭얼거리기엔 달콤한 고통이었다.

"이러려고 으슥한 곳에 오빠 데리고 온 건 아닌데."

그녀가 바보같이 웃으며 말했다. 남우 때문에 그가 기분이 안 좋아 보여서 조금 더 대화를 해야 할 거 같아서 데려온 거였는데, 키스만 잔뜩 한 거 같았다.

"이제 진짜 가요, 오빠."

"응."

"귀국하자마자 너무 고생했어. 내일도 일 잔뜩 쌓여 있을 텐데, 얼른 가서 조금이라도 눈 붙여요."

"응."

"얼른요."

벤치에서 꿈쩍 않는 그의 팔을 잡아당겼다. 민지가 먼저 일어서자 그도 마지못해 자리에서 일어났다.

"아쉽기만 하다."

"나도요."

재신은 그녀의 어깨를 감싼 채로 반대편 손으로 어플을 켜서 택시를 불렀다. 띠링 소리와 함께 이쪽으로 기사가 오는 데 얼마나 걸리는지가 떴다. 아쉽게도 5분 내로 올 수 있는 곳에 빈 택시가 있었다.

"이왕이면 10분 이상 걸리길 바랐는데. 택시가 가까이 있었나 봐요."

"이거 보내고, 다음 거 탈까?"

"아뇨, 아뇨!"

재신이 어플에서 택시를 취소하려고 하자 민지가 막았다. 그와 더 있고 싶은 마음이 굴뚝같지만 더는 아니었다. 그도 쉬어야 할 거 아닌가.

민지는 그와 같이 나란히 걸어 그녀의 집 앞으로 왔다. 작별 인사를 제대로 할 틈도 없이 택시의 헤드라이트 불빛이 가까워지고 있었다.

택시가 점점 그들에게 오는 걸 보며 그는 아쉬운 마음에 그녀를 꽉 안았다.

"잘 자."

"오빠도요."

"난 못 잘 거 같네."

그가 품에서 그녀를 놓아주었다. 그녀는 의아한 표정으로 그를 올려다보았다.

"왜 못 자요? 너무 피곤해서?"

"아니. 아까 전 키스가 생각나서."

"아."

키득키득. 부끄러운 기분에 웃음이 자꾸 나왔다. 눈동자를 도로록 굴리며 눈을 피하자 그도 그녀를 따라 웃었다.

"웃지 마. 나 정말 심각하다고."

근데 하나도 심각해 보이지 않는다.

택시가 두 사람 앞에 서자 재신이 먼저 들어가라는 듯 그녀에게 손짓했다.

"오빠가 먼저 가요."

"아냐, 먼저 들어가."

"오빠 가는 거 보고 갈게요."

두 사람이 실랑이를 하고 있자 택시 기사가 창문을 내린 후 두 사람을 힐끔 보았다.

너네 뭐 하냐? 딱 그런 표정이었다.

민지는 재신에게 손을 흔들어 인사를 하고 먼저 안으로 들어 갔다. 몇 발자국 가다가 뒤를 보자 그가 서서 손을 흔들고 있었다.

빵—

택시 기사가 클랙슨을 한 번 울리자 그때서야 재신이 택시에 탔다. 민지는 택시가 출발하는 것을 본 다음에야 안으로 들어 갔다.

그녀 또한 오늘 밤 잠을 설칠 거 같았다.

첫 키스의 달콤함을 떠올리니 온몸이 부르르 떨렸다. 제자리에서 발을 동동 구르며 민지가 제 손으로 볼을 감싸고 부끄러워했다.

재신은 이 이상도 원하는 거 같던데.

키스를 하면서 모를 수가 없을 정도로 그는 다리 사이로 자신의 존재를 드러냈었다. 남자의 본능. 무시하려 해도 언뜻 서로 더 격렬하게 키스를 하며 몸을 부딪칠 때면 자연스레 스치게 되었다.

일부러 티를 내진 않았지만 그렇다고 모르는 건 아니었다.

그래도 재신이 그 자리에서 더 진한 진도를 나가거나 또는 어디 가서 자고 가자거나 그러지 않아서 좋았다. 원하는 만큼 키스를 하면서도 정도를 지켜 줘서 오히려 고마웠다.

그는 좋은 사람인 것 같다.

'권남우 씨랑 최혜린 씨는 전학 가기 전 학교에서 친했던 거야?'

키스하느라 더 대화를 나누지 못했지만 그가 물었던 질문이 머릿속을 스쳐 지나갔다. 학창 시절 이야기를 결국 그가 알게 될 것만 같았다.

그런 과거는 그가 몰랐으면 좋겠는데.

좋으면서도 불안함이 솟았다. 그런 일을 겪은 자신을 그가 알면 어떻게 반응할까? 오히려 피해자였으니 불쌍하게 여길까? 아니면 바보같이 여길까?

차라리 공부만 했던 범생이였다면, 아니면 혜린처럼 제대로 놀아 봤다면. 이도 저도 아닌 평범한 학생이었다면 얼마나 좋을까.

그때의 기억 때문에 공중 여자 화장실을 잘 못 가는 걸 언젠

가는 말을 해야 하는데. 꼭 말해야 하는데 일부러 숨기는 듯한 기분이 들자 찝찝했다.

사랑하는 사람에게 비밀을 만들면 안 된다고 하던데. 민지는 콧잔등을 찌푸렸다. 집에 들어온 그녀는 부모님께서 깨지 않도록 발끝을 세우고 조용히 안으로 들어갔다.

부르르르.

"앗, 깜짝이야."

민지는 핸드폰이 울리자 놀라서 캄캄한 거실을 둘러보았다. 휴- 안도의 한숨을 쉰 후 핸드폰 액정을 보았다.

[집에 잘 들어갔어? 나 기다리지 말고 먼저 자. 내일 전화할게.]

혹시 그가 도착할 때까지 못자고 기다릴 자신을 위해 먼저 자라는 문자였다. 배려심이 넘친다. 이게 콩깍지 때문에 그리 보이는 건지, 정말 배려심이 넘치는 건지 분간이 어려웠다.

아무래도 상대의 행동에 분간이 어려운 걸 보면, 사랑에 빠진 것 같다.

❋ ❋ ❋

첫 키스 이후로 만나고 싶은 마음은 굴뚝같았으나 두 사람 다 회사 업무에 치여 약속을 잡지 못했다. 서로 야근하는 날이 달랐고, 상대방 업무가 끝나는 시간이 확실치 않으니 서로 약속을 잡는 거 자체가 미안해서 잡지 못했다.

재신의 집무실 바로 옆 회의실에는 사람들이 끊이지 않고 방문했다. 한 사람당 미팅 시간을 2시간으로 정해 놓고 타이트한 일정을 소화하다 보니 목이 쉴 지경이었다.

"PD님, 마우스 광고 콘셉트 확인 부탁드립니다."

"잠시만요."

재신은 물을 한 모금 마신 후 오른손으로 아픈 목을 만졌다. 직원이 건넨 광고기획안을 넘기는 그의 손길은 섬세했고, 눈길은 날카로웠다. 앞에 있는 팀장이 소리도 못 내고 쥐 죽은 듯이 서서 그의 표정을 살폈다.

재신은 샤인 프로덕션의 대표이기도 하지만, 회사 내에서 광고를 자체 제작할 땐 PD의 역할을 같이 하곤 했다.

그는 직원들과 친해지고 싶은 마음에 대표보다는 'PD'로 불러 달라고 했고, 그의 요청에 광고기획팀 직원들은 그를 PD라고 불렀다.

"잠시 앉아 계세요. 조금 길어질 거 같네요. 잠시만요."

재신은 김 실장에게 전화를 걸었다.

— 네, 대표님.

"올해 하반기에 데뷔하는 걸그룹 프로필하고 신인 배우 목록 좀 갖다 줄래요? 아니다, 노트북 좀 부탁해요."

— 네, 알겠습니다.

김 실장이 가져올 노트북을 기다리는 동안, 재신은 물을 한 모금 더 마셨다. 그리고 본격적으로 샤프로 기획안에서 바꾸고 싶은 부분을 체크했다.

이번에 세 번째 수정 기획안이었다.

"카메오로 출연할 수 있는 인원이 다섯 명이네요."

샤인의 광고를 자세히 보면 앞으로 뜰 연예인이 꼭 나온다. 연습생을 먼저 카메오로 출연시키기도 하고, 곧 데뷔할 신인 배우인 경우도 있었다. 그래서 데뷔해서 한창 어느 정도 자리에 오르면 '그때 그 광고 속 그 사람'으로 사진이 돌아다니곤 했다.

나름 재신만의 마케팅 방법이기도 했다. 잠깐 출연하는 카메오여도 앞으로 그 사람이 대중에게 비칠 콘셉트에 맞춰서 옷차림과 메이크업에 신경을 썼다.

메인 광고 모델에게 피해가 가지 않는 선에서 너무 튀진 않지만, 그렇다고 기억도 아예 남지 않을 사람으로는 만들고 싶지 않았다.

똑똑.

"네. 들어와요."

창우가 노트북을 들고 회의실 안으로 들어오고 있었다. 마침 물을 마시고 있던 재신은 낑낑거리며 노트북 네 대를 들고 있는 그를 보고 사레가 들렸다.

"괜찮으세요?"

"……네."

콜록, 콜록. 잔기침을 하며 그는 황당한 눈으로 실장을 보았다.

"노트북이 너무 많으시더라고요. 어떤 건지 몰라서 그냥 다 가져왔습니다."

데스크탑을 제외하고 이 네 대의 노트북을 모두 사용하긴 했다. 외부로 나갈 때 들고 가는 용이 있고, 내부에서 사용하기도 했다. 재신은 그중 미팅용 가벼운 노트북을 앞으로 가져와 전원을 켰다.

"들고 다니시는 노트북 색은 확실히 기억을 했는데, 책상 위

202

에 있는 노트북이 다 흰색이더라고요. 죄송합니다.”

“아니에요.”

“그럼 나가 보겠습니다.”

창우가 회의실을 나간 후, 그는 마우스를 움직여 연습생 프로필을 먼저 켰다.

마우스 광고 모델은 태훈이었고, 카메오로 출연할 사람을 찾으면 되는 거였다. 샤인 이름으로 나오는 광고가 핫하다 보니, 가끔은 다른 기획사에서도 종종 연습생의 이력서와 영상을 보내기도 했다.

재신은 바쁜 와중에도 경쟁사이지만 그 마음이 감사해서 매번 회신을 보내 주곤 했다. 그러다 그의 눈에 띄는 사람이 광고 콘셉트와 잘 맞으면 출연시키기도 했다.

다각도로 폭넓게 보는 그의 안목은 국내에서 그를 따라갈 만한 사람이 없었다.

지이잉.

[완전 바빴어요! 아ㅠㅠ 일만 하다가 죽을 거 같아요.]

핸드폰이 울리자 그의 눈길이 액정에 닿았다. 민지에게서 온 톡이 떠 있었다.

[오빠도 요새 많이 바쁘죠? 힘내요. ㅠㅠ 나 다시 회의 있어요. 으헝헝. 회의 때 앉아서 듣기만 하는데 왜 자꾸 오라는 거야 ㅠㅠ 안 가고 싶어요. 자꾸 엉덩이를 떼니까 보고서 쓸 시간도 없어. 오늘도 야근 확정! 흑흑.]

TG전자에서 일하는 그녀는 업무 강도가 높은 편이었다. 민지가 일 욕심이 있긴 하지만, 거기서 몇 년 차를 버틸 정도면 그 많은 걸 해냈다는 방증이기도 했다.

그의 후배가 대표로 있는 TG전자는 대기업 중에서도 서열을 매긴다고 하면 꼭대기에 있는 그룹이었다.

다음에 후배인 김재현 전무를 만나면 일 좀 줄여 달라고 우스갯소리라도 해야 하나.

"PD님?"

"네. 보고서에 수정 사항 체크했고, 메일로 이번에 출연할 신인 보내겠습니다. 나오는 순서대로 1번, 2번, 3번으로 보내겠습니다. 각각 콘셉트도 자세히 적어서요. 정리해서 내일 오전까지 기획안 부탁드립니다."

"내일이요? 아…… 제가 오늘 외근이 있어서 내일 오후까지 안 될까요?"

"내일 오후요?"

재신은 시계를 흘깃 보았다. 아직 점심시간이었다.

"외근 몇 십니까?"

"4시요."

"그럼 오늘 하셔도 되겠네요. 오늘 부탁드립니다."

"……PD님, 죄송합니다. 내일 오전까지 제출하겠습니다."

재신은 고개를 끄덕였다. 외근이 있다는 팀장보다 바쁜 거로 치면 그가 훨씬 더 바빴다. 이미 통과됐어야 할 기획안을 몇 번이나 리젝을 시키는 건가. 이 정도면 팀장을 갈아 치워야 하나. 그의 의중을 파악했는지 팀장은 고개를 숙이고 빠르게 나갔다.

[나도 막 회의 끝났어. 오늘 나도 야근하는데, 무리해서라도 보고 싶네. 시간 되면 말해 줘.]

그가 목을 좌우로 움직였다. 목에서는 뻐근한지 뚜둑 소리가 났다.

부드럽고 달았던 그녀의 입술을 떠올리면 온몸의 피가 빠른 속도로 한곳으로 몰린다. 애써 생각하지 않으려 해도 몸은 달아서 그녀를 찾는다. 아무래도 그 키스가 문제였던 거 같다.

숨 쉬는 방법도 모르지만, 그가 리드하는 대로 잘 따라와 준 그녀.

지이이잉, 지이이잉.

지유에게서 전화가 오고 있었다. 재신은 벨이 세 번 다 울리기도 전에 전화를 받았다.

"지유야."

— 오빠~

"응. 무슨 일 있어? 서도형이 괴롭혀?"

— 아니. 그이가 괴롭힐 사람이야? 아니지.

이럴 땐 오빠로서 조금 서운하다. 도형과 연애한 이후로는 오빠는 찬밥이고, 그의 친구이자 남편인 서도형만 챙기는 거 같다.

"어디 아파?"

— 나 도형 오빠랑 데이트 안 한 지 너무 오래돼서. 너무너무 하고 싶은데. 오빠 주말에 시간 돼?

"재욱이랑 다연이 봐 달라는 건 아니지?"

— ……3시간만. 응? 6시에서 9시까지만!

잠시 아이를 맡길 땐 꼭 그를 호출하곤 했다. 다들 결혼하기 전에는 태훈과 종우랑 같이 가서 조카들과 놀곤 했는데, 다들 하나둘씩 결혼을 하고 나니 정말 조카들을 보러 가는 건 그의 몫이었다.

태훈이랑 종우도 아이를 너무 좋아하는 탓에 그가 조카들 보러 간다고 하면 꼭 같이 가자고 했는데, 요새는 다들 부인에게 빠져 사느라 주말엔 시간을 잘 안 내 준다.

"3시간만?"

– 응. 오빠 최고! 역시 우리 오빠가 최고야.

"도형이는 알아?"

– 아니. 이제 전화해서 말하려고.

"나 다녀가면 집 안 꼴이 난장판일 텐데. 월요일 오전에 이모님 오셔?"

– 아니. 수요일, 금요일에 오셔.

"월요일에 와 달라고 전화 드려. 네가 청소 다 못 해."

재신의 말에 지유는 알겠다고 하며 전화를 끊었다.

[오빠 고마워! ㅠㅠ 요새 일하고 애 보고 내 삶이 깨져서 너무 우울했는데, 오빠 덕분에 남편이랑 바람 쐬고 올게.]

지유에게 문자가 온 지 10분도 채 지나지 않아 도형에게 전화가 왔다.

"여보세요."

– 미안하다. 재신아. 지유가 전화했다며.

"응. 미안하면 나중에 나 결혼하면 애 봐 주든가."

– 결혼하게? 그분이랑?

"아니. 말이 그렇다는 거지."

민지와의 결혼.

결혼하면 둘 다 바빠서 얼굴은 제대로 보려나. 그녀와의 아이를 생각하니 절로 웃음이 나왔다. 이상한 느낌이 든다. 결혼과 아이라니. 그런데 싫지 않았다.

― 이상한데?

"뭐가 이상해?"

― 낌새가 좀 이상해. 촉이 온다. 잘 잡아라, 재신아.

"둘 다 바빠서 얼굴도 못 보고 있다."

― 못 봐서 서운한 모양인데? 내가 살다 살다 유재신이 여친 얼굴 못 봐서 서운해하는 건 또 처음 보네.

도형은 말은 그렇게 하면서도 좋은지 웃음소리가 끊이지 않았다.

"서운한 거까진 아니고."

― 언제는 너 바쁠 때 누가 연락하는 거 싫다고 연애도 안 하더니. 언제였더라? 네가 마음에 드는 여자 만났다가 며칠 출장 갔을 때 연락 잘 안 됐다고 토라진 거 보고 헤어졌잖아.

"그땐 둘 다 마음이 안 맞아서 그랬지."

― 아닌데? 그 여잔 네가 잡아 주길 바랐을걸. 하여튼 주말에 안 와도 돼. 지유는 내가 잘 달랠게. 둘 다 월차 써서 애들 유치원, 어린이집 보내고 영화 보러 가기로 했어.

주말에 일정 빼려고 스케줄 표를 보고 있었는데.

"아냐. 데이트하고 와. 재욱이랑 다연이도 보고 싶고. 삼촌이 얼굴도 못 본 지 오래돼서 보고 싶고 그래."

― 너도 네 여자 친구 만나야 할 거 아니야.

"응. 근데 지유 육아 때문에 힘든 거 보니까 오빠로서 마음 쓰이네."

― 잘하겠습니다. 형님.

"지유랑 좋은 시간 보내고 와. 나 괜찮으니까."

도형과 통화를 끝내고 나니 다시 목이 아파 왔다. 재신은 컵에 남은 물이 없자 정수기로 가기 위해 컵을 들고 일어났다.

[오늘 진짜 무리해서라도 만나고 싶은데ㅠㅠ 밤샘 각이에요. 아니면 저녁 시간 이후에 잠깐 회사 앞에 오면 볼 수 있긴 한데. 오빠 오면 좋긴 한데, 나도 너무 보고 싶어요!]

우는 이모티콘이 연속으로 왔다.

진짜 보고 싶네.

그는 방송국과 미팅 장소와 민지의 회사 앞까지 거리를 머릿속으로 그렸다. 어떤 방법으로 가야 시간을 효율적으로 쓸 수 있을까. 다행히 그의 회사와 민지의 회사는 가까운 편인데, 방송국이 일산이라 멀었다.

저녁은 원로 배우들과 약속을 했는데…….

그의 할아버지뻘 되는 원로 배우들과도 그는 잘 지내는 편이었다. 토종 닭백숙을 먹기 위해 남양주까지 모시고 갈 예정이라 서울에 돌아오면 몇 시가 될지 모르겠다.

[12시 넘어도 좋아. 그때 넘어서 잠깐 갈게. 얼굴이라도 보여 줘. ……얼굴 까먹겠어.]

진짜 보고 싶어. 네가.

돌겠네. 목소리라도 듣고 싶은데.

통화 버튼을 누를까 말까 고민하다가 회의실 문을 두드리는 소리에 문으로 시선을 돌렸다.

"대표님, 일산으로 출발하셔야 할 거 같습니다. 차가 막힐 걸 대비해서 조금 일찍 서두르는 편이 좋을 듯합니다."

"그러시죠."

저번에 일산에 가다가 예기치 못하게 사고 난 차 때문에 도로에서 한참을 정체하고 있었다. 결국 실장은 차에 두고 그는 오토바이 퀵을 불러서 타고 약속 시간에 간당간당하게 도착했었다.

그때의 일 때문인지 서두르자고 하는 것 같았다.

재신의 눈에 창우가 들고 있는 작은 종이백이 보였다.

"손에 든 건 뭡니까?"

"아…… 오늘 저희 비서실 소속 윤아영 사원이 생일이라 향수 샀습니다. 방금 택배가 와서 이거 주고 주차장으로 내려갈까 합니다."

향수. 언제나 나를 기억해 줘.

그의 미간이 좁혀지자 김 실장이 당황한 듯 그의 눈치를 살폈다.

"아무래도 비서실은 서로서로 생일을 챙기는 분위기여서 준비했는데, 하지 말까요?"

"아닙니다. 정리하고 바로 나가겠습니다."

향수 하니까 민지의 동창이 떠올라서 잠시 표정 관리를 못 했다. 질투라는 감정은 참 쓸데없이 사람을 피곤하게 하는 거 같다. 그런 감정을 직접 겪으니 신경이 곤두섰다.

내 눈에 예쁜 여자가 다른 사람 눈에도 당연히 예쁠 거니까. 거기다 일도 잘하고, 밥도 잘 먹고, 예쁘고, 옷도 센스 있게 잘 입는다. 자기 관리를 잘하다 보니 몸매가 좋아서 그와 같이 지나갈 때 뭇 남성의 시선이 닿기도 했었다.

어디 꽁꽁 숨겨 놓고 나만 볼 수 있는 방법이 없나.

그는 오늘은 꼭 민지를 봐야겠다고 생각하며 노트북을 들고 대표실로 들어갔다.

❊ ❊ ❊

연이은 회의로 인해 남들 퇴근 시간이 돼서야 보고서를 작성할 시간이 되었다. 보고서도 작성해야 하고, 기안서도 올려야 해서 양식에 맞춰서 써야 하는데 시간은 왜 이렇게 빨리 가는지 모르겠다.

오늘은 그녀뿐만 아니라 주성과 주희 선배도 야근 멤버에 합류했다.

사무실 안은 한창 키보드 소리와 마우스 소리만 들리고 있었다. 이거 다 하고 나면 각 부서에서 온 메일들도 다 읽고 회신을 드려야 하는데…….

경영지원팀과 관련된 내용은 참조와 전달로 보내기 때문에 1차적으로 민지가 메일을 걸러서 팀장님께 제출하곤 했다. 팀장님의 일을 줄여 주기 위해 시작된 건데, 이것도 업무 시간을 쪼개서 해야 하는 일이다 보니 매번 빠듯했다.

"하아…….."

한숨을 쉬고 있는데, 핸드폰에서 진동이 울렸다.

[이제 서울 가고 있는데, 40분 뒤에 잠깐 볼 수 있어?]

40분 뒤면 보고서는 마무리 지을 수 있을 거 같다. 오늘은 보고서를 마무리하고 조금 서둘러서 메일 분류까지 마치면 40분 뒤에 퇴근도 가능할 거 같긴 한데.

컴퓨터 화면 속 시계를 보니 11시가 넘은 시각이었다.

그녀는 의자를 끌어 주희 선배에게 갔다.

"언니~"

"응. 민지 씨."

"오늘 몇 시에 퇴근해요?"

"……어, 나 이거 서류만 작성하면 끝인데. 난 10분 뒤?"

"주성 씨는요?"

"……저도 그쯤 끝날 거 같습니다. 못다 한 건 내일 일찍 출근해서 하려고요."

다들 10분 뒤면 끝나는구나.

"저는 30~40분 뒤쯤 퇴근할 거 같아요."

"일이 많네. 뭐 도와줄 건 없고?"

"네. 신입사원 교육했을 때 사진 보내느라 오래 걸렸어요. 600장 넘는 사진에서 추리려니까 힘들더라고요. 그래도 10장 골랐어요. 홈페이지에 올라갈 사진이래서 고심에 고심을 했답니다. 흑흑. UI팀에 그거 전송하고 나니까 보고서가 쌓여 있네요. 이 보고서들은 왜 써도 써도 줄질 않나요?"

"그래도 우린 그나마 낫지. 규격에 맞춰서 자주 써야 해서 번거롭긴 해도, 기획안보단 낫잖아? 기획안 제출했다가 까이는 거 보면 진짜 내가 다 안쓰럽더라. 우린 실적을 내야 하는 부서도 아니니까 그나마 다행인 거 같아."

"듣고 보니 그러네요."

주희 선배의 말에 민지가 고개를 끄덕였다. 영업팀과 기획팀에 비하면 조금 스트레스가 덜한 거 같기도 하다. 다만, 엉덩이를 의자에 붙이고 있는 시간이 더 많을 뿐이지.

재신에게서 40분 뒤에 잠깐 볼 수 있냐는 문자가 왔을 때 주희 선배와 이야기를 하느라 답을 하지 못했다. 그녀는 얼른 재신에게 온 문자에 답장을 보냈다.

[잠깐 말고 오래 봐요! 어떻게든 업무 마무리할게요!]

바퀴 의자를 끌고 자리로 돌아간 민지는 다시 업무에 몰두하기 시작했다. 10분 뒤 주희 선배가 먼저 사무실을 나가고, 20분 뒤에 주성이 나갔다.

마지막으로 민지가 사무실을 나섰을 땐, 12시 정각이 지난 다음 날이었다.

회사 정문 앞에 재신이 서 있었다. 민지는 손을 흔들며 그에게 다가가서 팔짱을 끼었다.

"많이 기다렸어요?"

"아니. 나 온다고 무리해서 나온 거 아니야?"

"아녜요. 업무 정리하고 나왔어요."

"저녁은?"

"먹었죠!"

"그럼 어디 갈까?"

내일 출근해야 되니까 술을 마시긴 좀 그렇고, 서로 밥은 두둑이 먹어서 밥집에 가기도 좀 그렇고. 역시 카페를 가야 하나?

"여기 주변이 우리 회사잖아. 가 볼래?"

"오! 네네."

민지는 재신에게 팔짱을 낀 채로 걸었다. 그의 회사가 이쪽 인근인 건 알았는데 실제로 가 보는 건 처음이었다. 왜 떨리지.

두근거리는 마음으로 그를 따라가는데 몇 블록 안 가서 그가 멈췄다.

"음? 여기예요? 여기 맞아요?"

"응. 가깝지?"

"네, 진짜 가깝네요. 이렇게 가까웠다고요? 걸어서 10분도 안 걸리네요."

당황한 민지가 TG전자 건물과 그의 회사 건물을 번갈아 보았다. 여기 건물 건너편 1층에 있는 카페는 사장을 알고 있고, 나름 친해서 종종 오는 곳이었다. 그런데 바로 맞은편 건물이었다니.

"제가 저기 카페 자주 가거든요. 사장님이 제 사촌 언니 친구예요."

"정말? 윤지 씨를 알아?"

"어? 윤지 언니를 아세요?"

민지가 오히려 놀라서 눈을 깜빡거렸다.

"응."

"세상이 진짜 참 좁네요. 제 친척 언니가 저희 회사 이번에 특채로 뽑혔거든요. 김재현 전무님 비서실로. 언니 면접 준비할 때 도와주면서 자주 왔는데."

"설마……."

미세하게 미간을 좁혔던 재신은 뭔가가 생각날 듯하다가 기억이 나지 않자 좀 더 과거의 기억에 집중했다.

그러고 보니 어디서 본 거 같기도 한데.

카페 주인인 윤지 씨는 그의 친구인 도종우와 연인 사이였다. 그리고 김재현 전무는 그의 후배이자 좋은 사업 파트너였는데, 그는 현재 비서인 연주 씨와 연인 관계였다. 그런 연주 씨와 민지가 사촌이란 건데.

세상이 넓고 사람은 많은데, 어떻게 이렇게 인연이 된단 말인가.

신기하게 생각하고 있는데, 민지와 재신은 서로 눈을 마주하다가 동시에 눈이 커졌다.

두 사람은 까맣게 잊고 있었던 기억을 동시에 떠올렸다.

"그때!"

"그! 호텔에서!"

맞선을 보기 전에 두 사람은 마주친 적이 있었다. 재신도, 민지도 서로 처음 만난 곳이 게임 경기 때인 줄 알았는데 아니었다.

두 사람은 서로 웃음이 터졌다. 그 짧은 시간을 두 사람 다 기억하고 있다는 게 신기했다. 정말 스쳐 가는 기억이었는데.

"그때 호텔에서 우리 봤었죠?"

"그런 거 같네. 김재현 전무랑 연주 씨 기다리고 있는데, 그때 형부, 하면서 왔었지?"

"네! 맞아요."

재신은 그녀가 귀엽다는 듯 웃으며 고개를 좌우로 저었다.

"혹시 전무님께서 다른 이야기는 안 하셨어요?"

괜히 이상한 이야길 했을까 싶어 민지가 긴장한 채로 그를 보았다. 예를 들어 장운동이 원활하지 못하다든가. 화장실에서 한 번의 실수로 인해 김재현 전무님 앞에서 '뱀 낳는 처제'라는 별명을 얻고, 지금도 연주 언니 말로는 그 별명으로 자신을 기억하고 있다고 들었다.

"다른 이야긴 못 들었어."

"휴…… 다행이다."

"그러니까 정리하자면, 카페 사장 친구가 연주 씨고, 연주 씨 사촌 동생이 너인 거지?"

끄덕끄덕. 민지는 고개를 끄덕이면서도 세상이 참 좁단 생각이 들었다. 전혀 다른 분야이고 멀다고 생각했는데, 지인의 지인을 타고 보면 또 이렇게나 가깝다.

"카페는 문을 닫아서 못 갈 거 같고, 사무실로 올라갈래?"

"네, 좋아요. 이렇게 가까운 줄 알았으면 야근할 때 자주 봐도 됐을 텐데."

"그러게."

"아니다. 근데 오빠가 거의 외부 일정이 많아서 매번 일이 끝나는 곳이 다 다르잖아요. 자주 못 보는 게 당연한 거 같아요."

민지는 재신을 따라 샤인 프로덕션 건물 안으로 들어갔다. 1층부터 3층까지는 사무실과 음식점이 입점해 있었고, 20층까지는 주거용이었다. 그리고 그 위로 재신의 사무실이 있는 것이다.

엘리베이터를 타고 올라갔다. 입구에는 손님을 응대하는 데스크가 있었고 복도식으로 쭉 길게 뻗어 있었다. 좌우로는 영화 포스터부터 유명한 한류 스타들의 사진이 걸려 있었고, 중간중간 연습실과 룸이 배치되어 있었다.

제일 끝에서 왼쪽으로 꺾어지면 대표이사실이 있었다.

"우와."

입이 떡 벌어졌다.

깔끔한 인테리어가 눈에 들어오고, 다음은 대리석 바닥이 보였다. 원래 대표이사실은 이렇게 넓은 건가.

민지는 조심스럽게 소파에 앉았다. 재신은 그의 집무실 책상에 잠시 기대서 그녀를 보고 있었다.

"소파가 참 푹신하네요."

"그래?"

"네. 와, 진짜 사무실 좋네요. 저는 좌우로 팔을 뻗으면 옆 사람이 닿는데. 넓다."

그제야 그가 한 회사의 대표라는 게 와닿았다.

"커피? 와인? 맥주? 마시고 싶은 거 있어?"

"맥주요!"

"과자가 있긴 할 텐데. 내려가서 갖고 올게."

"내려가서요? 주차장이요?"

"아니. 가끔 여기 아래층에서 자거든. 집에 안 가는 날들이 꽤 돼서."

"그럼 바로 아래층이 집이에요?"

민지가 묻자, 재신이 고개를 저었다.

"샤워하고 잠만 자. 보통은 본가로 가서 지내지."

"아아."

그녀는 재신을 알아 가는 게 재미있었다. 이름, 나이, 직업 기본적인 것 외에는 모두 연애하면서 차차 알아 가고 있었다. 그런 단계들이 재미있고, 그를 더 많이 알고 싶었다. 언제쯤이면 더 깊이 친해질 수 있을까.

그가 본가에 가는 건 알았지만, 회사 아래층에서 잘 때도 있단 건 몰랐다.

"구경할래? 별거 없긴 한데."

"좋아요!"

"시간이 늦었는데 부모님께 연락 안 해도 돼?"

"오늘 야근한다고 해서 괜찮아요. 보통 야근하면 두세 시에 집에 들어갔거든요."

가끔 밤새우고 아침에 갈 때도 있어서 그녀가 야근한다고 미

216

리 말씀을 드려 놓으면, 알아서 집에 오겠거니 생각하신다.

내일 출근을 위해 씻고 자야 하니 아무리 늦더라도 3시엔 집에 들어가야 했다. 더 늦어지면 내일 아침이 너무 분주할 거 같았다.

민지는 사무실 구경을 끝내고 비상구 계단을 이용해서 아래층으로 내려갔다.

그때, 그녀의 핸드폰에서 진동이 울렸다.

"잠시만요."

민지는 백에서 핸드폰을 꺼내서 액정을 보았다.

[권남우]

이 시간에 연락이 올 리가 없는데. 새벽 1시가 다 되어 가는데?

그녀가 고개를 갸웃하자, 재신이 왜 그러냐는 듯 그녀를 보았다. 저번에 남우 때문에 잠깐 껄끄러웠던 적이 있어서 민지는 저도 모르게 핸드폰에서 진동 소리가 나지 않도록 버튼을 누르고 액정이 안 보이도록 각도를 바꿔 들었다.

"부모님이셔?"

그가 물어보자, 민지는 고개를 저었다. 차마 그에게 거짓말을 할 수가 없었다.

"남우인데……."

"권남우 씨? 전화기 줘 봐."

재신이 손을 내밀었고, 민지는 그에게 핸드폰을 주었다. 그가 액정을 보고 인상을 팍 쓰더니 통화 버튼을 눌렀다. 순식간에 일어난 일이었다.

질투로 물든 그의 마음속에 불씨가 당겨진 줄도 모르고 민지는 아차 한 표정으로 그를 보고 있었다.

❋　❋　❋

시작은 미니족에 소주였다.

요새 연예계는 선후배가 없어지고 인기가 많은 자가 선배가 되는 세대라고 한다. 예능 촬영에서 혜린은 요새 핫한 걸그룹과 만났는데 혜린에게 인사는커녕 투명 인간 취급을 했더란다.

그녀는 속상한 마음에 남우에게 술을 먹자 하였고, 그들은 미니족에 소주로 1차를 시작했다.

"난 여기까지만."

"더 마시지 않고?"

소주 반병이 주량인 남우는 여기까지 하겠다고 멈췄으나, 혜린이 더 마시라며 술을 권유했다. 그는 오늘 위로를 받고 싶어 하는 혜린을 위해 무리해서 술을 더 마셨다.

술병이 한 병, 두 병으로 늘었다. 주량을 넘어선 그는 눈이 풀리고 경계심이 없어졌다.

"센터는 잘돼?"

"응. 하도 많이 와서 상담사를 더 채용해야 돼."

"민지도 와?"

남우는 잠시 멈칫했다. 오래전 마음에 두었던 친구. 고백을 했더니 좋아하지 말아 달라고 제게 부탁을 했었다. 그 후로 전학을 가서 연락이 닿을 길이 없었다.

다시 마주한 지금 그녀에겐 이미 남자 친구가 있었다.

오래전 정리되지 못한 마음 때문인지 알면서도 자꾸 그녀가 생각이 났다.

통통했던 젖살이 빠진 그녀는 화려한 혜린의 옆에서도 빛이 났다. 수수하고 자극적이지 않으면서도 매력적인 얼굴은 일을 하다가도 그의 머릿속에 수시로 나타났다.

'저는 유재신입니다.'

얼굴과 이름이 익숙해서 포털사이트에 검색을 해 보니 샤인 프로덕션 대표였다. 법대 출신, 학생 때부터 JS연극단을 운영, 거기다 광고기획 회사를 운영, 샤인 프로덕션 설립. 본인의 능력이 출중한 것도 놀랍지만, 후암그룹의 외손자였다.

그들이 후암에서 버려졌다는 걸 기자들과 최측근의 입을 통해 전해져 경제 쪽에 밝은 사람이라면 누구나 아는 사실이었다. 그럼에도 유재신은 본인의 능력으로 한류를 휩쓰는 기획사를 설립한 것이다.

"민지도 상담받으러 오냐구."

혜린의 질문에 남우는 고개를 좌우로 저었다.

"진짜? 걘 다 가졌으면서 뭐가 고민이어서 거기 갔대?"

"잘 모르겠어."

업무적 스트레스 때문은 아닌 거 같은데.

남우는 술잔을 들고 한입에 털어 넣었다. 이대로 물러서야 하는 게 내심 억울했다.

"남우야, 내가 너 엄청 고마워하는 거 알지?"

"응."

"너 아니었으면, 나는 벌써 내 삶을 끝냈을 거야."

가정 폭력이 심한 집안에서 자란 혜린은 하루가 멀다 하고 몸에 상처가 나기 일쑤였다. 차마 부모를 상대로 신고를 하지 못하고, 부모니까, 아빠니까 참았던 혜린에게 그러지 않아도 된다고 말한 게 그였다.

그건 잘못된 거라고.

때려 놓고 사과하고 사탕을 주는 건 사랑이 아니라고.

"근데 너 민지가 왜 전학 갔는지 알아? 그때 너랑 문제가 좀 있었잖아."

"나랑? 아니야. 사과도 하고 화해했는데?"

"어디로 전학 갔는지 학교에선 다들 말도 안 해 주고, 걔네 반 애들도 아무도 몰랐거든. 갑자기 사라져 버렸어."

"……."

"그래서 아쉬워. 잊고 있었는데 또 보니까, 그때가 생각나 네."

남우는 빈 잔에 술을 가득 채운 후 다시 마셨다. 그때 울면서 좋아하지 말아 달라고 부탁했던 때가 왜 이렇게 가슴에 남는 지.

그러고 보면 그녀를 그렇게 만든 혜린과는 아직까지 우정을 유지하며 잘 지내고 있었다.

"내가 그때 사실 말 못 했는데."

"어떤 거?"

"민지가 남자 교생하고 그렇고 그런 사이였거든? 그것 때문에 전학 간 거 같아. 학교에서도 쉬쉬하는 거 같고."

"남자 교생하고?"

남우가 미간을 찌푸렸다. 걔가 그럴 애가 아닌데. 남자 교생의 얼굴은 가물가물하나 한창 교생 실습 때 남자, 여자 교생 선생님들이 반마다 한 명씩 계셨던 거 같다.

"응. 내가 하도 괴롭혀서 교생 쌤이 나도 막 혼내고, 걔 달래 주고 그랬거든. 물론 그때 내가 잘못했지만……. 하여튼 그러다가 둘이 좀 발전을 했나 봐."

"확실해?"

"어?"

혜린의 입술이 파르르 떨렸으나, 주량을 넘긴 남우는 그걸 보지 못했다.

"어, 어. 그래도 민지한테는 티 내지 마."

"……."

말도 안 돼.

남우는 말도 안 된다고 생각하면서도 한편으로는 진짜 그런가 싶기도 했다. 잠적을 할 만한 이유라면 분명 큰 사건이었을 것이다. 민지의 담임 선생님도 어디로 전학 갔는지, 어느 동네로 이사 갔는지 그에게 알려 주지 않았었다.

남우는 비틀거리며 자리에서 일어났다. 혜린의 매니저가 와서 혜린을 부축해서 밴으로 갔다.

"같이 타고 가실 거죠?"

"아니야. 혜린이 잘 데려다줘."

"네! 형님은요?"

"난 알아서 갈게."

남우는 두 사람을 보낸 후 터덜터덜 길을 걸었다. 늦은 시간이었지만 술을 마시니 감정이 잘 조절되지 않았다. 누군가가 자꾸 생각나고 목소리가 듣고 싶었다.

술김에라도.

그는 충동적으로 민지에게 전화를 걸었다.

술에 취하지 않았다면 절대 할 수 없던 행동을 하고 있었다. 어쩌면 이미 자고 있을 수도 있는 시간대에 갑작스러운 전화, 거기다 취해서 어떤 헛소릴 할지 모르는 상황이었다.

몇 번의 신호음이 가고 상대가 전화를 받았다.

– 여보세요.

"……."

혼자 있던 게 아니었나 보다.

전화를 받은 상대는 남자였다. 유재신이라고 했던가. 그 남자인 것 같다.

– 말씀하시죠.

"민지는 옆에 있나요?"

– 네. 무슨 용건인지 저한테 말씀 주시면 전달할게요.

상대는 잔뜩 경계 태세를 갖추고 있는 듯했다. 목소리에서 그게 느껴졌다. 질투와 화를 꾹꾹 누른 말투 속에서 더는 감정을 티 내지 말라는 무언의 압박이 느껴졌다.

"아, 그냥."

목소리가 듣고 싶어서요.

– …….

"다음에 다시 걸게요."

– 아뇨. 그러지 않으셨으면 합니다.

상대는 그에게 거침없이 마음을 접으라고, 다신 연락도 하지 말라고 요구하고 있었다. 그래, 그래야 하는 거다. 남자 친구가 있으니까. 두 사람은 서로 좋아하는 사이니까. 그게 맞는 건데,

다 아는데…… 그러지 못할 거 같아서 그도 답답했다.

전하지 못한 마음은 상대가 헤집자 커졌고, 경쟁 상대가 그를 자극하니 더욱 불타올랐다.

– 전화 안 하는 거로 알겠습니다. 끊습니다.

끊긴 전화를 망연자실한 표정으로 보던 남우는 거칠게 마른 세수를 하였다.

미안하지만, 이대로 물러서기 어려울 거 같아.

중학생 땐 그저 네 말대로 좋아하지 않는 척을 했지만, 그렇게 증발되고 난 뒤에 후회하고 또 후회했었다.

혜린이 그녀를 괴롭혔다고 한들, 차라리 혜린을 막아 버리고 그는 그대로 그녀를 좋아했으면 되는 거였다. 지켜 주면 되는 거였는데.

그러나 그가 모르는 게 있었다. 혜린이 민지에게 했던 폭력의 정도가 그가 상상하는 수준을 넘어선다는 거였다.

❋　❋　❋

재신의 오피스텔 안은 대표실처럼 깔끔했다. 그녀는 아직 그에게서 핸드폰을 돌려받지 못했다. 말을 걸기 어려울 정도로 그의 표정이 삭막했기 때문이다.

그녀는 그를 따라 안으로 들어갔다. 거실과 연결된 부엌으로 간 그가 냉장고에서 맥주 두 캔을 꺼냈다. 그러곤 싱크대 위쪽 선반을 열었다.

"어떤 과자 좋아해?"

"다 좋아해요."

"와서 고를래?"

그의 제안에 그녀는 의자에 앉으려다 말고 그에게로 갔다. 선반이 닫히지 않도록 잡고 있던 그의 몸 앞에 선 그녀가 위를 올려다보았다.

감자칩, 비스킷, 쌀과자 등 다양한 과자가 있었다. 그녀는 나초와 감자칩을 집기 위해 발끝을 세웠다. 과자를 집고 발뒤꿈치를 내려놓는데 그녀도 모르게 그의 발등을 밟았다. 그가 그 정도로 가까이 다가와 섰던 것이다.

"괜찮아요?"

"응."

뒤를 그가 막고 서 있어서 비켜설 수 없는 상태로 그녀는 다시 발끝을 들었다. 그러나 여전히 그는 꿈쩍 않고 있었다.

그러던 그가 뒤에서 백허그를 해 왔다. 그녀의 손에 든 감자칩과 나초 봉지가 그의 손에 들려 싱크대 옆에 놓였다.

"잠시만. 안 그러면 돌 거 같아."

"……"

그의 숨소리가 거칠었다.

아무래도 권남우에게서 온 전화 때문인 거 같았다. 걘 도대체 뭐라고 했길래. 점점 그의 팔에 힘이 가해지고, 몸을 옥죄는 느낌이 강해졌다.

"그냥 전화했대."

"이 시간에요?"

"어."

그냥, 제길.

그가 낮게 읊조리는 말투엔 욕설 비스무리한 단어가 섞여 있었다. 민지는 허리에 엮인 그의 팔을 풀고 뒤를 돌았다. 그러자 그가 그녀를 번쩍 안아 하얀 식탁 위에 앉혔다. 그리고 양옆을 손으로 짚고 상체를 낮춰 눈높이를 맞췄다.

"아무 사이 아닌 거 알아."

"정말 아니에요."

"근데 왜 화가 나지?"

"……."

"열 받네."

그는 한쪽 손을 들어 흐트러진 앞머리를 넘겼다. 살며시 인상을 쓴 얼굴이 불쾌함을 드러내고 있었다.

"네 잘못은 아니야. 풀 죽어 있진 말고."

그가 화를 누른 후 그녀와 눈을 마주하며 다정하게 말을 건넸다.

"화내서 미안."

"……."

"순간 짜증이 좀 났었어."

중학생 때도 짝사랑을 했고, 지금도 하는 거 같고, 포기도 안할 거 같은데. 대체적으로 그의 느낌은 정확한 편이라 아마도 그 새끼는 민지가 틈을 보이면 제 마음을 어떻게든 고백하려고 애쓸 거다. 그래서 마음에 들지 않았다.

자신보다는 조금 더 시간적으로 여유롭고, 상담 치료를 해준답시고 민지가 그 새끼한테 의지라도 하게 되면 어느새 감정이 커질 수도 있는 일이었다.

"혹시라도 상담받고 싶은 일이 있다면, 마음이 힘들다면, 전화로라도 좋으니 나한테 해 줘."

"네?"

"그 새끼, 아니, 그 자식한테 가지 말라고."

"안 가요. 상담센터."

"네 전부를 알고 싶어. 그러니 뭐든 좋으니까 나한테 얘기해 줘. 다른 이를 통해 듣지 않게. 응?"

그가 큰 손으로 그녀의 볼을 감쌌다.

"뭐 때문에 힘든지, 오늘은 왜 짜증이 났는지, 사소한 것도 다 좋아."

"안 귀찮아요?"

"응. 전혀. 오히려 알고 싶은걸. 내가 모르는 네 과거까지도."

권남우와 최혜린만 아는 그 과거도.

그녀에 대해 모르는 게 있다는 사실이 못내 자존심이 상했다.

그의 고백에 민지가 두 손으로 그의 얼굴을 감쌌다. 그는 넥타이를 풀고 단추를 끌렀다. 목이 조일 듯이 답답했다. 그녀로 인한 갈증으로 목이 말라 왔다.

그녀와 눈을 마주하다가 그는 서서히 입술을 내렸다. 부드러운 그녀의 입술은 달았다. 그녀와의 두 번째 키스.

그는 그녀 양옆으로 손을 펴 식탁을 짚고 더 그녀에게 가까이 다가갔다. 입술을 부딪치고 있는데도 더 깊이 키스하고 싶었다. 그녀의 입술 전체를 입에 넣어 빨고 잠시 뗐다가 다시 입술을 빨고 혀로 쓸었다.

"……하아."

잠시 그녀가 숨 쉴 틈을 주고 또다시 밀어붙이는 그의 입술

226

엔 질투라는 감정 그대로 날것의 느낌이 났다.

제 여자를 탐내는 누군가. 경쟁 상대가 나타나니 남자로서의 사냥 본능이 점점 드러나는 것이다.

그녀의 입술을 빨던 그가 서서히 그녀의 목으로 입술을 내렸다. 민지가 뒤로 목을 꺾자 하얀 목선에 이를 박아 넣었다.

"앗. 아파……!"

그는 아프다는 부위를 혀로 달랬다. 그러다 더 아래로 내려가 움푹 팬 쇄골을 혀로 쓸었다. 그 야릇한 감각에 민지는 식탁 아래로 붕 떠 있는 발을 오므렸다.

발끝에서부터 머리끝까지 전율이 올랐다.

그는 그녀의 허벅지 사이로 들어와 그대로 식탁 위에 그녀를 눕혔다. 그녀의 얼굴 옆에는 맥주 두 캔이 덩그러니 놓여 있었다.

풀린 그의 넥타이가 목에 걸려 있었다. 그는 한쪽 손으로 넥타이를 아래로 잡아당겼다. 금세 그의 목을 죄던 넥타이가 바닥으로 떨어졌다.

운동으로 다져진 근육이 셔츠 사이로 보였다.

이게 아닌데……. 이러려고 온 건 아니었는데.

민지의 눈빛이 불안으로 흔들렸다.

그는 그녀의 상체를 덮치며 두 손에 깍지를 끼었다.

목, 어깨, 쇄골, 귓불까지 그의 입술이 지나다녔다. 가볍게 입을 맞추기도 하고 빨기도 하고, 어쩔 땐 이와 혀로 지분거렸다.

바람을 불어넣어 풍선이 점점 커졌다가 펑 터지듯, 그녀는 자신의 몸이 꼭 풍선 같았다. 그가 주는 자극에 점점 부풀어 올라 이제는 터져 버릴 거 같았다.

"……아, 읏."

헐떡이는 신음, 간헐적으로 떨리는 몸이 적나라하게 보였다.
그는 만족스러운지 그녀의 머리를 쓰다듬으면서 내려와 볼을
감쌌다.

"맥주 생각이 없어지는데."

"……."

"키스, 더 하고 싶어."

민지가 그의 말에 눈을 질끈 감자 그가 다시 다가왔다. 서로
의 타액이 넘어갈 정도로 격렬한 키스가 계속되었다.

티셔츠 안으로 말도 없이 그의 손이 쑥 들어왔다. 잘록한 허
리와 배꼽을 건드리는 그의 손길에 그녀의 배에 힘이 들어갔
다.

혀가 입천장을 건드리며 훑었다. 동시에 그의 손가락이 허리
선을 쓸다가 허리를 한숨에 잡았다.

옷깃이 올라가는 걸 느낄 새도 없이 그의 손은 더 위로 올라
와 가슴에 닿았다.

"……!"

누구도 만진 적 없던 그곳을 건드리자 민지는 두려움에 어깨
를 움츠렸다. 가슴을 꽉 조이던 브래지어가 순식간에 헐거워지
는 느낌이 들었다.

아, 이상해.

너무 갑작스럽잖아.

그는 그녀의 옷깃을 들추더니 배꼽 주변에도 입을 맞췄다.

"귀여워."

"……하아."

"반응하는 널 보니까 멈추질 못하겠어."

그는 손이 지나갔던 자리 그대로 입술을 가져갔다. 손이 닿을 때랑 입술이 닿을 때, 느낌 자체가 전혀 달랐다.

참을 수 없는 간지러움이 어느새 신음으로 터져 나왔고 몸은 그에게 활짝 열렸다. 활처럼 휘는 등이 식탁 위에 붕 떴다가 가라앉길 반복했다.

민지는 그의 어깨를 잡고 무섭도록 밀려오는 욕망을 감당하기 위해 숨을 몰아쉬었다.

이런 목소리, 그에게 반응하는 몸이 익숙하지 않아서 무섭게 느껴졌다.

그의 손이 바지 속으로 밀고 들어왔을 때, 민지의 눈가엔 결국 눈물이 맺혔다. 뿌옇게 변해 가는 시야 속에서 그녀는 그의 손목을 잡았다.

"오, 빠……."

그러자 그는 짐승다운 면모를 내려놓고 올라와 그녀와 눈을 마주했다.

그가 손을 대지 않아도 달달 떠는 그녀의 몸과 바지 속으로 들어간 그의 손목을 꽉 쥔 그녀의 하얀 손등 위로 파란 핏줄이 보였다.

"무서워?"

그가 그녀에게 이마를 대고 둥글둥글 비볐다. *끄덕끄덕.* 그녀가 고개를 끄덕였다.

그는 들췄던 그녀의 티셔츠를 내려 주고 허리를 감싸 식탁에 앉혔다. 누워 있던 그녀가 앉으면서 눈을 깜빡였다.

고여 있던 눈물이 또르르 흐르자 귀여워서 그는 다시 입을 맞췄다. 이번엔 그녀의 몸에 손을 대지 않기 위해 식탁을 짚고 있는 손을 떼지 않았다.

립스틱의 색이 하나도 남지 않을 정도로 그녀의 입술을 빨아먹어 치운 그가 입술을 뗀 후 그녀의 머리카락을 귀 뒤로 넘겨주었다.

"방금 너무 급했어요."

"……알아."

그는 한 발자국 뒤로 물러서더니 더는 건드리지 않겠다는 듯 두 손을 들었다.

"허락받고 할게."

"정말요?"

"당연하지. 연애는 같이 하는 건데."

그는 맥주 캔 하나를 따서 그녀에게 주고는 다른 하나를 따서 단숨에 한 캔을 꿀꺽꿀꺽 마셨다. 통째로 그녀를 삼키지 못한 짐승 한 마리가 미쳐서 날뛰고 있었다. 정신이 번쩍 들 정도로 그의 정신을 깨울 술이 필요했다.

한 캔을 다 비운 그가 맥주 캔을 찌그러뜨린 후 식탁 위에 아무렇게나 두었다.

"괜찮아요?"

"응."

"다음엔 천천히 해 줘요. 내가 놀라지 않게."

그녀의 말에 그가 고개를 끄덕였다.

"네가 멈춰 줘서 다행이야."

"그게 왜 다행이에요? 오히려 힘들지 않아요?"

남자는 그걸 못 참는다던데. 한영이 아이를 낳기 전, 한창 지금 남편과 연애를 할 때, 그 행위를 참지 못하는 남편 때문에 고민이 많았었다. 그때 옆에서 실시간으로 고민 상담을 들었던 터라 그녀는 경험이 없어도 남자는 본능적인 동물이란 건 충분히 알고 있었다.

"오빠, 지금도 힘들어 보이는데."

"아니야. 만약 더 갔으면."

그의 눈동자가 짙어졌다. 엄지로 턱을 쓸어내리는 그의 동작이 느릿하게 눈에 박혀 왔다. 나른한 시선에 그녀는 침을 꼴깍 삼켰다.

"밤새도록 했을 거야. 거기다, 너 볼 때마다 어떻게든 눕히려고 했겠지."

"……."

"여기서 멈추길 잘한 거 같아."

밤새도록, 볼 때마다, 계속.

민지의 눈빛이 다시 흔들렸다. 그는 다행이라고 말하면서 꼭 그녀에게 경고를 하는 듯했다. 그의 본능이 이러니 언제든지 긴장하고 있으라고. 마음의 준비를 하라는 거 같았다.

"근데 참기 힘들긴 하네."

그가 그녀의 머리카락을 흩뜨렸다.

"그죠. 그게 정상이죠."

"응. 억지로는 안 해. 기다릴게."

"고마워요."

"널 안고 나면 이 마음을 더 주체 못 할 거 같아."

그가 팔짱을 끼고 그녀를 내려다보며 고백했다. 안고 나면 좋아하는 감정이 더 커지고, 더 네가 궁금하고 알고 싶어지겠지. 아니, 나만 소유하고 싶겠지. 어쩌면 맨날 하고 싶어서 짐승처럼 굴 수도 있을 거다.

"좋아해. 이민지."

그가 무심하게 툭 고백을 했다. 그녀의 심장이 빠르게 뛰기 시작했다.

조용한 그의 집 안에 침 삼키는 소리가 들렸다. 이 심장박동도 그에게 들릴 거 같았다. 그의 진심이 서서히 파동을 만들더니 온 살갗에 닿았다.

심장이 간질거렸다. 빠르게 뛰다가 간질거리다가 아픈 느낌이었다. 민지가 주먹으로 가슴을 꾹 눌렀다.

"하아, 갑자기 고백하니까 심장 아프잖아요."

"……."

"근데 나도 오빠 좋아요."

고백을 하고 나니 심장이 더 불규칙하게 뛰었다. 그가 그녀의 고백에 서서히 입술 끝을 말아 올리며 웃었다. 그 매력적인 모습에 반해서 민지의 입술이 살짝 벌어졌다.

그는 그 틈을 놓치지 않고 다시 다가왔다. 그녀의 허리와 뒤통수를 감싸며 식탁에서 내린 후 선 채로 짐승처럼 몰아붙이듯 키스를 하였다.

그녀의 등이 식탁에 닿았다가, 싱크대에 닿았다가, 냉장고에 부딪쳤다. 좁은 부엌 안을 이리저리 움직여 가며 두 사람은 키스를 이어 갔다.

서로 입을 벌려 혀끼리 마주 댔다. 중간에서 어르고 얽힌 입술이 떨어질 새 없이 다시 붙었다. 민지는 다리에 힘이 점점 풀려 냉장고에 등을 댄 채 스르르 주저앉으려 했다. 그러자 그가 다리 하나를 그녀의 다리 사이에 넣었다.

"아아. 오빠."

떨리는 그 입술. 무릎에서 느껴지는 그녀의 뜨거운 열기. 그리고 부풀어 오른 입술. 모두 그의 시야를 자극하는 것들뿐이었다.

그녀는 예쁘기만 한 게 아니라 유혹적이고 때론 섹시했다. 사람을 돌아 버리게 할 정도로. 아무 생각 없이 다 벗겨 놓고 가져 버리고 싶을 정도로.

"오빠?"

"응. 왜?"

"이 상황에서 묻긴 좀 그런데, 우리 과자는 안 먹어요? 맥주는?"

싱크대 옆에 감자칩과 나초가 아무렇게나 놓여 있었다. 민지가 손으로 그걸 가리켰다.

그는 애써 본능이 이성을 앞서지 않기 위해 마음을 다잡았다. 마음이 커질수록 그녀를 갖고 싶단 열망이 그를 괴롭게 했다.

그러나 그는 두려워하는 그녀를 위해 그는 그 이상 진도를 나가진 않았다.

"한 번만 더 키스하고."

과자보다 난 이게 더 좋아. 그가 귓가에 나지막이 말하며 그녀의 입술을 만지작거렸다. 그러다 불시에 입술이 다가왔다.

민지는 한 번 더 그의 입술을 느끼고 난 후에야 그의 품에서 벗어날 수 있었다. 키스만으로도 다리에 힘이 풀리고 이마에

송골송골 땀이 맺혔다. 그의 오피스텔은 처음 그녀가 들어왔을 때보다 온도가 높게 느껴졌다. 더웠다.

키스가 오히려 섹스보다도 야할 수 있다는 걸 알게 되는 밤이었다.

7장. 기대되는 밤

한동안 잠잠했던 남자의 질투가 다시 치솟은 건 한 장의 종이 때문이었다.

샤인 프로덕션 소속 연예인과 직원을 위한 정신과 상담 선생님 두 분이 갑자기 임신을 하게 되시면서 업체와 진행을 하라며 가까운 몇 군데를 추천해 주었다.

힐링상담센터.

입소문도 자자하고 잘 아는 분이라며 추천해 준 그곳은 권남우가 대표로 있는 업체였다.

밤늦게 민지에게 전화를 했던 그 남자. 아니, 그 새끼. 그는 마른세수를 하며 종이가 꼭 권남우라도 되는 것처럼 노려보았다.

그날 이후로 그 자식이 또 전화는 안 했겠지. 문자는 했을까? 어쩌다 내가 질투라는 걸 하게 된 걸까. 왜 거기에 신경을 쓰는 건지.

"대표님? 괜찮으세요?"

"네. 지윤 씨는 다음 달까지죠?"

"그렇습니다. 이번 달 중엔 업체에 접촉하는 게 좋을 듯합니다. 입이 무거운 곳이면 좋은데, 힐링상담센터가 지윤 씨가 추천한 곳이기도 하고 최혜린 씨도 잘 아는 곳이라 합니다."

"그렇겠죠."

최혜린하고 권남우도 아는 사이일 테니.

"그럼 이 세 군데 업체 미팅 잡아 주세요. 저희와 한번 거래 시작하면 최소 3년은 그만두지 않고 해 줄 수 있는 분이면 좋겠어요. 또 저희 회사로 오셔야 하니까 되도록 가까운 곳이 좋겠죠."

말을 하면서도 '힐링상담센터'가 차로 오면 무척 가깝고 걸어서도 다닐 수 있는 점 때문에 눈이 갔다. 그럴 때마다 대표자 이름에서 멈칫했다.

공과 사를 구분하자.

재신은 한창 출근해서 업무에 시달리고 있을 민지가 생각났다. 김 실장이 나가자마자 그는 민지에게 문자를 보냈다.

[출근 잘 했어? 아침에 못 일어나는 거 같던데.]

그날 이후로 하나 더 바뀐 게 있다면, 재신이 아침마다 그녀에게 전화를 하는 거였다.

'이제 집에 가야 돼요.'

'벌써?'

'벌써라니요. 이러면 아침에 못 일어나요.'

236

'내가 깨워 줄게.'

그날 그의 오피스텔에서 1시간을 더 안고, 키스하고 떨어지지 않았다.

그는 그녀를 집에 보낸 후 약속대로 아침에 모닝콜 겸 전화를 하였다. 아무래도 운동을 해야 해서 재신은 일찍 일어나는 편이었는데 그에 비해 민지는 아침잠이 많았다.

'나 이제 알람 지워야겠다. 오빠가 해 주는 모닝콜이 더 좋아요.'

잠결에 그녀가 한 말에 재신은 전화를 끊고 알람을 지워도 된다고 문자를 보냈다. 이후로 아침마다 민지의 목소리를 듣고 있었다.

그도 새벽 수영을 하고 씻고 나와서 그녀와 통화를 하면 하루를 상쾌하게 시작하는 기분이다.

그때 인터폰이 울렸다. 재신은 민지를 생각하던 걸 잠시 넣어 두고 인터폰을 받았다.

"네. 유재신입니다."

– 지유 씨 도착했습니다. 회의실로 모실까요?

"아뇨. 지유 케이크 좋아하니까 건너편 카페로 제가 가겠습니다. 아, 지유한텐 제가 전화할게요."

그의 표정이 부드럽게 풀렸다. 결혼을 하고 아이를 낳아도 지유는 여전히 귀여운 동생이자, 보호해야 할 가족이었다.

그는 지유에게 '조이카페'에서 보자고 전화를 한 후, 바로 사무실을 나섰다.

점심시간, 민지는 이윤정 대리와 김채이 과장의 사이에 껴서 질문 공세를 받고 있었다. 사건의 발단은 주성이 그녀와 남자 친구가 같이 있는 걸 봤다고 한 말에서 시작되었다.

주희 선배도 오늘은 식사 후에 홀로 빠지지 않고 사내 커피숍에서 자리를 지켰다.

"민지 씨~ 남자 친구 얼굴 좀 보여 줘!"

"그래. 저번에 주성 씨가 우연히 회사 앞에서 두 사람 봤는데, 뒷모습이 엄청 멋지다고 하더라."

"그게······. 벨 울리네요. 커피 가져오겠습니다."

"아니야. 내가 가져올게."

주희도 궁금한 모양이었는지 도망가려는 민지를 붙잡아 앉히고 직접 벨을 들고 일어났다. 또각또각, 구두 소리가 멀어졌다가 다시 돌아왔다.

"우리 막내 덕분에 올해 국수 먹는 건가?"

"이제 연애 시작한 사람한테 결혼을 묻다뇨. 대리님, 그건 너무 빠르죠."

"그런가? 그래도 맞선으로 시작한 거니 몇 년 이렇게 연애하진 않을 거 같은데!"

맞선으로 만나 결혼을 전제로 연애를 하고 있다. 올해 국수를 먹을지 말지에 대한 여부는 조금 더 만나 봐야 알 거고.

근데 생각해 보니 재신은 결혼이 슬슬 급할 텐데? 왜 이렇게 여유로워 보이지?

자신은 결혼을 빨리 하고 싶단 꿈이 있긴 하나 사실 그리 급하진 않았다. 얼른 가정을 꾸리고 싶은 건 하나의 소망일 뿐이지, 여기저기서 결혼을 하라고 압박을 받을 나이는 아직 아니다. 또 요새는 결혼을 늦게 하거나 안 하는 추세여서 더더욱.

'저는 맞선으로 결혼할 생각, 추호도 없습니다.'

맞선 봤던 그날, 그가 했던 말이 문득 떠올랐다. 결혼 생각이 없다는 그 말.

"민지 씨?"

"네! 네."

"……남자 친구는 차차 보여 주고, 워크샵 때 우리 팀은 하루 먼저 내려갈 건데. 민지 씨 업무 스케줄이 어떻게 돼?"

"오후 출발이면 전날에 내려갈 수 있어요."

"그럼 나랑 민지랑 먼저 내려가면 되겠네. 주성 씨가 팀장님 모시고 온다고 했고, 주희 씨는 과장님 모시고 오전에 사내 버스 타고 와요."

"네!"

전날 먼저 내려가면 연수원에서 자나?

"대리님, 그럼 저희 잠은 연수원에서 자요?"

"아…… 민지 씨, 나는 시댁이 그쪽이라 간 김에 시부모님께 인사드려야 해서 따로 자야 할 거 같아. 회사에서 경비 처리 되니까 호텔에서 묵는 게 나을 거 같아. 우리 두 사람이서 한 방 쓴다고 해서, 경비 청구 금액 단가표 보고 연수원 가까운 곳으로 잡아."

"네. 알겠습니다!"

회사가 대기업이라 부서도 많고, 그룹 안에 계열사가 많다 보니 워크샵 잡는 것도 일이었다. 전사 워크샵, 체육대회 등 행사가 있을 때마다 경영팀 중 한 명은 꼭 불려 갔다. 이번엔 경영팀 전원이 참석해야 하는 워크샵이라 민지는 전날에 내려가서 준비를 해야 했다.

"각 부서별로 이번 워크샵 참석자 명단 한 번만 더 추려 줘. 작년에 주희 씨가 했지?"

"네. 제가 했어요."

"이번엔 인원이 더 많으니까 주성 씨랑 나눠서 해도 될 거 같아."

업무 이야기가 나오자 금세 민지의 맞선 상대는 잊혔다.

"어? 저기 유재신 PD님 아니에요?"

"PD 아니고, 대표."

"대리님, 죄송해요. PD가 입에 익어서."

"나한테 죄송할 게 뭐 있나? 유 대표님 앞에서만 실수 안 하면 되지."

업체에서 직원의 직급이 달라지는 경우가 허다하기 때문에 잘 외우고 있어야 한다. 이윤정 대리는 꼼꼼해서 사소한 실수를 못 참는 편이었다. 주희의 실수에 그녀는 호칭을 바로 잡아 주었다.

"옆엔 여자 친구인가?"

그 말에 민지의 얼굴이 옆으로 돌아갔다. 사내 카페 옆쪽 투명한 창으로 재신과 그 옆에서 걸어가는 여자가 보였다. 여자를 보며 재신이 너무 다정하게 웃고 있어서 착각이 들 만했다.

민지는 자신도 모르게 입이 쭉 나왔다. 원래 재신의 성격이 모든 여자에게 살갑다면 저런 표정을 지어도 아무런 느낌이 없었을 텐데, 그게 아닌 걸 아니까 서운한 감정이 들었다.

옆에 선 여자는 업무적으로 연관된 사람인 건가? 세련되면서도 눈코입이 뚜렷해서 멀리서도 미인형인 걸 알 수 있었다.

재신의 다정한 시선은 나만 받고 싶은데. 그의 손길, 눈빛. 뭐든지 그게 내게만 향하면 좋겠다.

그를 향한 독점욕이 이렇게 컸나? 내심 놀란 민지가 투명한 창에서 시선을 거두었다.

"저 잠시 전화 좀 하고 올게요."

"그래. 다녀와."

민지는 핸드폰을 들고 카페에서 조금 멀어져서 재신에게 전화를 걸었다.

어쩌면 업무 차 만나는 사람일 수도 있다. 지금 이렇게 전화하는 게 실례될 텐데. 알면서도 그에게 전화를 하는 손을 멈출수 없었다.

연애를 하면 차분하게, 상대를 많이 배려하는 사람이고 싶었다.

나무가 되어 상대가 제게 기댈 수 있고, 그늘이 되어 줄 수 있으면 좋겠단 생각을 했다. 그러나 실상은 단 몇 분도 기다리지 못해서 전화를 하고, 오히려 제 땅에 그를 뿌리내려 소유하고 싶은 욕망만 가득했다.

- 여보세요?

"오빠. 점심 먹었어요?"

- 응. 안 그래도 회사 지나가는 길인데. 점심 먹었어?

"네. 점심 먹고 주말에 워크샵 때문에 누가 먼저 갈지 얘기하고 있었어요."

- 워크샵이면 안면도? 강릉? 부산? 어디로 가?

"이번에는 강릉으로 잡혔어요."

재신에게서 '아—'라는 탄성이 나왔다. 어쩐지 그의 목소리가 밝아 보였다. 옆에 있는 여자가 그를 즐겁게 해 주는 걸까? 들떠 보이는 건 착각일까?

- 금요일에 출발해? 당일은 그럼 바쁘겠지?

"어…… 아뇨. 저 목요일에 출발! 금토가 워크샵인데, 하루 먼저 가요."

- 잠시만. 지유야, 이번에 도형이 촬영 강릉에서 한다고 했지?

그는 그녀와 통화를 하다 말고 옆 사람하고 대화를 하였다. 지유. 어디서 많이 들어 봤는데? 민지가 고개를 갸웃거렸다.

- 민지야.

"응?"

- 내가 출장 스케줄 조정해 볼 테니까 목요일에 강릉에서 보자.

"네? 강릉으로 온다고요?"

- 응. 강원도 쪽에 미팅해야 할 업체 있으면 일정 조율해 보려고. 겸사겸사.

"저는 좋은데……."

그럼 오빠가 많이 힘들 텐데.

강원도 강릉이 여기서 엎드리면 코 닿을 거리도 아니고. 미안하면서도 좋기도 하고, 그럼에도 아닌 거 같아서 민지가 그를 말리려고 할 때였다.

242

－ 오빠!

상대편이 그를 너무나 익숙하게 부르고 있었다. 민지의 눈썹이 꿈틀거렸다.

"옆에 누구예요?"

－ 아, 동생 지유. 전에 우리 경기장에서 내가 다연이 안고 있었잖아.

친동생? 그럼 그때 재신이 안고 있던 아이가 아까 그 여자분의 아이라고? 어딜 봐서 아기 엄마야? 이번엔 정말로 놀란 민지의 눈이 커졌다.

"사실 저 아까 카페에서 오빠 지나가는 거 보고 전화했어요. 그냥, 질투 나서요. 근데 친동생이라니까 안심되면서도 부끄러워요."

－ 그랬어? 그럼 밖으로 나오지. 얼굴이라도 보게.

"이미 갔죠?"

－ 으음.

좀 많이 지나긴 했는데.

그가 나지막하게 말했다. 아마 혼자였다면 이쪽으로 온다고 했겠지만, 옆에 동생이 있어서 고민하는 거 같았다.

－ 마침 매제가 포토그래퍼인데 주말에 가족 촬영 한다고 하더라고. 그래서 지유가 애들 데리고 강릉 간다고 하네. 내 스케줄 조정해 보고, 강릉에서 만나자.

"무리는 하지 마요."

－ 응. 알겠어.

민지는 그와 전화를 끊은 후 핸드폰 액정을 보았다. 주희 선배에게서 온 문자가 떠 있었다.

[우리 먼저 올라갈게. 사무실로 와~]

그녀는 그 문자를 확인한 후 엘리베이터를 탔다.

나를 만나기 위해 노력하는 남친 덕분에 그녀의 기분은 하늘 위를 걷는 기분이었다. 재신이 그날 강릉으로 올 수 있는 일정이 되든, 아니든 그 마음이 너무 고마웠다.

질투했던 마음이 싹 녹는다. 오히려 그런 재신을 두고 의심했던 거 같아서 역으로 마음이 무거워졌다.

✻ ✻ ✻

재신은 피식 잔웃음을 흘렸다. 여동생인 지유를 보고 질투한 그녀가 왜 이렇게 귀엽게 느껴지는지.

"왜 그렇게 웃어?"

"아니야."

"여자 친구? 그때 맞선 봤다던?"

"응. 우리 지나가는 거 봤나 봐."

"어머. 오해했으려나?"

재신이 고개를 끄덕이자 지유는 오히려 화통하게 웃었다.

"내가 아직 애 엄마로 안 보이나 봐. 멀리서 봐서 그런가? 남편한테 자랑해야겠다."

냉큼 핸드폰을 꺼내서 도형에게 자랑하는 지유를 보니, 역시 친오빠보다는 남편이 좋은가 보다 싶었다. 새삼 서운하네.

"오빠, 주말에 강릉 못 온다고 전하면 되지?"

"어?"

서도형의 가족사진 촬영. 강릉에서 프러포즈를 하고, 아이까지 생겼다던 그들은 두 명의 아이를 데리고 가서 사진을 찍는다고 하였다. 도형도 지유도 모두 재신에게 같이 가자고 연락을 준 것이다.

아무래도 애 둘을 데리고 다니기엔 벅찬 모양이지.

재신은 딱히 강릉을 갈 계획이 없었던지라 서울에도 멋진 곳 많으니 서울에서 찍을 때 같이 간다고 아까 거절을 했었다.

그런데 민지가 주말에 강릉에 간다고 하면 말이 달라진다.

"일정 조율해 볼게."

"아깐 안 된다며?"

"안 돼도 돼야 할 이유가 생겼어."

"설마 아까 여자 친구분과 통화하던 내용이 그거야? 강릉 어쩌고 하더니."

"……."

재신은 거짓말을 할 수 없어서 입을 꾹 닫았다. 지유가 황당한 표정을 짓다가 키득키득 웃으며 재신의 옆구리를 팔꿈치로 쿡 찔렀다.

"우리 오빠 맞아?"

"그럼, 맞지."

"아닌데. 이렇게 팔불출인 사람 난 처음 보는데?"

나도 내가 이럴 줄 몰랐어.

도형도 저번에 지유와 똑같은 말로 그를 놀렸었다. 결혼한 자기보다 내가 더 팔불출이라고.

"근데 보기 좋다. 우리 오빠 연애하니까 세상 걱정이 다 없어지네."

"어쭈?"

재신은 까분다는 표정을 지으며 지유의 머리를 만지려다 도

245

로 손을 올렸다. 두 아이의 엄마인데. 아직도 자신의 동생으로 있을 때 볼을 꼬집어 늘어뜨리고 머리카락도 헝클이던 버릇을 못 고친 모양이다. 나중에 지유의 아이들이 보면 안 될 모습인데.

조심하려고 해도 무심코 나오는 행동에 그는 요새 멈칫하곤 했다.

"오빠, 그럼 태훈 오빠 우리 잡지 다음 달 메인 모델로 간다? 최종 컨펌은 오빠라면서."

"응."

"허락한 거지? 매니저랑은 이야기 끝났어."

"응. 잘 부탁해."

지유는 테드 잡지사에서 사원으로 시작해서 편집장이 되었다. 전에 있던 편집장이 출산과 육아, 그리고 또 출산이 반복되면서 장기 휴가를 내었고 그 자리를 지유가 꿰찬 것이다.

그전 편집장보다 영업 수완은 조금 부족하지만, 지유 나름대로 색깔을 잘 만들어 가고 있었다. 오빠로서 반칙이더라도 그는 지유를 전폭적으로 지지해 줄 생각이었다. 그건 도형도 마찬가지인 거 같았다.

"그럼 가 봐. 운전 항상 조심하고."

"응. 내가 앤가. 아직도 운전 조심하래."

"넌 나한테 애지. 난 너 서른 전에 보낸 게 아직도 한이 된다."

"……오빠 여자 친구분이 몇 살이시더라?"

지유가 역으로 질문하자 재신은 당황한 표정을 지었다. 그러니까, 민지의 나이가 스물여섯이었는데.

"열 살 차이라고 했나? 그럼 여자 친구 서른 넘을 때까지 기다릴 거야?”

“어?”

그건 생각 못 해 봤는데. 기다려야 하나? 못 기다릴 거 같은
데.

지금도 매일 보고 싶고 같이 살고 싶은데. 좋은 감정이 하루
가 지날수록 더욱 커지고 있는데.

민지의 집에선 그녀가 눈에 넣어도 아프지 않을 자식일 것
이다. 그가 지유를 일찍 시집보내면서 느꼈던 서운함과 아쉬
운 감정보다 그녀의 부모님께서 느낄 감정이 훨씬 더 클 것이
다.

지유에겐 서른 넘을 때까지 가지 말라고 그렇게 눈치를 줬는
데 자신의 상황에 대입하자 앞으로 4년을 기다리긴 어려울 거
같았다.

“엄마는 요새 연락 없고?”

“응.”

“오빠 연애 시작하면 난리 날 줄 알았는데. 의외네.”

“어머니께서 직접 고르셨잖아.”

“맞다. 엄마가 소개한 사람이었지.”

재신은 고개를 끄덕였다.

어려서 아버지가 돌아가신 후, 어머니는 그를 최고로 키우겠
다는 일념으로 애지중지 키웠다. 여동생 지유를 입양한 것도
더는 아이를 낳지 못하는 어머니가 재신에게 동생을 만들어 주
기 위해 시작된 거였다.

키운 정이 무섭다고 지금은 지유를 끔찍이 생각하시긴 하지
만 말이다.

"나한텐 연락 오긴 했어. 예쁘냐고 물어보시던데."

"얼굴 아셔."

"실물 어떠냐고. 오빠가 많이 좋아하는 거 같냐, 그런 거."

재신이 결혼을 꺼리는 이유 중 하나가 어머니였다. 집착할 대상인 그가 장가를 가 버리면 그 집착이 누구에게로 갈까. 오히려 아내에게 미안해지는 건 아닌가. 그럴 바엔 굳이 결혼 안 하고 혼자 살아도 된다고 생각했다.

민지와 연애하면서 행복한 기분이 지속되느라 최근 어머니께 연락을 드리지 못했다. 재신은 지유를 보낸 후 사무실로 걸어가면서 잠시 생각에 잠겼다.

민지가 상처받는 일은 없었으면 좋겠는데.

환하게 웃으며 언제나 자신을 행복하게 해 주는 그녀. 제 어머니 때문에 울 일은 만들고 싶지 않았다.

만약 정말 그녀를 평생의 반려로 제 곁에 두어야 한다면 그는 어머니라는 산을 한 번은 넘어야 할 거다. 낳아 주고 키워 주신 어머니를 꺾는다는 건 그에겐 참으로 어려운 일이었다.

재벌가에서 가족들에게 외면받고 버려져 상처받은 어머니를 다른 사람도 아니고 그가 다시 버릴 순 없을 것이다.

벌써 민지와 어머니를 두고 고민하고 있는 자신의 모습이 웃겨서 그는 바람 빠진 웃음이 새어 나왔다.

상대는 떡 줄 생각도 안 하는데 말이다.

결론은 그가 중심을 잘 잡으면 되는 거 같았다. 민지의 앞에서 가장 단단한 방패가 되어 주면 되는 것이다.

그는 생각 난 김에 오랜만에 어머니께 전화를 드렸다.

※　※　※

군이 무리해서 강릉으로 간 재신은 오전부터 강릉에 거주하는 두 명의 소속 연예인과 미팅을 하며 차를 마셨다.

되도록 매니저를 통해 이슈를 보고받지만 그래도 관리 차원에서 1년에 분기별로 한 번씩은 따로 만나 식사를 하거나 차를 마시곤 했다.

평소라면 서울로 불러서 만났겠지만 강릉을 가기 위한 구실이 필요했다.

"대표님께서 웬일로 여길 다 오셨어요?"

"한 번은 가야지. 다음부턴 서울로 올라와."

"네. 그래야죠."

"차기작은 정했고? 재성이 통해 시나리오 몇 개 깠다고 보고받았는데."

그는 소속 배우가 자기 관리를 위해 몇 개월간 쉬는 건 용인해도 쭉 노는 건 용납 못 하는 편이다. 특히 정신이 아프다는 핑계로 집 안에 처박혀서 놀고먹고 하는 꼴은 더더욱 못 본다.

같은 걸 오래 꾸준히 열심히 해야 이 업계에서 오래갈 수 있기 때문이다.

"주 3회 연기 연습하고 있어요. 기본기부터 다시 하려고요. 악플 때문에 더는 못하겠어요."

"연습은 충분해. 나머지는 실전에서 배워."

"사람들이 TV에 제가 나오는 것만 봐도 싫대요. 제가 뭘 잘못해서 그런 욕을 먹는지 모르겠어요. 요새 심적으로 힘들어요."

"그래서 좋은 배역 다 깐 거야?"

윤하가 고개를 주억거렸다. 그녀가 맡았던 저번 역할이 아주 욕이란 욕은 다 먹을 정도로 희대의 악녀이긴 했다.

연기를 맛깔나게 잘해서 시청자는 더더욱 역할에 몰입을 하였고 그 결과 윤하는 드라마 내내 욕을 먹고 종방을 한 이후에도 괜히 꼬투리를 잡혔다.

"오래전에 우리 회사 오디션 보러 왔을 때 말이야. 그 많은 지원자 중에서 윤하 씨가 제일 먼저 눈에 띄었어. 내 눈에 띈 거면 어딜 가도 주목을 받을 거란 건데, 난 그 무게를 윤하 씨가 견뎌 줄 거라 믿어. 그때 엄청 못된 악역을 해서 지나가는 아주머니한테 돌을 맞아 보고 싶다고 했었지? 착한 역할, 미운 시누이, 섹시한 옆집 누나, 세상에 둘도 없는 또라이. 해 보고 싶은 연기가 많다며. 그중 하나는 이룬 거 같네. 그러니까 악플만 생각하지 말고 하고 싶었던 걸 해."

"……."

김 실장과 윤하의 매니저인 재성은 놀란 눈으로 재신을 보았다.

샤인 프로덕션의 직원만 해도 몇 명이고, 소속된 연예인만 해도 한둘이 아닌데. 그간 오디션장을 스쳐 간 배우와 가수들만 해도 족히 천 명은 넘을 거였다.

그런데 그는 몇 년 전 윤하가 오디션 때 했던 말을 기억하고 있었다.

당사자인 윤하도 놀란 듯 재신을 다시 보았다.

"내가 쓸데없이 기억력이 좋아. 오해는 말고."

"아, 네. 오해 안 했어요. 대표님을 다시 봤을 뿐?"

재신은 여자로서의 관심이 아니라는 걸 사전에 차단했다. 일할 때 세심하고 기억력 좋은 성격 탓에 이럴 땐 오해의 소지가 생기기도 한다. 그가 상대를 좋아한다고 착각을 해 버리면 서로 곤란해진다.

"윤하 씨가 깐 배역 중에서 잘 어울릴 만한 거 김 실장이랑 추려 봤어. 재성이랑 다시 한 번 보고 그래도 아니면 말고. 올해 복귀는 하자. 알았지?"

"네. 대표님. 오늘 좀 감동인데요?"

재신은 어깨를 으쓱 올렸다가 내렸다.

"부드러워지신 거 같아요. 철벽은 여전하고."

"난 악플보다 구설수가 더 무서워."

예를 들어 소속 배우와 잤다느니, 소속 여자 배우가 제 아이를 임신했다느니 등등.

사업상이라도 여자가 포함된 술자리엔 참여조차 안 하는 이유 중엔 구설수에 엮이지 않으려는 것도 있다. 굳이 술 따라 주고 옆에서 비위 맞춰 주는 여자가 없어도 사업은 돌아가기 때문이다.

접대하는 것 때문에 빠른 길을 놔두고 돌아가긴 해도 결국 도달만 하면 되는 것이다. 가는 길에 멈추지만 않으면 늦더라도 최종 목적지에 다다랐을 땐 가장 단단한 사람이 되어 있을 테니까.

"점심 식사 하고 가세요. 제가 살게요."

"고맙지만, 선약이 있어."

재신은 자리에서 먼저 일어났다. 재성은 재신과 김 실장이 나가는 길을 배웅했다.

"윤하 씨, 정신과 쪽으로 먹는 약 있으면 나한테 어떤 건지 문자로 보내 줘."

"네. 알겠습니다."

"정신이 약해진 상태에서 연애 잘못하면 진짜 큰일 나니까, 밤에 남자랑 술 약속 생기면 김 실장한테 보고하고. 나가려고 하면 내 핑계 대서라도 집에 있게 해."

정신이 온전하고 마음이 다치지 않은 상태에서 하는 연애는 찬성이지만, 지금처럼 약해진 상태에선 절대 하면 안 되는 게 연애이다.

그러다 질 나쁜 사람을 만나면 해서는 안 될 행동을 하게 되는 것이다. 나중에 그걸 자각하고 난 뒤에는 수습하기 어렵고, 그때는 결국 원치 않더라도 샤인과는 안전 이별해야 하는 상황이 오는 것이다.

"다음 일정은 강릉대학교 이사장님과 학과장님 뵐 예정이고, 오후에 최혜린 씨가 예능 촬영 중인 곳 방문 예정입니다. 가는 김에 겸사겸사 PD님과도 인사 나누는 게 좋을 듯합니다."

"커피랑 간식 차는 먼저 가는 거죠?"

"네. 저희가 도착하기 전에 먼저 갑니다."

"좋습니다."

재신은 손목을 들어 시계를 보았다. 그는 새벽에 김 실장과 함께 먼저 강릉에 내려왔고, 민지는 아마 지금쯤 차 안일 거 같았다.

'진짜 강릉 와요? 정말? 일부러 무리하는 거 아니고요?'

'응. 저녁은 같이 먹자.'

'좋아요. 그럼 저녁 먹고 바로 서울 가요?'

'아니. 자고 가.'

그의 말에 그녀가 잠시 말을 멈췄다. 정적이 흐르자 그녀는 어색하게 웃었다.

'어, 어디서?'

서로 관심이 있는 상태에서 연애가 시작되고, 점점 그 감정이 깊어지면 매일 같이 있고 싶어진다. 서로에게 더 닿고 싶어서 키스를 하고, 사랑하기에 상대의 전부를 갖고 싶어진다.
그렇게 마음을 섞고 몸을 여는 과정은 자연스러운 것이다. 그는 그 과정이 어색하거나 무섭다거나 긴장되진 않았다. 그런데 그녀는 유독 긴장한 거 같았다.

'호텔이 어딘데요?'
'케이마크.'
'아– 거기! 완전 핫한 곳이잖아요. 호텔 고를 때 거기 보다가 가격 보고 창 닫았거든요.'
'그럼 여기로 올래?'
'네, 네?'
'같이 있자.'

그의 질문에 잠시 뜸을 들이던 그녀가 몇 초간 고민하더니 그의 입꼬리가 절로 승천하는 답변을 주었다.

'……네. 갈래요.'

그때부터였을까.

그에게 강원도 강릉은 그저 강릉이었는데, 그녀를 만날 저녁
이 기다려지고 설렘을 담은 도시로 다가왔다.

❉　❉　❉

강릉 연수원에 도착한 민지는 윤정과 함께 서울 팀이 묵을
방과 마이크, 식기류 등 전반적인 걸 보았다. 비가 올 수도 있
단 소식에 창고에서 우비를 박스째로 꺼내 왔다. 먼지 속에서
구르다 보니 기침이 자꾸 나왔다.

"민지 씨, 힘들어?"

"아뇨, 아까 오는 길에 횡성 한우 사 주셔서 힘이 남아돕니
다!"

강릉으로 내려가는 길에 횡성에 들러 윤정이 사비로 한우를
사 줬다. 가면 무거운 짐도 번쩍번쩍 들어야 한다며 잘 먹어 두
란 말을 듣고 그녀는 열심히 먹었다.

두 여자가 먹은 고깃값이 15만 원을 넘길 때쯤 둘 다 젓가락
을 놓았다. 윤정이 계산할 때 민지가 현금을 드렸으나 윤정은
됐다며 받질 않았다. 대신 저녁과 내일 아침은 같이 못 먹는다
며 이해해 달라고 덧붙였다.

"대충 마무리하고, 내가 팀장님께 보고할게."

"네. 대리님."

"그럼 여기서 흩어지자. 호텔 예약했지?"

"네? 네!"

윤정은 민지가 묵는 호텔 이름을 핸드폰 메모장에 썼다.

"곧 체크인 시간이네. 내일부터 워크샵 내내 정신없을 테니까 일찍 가서 쉬어."

"감사합니다!"

민지는 꾸벅 고개를 숙여 감사 인사를 했다. 놀러 온 건 아닌데, 이렇게 일찍 퇴근을 하니까 놀러 온 기분이 든다. 그녀는 윤정과 헤어진 후 택시를 타고 그녀가 묵을 호텔에 먼저 왔다.

목요일이라 사람이 없을 줄 알았는데, 체크인 하는 곳은 줄이 길었다. 다 비슷한 시간에 체크인을 해서 그런 건가?

30분 정도 기다려서 체크인을 한 후 방으로 올라갔다. 시원한 바다가 펼쳐져 보기만 해도 시원하고 속이 뻥 뚫리는 거 같다. 기분 좋게 침대 이불 위에 털썩 누운 그녀는 멀뚱히 천장을 보다가 발을 동동 굴렀다.

'여기로 올래?'

'같이 있자.'

그 두 마디에 심장이 터질 것처럼 뛰었다.

같이 있자니…….

데이트를 할 때 같이 있던 것과 호텔에서 같이 있는 건 말이 달랐다. 그녀는 침대에 엎드려 누워 한영에게 전화를 걸었다.

— 어, 민지야.

"자고 있었어?"

— 응. 이제 깰 때 됐어. 벌써 5시네. 태웅이 올 시간 됐다.

"늦게 오네?"

― 오늘 소풍 갔어.

귀여운 녀석. 침대에 누워서 침 흘리던 때가 언젠데 벌써 가방 메고 소풍을 다 가고. 내가 낳은 것도 아닌데 괜히 뿌듯하네. 그녀는 친구의 아들을 떠올리며 방긋 웃었다.

뽀송뽀송한 피부와 말랑말랑한 볼, 작은 입술과 코. 모든 게 다 사랑스러운 거 같다.

"나는 내일 워크샵이라 강릉 왔어."

― 피곤하겠다. 워크샵.

"근데 한영아, 나 어떡하지?"

― 왜?

"남자 친구도 강릉 왔거든. 자기 묵는 호텔로 오라는데."

― 뭐? 진짜?

왜 나보다 더 신난 것 같은 목소리지?

― 드디어! 스테미남께서 행동으로 옮기는구나!

"아직 아무 일도 안 일어났거든."

― 척 보면 딱이지. 요새는 오늘 만나서 내일 해외로 여행 가자고 하는 세대라는데, 많이 참으셨네.

오늘 만나 내일 해외 여행 가자니? 해외면 절대 당일치기가 안 될 텐데. 요새 사람들이 그렇게 빠르다는 게 믿기지가 않는다.

― 내가 태웅이 친구 엄마한테 들었는데, 아는 동생이 선봤는데 두 번째 만남에 주말에 싱가포르 가자고 했다더라.

"오바 아니야?"

― 그 말을 꺼내는 거 자체가 세대가 완전히 개방적이라는 거 아니

256

냐. 그래도 우리 땐 첫 외박 하려면 서로 눈치 싸움 엄청 했는데. 아—
그때가 그립네.

결국 지금 남편 체력이 옛날만 못하다는 이야기가 다시 이어
졌다. 요샌 집에 오면 침대에 뻗는 게 일이라고.

ㅡ 오늘이 네 생의 디데이네.

"너무 빠른 거 같지 않아?"

ㅡ 빠르긴, 개뿔! 만난 지 두 달은 되지 않았어?

"응. 넘은 거 같은데."

ㅡ 진짜 많이 참은 거지. 몸이 달았겠다.

그랬으려나? 그래도 키스는 종종 했는데.

그때마다 재신이 힘들어하긴 했지만, 그렇다고 그녀에게 섹
스를 강요한 적은 없었다. 한참을 그녀를 안은 채로 심호흡을
하면 또 정상으로 돌아오곤 했다.

"혹시, 호옥시 있을 상황을 대비해서 말이야. ……샤워하고
나서 옷 입어? 아니면 호텔에 준비된 가운 입고 나와? 가운 입
으면 안에 속옷 입어? 그리고 침대에 누우면 불 꺼 달라고 해도
되지? 옷은 언제 벗어? 키스하다가 벗어? 아니면 먼저 벗고 키
스해? 또 일을 치르고 나면 지켜야 할 에티켓이 있을까?"

민지의 질문에 한영은 뭐가 웃긴지 한참을 웃었다. 왜, 나는
심각한데.

"왜 웃어. 난 심각한데."

ㅡ 그냥 속옷이랑 옷 다 입고 나와. 불은 꺼 달라고 하고, 키스하다가
벗지! 다 벗고 키스하는 건 이상하잖아! 또 뭐 물어봤지?

"에티켓?"

ㅡ 다 하고 나서 바로 씻으러 가지만 않으면 될 듯?

이렇게 얘기하고 있으니 꼭 오늘 거사를 치르는 것이 확정된 기분이 든다.

"아, 한영아. 하나만 더."

— 뭔데?

"원래 사랑은 기브 앤 테이크잖아. 그럼 내가 아래에서 한 번 하면, 위에서도 해 줘야 돼?"

크하하하하하. 이번엔 핸드폰을 뚫고 나올 듯이 웃음소리가 컸다. 민지는 잠시 핸드폰을 귀에서 떼고 인상을 썼다.

넌 경험을 해 봐서 알겠지만 나는 모든 게 처음이라 정말 심각하거든. 섹스에도 기브 앤 테이크가 있다면 한 번 해 주면 나도 해 주고, 어? 받는 대로 돌려줘야 하는 건지. 남자들도 그런 걸 기다리고 있는 건지.

— 아니 거기서 기브 앤 테이크가 왜 나와. 미치겠다. 이민지. 진짜. 아파서 위로 갈 정신도 없을걸.

한영과 전화를 끊고 '첫 경험의 고통'에 대해 핸드폰 검색창에 입력해서 나오는 글들을 살펴보았다. 몸이 두 조각 날 것처럼 아팠던 사람도 있고, 참을 만했다는 사람도 있고. 결국 글들을 보다가 그녀는 침대에 핸드폰을 던졌다.

나 도대체 뭐 하니.

지금 그 밤을 기대하고 있는 건가?

그냥 그가 알아서 리드해 주면 좋겠다. 내가 부끄럽지 않게.

그와 조금 더 가까워지고 싶다. 그가 참지 않고 사랑을 쏟아 주었으면 좋겠다. 그와 더 깊어지고 은밀해지고 싶다. 그 마음은 진심이었다.

무섭고, 두렵고, 부끄럽지만…….

그녀는 그걸 이길 만큼 재신이 좋았다.

✻　✻　✻

혜린은 촬영 중간 대기하는 시간에 핸드폰 액정의 불을 켰다. 남우에게 전화를 할까 말까 고민하던 그녀는 차마 번호를 누르지 못했다.

나는 왜 또 남우에게 거짓말을 했을까.

그때 기획사에서 보낸 간식 차가 촬영장에 도착했고, 스탭들은 오가며 그녀에게 감사 인사를 전했다.

혜린은 핸드폰을 내려놓고 입에 경련이 날 정도로 계속 웃었다. 시청자들도 그렇고, 주변 사람들은 모두 그녀가 이렇게 웃는 걸 좋아한다. 밝은 에너지를 뿜는 사람.

어쩌다 기분이 안 좋거나 우울할 때도 그녀는 기계적으로 웃었다.

남우 앞에선 그래도 울 수도 있고, 웃지 않고 있어도 되는데…….

민지가 나타난 이후로 남우는 불안정해 보였다. 언제라도 달려가고 싶어서 안달 난 사람처럼 굴었고, 실연이라도 당한 것처럼 우울해했다.

"오빠, 왜? 대표님 오셨어?"

"응. 박 PD님과 인사 나누고 계셔. 너 서포트 제대로 받는다."

"대표님이야 뭐."

자기 식구들은 잘 챙기시지.

그래서 그녀의 동료들도 샤인과 계약을 하고 싶어 했다. 신인뿐만 아니라 이미 데뷔를 한 사람들도 유재신 대표의 손아귀에서 케어를 받고 함께하길 바랐다.

그 이유는 이렇듯 자기 소속 연예인을 위해 신체적으로 건강한 거 외에 정신적인 부분도 세심하게 신경 쓰기 때문이었다.

그래서 처음 계약한 이후에 몇몇 배우들은 재신을 남몰래 짝사랑하기도 했다. 선배 중에 여럿 대표님께 고백했다가 차인분들도 있다고 들었다.

"가자. 대표님께 인사는 해야지."

혜린은 매니저를 따라 대표와 박 PD님이 계신 곳으로 갔다.

간이 의자에 앉은 재신은 혜린을 보고 간단히 목례했다. 혜린도 눈인사로 대신했다.

"리얼리티 예능은 처음이니 잘 부탁드려요."

"유 대표님이 직접 부탁하니 더 잘해 줘야겠네. 안 그래도 혜린 씨 잘하고 있어~"

박 PD를 중간에 두고 재신과 혜린이 좌우에 앉았다. 박 PD는 말을 하는 중간중간 은근슬쩍 혜린의 어깨를 잡고, 허벅지에 손을 대고 있었다. 그걸 지켜보는 재신의 표정이 점점 굳어져 갔다.

김 실장은 재신의 기분 상태를 눈치채고 그들에게 다가왔다.

"대표님, 저희 다음 일정이……."

"내가 바쁜 유 대표를 잡았나 보네. 우리도 촬영 다시 시작해야 해. 혜린 씨는 걱정 말고."

"……."

W본부에서 유명세를 떨친 박 PD는 여기저기서 오라는 곳이 많을 정도로 기획력이 대단한 사람이었다. 그가 손댄 예능은

안 터진 게 없을 정도로.

첫 시작부터 선배 라인을 잘 타고 가서 콧대가 하늘을 치솟아 있었다. 웬만해서는 방송국 국장도 함부로 못 하는 사람.

케이블 방송에 스카우트되어 간 박 PD는 불과 작년과 또 달랐다.

"그럼 다음에 또 찾아뵙겠습니다."

"그래요, 유 대표~ 또 봐요."

박 PD와 인사를 나눈 후 재신은 돌아가려다가 혜린에게 다가왔다.

"혜린 씨."

"네, 대표님. 아참, 오늘 감사했습니다. 덕분에 스텝들한테 기가 서네요."

"아까 전에 내가 잘못 본 게 아니라면 그런 일이 종종 있어요?"

"어떤 거요? 아……."

박 PD가 은근슬쩍 스킨십 하는 거 얘기하나? 혜린은 고개를 끄덕였다. 본능적으로 그녀가 의도하지 않았는데 표정은 세상 불쌍한 사람처럼 보호 본능을 자극하게 변했다.

"김 실장님."

"네?"

"잠시 박 PD님과 따로 얘기 좀 나누고 가겠습니다. 그냥은 못 가겠네요."

재신은 가던 길을 돌려 박 PD에게로 갔다. 긴 다리로 성큼성큼 걷는 남자의 등이 듬직하게 느껴졌다.

그런 그의 사랑을 받는 이민지. 남우도 그녀를 좋아하고. 도대체 무슨 매력이 있어서? 왜? 혜린은 이해할 수 없었고 이해하고 싶지 않았다. 아니, 인정하고 싶지도 않았다.

재신이 다녀간 이후 스텝들에게 그녀는 예쁨을 받았고, 박 PD는 더 이상 그녀의 어깨에 손을 올리지 않았다.

❋　❋　❋

민지는 저녁 시간에 딱 맞춰 호텔 앞으로 온 재신을 보자마자 와락 안았다. 서울이 아닌 곳에서 만나니 몇 배로 반가운 기분이 들었다.

"짐은?"

"내일 체크아웃 해야 해서 호텔에 두고 왔어요."

"그럼 들고 갈 거 없어? 챙길 것도?"

재신의 질문에 민지는 고개를 끄덕였다. 몸만 갔다가 도로 돌아오면 된다.

"저녁은 뭐 먹을까?"

"바다 보이니까 회요! 제가 살게요."

안고 있던 팔을 풀자 그가 그녀의 어깨를 감쌌다. 재신은 잠시 주차해 둔 차로 그녀를 데려갔다.

"타. 15분 정도 가면 맛집 있대."

"일부러 찾아봤어요?"

"응. 초당순두부 맛집이랑 횟집 검색했지."

"여기에 순두부 맛집도 있어요?"

민지의 질문에 재신이 자연스럽게 조수석 문을 열면서 고개를 끄덕였다.

"그래도 오늘은 바다 보면서 회 먹어요. 바다 보면서 순두부는 안 어울리는 것 같아요."

"그러자."

차가 바닷길을 따라 달렸다. 창문 너머로 펼쳐진 바다. 강원도 바다는 물이 차서 여름이 돼야만 들어갈 수 있다. 고로 지금은 사람 하나 없이 바다만 보였다.

재신은 창문을 내렸다.

그러자 파도 소리가 생생하게 들렸다. 꽉 막힌 머릿속까지 모두 깨끗해지는 기분이다. 시원하고 청량하고.

"와― 오빠, 파도가 엄청 세요."

"그러게."

"이럴 때 물에 들어가면 파도에 쓸려 가겠어요."

겨울 바다도 아닌데, 바람이 불어서 그런가. 파도가 하염없이 밀려와 방파제를 때리고, 모래사장 끝까지 바닷물이 흘렀다.

15분 넘게 달리자 바다가 잘 보이는 횟집에 도착했다. 재신의 에스코트를 받으며 그녀는 그를 따라 횟집 안으로 들어갔다.

서울에서 맨날 먹던 광어랑 우럭 제외하고 좋은 거로 달라고 하니, 참돔을 추천해 주셨다.

회가 나오기 전에 나온 반찬들이 또 그녀의 눈과 입을 즐겁게 했다.

번데기 무침, 튀김, 미역국, 전복, 낙지탕탕이까지. 회가 나오기 전에 뭐부터 먹어야 하나.

"맛있겠다."

"그러게. 술은?"

"오빠 마시고 싶은 거로 마셔요. 저는 뭐든 다 좋아요."

얼른 이 음식들을 맛보고 싶어요.

재신은 회와 함께 곁들일 소주를 주문했다. 그는 소주병을 따서 두 개의 잔에 소주를 가득 따랐다.

"첫 잔은 짠 해요, 짠."

민지는 소주잔을 들고 그의 앞으로 가져갔다. 재신은 그녀가 귀엽다는 듯 웃으며 그녀의 잔에 짠 하고 잔을 맞대었다.

"오늘은 누구 만났어요?"

"윤하 씨랑, 대학교 이사장님, 그리고 혜린 씨. 네 동창."

"아……."

"예능 촬영하고 있더라고. 가지 말 걸 그랬나?"

"아뇨. 아뇨."

가야죠. 대표로서 간 거니까 그 정도는 뭐.

"윤하 씨도 오빠네 회사였어요? 연기 진짜 잘하는 배우잖아요. 여자가 봐도 멋지던데."

"그래?"

"네. 근데 요새 TV에 안 보여서 아쉬운 배우? 활동을 많이많이 했으면 좋겠어요."

"전해 줄게."

민지는 턱을 괴고 재신을 나른하게 응시했다. 어떻게 딱 뜰 사람들을 알아보지? 이 정도면 거의 백발백중 아닌가. 저 눈엔 뭐가 들었길래.

"오빠 눈은 사람을 딱 보면 어떤 신 내림 같은 느낌이 있어요?"

"신 내림 같은?"

"이 사람은 연예계 들어오면 뜨겠다, 얘는 그쪽과는 절대 아니다. 등등."

"응. 감은 와. 뭐라고 딱 꼬집기 어려운."

"진짜 신기하다. 오빠에겐 이 눈이 효자네요."

민지의 말에 그는 잔잔한 웃음을 이어 갔다. 그러는 사이 회가 나왔고 두 사람은 방금 뜬 회를 소주와 함께 맛있게 먹었다. 회를 다 먹어 갈 때쯤 나온 매운탕도 야무지게 먹은 후에야 밖으로 나왔다.

술을 마셨기 때문에 그들은 대리 기사를 불렀다. 기사님께서 오시기 전 두 사람은 바닷바람을 맞았다.

"아, 시원해."

민지가 양팔을 좌우로 크게 뻗고 빙글빙글 돌았다. 술을 마셔서 그런가, 한 바퀴 도는데도 여러 바퀴를 도는 기분이다.

파도 소리와 바닷바람을 얼굴로 맞고 있으니 계속 빙글빙글 돌고 싶었다. 사람도 없겠다. 술도 마셨겠다.

"그러다 넘어져."

금세 다가온 재신이 휘청이는 그녀의 허리를 받쳤다. 민지가 그를 올려다보며 눈을 깜빡이자 그는 그 순간을 놓치지 않고 그녀의 입술에 쪽 입을 맞췄다.

"귀여워 죽겠네."

그가 나직하게 말하자 민지의 볼이 붉어졌다.

그는 그녀의 볼을 만지작거리다가 서서히 이마를 댔다. 서로의 코끝이 스치다가 재신의 입술이 단숨에 그녀의 입술을 머금었다. 그의 입안으로 빨려 들어간 입술 위로는 그의 혀가 덧칠

하듯 닿았다.

달콤한 그녀의 입술에 흠뻑 취해 재신은 그녀의 얼굴을 손으로 감싸고 키스를 퍼부었다. 빠져나갈 틈도 없이, 숨 쉴 틈도 주지 않고 밀어붙이는 키스에 민지가 그의 가슴을 작은 주먹으로 쿵쿵 때렸다.

"하아……. 숨 차."

붉어진 볼, 촉촉한 입술, 색색 몰아쉬는 숨. 어느 것 하나 빠질 게 없이 예쁘고 사랑스러웠다.

"민망하게. 사람들이 보잖아요."

"어두워서 안 보여."

"잘 보이는데?"

물론, 비수기라 사람이 많이 없었다. 식사를 마친 사람들은 음식점을 나오자마자 다들 차를 타기 바빴다.

"대리 부르셨죠? 기사님 오셨답니다!"

연고지가 없는 지역이라 식당 주인에게 대리 기사님을 불러 달라고 부탁했는데, 금세 온 모양이었다. 금세가 아닌가? 재신과 있다 보니 금세 시간이 간 것처럼 느낀 걸 수도 있다.

두 사람은 뒷좌석에 나란히 올라탔다.

분명 아까 전 지나왔던 길인데 이제는 한참 어두워져서 바다가 무섭게 느껴졌다.

칠흑 같은 어둠 속에 난 길은 무척 고요했다. 그래서 귀로는 파도 소리가 들리는데 눈으로 볼 땐 잘 안 보였다.

민지는 순간 두려운 기분이 들어 옆에 앉은 재신의 손을 꼭 잡았다.

그는 아무 말 없이 큰 손으로 그녀의 손을 더 꽉 쥐었다. 따스한 기운이 그와 닿은 손바닥으로부터 몸으로 퍼져 나갔다.

❋ ✳ ❋

엘리베이터에 탄 재신은 카드 키를 찍고 15층으로 올라갔다. 제일 꼭대기 층이었다. 엘리베이터에서 내린 후 재신이 문을 열었다. 그러자 바로 방이 나왔다.

"어?"

호텔 구조가 너무 이상한데? 보통은 엘리베이터를 나서면 양쪽으로 복도가 길게 이어져 있고 그 양옆에 여러 개의 룸이 있어야 하는데. 민지가 고개를 갸웃했다.

"여기 스위트룸이에요?"

설마설마하며 묻자 그가 고개를 끄덕였다.

"마침 룸이 비었다길래, 바꿨어."

스위트룸은 15층을 모두 사용하고 있어서 면적이 무척 넓었다. 거실에는 하얀 그랜드 피아노가 놓여 있었다. 커튼이 반쯤 열린 창으로는 강릉 바다가 보였고 양옆으로는 조명을 켤 수 있도록 설치되어 있었다.

거실의 안쪽에는 식탁이 놓여 있었다. 밥 먹는 일반 식탁과 고급스러운 대리석으로 만들어진 식탁, 수많은 선반이 그들을 반겼다. 그곳엔 프레젠테이션 발표하고 회의를 해도 될 정도로 많은 의자가 놓여 있었다.

"와……."

룸의 일부분을 빙 둘러 만든 테라스로 나가면 바다와 시내가 보였다. 아침에 일어나면 진짜 예쁘겠다. 지금은 밤이라서 바

267

다는 어두컴컴하게 보일 뿐이었다.

침실은 누워서 커튼을 열면 바깥 풍경이 다 보이도록 설계되어 있었다. 아침에 해 뜨는 모습을 누워서 감상할 수 있도록 말이다.

욕실도 넓고, 메인 침실과 작은 침실 모두 마음에 들었다. 세상에 이렇게나 좋은 룸이 있다니. 살아생전 이런 곳에 올 줄 몰랐던 그녀는 룸 구경을 마치고 거실로 나왔다.

"똑똑. 여기는 천국인가요?"

민지는 제 앞으로 훅 다가온 재신의 단단한 가슴을 콩콩 때리며 물었다. 그러자 그가 그녀의 허리를 잡아 번쩍 들어 하얀 그랜드 피아노 위에 앉혔다. 그녀의 양옆에 손을 대고 눈을 마주한 그가 웃고 있었다.

"마음에 들어?"

"네. 엄청!"

이런 데를 마음에 안 들어 할 여자가 있을까요.

한 층을 객실로 쓰는 이런 룸은 도대체 얼마나 할까. 그런 고민도 잠시 그녀는 그가 빤히 보자 피아노 위에 얹어 둔 손을 꼼지락거렸다.

"나 씻, 씻고 올게요."

그녀는 앞에 선 그를 손으로 밀어냈다. 피아노 위에서 내려오려고 하자 그가 그녀의 다리 사이로 몸을 넣었다.

"안 씻어요?"

"……."

"왜, 왜 그렇게 봐요?"

민지는 오른손으로 제 뺨을 가리며 물었다. 그는 사냥을 앞둔 사자처럼, 아니 먹잇감을 앞에 둔 날짐승처럼 위험스러운 분위기를 풍겼다.

"귀여워서."

"맨날 귀엽대. 그게 예쁘다고 하기 애매할 때 쓰는 말이래요!"

"예쁘고 귀여워."

집어삼키고 싶을 만큼.

민지는 그의 말에 부끄러워서 발을 동동 구르느라 그가 나직이 하는 뒷말은 듣지 못했다.

왠지 매번 나만 부끄러워하고 그는 매번 우위에 있는 기분이 든다. 그녀는 그를 놀려 줄 겸 허공에 붕붕 떠 있던 다리를 그의 허리에 감았다.

화끈하게 다리를 확 잡아당기자 그는 입꼬리를 올리며 그대로 그녀를 피아노 위에 눕혔다.

아, 이게 아닌데.

당황하면서 재신의 귀가 빨개지는 상상을 했는데…….

그의 얼굴이 점점 다가오자 그녀는 질끈 눈을 감았다. 입술 위에 분명 어떤 체온이 느껴지는데 실제로 닿진 않자 그녀가 한쪽 눈은 꼭 감은 채 오른쪽 눈을 떴다.

쪼옥.

부드럽게 입술이 닿았다가 떨어지며 제 위에서 압박하던 그의 몸도 떨어져 나갔다. 서서히 몸을 일으켜 앉은 그녀를 보며 그가 개구쟁이 같은 미소를 지었다.

"기대했어?"

"아뇨!"

그가 두 손을 내밀자 그녀는 그의 손을 잡고 피아노에서 내려왔다.

"진짜 씻고 올게요."

민지가 욕실로 들어간 후 재신은 테라스로 나갔다. 시원한 바람을 맞으며 그는 후 하고 한숨을 쉬었다.

하늘은 왜 인간에게 '이성'이란 선물을 주셔서 이렇게 힘들게 하는지. 온몸에 흐르는 피가 꼭 한곳에 다 몰리는 거 같은 기분에 그는 손부채질을 하며 열을 식혔다.

그때 그의 눈에 인피니티풀이 보였다. 그들의 객실이 더 높이 있다 보니 인피니티풀은 상대적으로 아래층에 위치해 있었는데, 밤이 되니 가장자리에 불빛이 들어와 멋스러웠다. 더불어 그들의 테라스에도 웜풀이 놓여 있었다.

그는 따뜻한 물을 틀어 놓은 후 안으로 들어가 가벼운 옷차림으로 갈아입었다. 다시 테라스로 온 재신은 따뜻한 풀에 발을 담갔다.

술도 마셔야겠지.

다시 룸으로 들어간 그가 테라스에서 마실 와인과 잔을 들고 나왔다.

아무도 없는 둘만의 프라이빗한 공간에서 그녀와 있다는 자체만으로도 설레고 떨렸다. 샤워하고 나올 그녀를 기다리는 동안 느껴지는 초조함에 그는 풀에 들어갔다가 나오기를 반복했다.

그러던 그가 테라스에서 방으로 이어지는 곳을 문득 보았는데, 민지가 이쪽으로 걸어오고 있었다.

욕실을 들어갈 때와 같은 차림으로.

머리카락은 젖어 있고 얼굴은 샤워를 해서 뽀송뽀송했다. 촉촉한 물방울이 그녀를 더 생기 있어 보이게 했다. 싱그럽고 예쁘고 아름다운 사람. 그는 그녀를 맞이하러 앞으로 갔다.

"갈아입을 옷 안 챙겨 왔지?"

끄덕끄덕.

"풀에 발 담그면 옷 젖을 텐데."

그녀는 분홍 파스텔 톤의 시폰 블라우스에 치마를 매치해 입고 있었다. 샤워를 마친 이후에도 살색 스타킹까지 챙겨 입은 걸 보니 긴장을 내려놓지 못한 모양이다. 재신은 욕실에서 긴 타월을 가져와서 그녀의 허리에 둘렀다.

먼저 풀에 들어간 그는 발을 담갔다. 옷이 젖든 말든 그는 개의치 않고 와인을 땄다. 민지는 쭈뼛거리며 스타킹을 벗어서 바닥에 두고 수건을 두른 채로 그의 옆에 와서 앉았다. 조심스럽게 발을 물에 담갔다.

"와— 엄청 따뜻해."

"족욕하면 밤에 잠이 잘 온대. 와인도 한 잔 더?"

"응."

기분이 좋은 그녀가 자신도 모르게 반말이 나왔다. 그는 피식 웃으며 잔에 와인을 따른 후 그녀에게 주었다.

"와, 하늘에 별도 보여요."

"그러게."

"너무 좋다."

좋은 사람과 별을 보면서 풀에 발을 담그고 있는 거. 아래를 보면 인피니티풀 수영장과 바다, 시내까지 한눈에 펼쳐졌다.

이 경이로운 순간을 눈과 마음에 꼭꼭 담았다.

"오빠 고마워요. 여기 너무 좋다."

"또 올까?"

"네! 근데 비싸잖아요. 검색할 때 보니까 여기 호텔 하루에 30만 원도 넘던데."

그녀는 이 호텔 룸이 비싼 건 알았지만 그때까지만 해도 15층의 스위트룸의 가격은 알지 못했다. 그걸 알았다면 '또 올까?'라는 질문에 '네'라고 하진 않았을 거다.

"와인 향만 맡아 봐. 아까 술 마셨으니까 안 마셔도 돼."

"아뇨. 아뇨. 맛있어요."

그와 손가락이 닿고 언뜻 팔이 스치고, 발이 뜨거운 건지 그의 몸에서 나오는 열기 때문인 건지 슬슬 몸이 더웠다. 그래서 자꾸 액체류에 손이 갔다. 여기에 있는 액체류는 와인뿐이라 그녀는 홀짝홀짝 계속 술을 마셨다.

풀 안에 있던 그의 발이 그녀의 발을 툭 치고, 그녀도 그의 발을 툭 쳤다. 그는 두 발로 그녀의 한쪽 발을 가두고 꼭 눌러 빼지 못하도록 했다.

"아아— 아파요."

그러자 그가 발에서 힘을 풀었다.

"그러고 보면 은근 힘 세."

"은근? 언제는 스테미남이라며."

"아직도 기억하고 있었어요?"

"그럼."

은근이 아니라 대놓고 세지.

그는 무거운 것도 곧잘 들고 국내뿐만 아니라 해외도 자주 돌아다닐 정도로 체력이 좋은 편이었다.

민지는 그의 옆에 딱 붙어 앉아서 슬며시 어깨에 머리를 기댔다.

"오빠."

"응?"

"나 언제 이렇게 오빠한테 갑자기 빠졌죠?"

애 아빠라고 의심했던 게 엊그제인데.

지금은 그가 너무 좋아서 이렇게 옆에 붙어서 떨어지고 싶지 않았다. 그의 팔에 팔짱을 꼭 낀 그녀가 그의 어깨에 얼굴을 비볐다.

"호감을 갖고 있는 건 알았는데 이렇게 갑자기 푹 빠질 줄 몰랐어. 깨고 보니까 오빠가 너무 좋더라고요."

"나도."

"오빠도?"

"응. 요새 네 생각밖에 안 나. 아침에도, 밤에도."

"낮에는?"

낮엔 생각 안 나?

그녀의 질문에 재신은 그녀를 보며 코를 잡아당겼다.

"이러니까 귀엽다고 하지."

"크큭. 그래서 낮에도 생각나요?"

"안 나."

"……진짜?"

민지의 실망한 표정을 보며 재신은 호탕하게 웃었다. 그러곤 그녀의 두 볼을 잡아 늘리다가 성큼 가까이 다가가 입술을 훔쳤다.

입술을 쩝쩝 소리가 날 정도로 빨며 그녀의 타액 한 방울까지 남기지 않고 마셨다. 그녀는 혼이 빠진 얼굴로 몽롱하게 그를 보고 있었다.

"들어갈까?"

끄덕끄덕.

민지의 동의에 그는 그녀를 번쩍 안아 들고 테라스 안으로 들어왔다.

메인 침실로 간 그가 그녀를 침대 위에 내려놓았다. 그리고 커튼을 치고 블라인드를 내렸다. 순식간에 어두워진 방 안에 조명을 켰다.

따스한 색의 노란 조명이 방 안의 분위기를 은은하게 만들어 주었다.

"씻고 올게."

"으응."

"자면 안 돼."

"안 자요. 아니, 못 자."

긴장돼서 못 자요.

그녀가 그의 귀에 속삭였다.

재신이 샤워를 마치고 가운을 입고 침실로 왔다. 침대에 누워 있던 그녀가 벌떡 상체를 일으켜 앉아 그를 마주했다.

"오빠. 빨리 씻었네요?"

"응. 너 잘까 봐."

그는 침대 안으로 자연스럽게 들어오더니 한쪽 팔을 그녀에게 내주었다. 그녀는 아주 천천히 그의 품속으로 들어가 그의 팔을 베고 누웠다.

가운의 틈으로 그의 맨살이 보인다. 촉촉하게 젖은 살. 운동을 해서 군살 하나 없는 그의 복근까지 한눈에 보여서 그녀는 질끈 눈을 감았다.

그때 그가 다리 하나를 들어 그녀의 몸 위로 두고 더 바싹 잡아당겼다.

"응?"

방금 뭐가 스친 거 같은데. 아닌가? 잘못 느꼈나?

"혹시 가운 안에 아무것도 안 입었어요?"

"응."

"……진짜?"

"아니야. 입었어."

그는 다시 그녀를 품 안으로 당겼다. 이렇게 맨날 품에 안고 싶단 생각을 하면서 그는 의외로 아무 짓도 안 하고 그녀의 뒷머리를 쓰다듬었다.

색색. 그녀는 그의 가슴팍에서 긴장으로 인해 불규칙적인 호흡을 내뱉었다. 그러다 뒷머리부터 등까지 부드럽게 쓰다듬는 손길에 호흡을 가다듬으며 긴장을 풀었다.

치마를 입은 그녀의 맨다리와 가운 틈으로 노출된 그의 단단한 허벅지가 닿았다가 떨어지고 언뜻 스쳤다가 맞물렸다.

보들보들한 그녀의 살결에 그의 몸 한군데로 피가 쏠리고 몸이 터질 거 같았다. 그러나 재신은 애써 그런 감정을 느끼지 않으려 오히려 그녀를 꼭 안았다.

"내일 워크샵 몇 시부터 시작해?"

"10시요. 근데 9시까진 연수원으로 가야 해서 여기서 8시엔

나가야 해요. 아! 알람 맞춰야 하는데."

"그 전에 내가 깰 거야. 걱정 마."

"그래도……."

"6시에 알람 맞췄어. 먼저 깨서 깨워 줄게."

"……."

"매일 아침 그랬듯이."

그 말이 주는 어감 때문에 민지는 가슴이 콩닥콩닥 뛰었다. 매일 아침 그랬듯이 잠을 깨워 주겠단 그 말이 담백하면서도 왜 이렇게 설렐까.

그가 그녀의 등을 토닥토닥 두드렸다.

"자. 재워 줄게."

"……."

그녀는 몸을 꼼지락거렸다. 자라고? 진짜? 그냥 자? 분명 그의 몸에선 다른 말을 하고 있는데, 엄청 힘겨워 보이는데 그냥 자도 되는 거야?

민지는 혼자 속으로 생각하며 그의 허벅지에 낀 자신의 몸을 그와 닿지 않게 하려고 꿈틀댔다.

"그만 꿈틀거려."

"하하."

"움직일 때마다 나 숨 참는 거 안 보여?"

그가 그녀의 정수리를 턱으로 누르며 말했다. 그녀가 움직일 때마다 그의 가슴이 숨을 들이마시며 복근을 당겨 복식호흡을 했다.

"안 참으면 안 돼요?"

"……응?"

"나도 마음의 준비 하고 왔단 말이에요."

민지의 고백에 그는 숨을 참고 버텼다.

"한 번 하면, 앞으로 계속 못 멈출 거야."

"……알아요."

"밤마다 집에 안 보내려 할 거고, 너를 만나는 짧은 시간에도 다 벗겨서 네 몸을 핥고 빨려고 할걸. 그래도 좋아?"

그의 말 한마디 한마디가 야해서 민지의 다리 사이가 욱신거렸다. 그녀가 침을 꼴깍 삼키고 혀로 바싹 말라 가는 입술을 핥았다.

그는 손을 내려 그녀의 허벅지를 쓸고 위로 올라왔다. 얇은 천 위로 닿은 손가락으로 그녀의 상태를 여실히 알게 되었다.

"……."

그녀는 아까부터 닿는 그의 피부 때문에 조금씩 흥분했던 몸을 숨기려 그의 목에 두 팔을 감고 그를 당겼다. 그러고는 그의 입에서 말이 나오기 전에 입술을 부딪쳤다.

입술을 먼저 댄 건 그녀였지만 키스를 리드하는 쪽은 재신이었다. 옆에 누워서 그녀를 안고 있던 그가 서서히 키스를 하며 그녀의 위로 올라왔다. 키스를 하며 가운을 벗은 그가 그녀의 블라우스 단추도 서서히 풀었다.

단추가 풀린 자리에 뽀얀 젖가슴이 나타났다.

그는 그녀의 입술을 머금고 혀로 핥다가 귀로 올라가 귓불을 빨았다.

"하아……!"

생경한 감각에 놀란 민지가 그의 어깨를 짚자 그가 그녀의 손가락 사이사이 깍지를 껴서 손을 잡았다. 얼굴 바로 양옆에 놓인 손은 꼭 그가 손을 쥔 채로 팔을 압박하고 있는 기분이 들게 했다.

그는 그녀의 귓불을 빨고 목선을 핥아 내려오며 쇄골 아래쪽을 거친 입심으로 빨았다. 그러다 다시 위로 올라와 그녀의 입술을 헤집고 이로 잘근잘근 씹었다.

"하…… 미치겠네."

그는 다시 그녀의 목선에서 더 아래로 내려와 뽀얀 가슴에 입술을 묻었다. 속옷 위로 솟은 봉긋한 곳에 키스를 뿌리며 혀로 간질였다.

"아응…… 오빠. 아……!"

놀란 그녀가 눈을 크게 뜨며 가슴을 앞으로 내밀었다. 등 뒤로 그의 손이 들어갈 정도의 공간이 생기자 그는 놓치지 않고 뒤로 손을 넣어 속옷을 풀었다.

헐렁한 느낌에 민지는 팔을 엑스 자로 교차시켜 가슴을 가렸다. 재신은 그녀를 내려다보며 엑스 자로 교차한 팔 사이사이에 입술을 묻었다.

"아아. 아……!"

간헐적으로 몸이 떨렸다. 입에서는 제 입에서 나올 거라고는 생각도 못 한 소리가 하염없이 흘러나왔다.

그가 그녀의 가슴을 빨며 막고 있는 손을 서서히 풀었다. 옴폭 팬 배꼽과 배가 놀라서 홀쭉해졌다.

재신의 입술이 서서히 더 아래로 내려왔다. 허리선을 쓸고 올라 와 다시 가슴을 물고, 그 옆의 가슴도 입안에 넣고 쉬지 않고 굴렸다.

"으응…… 오빠아……!"

부끄러워.

꼿꼿하게 그의 혀에서 놀아나는 가슴 끝이 간지러워서 아랫배가 터질 거 같았다. 민지는 발끝을 구부린 채 무릎을 세워 침대 이불을 박박 밀었다.

그는 그녀의 허벅지 안으로 손을 넣어 속바지를 벗겨 냈다. 그러곤 얇은 천 위로 손을 쓸고 단숨에 남은 옷가지도 다 잡아내렸다.

"아앗!"

그녀는 그의 손목을 꽉 잡았다.

좌우로 고개를 젓는 그녀의 표정 때문에 재신은 욕망이 오히려 더 터져 나올 거 같았다. 잔뜩 흥분한 눈빛과 볼, 키스로 인해 부푼 입술, 울긋불긋 몸에 난 흔적들이 그의 시야를 어지럽혔다.

"민지야."

"……으응?"

그는 그녀의 허벅지 사이를 쓸며 다리 사이를 점점 넓혔다. 그 안으로 들어온 그가 제 몸에서 남은 마지막 보루를 제거했다.

딱딱하게 닿는 몸 때문에 긴장한 그녀의 다리가 서서히 굳었다. 그가 가슴을 애무하며 손으로는 안쪽을 풀어 주었다.

"으읏…… 재신, 오, 오빠! ……하아."

정신이 아득해지고 점점 몸이 제 것 같지 않은 느낌이 들었다. 허공을 걷는 기분, 작정하고 그녀를 흥분으로 몰아세우는 입술과 손에 굴복한 그녀는 그의 아래에서 결국 눈물을 보였다.

"그만, 그만……!"

그녀의 애원에 그의 손길이 그 자리에서 멎었다.

찬 공기가 벗은 살갗을 타고 위로 올라왔다. 그는 그녀의 입술을 빨며 치아를 고루고루 핥고 쪽 입을 맞췄다.

그녀의 위로 올라와 그가 몸을 맞대며 그녀의 머리카락을 귀 뒤로 넘겨 주었다.

"울어?"

그녀가 눈을 감았다가 뜨자 또르르 눈물이 흘렀다. 흥분에 겨워 흘린 그 눈물은 오히려 재신의 만족감을 채워 주며 이성이 날아가도록 만들었다.

"아니, 안 울어요."

"무서워?"

"……아뇨. ……아."

지그시 누른 그의 몸이 위아래로 문대는 느낌에 민지가 이로 입술을 물었다. 야릇한 감각이 다시 퍼져 아랫배가 아파 왔다.

그가 몸을 일으켜 콘돔을 찾더니 포일이 뜯기는 소리가 났다. 그녀는 침을 꼴깍 삼켰다.

그와 하는 이 은밀한 행위.

제 몸 위에서 흥분하는 그를 보니 여자로서 묘한 만족감이 느껴지고, 또 이런 걸 하는 상대가 그여서 좋기도 하고, 바로 앞에 닥칠 아픔에 무섭기도 했다.

그가 그녀의 손에 깍지를 끼고 지그시 보았다.

"아플 거야."

"응. 알아요."

"참지 말고 울어도 돼."

"안 울어요."

그녀를 흥분시키기 위한 모든 행위들이 잊힐 정도로 아픈 감각이 찾아왔다. 너무 아파서 이를 꾹 물고 다리를 덜덜 떨자 그가 그녀를 품에 안은 채로 잠시 모든 걸 멈췄다.

"하……아."

귓가에 퍼지는 그의 숨결 때문에 간지러워 몸을 꿈틀거리자 이번엔 그의 입에서 '윽─' 하는 단말마의 신음이 터졌다.

그 섹시한 숨결이 귀에 닿는 것과 동시에 멈췄던 몸을 그가 조금씩 움직이기 시작했다.

"아, 아파요. ……오빠."

아직은 여물지 않은 그곳이 아려 민지가 그를 꽉 잡았다. 재신은 그녀의 골반을 쥔 채로 조심스럽게 그녀의 문을 두드렸다.

"민지야."

"으응?"

"네가 아픈데, 난 죽을 듯이 좋다. ……어쩌지."

아픈 그녀에게 몸을 싣지 않으려 양팔로 버티고선 그가 그녀를 내려다보며 다정하게 웃어 왔다. 그런데 몸짓은 전혀 다정하지 않았다.

아픈 감각과 쾌락이 동시에 그녀에게 밀어닥쳤다. 좋으면서도 아리고, 또 그와 더 가깝고 은밀해지고 싶으면서도 두려웠다.

꼭 자신의 마음처럼 말이다.

민지는 온몸에 힘이 풀릴 때까지 그가 쏟아 내는 사랑을 받았다. 절정에 올랐을 때의 남자가 얼마나 야하고 섹시한지, 그를 그렇게 만든 사람이 자신이라는 것에서 오는 뿌듯함은 차마 말로 설명할 수 없었다.

그대로 그가 그녀의 몸으로 쏟아졌다.

"……사랑해."

평소에 들을 수 없던 그 고백에 민지는 울컥한 감정이 솟아 그저 그를 꽉 안았다.

그저 단순히 섹스를 한 게 아니었다.

마음을 나누고 서로를 더 알고 가까워지기 위한 행위. 사람이 이성보다 본능이 앞설 때가 어떤지, 은밀한 곳까지 서로 공유하는 그런 밤.

그녀는 그의 입술에서 나오는 사랑 고백을 들으며 서서히 눈을 감았다.

문득 목이 말라서 잠에서 깬 민지는 마른 입술을 혀로 축였다. 온몸을 감싸고 있는 남자의 몸이 무겁지만 포근해서 벗어나기 싫었다. 잠시 그의 품에서 꼼지락대던 그녀는 결국 눈을 떴다.

조명도 꺼진 침실은 칠흑처럼 어두웠다. 밤부터 새벽까지 그와 사랑을 나누었던 시간들이 머릿속을 스쳐 지나갔다.

"아……."

몸을 옆으로 틀자 놀란 근육이 아우성을 쳤다. 아픔에 민지의 입에선 악 소리가 절로 나왔다. 그 소리 때문인지 재신도 뒤척이며 눈을 떴다.

밤새도록 마주한 그 눈인데 부끄러움이 먼저 밀려왔다. 민지는 그의 허벅지 사이에 있는 자신의 다리를 빼며 그의 품으로 이마를 묻었다.

"나 때문에 깼어요?"

"아니. 이리 와."

그녀는 그의 품에 다시 갇혔다. 그녀를 옆으로 눕힌 후 뒤에서 포근하게 안은 그가 만족스럽게 웃었다. 어깨에 닿은 그의 입술이 꿈틀거렸다.

"몸은 어때?"

그의 손이 그녀의 아랫배에서 조금 더 아래로 내려갔다.

"아, 아파요."

손가락 하나 까닥할 수 없는 그녀 대신 그가 직접 수건에 따듯한 물을 적셔 와 몸에 찜질을 해 주었다. 그럼에도 근육통은 어쩔 수 없는 모양이었다.

"앞으로도 계속 아플까요?"

민지의 질문에 그의 손이 타고 올라와 둔덕을 쥐고 만지작거렸다.

"안 아프게 할게."

"치…… 거짓말."

"근데 아프기만 했어? 내가 너무 몰아쳤나."

안은 채로 말을 하는 그의 몸 어딘가가 꿈틀거리며 존재감을 나타내고 있었다. 민지는 가까이 닿은 몸을 앞으로 쭉 빼며 멀어지려 했지만 그가 그녀의 골반을 잡아 뒤로 당겼기에 적나라하게 느껴야 했다.

"……아프기만 하진 않았을 텐데."

그의 섹스는 거칠지만 한편으로 다정했다.

이성을 잃은 사람처럼 날뛰다가도 그녀가 견디지 못할 지경

283

이 되면 잠시 템포를 늦추고 그녀의 몸을 녹여 주곤 했다. 그의 아래에서 달콤한 신음을 터뜨리며 오히려 고통조차 쾌락으로 느껴질 만큼 행위가 좋았다.

"좋기도 했어요. 아, 목말라."

"물 가져다줄게. 누워 있어."

"진짜?"

안 귀찮아요? 물 마시러 가기 위해 일어나고 싶은 마음은 굴 뚝같은데 몸이 내 몸이 아닌 거 같아서 일어나지 못하고 있었는데. 민지는 그가 침대에서 다리를 내리고 일어나자 그에게 눈이 갔다.

조각상처럼 아름다운 그의 몸. 생동감 있게 움직이던 근육의 모양이 기억 속에 되살아났다. 민지의 볼이 발갛게 달아올랐다.

발바닥을 땅에 대고 서서 가운을 입는 그는 CF 속 한 장면 같았다. 아니, 아주 야한 영화 속 남자 주인공 같기도 했다.

그는 긴 다리로 성큼성큼 걸어 생수 한 병을 들고 그녀에게로 왔다. 민지는 침대 헤드에 등을 대고 앉아 생수 한 병의 반을 한 호흡으로 마셨다.

꿀꺽꿀꺽 물을 마시면서 입술 옆으로 물이 샜다. 턱에서 목과 아래로 흘러내리는 물을 놓치지 않고 재신이 혀로 핥았다.

"……켁!"

놀란 민지가 손바닥을 입에 대고 물을 뿜었다. 다행히 적당한 물을 삼켜서 밖으로 새진 않았는데 그 덕에 사레가 들렸다.

"켁, 켁!"

"괜찮아?"

재신은 침대 맡에 걸터앉아 그녀의 등을 두드렸다. 걱정스럽게 보는 그의 표정에서 문득 웃음이 나왔다. 켁켁 기침을 하다가 웃다가 또 기침을 하는 그녀를 보는 그는 나름 심각해 보였다.

　"진짜 괜찮은 거지?"

　"네. 괜찮아졌어요. 사레 걸린 건데, 그렇게 걱정스럽게 보니까 너무 웃기잖아요!"

　크게 다친 것도 아닌데.

　그녀가 괜찮아진 것을 보고 난 그가 남은 생수를 다 마신 후 커튼을 열었다.

　"와!"

　투명한 창 너머로 해가 뜨는 모습이 시야에 가득 담겼다. 그것도 누운 채로 볼 수 있다는 것에 놀라 민지는 두 손으로 입을 가리며 눈을 동그랗게 떴다.

　하루의 시작은 어쩜 이리도 멋진지.

　서울에 있을 땐 아침은 워낙 바쁘고 분주해서 해가 뜨는 걸 볼 기회가 없었는데 우연한 기회에 그것도 재신과 함께 보게 되니 색다른 기분이 든다. 그녀의 옆으로 와서 그도 침대 헤드에 등을 대고 앉았고, 그녀는 그의 어깨에 머리를 기댔다.

　"진짜 멋진 새벽이네요."

　"그러게."

　"열 살 땐가? 가족끼리 여행을 가 보고 싶은 거예요. 엄마랑 아빠가 너무 바빠서 여행 갈 시간이 없었거든요. 하여튼 어찌어찌해서 정동진에 갔었는데, 엄청 기대했는데 아침에 늦잠 자서 일출을 못 봤거든요."

"아쉬웠겠네. 그 이후엔 못 갔어?"

"네. 그럴 여유가 없었죠."

금전적으로도, 시간적으로도.

평일엔 민지가 학교에 가야 해서 못 가고, 주말엔 목욕관리사들이 절대 쉴 수 없는 바쁜 날이었다.

"남자 친구 생기면 꼭 일출 같이 보고 싶었는데, 덕분에 소원을 이루네요. 아침에 분주하게 일어나서 준비하지 않아도 되고. 누워서 커튼만 열면 해 뜨는 걸 본다는 게 참 신기하고, 고맙고, 너무 감동적이에요."

"나도 너랑 봐서 좋아."

밤바다와 달리 아침 바다는 맑고 청량하고 시원했다. 민지는 가슴까지 덮고 있는 이불을 좀 더 추켜올렸다.

"오빠, 나도 가운 갖다 주면 안 될까요? 조오기 있는데."

가운을 가지러 가려면 벗은 채로 이불 속에서 나가야 하는데, 그의 앞에 나신으로 서 있긴 여간 민망한 게 아니었다.

그렇다고 이불로 몸을 칭칭 감고 바닥을 쓸면서 갈 수도 없는 노릇이고. 이미 어젯밤 다 본 마당에 이렇게 내외하는 것도 웃긴 거 같고. 그녀는 검지로 가운이 있는 곳을 가리켰다.

"가져다줄까?"

"네!"

"그럼 나도 부탁이 있는데."

"뭔데요?"

"편하게 말 놔 줘. 존댓말 쓰니까 멀어 보여."

"중간중간 놓고 있었는데!"

"그런 거 말고, 아예 편하게."

갑자기 말을 놓으라고 하니 민지는 입이 떨어지지 않았다. 그래도 그와 나이 차이가 있는데, 어떻게…….

"근데 결혼해도 서로 존대하는 부부도 있잖아요."

"나는 너한테 반말 쓰잖아. 상황이 다르지."

그는 그녀의 어깨에 올린 손을 내려 이불을 쥐었다. 꼭 그걸 치워 버릴 것처럼 손에 힘을 주자 민지가 뺏기지 않으려고 더 꽉 이불을 잡았다.

"알았어요. 놓을게."

"응."

"이제 가운 갖다 줘요."

민지의 말에도 꿈쩍 않던 그가 그녀를 품에 안아 눕히고 그 위로 올라탔다.

"너 방금 또 존대했어."

"내가? 언제?"

민지가 모른 척하며 눈을 피하자 그는 피식 웃으며 그녀의 턱을 잡았다. 요놈, 잡았다! 하는 표정으로 그녀를 보는데 눈이 마주치자 서로 그 모습이 웃겨서 웃음이 터졌다.

"어차피 다시 벗게 될 텐데. 가운 꼭 필요해?"

"……안 벗을 건데."

"그럼 뭐."

그러더니 재신은 자신이 입고 있던 가운의 끈을 풀고 팔을 뺐다. 가운이 침대 이불 위로 떨어지면서 그의 탄탄한 구릿빛 상반신이 드러났다.

"내 거 입어."

"앗!"

어차피 벗을 거라던 그는 자신의 가운을 벗어서 그녀에게 주었다. 그는 그녀의 눈을 피하지 않으면서 이불을 서서히 치웠다.

해가 뜬 아침, 그의 욕망도 서서히 아주 깊은 곳에서부터 올라오고 있었다. 그는 그녀의 입가로 검지를 가져갔다.

"아─"

"아?"

민지가 그를 따라 하며 입을 벌리자 그가 그 속으로 검지를 넣었다.

"빨아 봐."

"이─렇─게?"

그녀는 혀로 그의 검지를 머금으며 아이스크림을 먹듯이 쪽쪽 빨았다. 그가 무엇을 하려는지 몰라 하란 대로 했는데 점점 그의 표정이 야릇하게 변해 갔다.

그녀의 입속에서 뺀 손이 그녀의 몸을 타고 내려와 그녀의 다리 사이에 닿았다.

"⋯⋯아앗!"

걷기도 힘들 정도로 아팠던 그 부위에 그의 손이 위로를 전하고 있었다. 아주 야하고 은밀한 위로. 그래서 유혹을 참지 못해 몸이 부르르 떨렸다.

"머리부터 발끝까지 빨아 주고 싶은데 지금은 내가 급해서."

"아으. 오⋯⋯빠."

"미안."

그는 그녀가 준비된 걸 확인하며 다리 사이에 자리를 잡았다. 그러곤 가슴을 입안에 넣어 혀로 굴리며 그대로 그녀의 몸을 가르고 들어갔다.

"아!"

놀란 그녀가 눈을 크게 뜨며 허리를 들썩이자 그가 혀로 구슬을 굴리듯 그녀의 상체를 애무했다. 처음처럼 아프진 않았으나 고통이 아예 없는 건 아니었다.

"괜찮아?"

민지는 위아래로 고개를 끄덕이며 옆에 나무처럼 버티고 선 그의 팔을 꽉 쥐었다.

"사랑해. ……예쁘다, 우리 민지."

그의 몸이 물결치듯 움직였다. 그는 그녀에게 사랑을 전하고 예쁘다는 찬사를 아끼지 않았다. 민지는 출근하기 전까지도 그의 품에서 빠져나오지 못했다.

탁 트여 해가 뜨는 아침에 바다가 보이는 침실에서 사랑을 나누고, 그의 품에 안겨 욕실로 가서 다시 한 번 그의 손길에 몸이 녹아내렸다. 다행히 그는 그녀를 배려해서 덮치진 않았으나 오히려 그녀가 그를 타고 오르도록 계속해서 몸을 지분거렸다.

'해 줘, 제발, 얼른.'

'오빠…… 나 하나도 안 아파요. 괜찮아요.'

오히려 안달이 난 그녀가 그에게 애원할 때쯤 그는 못 이기는 척 그녀를 안았다.

나중에 다 씻고 호텔을 나설 때쯤 그는 그녀의 따가운 눈총을 받아야 했다.

기대했던 만큼 아주 뜨거운 밤이었다.

재신에게 사랑받는 밤. 매번 이렇게 안겨 있고 싶다. 그 포근하고 부드러웠던 그의 품이 계속 생각날 거 같았다.

8장. 소중한 내 사람

어젯밤 친구들과 새벽까지 술자리가 이어졌던 남우는 아침부터 속이 좋지 않았다. 다 게워 내자 어머니께서 끓여 준 콩나물국도 삼키지 못할 정도로 메슥거렸다.

"요새 술자리가 잦네."

"죄송해요."

"의대 가라고 공부시켰더니 친구 잘못 만나서 네 인생 그렇게 된 건데, 아직도 걔네들과 어울리고 싶니?"

"……어머니."

남우가 인상을 쓰며 어머니를 불렀다.

"어머. 네가 그런 애들하고 어울리니까 엄마한테 버릇없게 인상도 쓰고. 나 참, 네 형하고 사촌 형들 반만 따라가 봐라, 내가 속이 상해서 원."

대대로 의사를 배출한 집안. 거기서 유일하게 탈선한 사람이

291

권남우였다. 그의 형, 사촌 형, 사촌 누나, 이모, 고모, 숙모, 외삼촌. 모두 병원 밥을 먹고 사는 사람들이었다.

그곳에서 혼자 미운 오리 새끼처럼 상담센터를 경영하고 있는 남우는 가족들에게 웃음거리이자 어디 모자란 애라는 조롱거리가 되었다. 어머니는 그걸 부끄러워하셨다.

재수에 삼수까지 시켰으나 그는 결국 의대에 입학하지 못했다. 공부를 못하는 편은 아니었지만 의대까지 갈 정도의 실력은 아니었던 거다.

"도대체 누굴 닮았는지."

"어머니 닮았어요."

"뭐, 뭐?"

그가 유일하게 할 수 있는 반항. 이런 말을 뱉고 또 실수를 한 자신을 다그치며 그는 손으로 마른세수를 하였다.

어머니 또한 이 집에서 병원 밥을 먹지 않는 유일무이한 인물이었다.

"네, 네가 어떻게 나한테……."

"죄송해요."

"아직 술이 깨지 않은 모양이구나. 토요일 저녁에 아버지 생신 기념으로 가족들 다 모이기로 했다. 말끔한 모습으로 나와."

"네."

남우는 수저를 내려놓고 넥타이를 비틀어 풀었다. 목을 조르는 것 하나 없는데 누군가 목을 조르는 거 같았다.

가족 행사에서 얼마나 많은 비웃음을 당할지, 벌써부터 부담이 되었다.

"저 출근할게요."

입에도 대지 않은 콩나물국이 다 식어 가고 있었다. 그는 불편한 속을 달래며 편의점에서 숙취해소제를 사서 한입에 마셨다.

그때 그의 핸드폰에서 벨이 울렸다.

[혜린]

다름 아닌 혜린이었다. 그는 대수롭지 않게 전화를 받았다.

"어. 아침부터 웬일이야?"

— 어제 새벽에 들어갔어? 전화 안 받더라.

"응. 실려 왔다."

— 걔넨 너 술 못 먹는 거 알면서 맨날 끝까지 붓더라.

"내가 못 먹으면서 마시는 거지."

어제 갓 취업을 한 친구들과 술 약속이 있었다. 드디어 직장인이 된 그들은 불타는 연애 중이었다. 아직 결혼은 먼 미래이기 때문에 그전에 많은 사람을 만나 봐야 한다며 그에게도 얼른 여자를 만날 것을 강조했었다.

'혹시 최혜린하고 잤냐? 나 옛날부터 그거 진짜 궁금했는데.'

'미쳤냐.'

'왜? 네가 자자고 하면 얼씨구나 하고 달려올걸.'

'미친놈. 적당히 해라.'

어제는 그렇게 말은 했지만 혜린과 통화하니 괜히 어제의 말들이 신경이 쓰였다. 그에 대한 마음을 이미 접은 거로 알고 있는데, 설마 아직도 진행 중은 아니겠지. 희망고문 같은 건 하고 싶지 않은데.

친구로서 적당한 거리를 유지하던 혜린이 요새 들어 부쩍 그를 불편하게 하고 있었다.

– 속은 좀 어때?

"괜찮아."

– 다행이다. 걱정돼서 전화했어.

"내 걱정을 네가 왜 해?"

아침부터 까칠한 그의 목소리에 혜린이 당황한 듯했다.

– 어, 어? 미안해.

"아니, 네가 미안할 일은 아니고. 숙취 때문에 예민했어."

– 나는 그냥 남우야. 친구로서 걱정돼서.

그녀의 목소리가 떨려 나왔으나 남우는 그걸 캐치할 정신이 없었다. 편의점 창문 앞으로 지나가는 민지가 보였기 때문이다. 그는 핸드폰을 귀에 댄 채로 편의점 문을 열고 뛰쳐나왔다.

"이민지!"

"권남우? 출근 중?"

"……어, 너도? 잠시만."

민지가 고개를 끄덕이며 잠시 멈춰 서서 그를 기다려 주었다. 남우는 끊기지 않은 핸드폰 액정을 보고 귀에 댔다.

"내가 다시 전화할게."

– 남, 남우야!

그는 전화를 끊은 후 민지를 보았다. 주말 사이에 뭐가 달라진 거 같은데 잘 모르겠다. 이윤정 고객 말로는 워크샵을 간다고 했던 거 같은데. 묘하게 더 예뻐진 거 같고.

원래도 예뻤지만 꽃이 만개했다고 해야 하나? 더 밝아 보이고, 피부도 좋아 보이고, 전체적으로 민지의 기분이 최고조로 보였다.

"워크샵은 잘 다녀왔어?"

"응. 잘 다녀왔지."

"재밌었어?"

"그냥 쏘쏘? 열심히 참여해서 달리기에서 1등 먹었다!"

그녀는 엄지를 치켜 올리며 워크샵에서 했던 체육 종목에서 1등을 먹었다며 자랑을 했다.

"넌 표정이 안 좋은데? 어디 아파?"

"아아…… 숙취."

"몸 상하겠다. 적당히 마셔야지. 네가 센터에서 마음이 아픈 사람들 다 고쳐 주고, 이야기 들어 주고, 유일한 벗이 되어 주고. 얼마나 좋은 일을 하는데. 네가 아프지 않고 컨디션이 좋아야 센터 고객들도 더 신뢰를 하지! 남우 넌 뭐든 다 잘했으니 잘하겠지만 말이야."

별거 아닌 이런 말들이 그에겐 항상 힘이 되었다. 이 아이가 눈에 들어오기 시작한 것도 그때였던 거 같다.

중학교 2학년 1학기 중간고사를 앞둔 시점, 동네 독서실에는 학생들로 바글바글했다. 그때 학교에서 예상 문제라며 프린트물을 나누어 주었는데 답안지가 없는 문제들이었다. 무조건 다음 날까지 풀어서 가져가야 했는데 모두 골머리를 썩는 문제가 있었다.

남우의 손에 들어간 그 문제는 5분도 안 돼서 답이 나왔다. 그때 다들 어떻게 푸냐고 물어봤는데 그중 민지도 있었다.

'너 진짜 천재인가 봐. 이 정도면 나사 가야 되는 거 아니야?

수학 천잰가?'

그다지 친분은 없었던 친구지만 그녀가 건네는 칭찬이 그에
겐 힘이 되었다. 집에 가면 있는 천재들 사이에서 그는 항상 바
보 역할을 했는데, 그녀 앞에선 자신이 바보처럼 느껴지지 않
았다.

오늘만 해도 그랬다.

술이나 먹고 다니는 멍청한 성인이었다가 민지의 한마디에
마음이 아픈 사람에게 힘이 되는 사람으로 탈바꿈되어 있었다.

"응. 고마워. 적당히 마실게."

"아니, 뭘."

"너도 피곤해 보이는데? 잠 못 잤어?"

"응? 아니, 아니. 잤지."

"아프지 말고. 걱정된다."

그의 말에 그녀는 고개를 갸웃했다.

"네가 내 걱정 하니까 이상하다. 어쨌든 고마워."

'네가 내 걱정을 왜 해?'

방금 전 혜린과 통화할 때 자신이 했던 말이 생각났다.

그 순간 그는 보려 하지 않았던 혜린의 마음이 보였고, 민지
가 자신을 어떻게 생각하는지 깨달았다.

민지는 자신이 그녀에게 알은척을 하는 것조차 부담스러운
것이다.

"응. 민지야. 다음에 또 보자."

"어. 조심히 가."

그녀는 손을 흔들며 TG전자 건물 쪽으로 빠르게 걸어갔다.

민지를 놓치고 싶지 않다. 그녀만 옆에 있다면 자신은 정말 좋은 사람이 될 거 같은데. 그런데 그녀의 마음이 향한 상대는 그가 함부로 대 볼 만한 상대가 아니었다. 이미 두 사람은 서로에게 감정이 큰 거 같은데…….

남우는 오늘도 고민에 고민을 거듭하며 출근했다.

✳ ✳ ✳

재신은 점심 식사 자리를 위해 감자탕집으로 갔다. 거기엔 원스타 조창석 대표와 한류 스타 김재훈의 오랜 매니저 조덕재가 자리에 앉아 있었다.

"형."

덕재가 재신을 보고 달려와 먼저 인사를 하였고, 재신은 간단히 눈인사를 한 후 창석에게 갔다.

"창석이 형, 잘 지냈어요?"

엔터테인먼트 사업을 시작한 건 재신이 빨랐지만, 이 업계에서 더 오래 버티고 있었던 건 원스타 대표 창석이었다. 창업이 늦었을 뿐이지.

"어. 감자탕 주문했다."

"덕재, 막내는 좀 어때?"

"계속 병원에 있죠. 그래서 매니저 일도 다른 매니저에게 넘기고, 병원에 있어요."

막내가 아파서 대학 병원에 입원해 있다고 들었는데, 아무래

297

도 치료가 장기전이 될 거 같다는 말을 하던 덕재는 그의 앞에서 술을 마시며 펑펑 울었다. 엎친 데 덮친 격 창석도 몸이 안 좋아서 공격적으로 회사 운영을 하지 못하는 상태였다.

원스타를 먹여 살리는 김재훈.

단 한 명의 스타로 인해 건물을 올리고 대표와 매니저가 평생 먹고 살아도 못 쓸 정도의 부를 축적했다.

대한민국을 넘어 세계에서도 유명한 배우인 그는 탄탄한 연기력으로 인해 영화를 찍었다 하면 모조리 상을 휩쓸었다.

첫 시작이 모델이었던 김재훈은 여전히 패션위크에서 가장 섭외하고 싶은 모델이기도 했으며, 드라마 OST에 참여하여 최근엔 몇 개의 1위 곡도 보유하고 있었다.

말 그대로 이 시대에 가장 걸맞은 연예인이었다.

어느 하나 못하는 구석이 없는 연예인.

원스타에겐 이번이 위기지만 재신에게는 기회였다.

"혜린이는 가서 잘 하고?"

"네. 이런 말씀 죄송하지만, 인성 교육을 중점적으로 하고 있습니다."

"그렇군."

만약 창석의 부탁이 아니었다면 절대 혜린을 샤인에서 데려가진 않았을 거다. 외모도 예쁘고 스타성도 있지만 장기적으로 보았을 때 인성 때문에 오래가진 못할 거 같았다. 그렇지만 대를 위해 그는 소를 희생하기로 했다.

"안 그래도 우리 쪽에 있을 때보단 훨씬 인지도를 쌓아서 좋더라고."

"네. 식사하시죠."

감자탕이 나오자 덕재가 각각의 그릇에 먹기 좋게 음식을 담아 창석과 재신에게 주었다.

"이제는 회사를 정리할까 해."

"결국 그렇게 되셨군요."

"덕재가 운영을 하기에도 힘든 상황이라서. 유재신 네가 눈독 들이던 우리 재훈이 보낼게."

이날을 위해 그는 매년 김재훈을 꼭 만나서 식사 대접을 하였다. 그렇게 챙기는 연예인은 김재훈이 유일했다. 난다 긴다 하는 연예인 몇 명보다 차라리 새로 키워서 대스타를 만드는 쪽을 선호했지만 그에게도 꼭 영입하고 싶은 배우가 있었다. 김재훈.

창석과 덕재를 만나게 된 것도 김재훈과의 연결 고리를 만들기 위함이었다. 지금은 형 동생으로 잘 지내고 있지만 어쨌든 첫 만남은 불순했다고 볼 수 있다.

"김재훈 씨 의사도 물어봐야죠."

"혼자 직접 차리는 거 아니고선 샤인으로 갈 거야. 우린 재훈이가 원하는 대로 해 주려고 해."

"네. 형. 감사합니다."

밥상을 잘 차려 줬으니 이제 잘 떠먹는 건 그의 몫이었다.

"형, 맞다. 혜린 씨 혹시 제가 모르는 과거가 있나요?"

"어떤 과거?"

"예를 들어 세상이 알면 안 되는. 형하고 덕재가 막고 있는 기사가 있는지 묻는 거예요. 저한테 말씀 안 한 게 있으면 지금이라도 얘기해 주세요."

어딘지 꺼림칙한 기분이 든다. 분명 그가 모르는 게 있을 거 같은 느낌.

혜린에겐 미안하지만 그는 원스타와의 관계 유지와 김재훈을 데려오기 위해 그녀를 받은 것이다.

"제가 알아보기 전에요."

재신의 말에 덕재는 팔꿈치로 친형인 창석의 옆구리를 찔렀다. 창석과 덕재는 재신이 이렇게 공을 들이지 않아도 재훈에게 샤인을 제일 먼저 추천할 생각이었다. 재훈의 그릇을 담을 곳은 샤인밖에 없을 테니까.

그걸 알지만 그들은 내가 키운 내 새끼, 중고등학생 때부터 봤던, 이제는 친동생 같은 재훈을 보내는 게 마음이 아파서 뜸을 들인 것이다.

유재신이 어떤 대표인데. 물면 절대 놓지 않는 놈이 그들에게 이렇게까지 인간적으로 다가와 준 건 모두 김재훈을 갖기 위한 거라는 걸 그들도 알고 있었다.

그래서 그들은 재훈을 핑계로 혜린을 같이 데려갈 것을 요구했다. 그럼 재신이 그들의 부탁을 거절하지 않을 거라 생각했다.

"학교 폭력."

"네. 연예계에 그런 분들 많죠."

중고등학교 때 착실하고 성실하게 공부를 했던 사람들보다는 자신의 개성을 표출하고 예쁜 것을 악용하며 싹수가 노랬던 친구들이 이 업계에 더 많았다.

그래서 재신은 신인을 뽑을 때 인성을 가장 중요시하며 그런 친구들을 안 뽑으려고 검열을 많이 하는 편이었다.

아무리 실력 좋고 예뻐도 인간성이 쓰레기라면, 결국 뜨고 나서 권력을 손에 쥐고 나면 악한 사람으로 변해 추락하게 될 것이기 때문이다.

그런데 그의 감이 최혜린은 거기서 끝이 아닌 것 같았다.

"악질이었어."

"……."

"엄청 학생들을 때리고 괴롭힌 모양이야. 친구들이 자살 시도를 할 정도로. 애가 비뚤어진 건 혜린이 부모님이 혜린이를 그렇게 때렸나 봐. 애가 어려서부터 예쁘니까 걔 아버지가 걔 데리고 여자 장사를 하려고 했다는 말도 있어."

"쓰레기 새끼네요."

재신은 숟가락을 내려놓고 인상을 썼다.

"폭력은 그렇다 해도 부모가 자기 딸을 노인네들한테 팔아먹는 게 정상은 아니잖아. 그 어린 게 그거 알고 전화로 경찰에 신고한 모양이야. 문제는 경찰이 그 집에 갔을 때 걔네 부모는 숨겨 있었고 혜린인 없었다더라고."

"그럼 설마……?"

창석은 좌우로 고개를 저었다.

"걘 아니야. 그때 걔 다니던 중학교 남자 교생 집에 있었더라고. 그 교생하고 있었던 게 입증이 돼서 걔가 아닌 걸 알게 됐지."

"우리가 아는 건 여기까지. 형, 걔 불쌍한 애예요. 가수 되고 나서는 남자랑 스캔들 한 번 없고 폭력적인 성향 드러낸 적 없고 착실했어요. 그룹 멤버들 뜨지 못해서 포기하고 널브러져 있을 때 혼자 아등바등했고 열심히 살았어요. 근데 혜린이가 샤인에서 실수한 거 있어요?"

"아니."

재신은 고개를 저었다. 문제 된 건 없다. 오히려 다른 소속 배우들보다 더 열심히 인성 교육을 받고 상담도 열심히 한다. 남자와의 스캔들 없고 회사에서 잡아 주는 스케줄도 군말 없이 모조리 하는 편이었다.

그러나 문제는 민지가 그 애를 볼 때마다 움츠러든다는 것이다. 아닌 척 티를 내도 미묘한 두 사람 분위기를 그가 눈치채지 못할 리 없으니까.

워크샵을 다녀온 이후 데이트를 하다가 우연히 마주쳤는데 민지가 그녀를 못 본 척하고 앞으로 가던 방향을 틀어 옆길로 가게 했었다.

"혜린이 모친이 부친을 죽이고 자살한 거로 부검 결과가 나왔대. 걔는 양가 가족에게 버려지고 손가락질받고 그런가 봐. 아…… 유일하게 연락하는 남자애가 있는데, 권남우라고."

"권남우요?"

"응. 이웃이자 동창이래. 걔랑만 친구로 지내고 그 외엔 딱히 연락하는 친구도 없더라고."

"네. 그거면 됐어요. 미리 알고 있어야 문제가 생겨도 대처를 하니까요."

안쓰럽긴 하지만 샤인에 계속 두기엔 문제가 많네. 포커페이스를 유지하며 재신은 창석과 함께 밥을 마저 먹었다.

그는 다음번엔 김재훈 배우와 함께 다 같이 만나는 거로 약속을 잡고 헤어졌다. 그때는 가계약서도 챙겨서 나오면 될 거 같았다.

사무실로 돌아가는 차 안, 그는 민지에게 전화를 걸었다.

– 응, 오빠.

"점심 먹었어?"

– 그럼~ 반만 먹었어요. 많이 먹으면 요새 소화가 안 돼서. 이상하게 연차가 쌓일수록 소화 기능은 점점 저질이 되는 거 같아.

"그럼 점심 먹고 나랑 회사 주변 걸어 다닐까?"

운동 겸 얼굴도 보고.

– 나도 그러고 싶은데 오빠 점심 거의 회사에서 안 먹잖아요!

"먹으면 되지."

– 안 돼. 나는 오빠를 회사 끝나고 만나서 오래오래 볼 거예요. 낮에 나랑 보면 미팅 저녁으로 미뤄야 하잖아요.

차 안에는 재신의 웃음소리가 감돌았다. 김창우 실장은 미러로 뒷좌석을 힐끗힐끗 보았다.

사람이 연애를 한다고 저렇게 변할 수 있을까?

– 오늘은 뭐 해요? 아! 우리 게임 데이트 언제 해요?

"맞다."

– 요새 게임 안 한 지 좀 돼서 손 풀려면 연습해야 해요.

"다 같이 일정 잡기가 어렵네. 오늘 저녁에 안 그래도 같이 운동할 거 같은데, 회사 끝나고 올래?"

– 수영하려고요?

"응."

다 같이 수영 시합도 하고 겸사겸사 서로 안부도 묻고. 이렇게 모임처럼 만들어 두지 않으면 각자 생활이 바빠서 얼굴 보기도 힘든 친구들이었다.

– 오빠 진짜 체력이 국보급인 거 같아요. 난 하루에 미팅 두 번만 하면 혼이 나갈 거 같은데. 그럼 친구 만날 생각도 안 들거든요. 맨날 친

구들한테 다음에 꼭 만나자 하는데 나이 드니까 서로 피곤해서 선뜻 약속 못 잡고 그래요.

"내 앞에서 나이 들었다고 하는 거야?"

새파랗게 어린 네가 감히. 재신의 농담에 민지는 키득키득 웃음을 터뜨렸다.

– 나이 들어서는 취소! 하여튼 밤늦게 들어가도 아침에 운동도 하고 일찍 일어나는 거 보면 신기해요. 낮잠도 안 자잖아요?

"그런 편이지."

– 거봐요, 나보다 오빠가 낫다니까.

운동을 게을리 하지 않는 탓에 체력은 누구보다 좋은 편이었다. 그는 한 회사의 얼굴이자 대표였다. 그건 무슨 일이 있어도 몸 건강히 그가 건재해야 한다는 거였다.

회사가 커지면 커질수록 대표는 더욱 몸 관리를 해야 하고 비바람이 부는 날에도 건재해야 하고, 아프면 안 된다. 그게 그의 경영 철학이었다.

– 이따가 되면 연락 줘요. 사실 게임 안 해도 되고, 오빠 친구분들하고 일찍 헤어지면 내 얼굴도 보고 가요.

"응."

– 난 아마 8시쯤 퇴근할 거 같아요.

"저녁은?"

– 대충 샌드위치?

"그러니까 소화 기능이 떨어지지. 그러고 나면 집 가서 야식 먹을 거 아니야. 석식 없어?"

– 있는데 식당까지 내려가기 귀찮아서.

"야근하는 날엔 밥 꼭 챙겨 먹어."

– 우리 엄마가 밥 챙겨 먹으라고 할 땐 잔소리 같은데, 오빠가 말해주니까 너무 좋다. 저녁 먹고 사진도 찍어서 보내 줄까요?

"응. 보내."

그녀는 아기 같은 구석이 있다. 저녁을 먹고 사진 찍어서 보내겠다니. 생각지도 못했던 거지만 그마저도 귀엽다.

– 회사 도착했어요?

"응. 거의."

– 나도 사무실 들어가 봐야 해요. 이따 문자 줘!

재신은 전화를 끊었다. 사무실에 도착하기 5분 전 그는 잠시 머리를 대고 편히 앉았다.

✽　✽　✽

사무실에 들어오자마자 커피 한 잔 마실 여유도 없이 서류를 확인했다. 보고서, 기획서, 재무재표 등등. 끊임없이 그의 승인을 요청하는 서류가 회사 홈페이지에 업데이트가 되었다.

돈이 지급되어야 하는 것도 그의 회사는 재무팀 이후에도 재신의 승인이 필요했다. 1차, 2차, 3차. 즉, 3차 최종 승인자가 그였다.

[사진]

메신저 소리가 울려 들여다보니 민지에게서 메시지가 오고 있었다. 재신은 핸드폰 잠금을 해제해서 그녀가 보낸 사진을 눌렀다.

그에게 전달된 사진은 민지가 석식을 먹으면서 찍은 사진이었다. 숟가락을 들고 카메라를 보며 웃고 있는 그녀를 보니 사랑스러워서 주머니에 쏙 넣고 다니고 싶단 생각이 들었다.

남 밥 먹는 사진이 왜 이렇게 예뻐 보이는 걸까?

그녀가 무엇을 먹는지, 언제 먹는지, 어떤 표정을 짓는지 매일이 궁금하다. 이 정도면 집착이 심한 건가.

[순두부 완전 맛있어요. 그때 강릉에서 못 먹었던 순두부! 그때 생각나서 골랐는데, 맛이 짱! 오빠는 저녁 먹었어요?]

[아니.]

[치- 나한텐 잘 챙겨 먹으라고 하면서. 지금 7시 반이거든요. 나 일 다 못 끝내서 퇴근 9시 다 돼서 할 거 같아요. 기다리지 마요.]

9시면 운동을 빨리 끝내면 만나는 건 가능할 거 같다. 나이를 먹고 사회적 지위를 얻어도 친구들이 예전으로 돌아갈 때가 게임 하는 순간이었다.

태훈 같은 경우엔 워낙 인플루엔서여서 그가 게임 하는 영상만 올려도 부가적인 수입을 창출하였다.

어쩔 땐 그 영상 때문에 들어온 부가적 수입이 CF 모델료보다도 많을 때도 있었다.

[딱 좋아. 9시도 좋고, 그 이후도 좋고, 회사로 와.]

[막상 오빠 친구들 본다니까 엄청 떨려요. 나 오늘 옷이 좀 그런데.]

블라우스에 깔끔한 긴 정장 바지를 입은 그녀는 세련돼 보였다.

[예뻐. 나만 보고 싶을 정도로.]

[진짜?]

[응.]

그 이후엔 좋다는 이모티콘이 여러 개 왔다. 재신도 그녀를 따라 이모티콘 하나를 보냈다.

넷이서 모여 수영장을 종횡하며 한참 땀을 뺀 다음 샤워실로 들어갔다. 이렇게 한 달에 한 번은 꼭 서로 만나 수영을 하고 샤워까지 같이 하다 보니 각자 자기 몸을 소홀히 할 수가 없었다.

남자라는 동물에겐 나이가 먹어도 자기 자신이 제일 우월해야 하고 지기 싫어하는 승부욕이 있기 때문이다.

유전에 의한 키 차이를 제외하면 그 누구도 서로에게 꿀리지 않도록 몸 관리를 하는 편이었다.

매번 하는 일이 외모 관리인 한류스타 태훈이 제일 몸이 좋긴 했지만, 나머지도 옆에 둬도 꿀리지 않았다.

"재신아, 여자 친구분 성함이 민지 씨라고 했지?"

"어."

"얘들아. 우리 게임 할 때 민지 씨 경호 열심히 하자. 여자는 우리가 지켜야지."

"그래, 그래."

민지의 게임 실력을 모르는 재신은 어깨를 으쓱 올렸다가 내렸다.

"그래. 게임 살살 해라. 같은 팀이면 꼭 이기고."

"어. 나 위치챗 켜도 돼?"

"응."

태훈은 게임을 할 때 방송을 같이 한다. 그럼 열 명의 영상편집자에게 5시간가량의 동영상이 전달되고 각각 개성에 맞춰서 편집을 해서 유튜브에 올린다.

"민지 씨 목소리 나가도 돼?"

"아니. 안 되지."

"넌 참여해?"

"아니. 난 모니터 볼게."

재신은 직접 플레이 하는 대신 친구들의 게임을 보며 실시간 방송 촬영을 한다. 태훈의 얼굴을 찍기도 하고 소리와 게임 화면만 나가게 하기도 하고 말이다. 마이크와 영상 담당이 재신이었다.

씻고 나온 네 사람은 샤인 프로덕션 내 컴퓨터방으로 갔다. 재신은 장비를 점검하고 컴퓨터를 모두 켰다.

"여기 자리 누가 앉았어? 마우스 감도가 다른데. 나 바꾼다?"

"편한 대로."

종우가 자리에 앉자마자 마우스 감도를 조절하고, 가방에서 게임용 키보드를 꺼내서 설치했다.

"그럼 설치하고 있어. 나 민지 데리고 올게."

"응. 맥주 냉장고 비었더라. 올 때 시원한 거로 사 와."

"응."

게임 하다 보면 열이 올라서 식히려면 맥주를 마셔야 하는 순간이 온다. 재신은 매니저처럼 그들에게 수분과 알코올과 약간의 초콜릿 같은 간식을 공급했다.

사실 태훈이 이끄는 연예계 게임 팀은 출전을 목표로 해도 될 정도로 실력이 우수한 편이었다. 태훈의 팬들은 그에게 프로게이머 데뷔를 요청하기도 한다.

    그러나 취미가 본업이 되는 순간 재밌던 것도 처참하게 일로 전락하게 되는 걸 이미 깨달았기 때문에 그는 게임만은 취미로 두고 싶다고 하였다.

    도형은 실제 총 게임 경기를 관람한 이후로 뒤늦게 게임을 시작하여 무섭도록 빠르게 레벨을 올리고 있었다. 다른 건 몰라도 집중력이 좋은 탓에 명중률이 좋았다.

    종우는 빨빨대고 정신없이 다니는데 이상하게 죽지 않고 오래 살아남는다. 그것도 종우만의 게임 노하우였다.

    재신은 친구들을 두고 건물 1층으로 내려갔다.

    민지의 회사 건물로 그녀를 데리러 가는 그의 발걸음은 점점 빨라졌다. 걷는 속도가 웬만한 사람의 뛰는 속도와 비슷할 정도로 긴 다리로 성큼성큼 걸었다.

    "오빠!"

    민지는 그를 보자마자 손을 흔들더니 그에게로 뛰어왔다.

    그녀는 그의 품에 와락 안겼다. 뛰어올 때부터 공중에 흔들리던 그녀의 가방이 그녀가 안긴 순간 그의 등을 세게 때렸다.

    "윽."

    "오빠, 아파요? 어떡해. 너무 반가워서."

    반가워서 안은 건데.

    민지가 검지와 엄지를 꼼지락거리며 만지며 미안한 표정을 지었다. 아픈 척하며 더 놀리고 싶었으나 그랬다간 울 것 같은 눈망울을 하고 있어서 여기서 멈췄다.

    "장난친 거야. 진짜 괜찮다니까."

    그는 그녀의 볼을 건드리며 조물조물 만졌다. 그제야 그녀도 마음을 놓았는지 게임 이야기를 이어 갔다.

"요새 워크샵에 야근에 오빠랑 데이트하느라 손이 무뎌졌을 텐데. 그래도 열심히 해야지."

"응. 잠깐 편의점 들르자. 맥주 사 오래."

"오오. 배운 사람들. 게임 할 때 맥주 콜라보 궁합 좋은데. 역시 오빠 친구분들은 배운 사람들이네요."

재신은 머리를 긁적였다. 그런 거로 배운다는 표현을 쓰나? 어딘가 이상한데. 그러던 그가 잠시 걸음을 멈췄다.

이게 바로 세대 차이인가.

"오빠, 왜요?"

"아니. 방금 내가 진짜 나이가 많게 느껴졌어."

"에이. 오빤 잘생겼지 키 크지 돈 많지 집안 좋지. 나이는 문제가 되질 않아요. 객관적으로! 내가 복 받은 거지."

"……."

"할아버지 돼도 사랑할 테니까 걱정 마요."

그녀는 그의 팔에 쏙 팔짱을 끼었다. 할아버지 돼도 사랑해 준다는 그녀의 이마에 재신은 쪽 입을 맞춘 후 편의점으로 그녀를 이끌었다.

오히려 그녀가 할머니가 돼도 자신이 그녀를 더 사랑하고 있을 거 같은 예감이 들었다.

❈　❈　❈

"안녕하세요. 이민지입니다."

"안녕하세요. 강태훈입니다."

"도종우예요."

"서도형입니다."

그의 친구들과 인사를 나누었다. 도형이란 분은 예전에 게임 경기 때 뵀던 그분이고, 태훈은 스타여서 모를 수가 없고, 종우라는 분도 얼굴이 익숙했다.

"민지 씨, 저 저번에 봤죠? 윤지랑 있을 때."

"아! 아! 종우 오빠, 왠지 얼굴이 익숙하더라니!"

종우는 사촌 언니 친구의 남자 친구였다. 요 앞 카페를 운영하는 카페 사장님이기도 한 윤지 언니는 차갑고 이성적인 편이었다.

사촌 언니인 연주 언니와 해인 언니는 그녀와 같은 과라고 한다면 윤지 언니는 정말 언니 같은 느낌이 드는 언니였다.

"인사는 나중에 하고 일단 접속부터 할까요? 민지 씨, 말 편하게 해도 돼요?"

태훈의 질문에 민지는 좋다고 고개를 끄덕였다. 열 살 차인데 존댓말 듣는 게 더 어색할 거 같았다.

[총게임은 나야나 님이 접속하셨습니다.]
[메가헤르츠 님이 접속하셨습니다.]
[월드폭격기 님이 접속하셨습니다.]

태훈의 아이디인 '월드폭격기'가 뜸과 동시에 채팅창엔 태훈의 팬들이 환호를 보내왔다. 그러고는 질세라 벌써부터 후원금을 쏘기 시작했다.

재신은 카메라를 3번으로 바꿔서 태훈의 얼굴이 나오도록 하였다. 태훈은 손을 흔들었다.

"오늘은 제 동창 나야나 님, 메가 님, 폭격 님이 함께합니다. 멀리서 유혈이도 참가합니다."

[유혈사태 님이 입장하셨습니다.]

태훈의 게임 멤버인 연예인이 입장하자 또다시 채팅방이 들썩였다. 그는 옆에서 컴퓨터를 켜고 접속하고 있는 민지를 보았다. 눈이 마주치자 민지가 고개를 끄덕였다.

"그리고 제 지인 한 분도 입장할 예정입니다. 신비주의 컨셉이라 누군지는 공개하지 않겠습니다. 갑작스럽게 목소리는 출연할 수도 있습니다."

태훈이 멘트를 하며 채팅방을 보고 있을 때 민지는 그들의 게임방에 접속했다.

[전투요정 님이 접속하셨습니다.]

비어 있던 한 자리가 채워진 순간, 채팅방은 일순 고요해졌다. 몇 초간의 정적 이후로 채팅방은 '전투요정'에 대한 이야기로 빠르게 채워지기 시작했다. 그리고 재신의 친구들도 모두 민지에게 고개가 절로 돌아갔다.

입을 떡 벌린 채 당황한 표정을 짓고 있는 그들은 모니터와 민지를 번갈아 보았다. 재신은 녹음 중인 소리를 확인하기 위해 쓴 헤드셋을 뺐다.

"왜? 무슨 일이야?"

"전투요정 님? 진짜?"

바로 옆자리에 앉은 종우의 질문에 민지는 머리를 긁적이며 고개를 끄덕였다. 재신은 고개를 갸웃하며 헤드셋을 끼고 분할된 화면을 보았다. 그중 채팅창을 쭉 읽어 내려가던 그의 눈도 커졌다.

[어떻게 전투요정 님을 섭외하신 거예요? 대박!]
[전투요정 님? 정말 요정 님이세요?]
[와- 오늘 여기 맛집이네요. 대박.]

태훈은 빠르게 게임 방송의 제목을 바꿨다. 게릴라 게임전이었던 제목이 '게릴라 게임전(게스트: 전투요정 님)'으로 변경되었다.

[요정 님 보고 싶었어요. ㅠㅠ실시간 게임을 볼 수 있다니 영광이에요.]
[리얼을 해 본 자라면 두문분출하는 전투요정 님을 모를 수가 없지. 그건 죄악이에요.]
[꺄. 언니. 나도 같이 하고 싶다.]

"인터뷰는 게임이 끝난 다음 조심스럽게 요청하겠습니다. 바로 게임 시작할까요?"

태훈의 진두지휘로 팀전 게임이 시작되었다. 게임 화면이 바뀌자마자 다섯 사람은 정신없이 총을 뺐다가 칼을 들었다가 점프했다가 화면을 정신 사납게 돌아다녔다.

게임용 헤드셋을 쓴 종우와 도형도 게임에 집중하기 시작했다.

- 좋아, 좋아.

- 힐 받을게요.

- 마우스, 마우스, 힐! 힐!

- 어디야? 어디. 어딥니까? 힐!

- 고고고고! 지금! 힐힐!

그들끼리 게임 중 용어가 난무하고 총질하는 소리가 사운드를 울렸다.

그때 쥐 죽은 듯이 조용히 게임만 하던 민지가 헤드셋에서 마이크를 켰다.

- 저도 참여할게요. 다소 거친 언사가 있을 수 있으니 팀원분들께 미리 사과드립니다.

모니터에 빨려 들어갈 것처럼 집중한 민지는 너무 새로웠다. 게임 전 키보드와 마우스를 탓했던 종우와 달리 고수는 장비를 탓하지 않는다는 걸 직접 보여 줬다.

- 나야나 님, 나야나 님, 빡겜 부탁드려요. 응~ 나이스~

- 우리 팀 바로 따라와요.

- 나 궁 있어. 궁! 궁! 어, 어. 왜 안 맞지?

- 오 마이 갓 오 마이 갓! 궁을 왜 거기다······.

게임이 잘 안 풀리는 듯 민지의 눈썹이 꿈틀거렸다.

[우리 팀 뭐 하니?]

그때 열이 오른 민지가 채팅창에 쓴 말 때문에 태훈과 종우, 도형 모두 빵 터졌다. 심지어 채팅방에 있던 사람들까지도 모

314

두 웃음이 터져서 채팅창엔 ㅋ이 여러 개 연속해서 올라왔다.

캐릭터를 바꾼 민지가 전투요정 타이틀답게 혼자서 오빠들을 이끌며 진두지휘해서 전투를 승리로 이끌었다.

게임이 그들 팀의 승리로 끝났을 때 헤드셋을 내려놓으며 그들은 하이파이브를 하였다.

인터뷰를 한다고 했지만 요정 님에 대한 인터뷰는 영상으로 올리겠다고 한 후 태훈은 방송을 껐다.

"와— 민지 씨, 게임 왜 이렇게 잘해요?"

"하하, 그냥 게임을 좋아할 뿐이죠. 오빠 아까 말 놓으신다고 하지 않으셨어요? 말 편히 하세요."

"갑자기 말 못 놓겠어요."

"게임을 좋아만 하는 수준이 아닌데. 와, 베일에 싸인 전투요정 님이라니! 대박."

"나 지유한테 10시까지 간다고 했는데."

아이를 돌보는 지유가 걱정돼서 도형은 게임이 끝나자마자 뒤풀이는 하지 않고 바로 집에 가는 편이었다. 그게 못내 아쉬운지 컴퓨터를 끄고 집에 갈 준비를 하면서도 눈은 민지에게 향해 있었다.

재신은 민지에게 다가가 어깨에 손을 올렸다.

"그렇게들 보면 민지가 부담스럽잖아."

"재신이 네가 게임에 별로 관심이 없어서 그런데. 와, 만약 전투요정 님 얼굴 공개되면 진짜 한바탕 난리 나겠다."

절대 공개할 일은 없겠지. 재신은 고개를 내려 민지를 응시했다. 게임할 때와 달리 전투력을 내려놓고 순둥순둥 귀여운

315

여자 친구로 돌아와 있었다.

"다들 정리하고 가. 난 민지 데려다줄게."

"야아. 우리 요정 님 데려가지 마. 뒤풀이해야지!"

"데이트하는데 따라오고 싶냐?"

재신이 정색하자 종우가 쭈뼛거리며 일어났다.

"남의 데이트는 관심 없는데, 야 우리 요정 님, 우리 팀 뒤풀이해야 돼. 전투를 했으니, 어? 오늘 경기에 대해서 맥주 마시면서 논평을 해야지."

"민지야, 미안해. 얘들이 벌써 취했나."

바닥엔 게임하면서 마신 맥주 캔이 돌아다녔다.

"괜찮아요. 다들 유쾌한 사람들이네요."

"민지 씨, 가지 마요~ 다음엔 빡겜 할게요. 같이 또 해요."

재신은 친구들의 부름을 무시하고 민지의 어깨를 감싼 채로 주차장으로 내려왔다. 민지가 차에 타자 그는 차를 출발시키기도 전에 잠가 버렸다.

민지의 집 앞에 도착한 차가 주차장에 멈췄다. 시동을 끄자 서서히 차 안에 어둠이 감돌았다.

재신은 안전벨트를 풀고 상체를 빼서 민지에게 다가갔다.

아까부터 키스를 퍼부어 버리고 싶었다. 아니, 이대로 호텔로 차를 돌리고 싶었다. 그런데 내일 출근할 그녀가 걱정되고, 맞선으로 연애하는 걸 알고 계실 그녀의 부모님이 먼저 생각났다.

나중을 대비해서 좋은 사람이고 싶었다. 예컨대, 여자 친구 외박하게 만들지 않는 남자 친구.

"읍! 오……빠."

그는 그녀의 안전벨트를 풀어 준 후 입술을 빨았다. 달콤한 그녀의 입술 덕분에 차 안의 공기는 홧홧하게 달아올랐다.

자신의 친구들에게 상냥하게 대하고, 또 가끔은 농담도 하고, 인정받는 모습을 보니 사랑스럽지 않을 수가 없었다. 쭈뼛 쭈뼛대며 어색해할 줄 알았는데 오히려 분위기를 장악하며 오빠들에게 예쁨받는 모습이 또 그의 눈에는 예뻐 보였다.

어떻게 하면 자신의 오랜 친구들과 편하게 친해질 수 있을까.

술자리를 할까 게임을 같이 할까 등등 여러 가지 고민을 했는데, 같이 게임을 하길 잘했다.

"으읏……!"

그는 성난 짐승처럼 그녀의 옷 속으로 손을 넣으며 입을 맞췄다.

치아를 고루고루 훑고 입천장까지 훑는 그의 혀는 평소보다 사나웠다. 그가 입술을 떼자 그녀의 입술 아래로 타액이 흘렀다. 그는 그것조차 혀로 핥아 올리며 다시 그녀의 혀를 감쌌다.

그는 자신의 입안으로 넣어 쩍쩍 소리가 날 정도로 빨다가 촉 부드럽게 입을 맞췄다. 그는 그녀의 목을 빨고 움푹 팬 쇄골에도 자국을 남겼다. 핥아 올라간 혀가 그녀의 귓불을 건드리고 귓속까지 넣어 간지러움을 태웠다.

"아웅! 하…… 그만, 간, 간지러워. 으읏!"

민지의 격한 반응에 그는 손에 담긴 그녀의 둔덕을 쥐었다. 옷 속에서 브래지어를 내린 그가 돌기를 손에 쥐고 빙글빙글 살살 돌렸다. 그러자 민지는 아랫배를 움츠리며 다리가 벌어졌다.

그의 손길이 집요해질 때마다 민지의 몸이 튕겨 올랐다.

"하…… 오빠! ……응, 재신 씨!"

민지는 지속된 쾌감을 참지 못해 재신의 목에 두 팔을 둘렀다. 그러곤 그의 어깨에 얼굴을 대고 색색 숨을 쉬었다.

"너무 예뻐서 참을 수가 있어야지."

"하아. 놀랐잖아요."

"여기가 호텔이 아니어서 다행이야."

오늘 만약 둘만 있는 공간 어디에라도 있었다면 그녀를 재우지 않았을 거다. 그는 자신을 꼭 안은 그녀의 머리를 감싸고 큰 손으로 등을 쓰다듬었다.

이대로 몸이 식지 않을 거 같다.

"오빠, 못 참겠죠?"

"응."

그의 솔직한 대답에 그를 안고 있던 그녀가 스르르 아래로 내려갔다. 바지 버클에 손을 대는 그녀의 손이 서툴지만 급했다.

"민지야. ……민지야?"

"외박은 안 되고. 여긴 불이 나 있고. 꺼 줄게."

"할 줄은 알고?"

그는 무작정 입술을 대려는 그녀의 두 볼을 잡아 의자에 앉혔다.

"너 이러면 오빠 미친다. 진짜."

"……."

"집에 안 가고 싶으면 해."

그의 말에 민지는 그의 아래와 집을 번갈아 보더니 후 하고 한숨을 쉬었다. 그러던 그녀가 그에게 가까이 와서 볼에 쪽 뽀뽀를 하였다.

"그럼 다음에, 다음에 해 줄게요."

그 말에 재신의 귀가 붉어졌다. 그녀가 그의 귓불을 코로 콕 건드리는 순간 재신은 다시 그녀의 입술에 격렬하게 키스를 하였다. 놓아주기 싫은 입술이 시간 가는 줄도 모르고 그녀의 입술을 오랫동안 탐했다.

❃　❋　❃

토요일 6시. 청담동 일식집.

아버지의 생신을 맞이하여 친인척 가족들과 아버지의 지인들이 한자리에 모였다. 의대생의 밤이라고 해도 될 정도로 의대 선후배와 대학병원의 교수진과 전문의들로 가득했다.

그 외 정치인, 사업가 등 아버지가 병원장까지 오르도록 함께했던 지인들도 참석했다. 그들은 모두 아버지가 병원장이 된 이후 1인당 최소 2억 원이 넘는 돈을 병원에 기부했다. 기부한 대가는 기부자와 직계 가족에게 진료우선권이 있다는 거였다.

실제로 생사를 넘나드는 환자보다 기부자의 자녀를 먼저 진료하는 경우도 있었다. 순번에 밀려 제때 수술을 받지 못한 환자들이 병원에서 아우성을 쳤고, 아버지는 소송에 휘말린 적도 있었다.

"권남우, 상담센터 냈다며?"

"네. 형."

사촌들끼리 모여 있는 자리에 잠시 앉았다. 열 명이 앉을 수 있는 테이블에서 하얀 가운을 입지 못한 사람은 자신뿐이었다.

"남준이 형이랑 어쩜 그렇게 다르지? 남우, 지금이라도 공부 좀 해 봐."

"쟨 안 돼."

"형. 세상에 공부해서 안 되는 사람이 어디 있어? 다 되지."

"글쎄. 내 동생은 안 된다니까."

남우는 속으로 다른 생각을 하며 시간을 버렸다.

이 자리에 오신 분들께 인사를 하는 아버지와 그런 아버지의 생신을 기념하여 앞쪽에선 테이블 하나를 차지할 정도로 큰 참치 두 마리를 해체하는 쇼를 했다.

눈알은 누가 먹을 거냐, 생일이신 분이 먹어야지.

그렇게 참치의 눈알을 건네받은 아버지가 참치의 눈알을 십자가로 잘라 엑기스를 술에 넣어 단숨에 마시자 박수 소리가 흘러나왔다.

남우는 조심스럽게 자리에서 일어났다. 적당한 시점에서 빠지고 싶은데 그를 발견한 모친이 그를 불렀다.

"어머, 사모님. 우리 둘째예요. 인사드려라. 여긴 후암 커뮤니케이션즈 사모님이셔."

"사모님은 무슨, 후암에서 나온 지 오래됐는걸요."

"차 회장님만 건재하셨어도 분명 달랐을 텐데, 그래도 제겐 사모님이세요."

콧대 높은 어머니가 이렇게까지 벌벌 기며 아부를 할 정도면 겸손한 거와 달리 손안에 든 부와 권력이 상상을 초월한다는 것을 알 수 있었다.

"안녕하세요. 권남우입니다."

"반가워요. 우리 딸이랑 나이가 비슷해 보이는데."

"스물여섯입니다."

"아, 우리 딸이 더 위네요."

"사모님, 아드님은 요새 많이 바쁜가 봐요. 전에는 행사 때 같이 오시고 하더니."

"연애 중이라 절 자꾸 잊나 봐요."

"어머, 농담은. 아드님께서 사모님을 잊다니요. 그런 효자 또 없잖습니까. 다음 주에 리메인 호텔에서 VVIP 주얼리 패션쇼를 하는데 그때 같이 오세요."

VVIP 주얼리 패션쇼란 호텔 스위트룸을 빌리고 모델을 초청해서 하는 쇼를 말했다. 오직 귀부인들만을 위한. 소규모로 세명에서 다섯 명 정도의 고객을 상대로 톱 모델들이 착용한 화려한 주얼리들을 그들에게 판매를 하는 것이다.

그런 데를 한번 갔다 하면 최소 몇 억 단위로 소비를 했던지라 남우는 그런 과소비는 이해할 수 없었다.

어려운 사람에게 만 원 주는 것도 아까워하면서 고작 보석 따위를 10억을 주고 사는 건 그로서는 한심해 보일 뿐이었다.

"저번에 뵀을 때 명함을 받았는데, 유재신 대표였나요?"

"맞아요. 우리 유 대표 일정 되면 같이 갈게요."

"전에 유재신 대표가 와서 모델이 걸치고 있던 거 세트로 다 사서 드리는 거 보고 난리 났었잖아요. 사모님 정말 존경해요. 우리 아들들이 유 대표 반만 닮아도 좋을 텐데."

"그럼 뭐 합니까. 장가가면 마누라 치마폭에 싸여 있을 텐데요."

차지영은 우아하게 와인 잔을 들어 마시며 싱긋 웃었다.

"유 대표는 눈이 높을 거 같은데, 제가 아는 여식과 만나나요?"

"아뇨. 일반 회사원이에요."

"아? 부친께서 운영하는 회사에서요?"

"아뇨. TG전자 다녀요. 부친은 나름 탄탄한 중소기업을 운영하고 있고요. 두 분이 그렇게 격식 있고 좋으시더라고요. 기품 있고. 우리 나이에 몇 없는 유학파 출신이랍니다. 그래서 그 딸도 한국대 장학생으로 졸업했고."

"어머, 역시 사모님은 남다르세요. 저는 사모님의 깊은 마음을 따라가려면 멀었나 봐요. 집안이 어떻든 사랑하는 사이면 믿어 줘야 하는데, 저는 속물인가 봐요."

어머니와 유재신 대표의 어머니는 하하호호 한참을 웃었다. 남우는 멀뚱히 서 있다가 방금 해체한 참치 접시가 이곳저곳 테이블로 서빙되는 걸 보며 받아서 어머니의 앞쪽에 놔두었다.

아무리 어머니가 그를 무시하고 부끄러워해도 그에겐 어머니였다.

"중소기업이면 IT쪽이에요?"

"아뇨. 다른 쪽요."

두 분의 대화를 듣던 남우는 어딘지 석연치 않은 점을 발견했다.

유 대표와 만나는 사람은 민지이고, 그녀의 부모님이 중소기업을 운영하고 유학파에 격식이 있다고?

중학생 때 그의 기억을 더듬어 보면 민지의 부모님의 직업은 목욕관리사셨고 유학파도 전혀 아니었다.

뭔가 오류가 있는 거 같은데.

민지의 부모님께서 거짓말을 했거나 유재신 대표가 다른 여자를 두고 민지를 만나고 있거나. 둘 중 하난데.

전자든 후자든 남우에겐 민지를 가져 볼 절호의 기회였다.

❈　❈　❈

같은 시각 민지의 모친 김정숙 여사는 네일숍에서 젤네일을 받고 있었다. 일주일에 한 번씩 손톱과 발톱에 젤네일을 하는 게 그녀의 스트레스 풀이였다.

그때 동행하는 윤 여사는 맞선 자리를 추천하곤 했는데 매칭률이 높기로 유명했다. 이 동네로 이사 온 정숙이 윤 여사와 친해지기 위해 그녀가 다니는 네일숍을 따라다니고, 머리 하는 숍도 옮겼다.

끈질긴 우연을 만들어 내고 세상에 유일한 신이 그녀인 것처럼 모셨다. 그 결과 민지에게도 맞선의 기회가 왔다.

"맞선 본 이후엔 두 사람 어떻게 됐어?"

"언니가 추천해 줬는데 당연히 잘됐지. 우리 딸하고 연애하고 있어."

"자기, 너무 잘됐다. 그 사모가 아들 지극정성으로 아껴서 그거 유명하거든. 웬만한 기업가 자제들은 안 가려고 해서 걱정했는데, 자기 덕분에 나도 좋네."

"언니. 결혼하면 아들은 남이지. 결혼 안 해서 그런 거지, 아마 그 사모님도 변하실 거야."

"그럼 좋다만."

남편과는 일찍이 사별하고 지금은 아들이 벌어다 준 돈으로 생활한다고 들었다. 어릴 때 부잣집에서 태어난 분이며, 아들인 유재신은 샤인 프로덕션의 대표라고 했다.

거기까지만 듣고 정숙은 민지와 맞선 자리를 주선해 달라고 윤 여사를 졸랐다.

"자기 근데 남편이랑 영국에서 만났다고 했지?"

"어? 응, 언니."

"어디 살았어?"

"아아, 나…… 그게."

부모의 비참한 과거 때문에 민지의 발목이 잡히면 안 된다. 대한민국 최고의 대학을 졸업하고, 대기업에 입사한 딸. 자신의 딸 민지는 부족한 거 하나 없이 똑똑하고 꿀리지 않는다. 그래서 정숙은 거짓말을 하기로 마음을 먹었다.

"런던. 런던. 거기서 만났잖아."

"아, 런던. 하여튼 나중에 나 원망하지 마? 거기 사모가 보통이 아니거든. 일부러 자기 집안보다 한참 꿀리는 집안 찾는다고…… 미안. 내가 말실수했다. 못 들은 거로 해 줘."

일부러 한참 꿀리는 집안을 찾는다고? 왜? 정숙은 윤 여사가 말을 돌리자 더 묻진 않았다. 그녀로서도 런던 어디 대학을 나왔는지 이것저것 꼬치꼬치 질문하면 난감해지는 상황이 오기 때문이다.

민지가 어렸을 때 '회사원'이라고 거짓말을 시켰던 그때 이후로는 그러지 말아야지 했는데. 정숙은 이번 한 번만 딸을 위해 잠시 선의의 거짓말을 하기로 했다.

✳ ✳ ✳

　재신과 민지는 토요일 저녁 맛있는 식사를 하고 공원을 걸었다. 공원엔 그들처럼 손을 잡고 걷는 연인이 많았다.

"여기도 저기도 다 커플이네."

"그러게."

"그래도 내 남자 친구가 제일 멋지네."

　민지는 주변을 휘둘러보더니 진심을 담아 말했다. 그건 그녀 외에도 남자 친구와 함께 걸어가는 여자들도 공감하는 눈치였다. 두 사람이 지나갈 때 시선이 자꾸 그들 커플에게 쏠렸다.

　다른 남자들보다 머리 하나는 더 큰 키에 우월한 기럭지, 풍기는 이미지마저도 우아하고 기품이 있어서 어른스러운 느낌을 주었다.

　매사에 자신감이 넘치는 그의 성격이 얼굴과 걷는 걸음걸이에서도 태가 났다.

"난 네가 제일 예뻐서 걱정하고 있었는데."

"진짜요?"

"응. 자꾸 너 보잖아."

　재신의 말에 민지는 고개를 좌우로 저었다.

"오빠 보는 거예요."

"같은 거 달린 수컷끼리는 서로 잘 안 봐. 왜냐, 내가 제일 잘났다고 생각하거든. 너 보는 거야."

　민지는 머리를 긁적였다. 정말 나를 보는 건가?

"그럼 오빠만 보게 얼굴 가려야지."

　그녀는 개구쟁이 같은 미소를 지으며 손을 풀고 팔짱을 끼었다. 그러곤 그의 팔에 얼굴을 쏙 묻었다.

"사람 없는 데로 가자."

재신은 민지의 보폭에 맞춰서 천천히 걸었다. 강을 따라 꽤 오래 걸으니 점점 사람들이 없어졌다. 종종 쌩하니 달리는 자전거만 보였다.

지하철이 지나갈 때마다 위에선 시끄러운 소음이 났다. 그들 위에 있는 지하철 길은 불빛을 막아 주었고, 그 아래 강을 따라 난 도로에는 계단 형식으로 되어 앉을 수 있게 되어 있었다.

어둑한 밤 다리 아래는 더욱 어두웠다.

그래서였을까. 민지는 오싹한 기분에 재신의 옆에 꼭 붙어 앉았다.

"오빠는 마른 사람 좋아하죠?"

"아니. 난 적당히 살집 있는 게 좋아."

"진짜? 샤인에 있는 여자 배우들은 다 말랐던데."

"그건 사람들의 니즈에 맞춘 거고."

샤인에 소속된 배우들은 남녀 할 거 없이 완벽한 비율을 자랑했다.

"그리고 난 네가 좋은 거니까 괜히 다이어트하지 말고. 오히려 더 쪄도 좋아."

최근 야식을 끊었던 민지는 그의 말에 용기를 얻었다. 오늘 밤 라면을 끓여 먹을까. 밤에 라면 안 먹은 지 좀 된 거 같은데.

아니야. 너 살 어떻게 뺀 건데. 죽음의 PT를 다시 받을 순 없어.

민지는 좌우로 휘휘 고개를 저었다.

"나 예전에는 이렇지 않고 되게 통통했거든요."

"귀여웠겠다."

"사실 통통이 아니라 뚱뚱."

"그럼 더 귀여웠겠다."

재신은 손등으로 그녀의 볼을 비비다가 머리를 쓰다듬었다.

"안 귀여웠어요. 그래서 그때로 안 돌아가려고 다른 운동은 못 해도 줄넘기는 진짜 열심히 뛰거든요. 야식도 안 먹으려고 노력하고. 그러니까 밤에 야식 절대 권유하지 마요."

"응. 안 권해."

"아니야. 오빠가 권하면 그날 하루는 먹을래. 다음 날 두 배로 운동하면 되지, 뭐."

"내가 도와줄게."

"같이 헬스장 다닐 거예요?"

"아니. 굳이. 침대 위에서 하는 운동도 있으니까."

그의 말에 민지는 능글맞은 남자친구를 흘겨보았다가 피식 웃었다.

야근하고 오면 졸려서 자고, 체력이 되는 날은 재신을 만나거나 친구들을 만난다. 1년에 한 번 보는 친구, 선배, 교수님 등을 모두 합하면 운동할 여유를 갖긴 어려웠다.

그런 그녀를 그가 빤히 응시했다. 눈길이 꽤 오래 마주치고 있다고 생각할 때쯤 그가 입술을 열어 입 모양으로 그녀에게 속삭였다.

'사랑해.'

그러고는 피식 웃으며 그녀의 볼을 감쌌다. 높은 코로 그녀의 코끝을 콕콕 건드렸다. 서로의 콧대가 얽히며 스쳤다. 입술이 살짝 스치듯이 닿았다가 떨어졌다. 아쉬움에 민지의 코에서 콧김이 새어 나왔다.

재신은 그녀의 귀여운 코를 손으로 톡톡 쳤다. 오똑하고 곧게 뻗은 그녀의 코가 그의 손에 닿으면 작은 장난감이 된다. 검지로 누르다가 톡톡 치길 반복하던 재신은 민지의 입술이 삐죽 나왔다가 도로 들어가자 입을 맞췄다.

흘러내리는 머리카락을 귀 뒤로 넘겨 준 후 귓불도 지분거렸다.

"아이참."

"자꾸 만지고 싶어. 어떡하지?"

"그만, 그만!"

민지는 팔로 그의 가슴을 밀어냈다. 가만 놔뒀다가는 계속 어딘가는 그의 손아귀에서 놀아나고 있을 거 같다. 그녀는 그의 손에 깍지를 껴서 잡았다.

"다음에 태훈이가 또 게임 하재. 초대하고 싶대."

"정말이요?"

"응."

민지의 눈이 한참 커졌다. 정우성, 원빈, 현빈 등 30대 이상 남자 배우 중 이름만 들어도 알 만한 태훈이 재신의 친한 친구인 것도 놀라운데, 게임을 같이 하고 싶다고 했다니.

그날은 일부러 아닌 척했지만 사실 엄청 놀라고 신기하고 그랬다.

"게임을 좋아하는 줄만 알았는데 엄청 잘하더라."

"하하. 제가 좀 하죠?"

"눈에 불을 켜고 하는데 승부욕도 장난 아니고. 엄청 귀여웠어."

"그게 귀여웠다고요?"

"응."

이 남자, 어딘가 모자란 거 아닐까.

귀여운 것의 정의를 제대로 알고 있는 걸까.

"오빠, 오빠."

"응?"

"커피 한 잔 마시고 싶은데, 우리 카페 갈까요? 아니면 영화 볼까?"

"영화 보면서 커피 마시자."

"좋아요."

먼저 일어난 재신이 민지에게 손을 내밀었다. 그녀가 그의 손을 잡자 강한 힘에 의해 몸이 일으켜졌다. 그녀는 엉덩이를 손으로 툭툭 털며 그를 따라 계단을 걸었다.

가는 길에 요새 무슨 영화를 상영하는지 검색했다.

"액션? 애니메이션? 공포? 히어로물? 어떤 거 볼까요?"

민지는 제목을 하나씩 부르며 재신에게 물었다.

"액션?"

"난 히어로물."

재신은 액션, 민지는 히어로물을 골랐다.

"그럼 히어로물로 보자. 액션은 나 혼자 봐도 되니까."

"진짜?"

"응. 예매는 내가 할게. 상영 시간대는 언제야? 지금 바로 가면 돼?"

"보자……."

민지는 히어로물의 시간대를 쭉 보았다. 웬만한 시간대는 쭉 쭉 금이 가 있었다. 그건 이미 상영 시간이 지났다는 거였다.

"심야에 하나 있는데, 11시 반이에요. 이거 2시간 반 이상인데."

그럼 너무 늦고, 차도 끊길 텐데. 친구들이나 회사 동료들하고 영화를 볼 땐 차가 끊길 시간을 걱정하면서 시간대를 골랐기에 그녀는 버릇처럼 애매한 시간을 걱정했다.

"차 끊길 거 같아요."

그녀의 말에 재신은 그게 뭐 대수냐는 듯 그녀를 보았다.

"두세 시면 끝나네. 영화 끝나면 데려다줄게."

"아!"

맞네, 맞네. 재신은 자가용이 있었지. 아니다, 택시를 타도 되는데. 동성 친구끼리는 굳이 새벽까지 함께 영화를 보고 각자 택시를 타고 집에 가는 일은 없기에 그거에 대입해서 생각을 했다.

"저 손 좀 씻고 갈게요."

"응. 여기서 기다릴게."

화장실을 지날 때쯤 민지는 그에게 손을 보여 주었다. 바닥에 앉았던 탓에 손에는 흙과 먼지가 묻어 있어서 매우 찝찝했다.

화장실에서 조금 떨어진 거리에서 재신이 기다리고 민지는 화장실 방향으로 걸었다. 늦은 시간이라 주위가 매우 어두웠다.

화장실에 가까워졌을 때쯤 여자 화장실과 남자 화장실 팻말을 보며 그녀는 잠시 숨을 골랐다.

눈을 감고 셋을 세면서 좋은 생각만 했다. 혜린과 그녀의 친구들이 화장실에서 그녀에게 했던 행동이 떠오르지 않도록, 그때의 아픔이 되살아나지 않도록.

여긴 그때 그 화장실이 아니다. 다른 곳이야.

민지는 화장실 안으로 들어갔다. 화장실 칸막이 안은 보지 않으며 손만 씻었다. 물소리가 화장실 안을 울렸다. 그녀 외엔 아무도 없는 거 같았다.

쇄아아, 쇄아아. 물을 틀어 놓은 채로 뽀득뽀득 액체비누를 손에 묻혀 씻던 그녀는 휙 뒤를 돌아보았다.

역시 아무도 없었다.

손에 묻은 거품을 모두 씻어 낸 그녀는 레버를 올려 물을 껐다. 세면대로 쏟아지던 물줄기가 멎을 때쯤 미세한 여자 학생의 소리가 들렸다.

민지는 다시 뒤를 돌아보았다. 그냥 나가면 되는데 발이 묶인 것처럼 움직이지 못했다. 그녀가 고개를 최대한 숙여 칸막이 아래 틈을 보았다.

"……!"

두 개의 눈동자와 마주쳤다.

"아아!"

화들짝 놀란 그녀가 뒷걸음질 치며 세면대를 잡았다. 방금 전 붉어진 여자아이의 두 눈과 정확히 마주쳤다. 눈가엔 피가 새어 나와 있었고 얼굴은 뭔가에 의해 찢겨 있었다.

다시 화장실 안은 쥐 죽은 듯이 고요해졌다.

민지가 부들부들 떨리는 다리로 문가로 가서 문고리를 잡았다. 문을 열기만 하면 되는데. 있는 힘껏 문을 잡아당기자 문이 열리는 소리가 났다. 그러나 그녀는 밖으로 나가지 못했다. 다리에 힘이 풀려 풀썩 주저앉았다.

그렇게 몇 초가 흘렀을까.

"야, 갔냐?"

"그런 거 같은데."

"씨발. 손 더럽게 오래 씻어요. 야 문 열어 봐."

드디어 칸막이 문이 열렸다. 민지의 눈이 커졌다. 여자 하나가 앞으로 나오고 그 뒤에 다른 여자 학생이 누군가의 머리채를 잡고 끌고 나왔다.

그 아이가 나오는 길엔 언뜻 피가 묻어 있었다. 그녀와 눈이 마주쳤던 그 아이였다. 마지막으로 나온 여자아이가 화장실 칸막이 문을 닫았다.

가해자는 총 셋이고, 피해자는 하나였다.

얼마나 괴롭힘을 당했는지 말을 잃은 아이는 두려움에 덜덜 떨고 있었다.

"뭐야. 사람이 있네?"

교복을 입은 학생 하나가 그녀에게 다가왔다. 민지는 두 손을 귀에 붙이고 뒷걸음질 쳤다.

'얼마나 더 맞아야 이 뱃살이 빠질까? 애들아, 튜브 터뜨릴래? 야, 네가 발로 터뜨려 봐.'

퍽, 퍽. 발등이 그녀의 배를 가격했다.

'튜브가 안 터지네. 그냥 커터 칼로 찢어 버릴까?'

'이왕 찢을 거 때려서 터뜨려서 흐물흐물해지면 그때 찢자.'

332

미성년자에게 특히 법이 약한 나라에서 사는 학생들은 뜻이 맞는 아이들이 모이면 죄악을 저지른다. 그게 죄인 줄도 모르고, 얼마나 잔인한 건지도 자각하지 못한 채.

병원을 다니면서 잊었다고 생각했던 기억은 언제든지 그녀의 기억 속에서 되살아날 수 있는 거였다.

여자 학생들은 때리던 애를 내려놓고 민지에게 다가왔다.

"그냥 조용히 가시지. 왜 우릴 봐서는."

학생 하나가 그녀의 가방을 뺏어 가 안에 뭐가 있는지 보았다. 자연스럽게 그녀의 지갑에서 민증과 카드를 바닥에 떨어뜨리고 현금을 가져갔다. 그리고 엄마가 취업 선물로 사 준 명품 지갑도 쏙 주머니에 넣는다.

"갑성 오빠한테 전화해 봐. 이년 다 벗겨서 사진이라도 찍어서 갖고 있어야지."

"앞이 안 보이게 눈탱이를 좀 때려서 보내면 어떨까?"

"죽이지만 않으면 돼. 우리 선배도 전에 서윤이 장애인 만들었는데 봉사활동 좀 하고 끝났잖아. 키킥. 아니면 소년원 가면 되지. 선배님들끼리 다 알고 지내셔서 가면 잘해 준다더라."

"적당히 때리면 안 갈 확률이 더 크지. 갑성 오빠한테 얼른 전화해 봐."

10년이란 세월은 학생들을 더 악하게 만들었나 보다. 단순히 폭력을 넘어서 영화에서나 보던 조폭들이 하는 걸 흉내 내고 있었다. 무섭게 습득하는 나이, 죄악을 느끼지 못하면 뭐든 할 수 있는 나이였다.

민지의 몸이 떨렸다.

저기 엎어진 아이를 구해 주고 싶은데 이 몸은 왜 움직이질 못하는 건지. 나이가 몇인데. 성인이 되어서도 이 아이들을 혼내지 못하고 휘어잡지 못하는 자신이 너무 한심하게 느껴졌다.

집 앞에서 담배를 피우는 학생을 봐도 모른 척 돌아갔다. 그래, 나는 교복을 입은 학생이 무서운 거다.

"야, 얘 숨 안 쉬는데?"

"변기에 처박았다가 빼 봐."

여자애 하나가 기절한 친구를 질질 끌고 화장실 칸막이 안으로 들어갔다. 지들끼리 킥킥거리며 웃고 또 다른 학생은 동영상 촬영을 하였다. 다행히 여자아이는 죽지 않고 물을 토하며 깨어났다.

"너, 너희 이러면 안 돼."

"얘 뭐라냐?"

어른의 한마디도 전혀 무섭지 않은 나이. 선생님이 말 한마디 잘못하면 교육청에 신고할 수 있고, 한 대라도 때렸다간 폭력 교사로 동영상이 여기저기 돌아다니는 시대다. 학교에선 이런 불량 학생들을 더 이상 지도할 수 없는 거다.

여자의 발이 순식간에 날아와 민지의 배를 가격했다.

"윽."

"왜? 꼬우면 때려 보든가."

"그래. 언니 우리 때려요. 이 언니가 우리 때리면 신고하자. 우리가 먼저 때려도 성인이 미성년자 때리면 안 되지 않나? 그건 법적으로 안 되나?"

그때 여자 화장실 문을 두드리는 소리가 났다.

"야. 문 막아. 얘들 다 칸막이에 넣어."

한 명은 문을 막고 다른 한 명은 피해자를 질질 끌고 칸막이로 넣고, 또 다른 하나는 민지에게 왔다.

그러나 그사이 화장실 문이 열렸다. 거기엔 재신이 서 있었
다. 여기 있는 학생들과 민지를 본 그의 얼굴이 와작 구겨졌다.
그는 여자 화장실인 것도 개의치 않은 채 안으로 성큼성큼 들
어왔다.

190cm에 육박하는 성인 남자가 들어오자 겁 없어 보이던 여
자 학생들은 움찔했다.

그는 들어오자마자 민지를 데려와 그의 뒤에 두고, 피해자
학생을 본 다음엔 핸드폰을 꺼냈다.

나가려는 학생들을 막기 위해 그는 화장실 문을 잠가 버렸
다.

"아니, 이 아저씨가!"

"야. 저 아저씨 막아."

"내가 갑성 오빠한테 빨리 전화하랬지?"

재신이 신고하려고 하자 세 사람은 동시에 재신에게 달려들
었다. 한 학생은 커터 칼을 들고, 또 다른 학생은 화장실 어디
에 세워 둔 야구 배트를 들고, 또 다른 학생은 벽돌을 들었다.

그들이 떼거지로 밀려온 순간 재신은 여자라는 것과 학생이
라는 것을 배제하고 한 명의 목을 조르듯 큰 손으로 잡고 무릎
을 꿇게 만들었다. 나머지 둘은 그의 날 선 분위기에 눌려 친구
옆에 조용히 앉았다. 본능적으로 강자를 알아챈 것이다.

도망가려고 하면 손목을 잡아 다시 앉히고, 그를 공격하려고
하면 가차 없이 팔목과 발목을 밟았다.

힘을 줘 때리는 건 아닌데 지그시 밟기만 해도 학생들은 꼼
짝없이 바닥에 붙어 있었다.

그는 태연하게 경찰에 신고를 했다. 기다리는 동안 가해자들과 눈을 마주치며 그가 싸늘하게 웃었다.

"요새 애들 무섭네."

"……."

"여자만 아니면 반 죽여 놓는 건데."

그의 꽉 쥔 주먹은 부르르 떨리고 있었다. 차마 여자라서 때리지 못하는 손등에는 시퍼런 핏줄이 불거졌다.

재신은 여자 학생 세 명을 꿇려 놓고 그 위에 대걸레를 뒀다. 한 발로 누른 채로 일어나지 못하도록 힘을 줬다. 그녀 앞에서 욕설을 뱉던 학생들의 입이 합죽이가 된 건지 다문 채로 숨소리마저도 조용했다.

경찰차 소리가 들렸다.

"씹, 망했다."

"아아악!"

재신이 발에 힘을 줘 대걸레를 누르자 여자 학생들은 소리를 꽥 질렀다.

"말 곱게 해라."

그때 경찰 몇 명이 여자 화장실 안으로 들어왔다. 그들은 여자 학생들 얼굴을 보더니 인상을 썼다.

"또 너희냐?"

"일단 저기 학생부터 병원으로 이송해 주세요. 많이 다친 거 같습니다."

재신은 경찰 한 명의 팔을 잡고 안쪽에 쓰러진 학생 하나를 가리켰다. 그들은 이 상황이 익숙한 것처럼 피해자를 업고 밖으로 나갔다. 아마 병원으로 데려가는 모양이었다.

"경찰 오빠~ 아저씨~ 한 번만 봐주세요. 어차피 경찰서 가도 저희 풀려나잖아요."

"일단 가서 얘기합시다."

"가면 아저씨도 조사하고 시간 버리고 힘들잖아요. 저희 학교로 보내도 어차피 풀려나요. 사람 죽은 것도 아닌데."

"에이."

그러자 경찰 하나가 여자 학생의 귓불을 잡아 일으켰다. 능글맞은 학생들을 보고 있노라니 재신은 구역질이 날 거 같았다.

그러다 배를 잡고 움츠린 민지가 보였다. 설마 하는 마음에 그녀에게 다가가 옷을 들추자 벌겋게 부은 배가 보였다.

그 순간 재신은 여자 학생 셋을 동시에 보았다. 살벌한 그의 표정엔 냉기가 흘렀다. 경찰이 왔을 땐 아저씨, 오빠, 삼촌 등 온갖 애교를 부리던 학생들도 순간 숨을 멈췄다.

상대가 자신을 공격할 거 같은 위험한 분위기를 감지한 것이다.

눈이 돈 재신은 핸드폰을 든 채 밖으로 나갔다. 누군가에게 전화를 하고 돌아온 그는 경찰서에 명함을 주고 민지를 부축해서 차로 왔다.

금방이라도 나가려는 손을 죽을힘을 다해 주머니에 찔러 넣었다.

"오빠."

"괜찮아? 어디 봐 봐. 병원부터 가자."

"괜찮아요."

덜덜 떠는 그녀를 인상을 쓰고 보던 그가 안전벨트를 매 준 후 영화관이 아닌 그의 오피스텔로 차를 몰았다.

주차장에 멈춘 그가 그녀를 안아 들고 그의 집으로 갔다.

❊　❊　❊

민지의 배에 약을 발라 주고 안은 채로 토닥여 잠을 재운 후 재신은 경찰서로 갔다.

학생이란 이유로 그들은 가위바위보를 하다가 경찰한테 혼나고 또 삼촌이라며 애교를 부리고 있었다. 이 말도 안 되는 상황에 어이가 없어서 헛웃음이 났다.

"여기가 놀이텁니까?"

"유 대표님, 오셨습니까. 일단 이쪽으로 오시죠."

그에게 박카스 한 병을 주며 안쪽 조사실로 그를 인도했다. 재신이 거기에 앉자 경찰서 계장이 그를 반기기 위해 내려왔다.

"대표님 안녕하십니까. 여긴 어쩐 일이세요?"

"네. 오랜만입니다. 저 애들 어떻게 되는 겁니까?"

"아직 열여섯 살 미성년자라, 아마도 또 불구속이 될 거 같습니다. 법이 이러니 저희도 어쩔 수가 없어요."

"불구속이요?"

"봉사활동 좀 하다가 끝나겠지요. 가해자 부모랑 피해자 부모랑 만나 해결하는 경우도 있습니다."

재력 있는 가해자 부모가 피해자 부모를 만나 돈을 주고 끝내는 걸 말하는 거겠지. 피해자가 합의를 하고 선처를 해 주면 저런 가해자는 또다시 세상에 나와 같은 죄를 저지르는 것이다.

"말마따나 쟤들도 알 거 다 알아서 사람은 안 죽입니다."

"사람이 죽지 않으면 죄가 없는 겁니까? 계장님. 쟤네 사람 아닙니다."

이렇게까지 학교 폭력에 자신이 예민했던가.

어떻게 맞았는지 피멍이 든 민지의 배가 자꾸 머릿속을 휘감았다.

"1년 전엔 쟤네가 학생들 방에 감금해 놓고 밤새도록 흉기로 때리고 괴롭히고 지들끼리 치고 박고 성희롱까지 일삼았는데. 그래도 불구속되었습니다. 이게 한국의 현실이라고요."

"돌았군요."

국민들이 청원을 올렸지만 결국 미성년자라는 이유로 불구속이 된 거다.

"그럼, 어차피 풀려날 애들이면 제 식대로 처리하겠습니다."

"네? 대표님!"

"저는 제가 안 이상 그런 꼴 못 봅니다. 평생 꼬리표 달고 살게 할 겁니다."

어디 감히 세상 무서운 줄 모르고. 재신은 이를 사리물고 인상을 썼다.

사실 경호원을 붙여 일거수일투족을 감시하고 피해를 끼치지 못하도록 하면 된다. 저런 흉악한 범죄자가 세상에 돌아다니도록 두는 건 안 될 일이었다.

결국 질려서 그들이 피해자에게 빌 때까지.

"아니, 대표님. 왜 이렇게까지 하십니까. 언제부터 학폭에 관심이 있으셨다고."

뉴스에 연일 기사가 나고 국민청원이 올라와도 재신은 일에만 신경 썼지 그쪽으로는 관심이 없었다. 그의 회사 연예인들 챙기기에도 바빴다. 미팅 자리만 다녀도 하루가 다 가는데.

그런데 민지를 아프게 하고 건드린 이상 가만둬선 안 됐다.

"왜, 췌장 절단했던 그 학생도 부모가 고위간부여서 풀려났잖습니까. 대표님, 세상이 어떻게 돌아가는지 다 아실 만한 분이 왜 이러십니까."

피해자 부모의 직업에 따라, 아니 부모의 재력에 따라 법은 그 사람에게 유리한 쪽으로 돌아간다. 그 현실은 재신도 어려서부터 눈으로 보았고 피부로 느꼈고 겪었다.

그러나 그렇다고 해서 그걸 지지하는 쪽은 아니었다.

잘못을 했다면 그에 따른 벌을 받아야 하는 것이다. 그걸 덮고 또 덮다 보면 괴물을 낳는 거고, 저런 사람이 늘면 사회를 망치는 거다.

"계장님, 세 분 다 부모님 오신답니다. 아윤인 재미룬 소속사 대표님도 같이 오신대요."

"거긴 왜?"

"곧 아이돌 데뷔를 앞둔 학생이랍니다. 일단 기사 나가지 않게 해 달라고."

재신의 몸에서 풍기는 냉기에 당황한 경찰 하나가 말하던 걸 멈췄다. 계장은 턱끝으로 얼른 나가라고 눈치를 주었다.

법이 처벌을 하지 못한다라…….

재신은 손목시계를 힐끗 보고 조사실 밖으로 나가 여자 학생 셋을 똑똑히 보았다. 이름, 나이, 학교까지 경찰이 오기 전에 미리 다 아이들의 입과 목에 건 학생증을 통해 알았다. 그거면 됐다.

재신은 답 없는 이곳에 더 있고 싶지 않아 오피스텔로 돌아
갔다.

✻　✻　✻

오피스텔로 간 재신은 소매의 커프스단추를 풀었다. 색색 숨
을 쉬며 자고 있는 민지의 눈에선 눈물이 흘러내려 베갯잇을
적시고 있었다. 그는 침대에 기대 그녀의 머리를 쓰다듬었다.

그때, 그녀의 핸드폰이 울렸다.

[사랑하는 아빠]

그녀의 아버지였다.

전화를 받아야 하나. 지금 이 상황을 설명하면 걱정하실 거
같은데. 그렇다고 전화를 안 받자니 분명 자신과 있는 걸 알 텐
데 밉보이고 싶진 않았다.

재신은 마른세수를 하며 민지의 어깨를 잠깐 흔들었다. 그러
다 그녀의 목에 팔을 넣고 제 품으로 일으켜 앉혔다.

"민지야."

"응."

"전화 왔어."

그가 그녀에게 핸드폰을 주었다. 늦게까지 들어오지 않는 딸
에 대한 걱정으로 잠 못 이루는 아버지의 전화를 무시하게 둘
순 없었다. 자신 또한 지유가 도형과 연애하는 걸 알고 늦게까
지 집에 안 오면 얼마나 걱정했던가.

"나중에 받음 안 돼요?"

341

울상을 짓는 그녀의 손이 덜덜 떨렸다. 그는 그녀의 손을 잡아 주었다.

"아무 일도 없을 거야. 걱정 말고 전화 받아."

"응."

그녀는 말을 잘 듣는 아이처럼 고개를 위아래로 끄덕이더니 전화를 받았다.

"아빠."

– 우리 민지, 어디야? 아빠 지금 퇴근했는데 우리 딸 신발이 안 보이네.

"아……빠, 아빠."

– 우리 딸 목소리가 왜 그래? 무슨 일 있어? 회사야? 아빠가 데리러 갈까?

"아무 일 없어. 나 애 아니거든! 데리러 안 와도 돼."

순간적으로 아빠 목소리에 흔들렸던 민지는 자신의 손을 잡은 재신의 손을 더 꼭 잡으며 울음을 삼켰다.

자신으로 인해 아빠의 눈에서 눈물을 보이게 만든 건 단 한 번이면 족했다. 그때의 기억은 부모님께도 상처일 테니 굳이 꺼내고 싶지 않았다.

"진짜 괜찮아. 오늘 못 들어가니까 먼저 자, 아빠."

– 진짜 괜찮은 거지? 밥 잘 챙겨 먹고.

"응."

– 아빠 걱정시키는 일은 안 할 거지? 연애는 해도 요란하게는 하지 말고.

"아, 안 해!"

요란하게 연애는 하지 말란 말을 듣고 민지는 전화를 다 듣고 있을 재신을 올려다보았다. 그가 자신을 내려다보고 있었다. 민지는 조금 더 편하게 그의 허벅지를 베고 아빠와 통화를 마쳤다.

전화를 끊자 그가 그녀의 머리카락을 귀 뒤로 넘겨 주었다.

"어디 갔다 왔어요?"

"응. 잠깐, 밖에."

"바깥 냄새 나."

"너 잘 자는 거 보고 씻으려고 했지."

"그래도 좋아, 오빠 향."

그녀는 그의 허벅지가 베개라도 되는 양 꽉 안고 대롱대롱 매달렸다. 그 모습에 그는 피식 웃음이 나왔다.

"아빠 전화 받게 깨워 줘서 고마워요."

"당연하지. 아버지 걱정하실 텐데."

"응. 그래도."

"몸은 어때? 약 한 번 더 바를까?"

그러자 그가 그녀의 허벅지에 댄 얼굴을 좌우로 비비며 거부했다.

"내일 병원 가 보는 게 좋을 거 같아."

"괜찮아. 괜찮아요."

"내가 안 괜찮아서 그래."

"나 사실 말이에요."

민지는 눈을 꼭 감은 채로 말했다.

"중학생 때 많이 맞아 봐서 내 몸은 내가 잘 알아요. 오빠한텐 말하고 싶지 않았는데. 오빠 앞에서 예쁜 여자 친구이고 싶었거든요. 성격이 좋아서 친구들도 두루두루 친해서 많고, 일도 잘하고, 잘 꾸미고, 부족한 거 없이 보이고 싶어서 말 못 했어. 나는 사실 그렇지 않은데."

"……민지야."

"난 혜린이 말대로 뚱뚱했고, 또 엄청 괴롭힘도 당했어요. 아침에 학교 가는 게 너무 무섭고 두려울 정도로. 그거 알고 부모님께서 진짜 엄청 걱정하셨거든요. 결국 나 전학 갔어. 버티지 못하고 도망갔어. 그래서 지금도 공중 여자 화장실 갈 때마다 너무 무섭거든요. 최혜린 다시 보고 그때 기억이 더 잦아져서 상담센터도 찾은 거고. 나 진짜 정말 말하기 싫었어."

민지의 고백에 그는 대꾸 없이 그녀의 머리를 쓰다듬었다. 재신의 바지엔 그녀의 눈물이 흘러 점점 바지 색이 진해지고 있었다.

"나 바보 같죠."

"아니."

"죽을 것처럼 맞는데 반항도 못 했어. 무서워서. 정말 무서웠거든요."

"많이 무서웠겠네."

그의 위로에 그녀는 고개를 끄덕였다.

"그래서 아까도 그 애 보면서 도와주지 못했어. 나보다 한참 어린 학생들인데 무서워서, 너무 무서워서 어른으로서 말도 못 했어요."

그 아이에겐 1분 1초가 생사를 넘나드는 시간이었을 텐데. 차마 입이 떨어지지 않았다. 머릿속으로는 그 애들을 때리고 싶어서 상상을 하지만 실상은 발과 손이 헛발질하는 것처럼, 아니 누군가 잡고 있는 것처럼 움직여지지 않았다

344

그러다 그들이 자신을 때리는 상황에서도 그 위협 속에서도 어쩌지 못했다.

"당연한 거야. 네가 당연해. 그러니까 자책 마."

그는 아무렇게나 놓여 있는 그녀의 손등 위에 손을 덮었다. 그러곤 괜찮다며 그 위로 토닥여 주었다.

"그 애는 괜찮죠?"

"아직 연락 못 해 봤어. 내일 해 볼게."

"나처럼 트라우마가 생기지 않았으면 좋겠다. 마음의 상처가 생각보다 오래가더라고요."

"이젠 너한테 그럴 사람 없어."

"……."

"내가 그렇게 안 둘 거니까."

민지는 몸을 일으켜 앉았다. 손으로 침대를 짚고 그를 보고 있자 그가 다가와 이마에 쪽 입을 맞췄다. 지그시 눈을 감은 그녀에게선 눈물이 흘렀다.

무서웠다.

그 기억만 떠올리면 아직도 몸이 떨린다. 그래서 화장실 앞에서 눈을 감고 숨을 참은 채 과거의 기억을 지우려고 애쓰고 심한 날에는 일부러 화장실 갈 일을 꾹 참곤 했다.

누구에게도 말할 수 없었다.

가해자는 내가 예전에 좀 애들도 때리고 놀았다는 식으로 말할 수 있어도, 피해자들은 그걸 숨기고 산다. 왜냐하면 바보 같은 일이니까. 왜 그 애들을 한 대라도 때리지 못했냐고 바보라고 손가락질할까 봐.

가해자는 예전에 놀았지만 개과천선을 했고, 오히려 대범하고 멋진 언니, 걸크러시 소리를 들을 수 있지만 피해자는 아니었다. 찌질하고, 못나고, 실패한 사람처럼 다가갈 것이다.

그래서 그녀는 밝히는 걸 무서워했다. 그건 부모도 마찬가지였다.

엄마는 그녀에게 그런 일이 있었다는 걸 절대 주변에 숨겼다. 이사 오고 나서는 입도 뻥끗 말라고, 상담센터도 먼 동네로 다니라고 했었다.

"나 한영이라고 결혼한 내 친구 외엔 아무한테도 말 안 했거든요. 근데 오빠한테 털어놓으니까 마음은 편하네."

"널 잘 아는 사람이면 그런 사실 알아도 변하지 않을 거야. 그러니까 담지 말고 얘기해. 속에 담아 두니까 아프지."

그녀는 그의 손을 잡고 무릎으로 그에게 더 가까이 갔다. 그의 다리 위에 앉은 그녀가 그의 목에 두 팔을 감았다.

"오빠."

"응?"

"그냥 민망해서."

"뭐가?"

"내 과거가 난 되게 부끄럽거든."

"그렇게 생각하지 마. 네가 부끄럽다고 생각하면 진짜 그렇게 되니까."

그는 그녀에게 이마를 맞댄 채로 지그시 누르며 그녀를 타일렀다.

내가 부끄럽다고 생각하면 정말 그런 과거가 된다고?

"그 일 때문에 아파하지도 말고."

"……."

346

"오히려 난 최혜린을 더 미워할 거 같은데."

"그러지 마. 지난 일인데."

"널 지금까지 아프게 한 원흉인데, 얼굴도 보기 싫어진다."

그 말에 민지는 피식 웃었다. 왠지 재신이라면 그 말이 그녀를 위로하기 위함이 아니라 진짜일 거 같단 생각이 들었다.

그녀는 그의 표정이 궁금해서 이마를 살짝 떼었다가 어금니를 꽉 물고 있는 그를 보고 손으로 그의 두 볼을 감쌌다.

"어어, 오빠 이거 아니야."

"뭐가?"

"과거니까. 난 오빠가 내 과거 괜찮다고 하면, 나도 괜찮아요. 다른 생각 말고 요기."

쪽.

그녀는 그의 입술에 입을 맞췄다. 아까 전 무섭다고 벌벌 떨고 자다가 울었던 사람답지 않게 편안해 보였다.

"얼른. 응?"

재신은 입술을 내려 그녀를 머금었다. 부드럽고 다정하게. 위로를 하듯 다가온 그의 입술이 그녀의 입술 선을 따라 움직였다. 조금씩 살결이 그의 입속으로 빨려 들어갔다. 그녀는 그의 볼에서 손을 떼서 셔츠를 잡았다.

그녀가 셔츠를 잡아당기자 이미 단추가 풀려 있어서 탄탄한 복근과 가슴이 드러났다. 엄지와 검지에 언뜻 닿는 그의 단단한 몸에 그녀는 손을 뗐다.

재신은 그녀를 침대로 눕히며 키스를 이어 갔다. 그녀의 몸에 무게를 싣지 않으려 양팔로 버틴 그가 고개를 옆으로 꺾어 아래위 입술을 빨았다. 춥, 추릅. 서로의 타액이 오가며 입술이 떼였다가 붙여질 때 진득거리는 소리가 났다.

척추를 타고 흐르는 짜릿한 감각에 재신은 숨을 멈췄다.

"오늘은 여기까지."

"……왜요?"

"너 아직 병원 안 갔잖아."

그가 그녀의 배를 차마 만지지도 못하고 그 위에 손을 붕 띄운 채로 안쓰럽게 쳐다보았다.

"괜찮은데."

"안 돼. 걱정돼서."

"치."

"……하아."

"참지도 못할 거면서."

그녀가 발바닥으로 그의 다리를 살살 쓸었다. 바지를 입은 상태이긴 했으나 그녀의 무릎이 허벅지 인근에 닿았을 때 그는 전기에 감전된 듯 온몸에 열이 올랐다.

"하지 마, 진짜."

"……진짜 하지 마?"

"응. 내가 참을성이 많지 않다고."

재신은 그녀의 위에서 나와 침대 옆에 섰다. 그녀는 제 위에 있던 남자가 갑자기 사라지자 당황해서 멀뚱히 그를 보았다.

"씻고 올게."

"응?"

"내가 아무리 발정 난 상태여도 오늘은 아니야."

"……."

"소중하니까. 나한테 소중한 사람이니까 오늘은 뭐든 지켜 주고 싶어."

소중한 사람.

민지는 그가 욕실로 들어가는 모습을 멀거니 보았다. 점점 멀어지는 그가 작아지는데 왜 마음속에선 그가 차지하는 방이 커지는 건지 모르겠다.

이러다 그를 더 사랑하게 될 거 같다.

아니, 이미 그런 거 같았다.

재신은 이미 제게도 소중한 사람이 되어 있었다.

연애, 아니 이제는 결혼까지 이어서 생각할 정도로. 그를 갖고 싶고, 누구에게도 뺏기고 싶지 않았다. 그리고 그가 주는 사랑을 오직 나 혼자만 알고 싶고, 받고 싶다.

민지는 눈가에 촉촉하게 차오르는 눈물을 손등으로 닦았다.

9장. 올바른 선택

그로부터 한 달 뒤.

민지는 사내 카페테리아에서 사촌 언니인 연주를 만났다. 그녀는 샐쭉한 표정을 지으며 연주를 보곤 입꼬리도 길게 늘이며 웃었다.

"낙하산!"

"낙하산 아니랬지! 그땐 안 친했다니까. 다 내 스펙을 보고."

"스펙? 존잘씨라는 스펙이 있었지, 언니에겐. 아— 아파!"

민지는 연주가 그녀의 팔을 때리며 동시에 검지로 '쉿, 쉿.' 조용히 하라고 하자 입을 꾹 다물었다.

사촌 언니는 TG 상반기 공채로 입사를 하였다. 우리 회사의 존잘씨(존나 잘생긴 씨발놈) 전무님이 언니의 동창이라니. 거기까지도 놀라운데 이제는 연애까지 하고 있었다.

아직 사내 연애임을 걸리진 않았지만, 민지는 그걸 알고부터

351

연주를 볼 때마다 능글능글한 미소를 지었다.

"형부가 잘해 줘?"

"아직 결혼도 안 했는데, 무슨 형부야~"

"재현 씨가 잘해…… 줘? 이상하다. 이름 못 부르겠어. 존잘 씨가 잘해 줘?"

"그냥 형부라고 불러라. 그게 제일 낫네. 엄청 잘해 줘."

생각만 해도 좋은지 연주의 볼이 붉어지고 눈빛이 초롱초롱 해졌다. 원래도 맑은 연주의 눈동자가 더 예뻐 보였다.

"결혼은 내가 먼저 해야지."

"그래그래. 그 전에 우리 민지는 너무 활발한 장운동부터 고 쳐야지!"

"언니!"

민지가 크게 '언니!'라고 외치자 카페테리아에 있던 사람들의 시선이 그들에게 쏠렸다.

"내가 말이야. 이제 와서 하는 이야기지만, 네가 남자 화장실 에 싸지르고 도망가서 어? 거기서 우리 재현이랑 딱 재회를 해 서 얼마나 민망했는지 알아? 내 거 아니라고 우기는데 얼마나 부끄러웠는지 아냐고."

"내가 그땐…….."

그날은 여자 화장실에 차마 못 들어갔어.

유독 공황장애처럼 그날의 기억이 선명해지는 날들이 있다. 그럴 때면 여자 화장실 앞에서 나는 사내 여자 직원들의 두런 두런한 수다 소리에 그때 들었던 말이 겹쳐져 들리기도 하고, 그럴 때면 발을 뗄 수 없었다.

며칠을 그렇게 지내다 보니 꾹 참고 집에 와서 급한 볼일을 처리하곤 했는데, 그날은 아침에 먹은 음식이 탈이 난 건지 도저히 참을 수 없는 지경이었다.

1층에는 카페가 있음에도 불구하고 사람이 드나드는 빈도수가 적어 말소리도 들리지 않는 남자 화장실이 있었다. 그래서 잠깐 들어갔던 건데…… 막힐 줄은 정말 몰랐다.

연주가 남자 화장실에 들어와 망을 보게 만든 뒤 민지가 청소 도구함을 막 뒤지고 있을 때, 존잘씨가 갑자기 나타나는 거 아닌가.

그때의 언니는 입사 전이고, 자신은 이미 입사해서 다니는 직원이었다.

순간적으로 몸을 숨긴 그녀는 줄행랑을 쳤다.

"내가 그땐 진짜 죽을죄를 지었어."

"알긴 아냐."

"언니 내가 사랑하는 거 알지? 무덤까지 가는 거야~"

"재현인 이미 너 뱀 낳는 처제라고 다 알더라."

"언니가 말했지!"

"아니거든."

민지가 입을 삐죽 올렸다가 내렸다. 그때 이후로 그런 불상사는 일어난 적이 없는데, 뱀 낳는 처제로 낙인이 찍히다니.

설마 전무님께서 재신 오빠에게 말하진 않겠지.

그때, 사내 카페에 설치된 TV에 요새 유행하는 오디션 프로그램 광고가 나오고 있었다. 단 2회 만에 어마어마한 시청률로 동시간대 1위를 하는 프로그램이었다.

"저거 봤어요? 그 20번 친구, 예쁘장한 애 있잖아요."

"어어! 그 눈웃음치면서 귀엽게 생긴 애요?"

"네네. 걔가 학교에서 얼마나 폭력을 휘둘렀는지, 저기 나오자마자 다 물어뜯겼잖아요."

"얼마나 때렸기에. 그냥 좀 봐주지."

"그게 대리님, 그냥 때린 정도가 아니라…… 피해자들 거의 반불구로 만들기도 하고, 엄청 잔인하던데요?"

직원들의 목소리에 연주와 민지도 TV로 시선이 갔다. 거기엔 얼마 전까지 많은 득표수를 받은 여자애 하나가 쏙 빠진 채로 시청자에게 단체 인사를 하고 있었다.

"민지 너도 저거 봐?"

"응. 봐."

"나도 우리 재현이 선배가 저기 나와서 보잖아."

흠칫. 그 사람은 재신을 일컫는 거였다.

재신은 오디션 프로그램 섭외를 받고 나갔다. 안 그래도 신인 보이그룹 또는 걸그룹을 만들고 싶어 했는데 공개 오디션을 통해 인지도를 쌓고 오는 친구들도 나쁘지 않다는 판단에서였다. 또한 기획사에서 정제되지 않은 친구들을 보고 싶다고도 했다.

또 워낙 친한 PD의 부탁이라 그는 거절하지 못했다.

"하여튼 걔가 사람 하나를 엄청 팼는데 그 엄마가 억울해서 국민청원 넣었잖아. 그거 소식 듣자마자 유 대표님이 걔 프로그램 하차하라고, 안 그러면 자기가 하차한다고 했대. 그리고 완전히 공론화해 버린 거지."

"응."

안 그래도 벼르고 있던 재신이었는데, 떡하니 재미룬 소속사에서 나온 그 애를 보고 그는 소속사 대표를 찾아가 프로그램 출연을 하지 말라고 권유했지만 거절당했다고 들었다.

'샤인 프로덕션에서는 신인이 갖춰야 하는 것 중 무엇을 가장 중요하게 생각하십니까?'
'인성입니다. 적어도 잘못을 알고 사과할 줄 아는 양심 있는 사람을 찾고 있습니다.'

그때 재신의 시선이 재미룬 소속사의 초연에게 향했고, 얼마 안 가서 국민청원 덕분인지 그 짤이 여기저기 돌아다니며 재신의 인기가 날로 높아지고 있었다.
"샤인 주식이 그래서 엄청 치솟더라. 인성 바른 기획사. 가치관이 올바른 대표. 요새 마약에 봐주기 수사에 세간이 뒤숭숭한데, 그 덕분에 샤인 프로덕션은 단단해지고 있는 거지."
재신은 자신 때문인지 아니면 그때의 일이 충격이었던 건지 학교 폭력에 관심을 갖게 되었다.
그래서 피해자 학생들을 돕기 위해 여성청소년과와 접촉하여 그때 가해자 학생들은 어떻게 됐는지도 알아보고 억울하게 합의하지 않도록 변호사 비용도 대 주고 있었다.
민지는 그게 모두 자신 때문인 거 같아 재신에게 미안했다.
"근데 걔 초연인 너무하더라. 커터 칼로 애 긋고, 뭐…… 남자 선배들 불러다가 성적으로 비아냥대고. 그게 어떻게 중학생이야? 깡패지."
"그러게. 언니, 정말로 요새 중학생들 엄청 무섭더라. 그거 아니어도 피 칠갑된 학생 사진도 있고, 얼굴이 다 퉁퉁 부어서 못 알아볼 정도로 맞은 애 사진도 가해자끼리 막 돌려 보면서 욕하기도 하고, 남자 학생들은 또 감금해 놓고 때린다며. 근데 다들 솜방망이 처벌로 풀려나니까……. 그럼 안 되지. 피해자는 그게 평생 가는데. 그 기억이……."

그 고통을 잊을 수가 없는데.

그러다가 그들이 연예계로 진출하거나 또는 유학을 가서 학벌 세탁을 해서 잘 사는 꼴을 보면 더 배알이 꼴린다.

너도 나도 다 열심히 산 건 맞다. 과거의 기억은 잊고 희망찬 미래를 기대하며 한 발, 한 발 앞으로 나아가는 건 맞는데. 가해자가 미안함 따위 없이 과거의 철없던 행동 정도로 치부하며 잊고 지내는 건 화가 난다.

아무래도 그녀는 피해자의 입장이다 보니 더 그런 거 같았다.

그녀에겐 그들의 정신 상태가 그렇게 보였다. 사람 반불구로 만들고 나서 '그땐 그랬지, 과거엔 내가 마음이 아파서 화가 많이 나서 그랬어, 그래서 이제 기부 잘 하고 열심히 살고 있어.' 그렇게 변경하는 것과 같았다.

"부모가 엄청 잘사나 봐. 그 사건도 기사화되지 않게 부모가 막았다더라고. 그런데 유 대표가 아예 방송에서 터뜨려 버리고, 국민청원에 올라온 거 들고 와서 PD랑 얘기하고 그러니까 난리난 거지."

"피해자가 돈 때문에 억울하게 합의하지 않으면 좋겠어."

그 학생은 그때의 충격으로 대학 병원의 정신과에 입원한 상태라고 들었다. 몸은 호전되긴 했는데 진물이 난 곳을 제대로 응급처치도 못 한 상태에서 세균이 득실한 공중 화장실에서 계속적인 구타를 받다 보니 피부가 괴사했다고 들었다.

또한 이는 부러져서 임플란트를 해야 하고, 한쪽 눈도 실명이 되어 어떻게 될지 모르는 상태라고 한다.

"아우. 그렇게 마르고 예쁜 애가 어떻게 그런 짓을 하지? 나 그래서 예쁜 애들 무서워졌어."

"그럼 언니 나도 무섭겠네?"

"……넌 안 무섭지. 절대."

"이 언니가!"

민지가 두 눈에 힘을 주고 말하자 연주가 웃으며 자리에서 일어났다. 두 사람은 손목시계를 본 뒤 각자 머그컵을 들고 일어나 Pick-up대에 갖다 주었다.

"커피는 역시 우리 윤지네가 맛있어."

"나도 공감. 케이크도, 샌드위치도 윤지 언니네 카페가 더 맛있어."

"홍보 좀 해라. 요새 매상 떨어진다고 점심에 직원들 몰고 오래."

"윤지 언니답다."

재신의 회사 앞에 있는 조이 카페는 연주 언니의 절친, 윤지 언니가 운영하고 있었다. 해인 언니랑 같이 두 사람이서 운영하는데 커피 맛도 일품이지만, 샌드위치랑 케이크가 또 얼마나 맛있는지 한동안 아침 식사로 거기 샌드위치만 사 먹을 정도였다.

매상에 열을 올리는 윤지 언니를 떠올리니 절로 웃음이 났다. 연주 언니의 친구들은 유쾌해서 좋았다. 같이 어울려도 동생, 동생 하면서 예뻐해 주고 말이다.

이따가 재신 오빠랑 저녁에 거기 가야겠다.

민지는 자리로 돌아와 재신에게 오늘 카페에서 만나자고 톡을 보냈다. 오디션 프로그램 때문에 오히려 그녀보다 바쁜 재신이라 당분간은 그의 스케줄에 맞춰서 봐야 할 거 같았다.

1시간 뒤, 재신에게선 좋다고 연락이 왔다.

퇴근길, 그녀는 엄마에게 먼저 전화를 걸었다.

"엄마!"

– 응. 민지야.

"어디야?"

– 나 오늘 네 아빠랑 데이트하려고 호텔 레스토랑 왔어. 아, 너 맞선 자리 주선한 윤 여사님네랑 식사하고.

"그럼 오늘 집에 안 와?"

– 응. 왜? 저녁은 미리 차려 놓고 왔어. 끓여서 먹기만 하면 돼.

"내가 앤가. 나도 오늘 야근해."

그녀는 겸사겸사 선수를 쳤다. 회사에서 쓰는 칫솔 세트를 챙겨 가방에 넣은 그녀가 건물에서 내려오다가 1층 로비에 있는 대형 거울 앞에 서서 옷매무시와 머리스타일을 점검했다.

– 그 회사는 맨날 야근이야. 엄마, 마음에 안 들어.

"그래도 돈 많이 줘!"

– 얼른 시집이나 가라. 다음엔 유 대표랑 식사 한번 하자.

"응. 물어볼게."

– 결혼을 전제로 만나는 거지?

엄마의 갑작스러운 질문에 민지는 아차 싶었다. 맞다, 우리 맞선 봤지. 결혼을 전제로 한 만남이었지.

연애가 좋아서 그와 연애하는 기분을 만끽하며 하루하루 지내다 보니 결혼을 전제로 맞선을 봤다는 사실도 가물가물해지고 있었다.

"응. 결혼 전제로 맞아."

내 마음은 이런데, 그의 마음도 같을까.

뭐가 됐든 그녀는 오늘 이변이 없다면, 그가 원한다면 그와 하루를 보낼 것이다. 같이 있고 싶어도 기회가 잘 없는데 부모님도 오늘 집에 안 오시고, 야근한다고 말도 해 놨고! 이제 그와 분위기를 타서 외박을 할 일만 남았다.

재신도 자신과 같이 있고 싶겠지? 요새 안달 나 하는 거 같은데.

─ 엄마 말 듣고 있어?

"응? 뭐라고 했어?"

─ 넌 꼭 일할 땐 사람 말을 못 듣더라. 그거 고쳐야 돼. 밥 거르지 말고 일하라고.

"엄마는 사람을 너무 믿더라."

─ 응? 무슨 소리야?

"아니야."

딸도 너무 믿어서 탈이지.

양심의 가책을 느낀 그녀가 전화를 끊고 거울 속에 있는 자신을 보며 인상을 찡그렸다. 엄마한테 거짓말하면 안 되는데. 그렇다고 재신과 오늘 외박을 할 거라고 자신 있게 말할 수도 없었다. 왠지 그런 대화는 껄끄럽다.

연애하는 동안 원룸이라도 구해야 하나. 눈치 안 보고 연애하고 싶은데.

아니지, 결혼을 하면 이런 눈치 안 봐도 되는 건데.

여러 생각을 하며 그는 재신에게 이제 퇴근해서 가고 있다고 문자를 보냈다.

✱ ✱ ✱

자라나는 학생들을 보고 있으면 더 열심히 살아야지 하는 생각이 든다.

재신은 오디션 프로그램에서 아직 미성년자인 친구들이 땀 흘리며 꿈을 좇는 걸 보면 괜히 뭉클해지곤 한다.

재능이 있는 친구를 따라가지 못해 괴로워하며 최선을 다하는 친구도 있고, 포기하는 친구도 있고, 그저 친구들과 어울려서 결과물을 내는 게 좋아서 까르르 웃는 친구도 있다.

다른 심사위원들은 따끔한 충고도 하는데 재신은 의외로 자신이 학생들에게 약하다는 걸 깨달았다.

그는 매번 따끔한 충고 대신, 응원과 다정한 위로를 하고 있었다.

그는 서류를 보며 제 자식처럼 개개인의 장점과 단점을 분석하고 좋은 방향성을 제시해 주기 위해 자료를 정리했다. 장점을 키워 단점을 가릴 수 있도록, 그 장점을 극대화시키는 방법을 누구보다 잘 아는 것도 그였다.

"대표님, 먼저 퇴근하겠습니다."

"네. 고생하셨습니다."

그를 기다리던 김 실장이 먼저 퇴근을 했다. 그는 손목시계를 보며 기지개를 쭉 켰다. 점심 식사 후에 잠깐 앉았는데 밀린 서류를 다 보고, 오디션 프로그램 모니터링을 하다 보니 벌써 퇴근 시간이었다.

그는 민지를 만나기 위해 자리에서 일어났다.

[회사에서 이제 출발해요ㅠㅠ]

때마침 민지에게서 톡이 왔다. 정각에 퇴근하는 법이 없다. 이거 일 너무 많이 시키는 거 아닌가.

다른 직원들이 밤 12시에 퇴근을 하고, 밤을 새워서 일하는 건 괜찮은데 제 여자 친구가 그렇게 일을 한다고 생각하니 마음이 쓰리다. 그럼에도 일 욕심 있는 그녀를 말리고 싶진 않았다.

길 건너 조이 카페로 간 재신은 윤지 씨에게 반갑게 인사했다.

"안녕하세요."

"잘 지냈어요?"

"방금 종우 오빠 다녀갔는데, 10분만 빨랐으면 얼굴 보셨을 텐데 아쉽네요."

"안 아쉬워요. 종우 보는 것보다 윤지 씨 뵙는 게 더 반가운데요."

"고마워요."

윤지는 앞치마를 벗으며 카운터에서 나왔다. 마감은 아르바이트생을 고용해서 하고 이제 퇴근하는 모양이었다.

제 절친인 종우와 다시 재회해서 요새 썸 타고 있는 두 사람은 역시 같이 붙어 있어야 잘 어울리는 것 같다. 떨어져 있을 땐 둘 다 얼굴색이 좋지 않더니 이제야 혈색이 돈다.

"그럼 저는 이만 가 볼게요. 신정아, 대표님은 커피 50% 할인해 줘."

"공짜 아니에요?"

"다 받을까요?"

재신의 농담에 윤지는 계산을 그럼 다 받을까요라며 피식 웃었다. 그도 공짜로 먹을 생각은 없었지만.

"종우랑 데이트하러 가요?"

"네."

걸크러시에 당당미를 뽐내는 그녀는 종우와 있을 때만 부끄럼을 탄다. 그래서 그는 종우와 찰떡궁합이라고 생각했다.

카페 사장인 윤지가 퇴근하고, 재신은 자리를 잡고 민지를 기다렸다.

몇 분 지나지 않아 딸랑, 문이 열리는 소리와 함께 민지가 카페 안으로 들어왔다.

"오빠~"

발랄한 걸음걸이로 다가와 크게 손을 흔드는 그녀는 사랑스럽고 귀여웠다.

재신은 입가에 미소를 담고 자리에서 일어나 그녀에게 다가갔다.

"뭐 마실래?"

"바닐라 라떼 아이스!"

"응."

"케이크도. 저녁 대신이니까 당근 케이크랑 치즈 케이크."

"좋아. 주문하고 올게."

"아차차— 케이크 너무 많이 주문하는 거 같아요. 칼로리가 높으니까, 당근 케이크랑 베이글 먹을게요."

재신은 알겠다며 가서 그녀가 말한 음료와 먹거리를 주문

362

했다.

그런데 막상 나오는 걸 보니 당근 케이크와 베이글 옆에 필라델피아 크림치즈도 있었다. 이 정도면 케이크와 칼로리가 비슷할 거 같은데, 그냥 치즈 케이크를 사 줄 걸 그랬나.

민지는 따뜻한 베이글에 크림치즈를 고루고루 바르고, 그 옆에 카야 잼과 딸기 잼도 번갈아 가면서 발라 맛있게 먹었다.

"반쪽은 오빠 먹어요."

"나는 됐어. 회사에서 도시락 먹었어."

"그럼 케이크 먹어요."

볼이 빵빵하게 오를 정도로 그녀는 빵을 맛있게 먹었다. 꼭 먹방을 보고 있는 느낌이 든다. 그는 그녀의 빵빵한 볼을 누르고 싶다는 생각에 손을 가져가 꾹 눌렀다. 베이글의 질감이 손을 통해 느껴지는 기분이었다.

"다음 주도 촬영이죠?"

"응."

"거기 기숙사? 몇 주 동안 애들 숙박하면서 살면, 오빠도 거기서 먹고 자고 해요?"

"아니지. 심사위원들은 출퇴근, 촬영 있는 날만 가지."

"아하. 다행이다."

프로그램 하는 동안 아예 못 보는 줄 알았네.

민지가 혼잣말을 하자 그가 잘 먹는 그녀의 머리를 쓰다듬었다.

"잘 먹으니까 보기 좋아."

"아까 낮에 밥 먹고 쫄쫄 굶어서 진짜 배고팠어요."

"밥을 사 줄 걸 그랬나?"

"아뇨. 오늘은 밀가루가 엄청 당기더라고요. 달달하고 폭탄인 걸로!"

가끔 그런 날도 있지.

그는 민지가 먹는 모습을 보며 아메리카노를 마셨다.

"오늘 회사에서 박초연에 대한 이야기가 많더라고요. 걔는 그럼 소년원 가는 거예요?"

"아니."

"설마 풀려나요? 또 묻히는 거예요? 매번 학폭 묻혔듯이?"

"위에선 그렇게 처리하고 싶은가 봐."

재신이 그의 인맥을 통해 알아본 결과 초연의 아버지가 판사와 친분이 있고, 경찰청장과도 동네 선후배 사이라서 묻으려는 모양이다.

그래서 그는 아예 프로그램을 통해 공론화시켰다.

국민 청원조차도 묻히게 만드는 세상이라면, 이슈로 만들면 된다. 금방 또 다른 연예인 이슈로 덮이긴 하겠지만 누구라도 꼬집지 않으면 미성년자라는 울타리 안에서 그들은 불법을 저지르고 더욱 악해질 수밖에 없다.

어른이 그들을 제지하지 못하고 부모조차 죄를 감싸 주니까.

"근데 그렇게 못 두지."

"만약에 맞은 사람이 내가 아니었으면 오빠 이렇게 발 벗고 나섰을 거예요?"

"아니. 그냥 신고 정도만 했겠지."

"나 때문에 이렇게 고생하는 거면……."

"시작은 그렇지만, 요새 열심히 하는 친구들도 보고 하니까 그냥 넘어가면 안 될 거 같아. 그런 인성이 잘못된 친구들이 자꾸 연예계로 오니까 막아야 할 거 같거든."

"그쵸!"

그래, 최혜린도 그렇고!

"음료도 좀 마셔. 빵만 먹지 말고."

"네."

쪽, 쪼오옥, 쪽. 빨대로 아이스 바닐라 라떼를 쪽쪽 빨아 마시는 걸 보니 귀여웠다.

"왜 그렇게 봐요?"

"예뻐서."

테이블을 두고 마주 보며 재신은 그녀의 손등을 손으로 덮었다. 작은 손이 그의 손바닥 안에서 꿈틀거렸다.

그녀가 테이블에 손을 올려 둔 상태에서 손등을 테이블에 닿도록 반대 방향으로 뒤집었다. 그러곤 다섯 손가락으로 그의 손바닥을 긁으며 간질간질하게 했다.

"간지러워."

"크큭."

"진짜 간지러워."

그가 그녀의 다섯 손가락을 큰 손으로 움켜쥐었다. 그녀는 그의 손안에서 다섯 손가락을 빼려고 힘을 주었으나 그도 힘으로 누르다 보니 꼼짝을 못했다.

"항복, 항복."

그녀의 말에 재신은 손에서 힘을 풀었다. 그러자 그녀가 다시 그의 손바닥에서 다섯 손가락으로 현란하게 피아노를 쳤다.

"민지야."

"응?"

"오늘, 같이 있자."

오랜만에, 같이 있자.

종종 데이트는 해도 그는 그녀에게 외박을 강요하진 않았다.

매번 그의 집으로 데려가 밤새 같이 있고 싶어 했으나 다음 날 출근해야 하는 그녀의 사정을 고려하고, 또 그때 맞아서 몸에 든 멍이 다 가시지 않았던 것을 고려해서 그는 무리하게 그녀를 안으려고 하진 않았다.

그런데 그도 남자이다 보니 점점 한계치에 다다랐다.

사랑을 나눌 때 그녀의 섹시한 모습을 모르면 모를까, 이미 안 상태에서 참는 건 너무 고된 고통이었다.

그는 그녀의 손을 잡고 다정하게 눈을 맞췄다.

"안 그래도 칫솔 챙겨 왔어요."

"정말?"

그의 말에 그녀가 그의 손에서 손을 빼더니 가방에서 칫솔 치약 세트를 꺼냈다. 그걸 본 그가 그녀가 너무 예뻐서 참지 못하고 두 볼을 잡고 이마에 입을 맞췄다.

순식간에 일어난 일이라 주변에서 보진 못한 거 같았다. 아르바이트생은 봤겠지만.

"누가 봐요, 어우 민망해. 여기 오빠 회사 앞이라고요!"

"얼른 가자."

"아이참, 당근 케이크는 다 먹고."

"포장해서 가."

"왜 이렇게 급해요?"

그러게. 난 왜 이렇게 너한테 급하지.

재신은 자신도 모르겠단 표정으로 그녀를 보며 어깨를 으쓱 올렸다가 내렸다.

"사랑해서."

"……."

"사랑스러워 죽겠는데 급하지 않은 게 이상하지. 그러니까 얼른."

민지는 만개한 꽃처럼 환히 웃었다. 그러곤 남은 조각 케이크를 두고 재신의 손을 잡고 일어났다.

그의 오피스텔로 가는 동안 심장이 미친 듯이 뛰었다. 길을 건너 그가 일하는 건물까지 고작 3분 정도밖에 되지 않지만, 그게 꼭 10분처럼 길었다.

거의 한 달 만에 그에게 안기는 건데.

기대 반, 걱정 반, 떨림 반.

오늘은 또 얼마나 많이 사랑해 줄까. 얼마나 다정하게 귓가에 속삭일까.

상상하는 것만으로도 온몸이 저릿해졌다.

재신의 오피스텔 엘리베이터를 타고 그의 집 문 앞에 섰다. 비밀번호를 누르는 그의 손길이 성급했다.

❊　✻　❊

입술이 맞물리고 몸이 얽혔다.

재신은 모든 숨결을 앗아 갈 것처럼 그녀의 입술을 빨았다. 단숨에 그녀의 얼굴을 감싼 그가 그대로 신발장에 붙였다.

신발을 벗기도 전에 달려든 재신으로 인해 민지는 그의 목에 두 팔을 감았다.

그는 성난 수사자처럼 입술이 떨어지기 무섭게 다시 붙였다. 민지가 턱을 당겨 고개를 숙이고 숨을 쉬자 그가 무릎과 상체를 굽혀 아래에서부터 그녀의 숨과 입술을 다시 먹었다.

"재……신, ……읍!"

그녀의 목소리는 점점 그의 입속으로 사라졌다. 오랜만에 하는 키스는 그의 열정에 불을 지폈다.

사랑이 불타오르고 무르익는 시점인 지금은 매일 그녀를 안고 키스를 하고 사랑을 나눠도 부족할 지경이었다.

어찌나 몸 구석구석 다 사랑스러운지, 재신은 그녀의 향기만 맡아도 가슴이 설레는 지경까지 와 있었다.

이 여린 몸 구석에 흠집을 낸 학생들을 용서할 수 없다. 어디 때릴 곳이 있다고. 그는 그녀의 옷 속으로 손을 넣어 한 줌에 잡히는 허리를 감쌌다.

"하아……!"

입술을 놓아주자 그녀가 숨을 몰아쉬었다. 색색 숨 쉬는 모습도 어쩜 그리 사랑스러운지. 눈이 마주치자 그녀가 눈꼬리를 접어 웃었다. 참 예쁘게도 웃는다.

재신은 그녀의 눈가를 엄지로 살살 쓸었다.

신발장에 등을 댄 상태로 민지는 구두를 벗었다. 그러자 태산같이 큰 남자 앞에 계단을 내려가듯 눈높이가 한층 더 낮아졌다.

"오빠, 키 크네요."

"이제 알았어?"

"힐에서 내려오니까 더 크게 느껴지는 거 있죠."

그는 그녀를 가두고 있던 팔을 풀고 이제야 신발을 벗고 집

안으로 들어갔다. 그렇게 급할 건 아니었는데 앵두처럼 빨간 입술이 오물거리니 참을 수가 없었다. 급한 불을 끈 그는 민지에게 어깨동무를 하고 안으로 데려왔다.

"오늘 부모님께는 뭐라고 말씀드렸어?"

"야근한다고요. 그래서 탕비실에서 자고 간다고 했어요."

"믿으셔?"

"당연하죠. 오빠랑 연애하기 전에 정말로 밤새워서 일하고 그랬어요."

밤새워서 열심히 일한 민지가 대견하면서도 안쓰럽고, 또 고마웠다. 그 덕분에 이렇게 외박을 해도 눈치 보지 않을 수 있으니까.

민지의 부모님이 한 번씩 생각이 날 때면 죄를 짓는 기분이 들었다. 아직 결혼도 안 한 민지를 집에 데려와 잠을 재우고 그가 원하는 만큼 사랑을 나누는 것도 어떻게 보면 그녀의 부모님껜 죄송할 일이었다.

만약 민지를 쏙 닮은 딸이 있는데, 그 남자 친구가 그렇게 한다면, 상상만으로도 열이 오르는 기분이다.

"오빠, 나 물 한 모금만 줘요."

"얼음물로?"

"아뇨. 그냥 물이요. 갈증 나요."

그는 정수기 물을 따라 그녀에게 주었다. 그녀는 투명한 컵을 두 손으로 잡고 꿀꺽꿀꺽 잘도 삼킨다. 숨도 안 쉬고 단숨에 마시는 그녀를 보니 그도 목이 말랐다.

컵 하나를 더 챙겨 그도 물을 마신 후 식탁 위에 내려놓았다.

"저 먼저 씻어도 돼요?"

"응."

"칫솔은 가져왔고, 혹시 원피스 같은 거 있, 없겠죠."

"잠시만. 지유 거가 있긴 한데."

그는 손님방으로 가서 예전에 지유가 입었던 옷을 꺼냈다. 결혼 전에 그의 집에 며칠 묵기도 하고 같은 오피스텔에 충만 다르게 살았던지라 종종 와서 야식을 먹기도 했다. 그래서 동생의 옷이 남아 있었다.

"여동생분이요?"

"응."

그녀는 손님방 앞에 서서 멀뚱히 그를 기다렸다.

"여기 있네."

그는 그녀에게 면으로 된 반팔 원피스를 건넸다.

"전에 세탁해서 넣어 두긴 했는데, 1년 넘게 방치한 거라 입기 좀 그렇지?"

"으음."

민지는 고민을 하다가 고개를 끄덕였다. 재신의 여동생의 옷을 함부로 입기도 그렇고, 1년 넘게 방치된 옷도 입긴 좀 그랬다.

"그럼 오빠 티셔츠라도 줘요."

"내 거?"

끄덕끄덕. 민지가 고개를 끄덕였다.

"오빠 티셔츠 입으면 아마 헐렁한 원피스 정돈 될 거예요."

"응. 그럼 내 거 중에서도 박시한 거 줄게."

재신은 본인의 옷 방으로 들어가 몇 가지 티셔츠를 두고 고심하다가 하나를 들고 나왔다. 그가 입어도 박시한 편이라 그녀가 입으면 길이도 딱 적당할 거 같았다.

민지는 그의 옷을 받아 들고 욕실로 들어갔다.

욕실 문을 닫고 있는데도 어찌나 물소리가 잘 들리는지.

그는 창문을 열고 환기를 시켰다. 선선한 바람을 맞자 흥분해서 날뛰던 마음도 조금씩 진정이 되는 거 같았다.

어둑어둑한 하늘엔 민지의 눈망울처럼 사랑스러운 별이 촘촘하게 박혀 있었다. 재신은 민지로 인해 삶의 여유를 찾아가는 기분에 웃음이 나왔다.

별을 보고, 하늘을 보고 있는 자신이 생소하게 느껴져 머리를 긁적였다.

친구들이 결혼을 하고 아이를 낳는 동안, 그는 친구들의 감정을 공감하지 못했다. 일에 대한 즐거움을 잊을 정도로 여자친구와 있는 시간이 좋고, 매일 그녀와 만날 그 시간을 기다리게 되고, 같이 있으면 짐승이라도 된 것처럼 계속 붙어 있고 싶은 그런 감정들.

딸깍.

욕실 문이 열리자 재신은 몸을 돌렸다. 욕실에서부터 거실로 오는 그녀가 오롯이 보였다.

늘씬하고 매끈한 긴 다리, 촉촉하게 젖은 머리, 물광처럼 반짝반짝 매끄러운 피부. 그를 보며 웃는 모습이 사랑스러웠다.

그녀가 입은 자신의 티셔츠는 그녀의 허벅지의 반도 가리지 못했다. 그녀가 만세를 하면 속옷이 다 보일 정도로 아찔한 위치였다.

그럼에도 품이 매우 커서 아빠 옷을 입은 것처럼 헐렁해서 귀여웠다.

"오빠 옷이 크긴 크네요. 근데 세탁 잘했나 봐요. 되게 뽀송뽀송한 향 나는 거 있죠?"

"건조기가 좋아서 그런가."

재신은 민지에게 다가가 수건으로 젖은 머리를 감쌌다. 탈탈 털다가 머리에 남은 물기를 제거해 주고 장난을 치자 그녀가 키득거렸다.

"오빠도 씻고 와요."

"응."

그는 대답을 해 놓곤 욕실로 가지 않고 그녀의 볼을 손으로 만졌다. 아이처럼 말랑말랑 잘도 잡히는 살의 촉감이 좋았다. 볼 살이 이렇게 예쁜 건 민지뿐일 거다.

"얼른요."

"응."

그는 이번엔 그녀의 두 볼을 감싸고 위를 보게 했다. 쪽, 번들거리는 입술에 입을 맞추고 양 볼에도 키스를 뿌렸다.

얼굴 전체에 그의 입술이 오가자 그녀가 그를 밀어냈다.

"아, 진짜……!"

"알겠어. 씻고 올게. 화내지 마."

"화 안 냈어요."

"귀엽기는."

그는 주먹을 쥔 상태에서 검지와 중지로 그녀의 볼을 잡고 잡아당겼다. 그녀가 인상을 쓰자 그제야 입가에 미소를 띠며 그가 욕실로 들어갔다.

재신이 씻는 동안 그의 핸드폰에는 쉴 새 없이 전화가 왔다. 집에 오자마자 무음으로 바꾼 탓에 민지는 그의 전화가 울리고 있는지도 몰랐다.

✻ ✳ ✻

정숙은 민지의 맞선을 추진했던 윤 여사에게 감사 인사를 하기 위해 자리를 마련했다. 윤 여사가 이쪽 인근에 약속이 있다고 해서 일부러 가까운 곳에 있는 일류 호텔 레스토랑을 예약했다. 남편까지 데리고 먼저 와서 자리를 잡곤 윤 여사 부부를 기다렸다.

윤 여사의 부부가 오자 정숙은 급하지 않게 천천히 일어나 악수를 했다.

"언니. 왔어? 정 사장님, 오셨어요?"

"안녕하십니까."

"네. 이 대표님도 오래간만입니다."

남편들끼리도 인사를 한 후 자리에 앉았다. 정숙의 남편인 철수가 미리 주문한 코스 요리가 나오기 시작했다. 직원은 그들의 먹는 속도를 고려하여 음식이 나오는 시간대를 조절했다.

일류 호텔 요리이다 보니 따뜻할 때, 갓 요리가 나왔을 때 먹는 게 생명이었다. 대화가 길어질 때쯤엔 요리의 시간도 조절할 수 있게 직원이 그들의 테이블을 지속적으로 보고 있었다.

"뭐 이런 곳을 예약하셨어요."

"내가 언니한테 식사 대접 한 번 못 했잖아. 우리 민지가 덕분에 드디어 연애를 해."

"그게 무슨 내 덕이야. 맞선 안 봤어도 남자가 줄줄 따랐겠구만."

373

딸의 칭찬을 듣는 건 기분이 좋은 일이었다. 정숙은 적당히 공감하면서도 아니라며 손사래를 쳤다.

"요새 유재신 대표 TV에도 나오더라. 훤칠한 게 민지 씨랑 잘 어울려. 그죠, 이 대표님?"

"네. 잘 어울립니다."

철수는 대답을 하면서도 떨떠름했다. 좋은 사람이 맞는지 아직은 확신할 단계는 아니었다. 우리 민지를 사랑해 주고, 민지가 사랑하는 남자면 누구라도 좋지만 나이 차이가 걸린다.

나중에 우리 민지 두고 먼저 가면 혼자 오랜 시간을 살아야 하지 않을까. 그럼 우리 민지 챙겨 줄 사람도 없을 텐데. 부모가 없는 나중의 삶에서도 민지가 외롭지 않으면 좋겠다.

"그럼 결혼도 하는 거야?"

"아마도. 근데 애들이 연애 좀 길게 하려나 봐. 말이 없네."

정숙의 말에 윤 여사는 고개를 끄덕이며 와인을 마셨다. 남자들은 이런 자리가 귀찮은지 말수가 별로 없었다.

"그래도 맞선 한 방에 좋은 사람 구하다니, 정숙 씨가 인복이 있나 봐."

"보통은 한 방에 잘 안 돼?"

"그치. 그쪽 유재신 대표도 맞선이 한두 번이 아닐걸. 어떤 집안의 여식을 데려다 놔도 시큰둥해서 이제 맞선 주선 안 하려고 했거든. 근데 그쪽 언니가 하도 부탁해서."

"우리 윤 언니가 또 주선 한 번 하면 제대로 하잖아. 언니만한 사람이 이 동네에 없다니까."

정숙이 윤 여사를 치켜세웠다. 그러자 입가에 띤 미소를 지우지 못한 채 와인을 한 모금 마시고 내려놓았다.

"내가 자랑은 아니지만, 정말 많은 커플 성사시켰다."

"언니 그러고도 남지, 암. 보는 눈썰미가 다르잖아."

두 사람은 서로를 보고 크게 웃었다. 그렇게 적당히 식사 자리를 마친 후 2차는 각자 하자는 말을 남겨 두고 자리에서 일어났다.

"나는 여기 앞에서 모임이 있어서 그쪽으로 가야 하는데."

"언니, 이 시간에?"

"응. 아− 유 대표 사모님도 오시는데. 인사하고 갈래?"

"그럴까?"

애들도 잘돼 가는데 이참에 인사도 드리면서 애들 얘기도 하면 좋을 것 같았다.

정숙이 고민을 하자 그 옆에 선 철수가 그녀에게 눈치를 주었다. 얼른 가자고 철수가 턱짓을 하자 그녀는 아쉬운 티를 냈다. 오늘은 인사할 날이 아닌가 보다. 그녀는 남편에게 애교를 부리듯 양복을 지그시 쥐며 팔짱을 끼었다가 풀었다.

1층으로 내려온 네 사람은 로비를 지나 정문 앞에 섰다.

"다음에 또 봅시다."

"네. 형님. 다음엔 술 한잔 합시다."

철수가 깍듯이 악수를 하며 상대에게 말을 했다. 정숙은 그 모습을 흡족한 얼굴로 보았다.

"그럼 우린 따로 또 만나."

"응. 언니. 좋은 시간 보내고. 정 사장님께선 집으로 가셔요?"

"회사로 갑니다."

정 사장을 태우는 기사가 그가 서 있는 바로 앞에 차를 세운 후 뒷좌석 차 문을 열었다. 정 사장이 먼저 차를 타고 떠나고 나자 윤 여사도 움직였다.

"당신, 먼저 들어가 있어. 나 언니 데려다주고 바로 올게."

"알겠어. 로비에서 기다릴게. 다음에 또 봐요."

철수는 크라운바디 창립일 겸 해서 오랜만에 데이트를 하자는 정숙의 말에 얼씨구 좋다 하며 레스토랑과 호텔 스위트룸을 예약했다.

같이 하늘에 뜬 별도 보고 도란도란 얘기도 나누고 싶었다. 야근을 하고 집에 가면 얼굴만 보고, 정숙은 동네 아줌마들과 어울리느라 주말에는 전화기를 붙잡고 있는 편이었다. 그래서 이렇게 둘만의 시간을 갖고 싶었다.

그런데 레스토랑마저 두 명을 더 예약하라는 말에 그는 좋진 않았으나 군말 없이 예약했다. 아내가 행복해야 그도 행복한 거니까.

민지의 맞선을 주선했던 윤 여사를 바래다주러 호텔 아래로 내려가는 아내를 보니 언뜻 민지와 겹쳐졌다.

정숙도 젊을 때 민지처럼 밝고 예쁘고 사랑스러웠는데. 지금도 어여쁜 아내이지만.

제게는 아직도 제일 첫 번째인 아내가 누군가를 마중 나가고 딸을 위한다는 명목으로 굽히고 있는 모습을 보면 떨떠름하다.

우리처럼 우연히 만나 연애를 하고 결혼까지 가면 될 것을. 뭘 그렇게 서두르는지.

"민지 아빠."

"어."

"많이 기다렸지?"

"아니. 올라가자. 가서 오랜만에 대화도 좀 하고."

"나 전화 온다. 잠시만. ……은주 엄마, 잘 지냈어요? 민지? 취업해서 잘 지내지."

철수는 고개를 절레절레 저으며 통화하는 아내의 팔을 잡고 엘리베이터로 끌었다. 그가 가는 대로 눈으로 좇아 잘 타서 따라오는 것만 해도 감사한 건가.

철수는 카드 키를 찍고 스위트룸이 있는 제일 위층 버튼을 눌렀다. 아내는 그걸 보고 웃으며 통화하면서도 그에게 엄지를 번쩍 들어 올렸다.

멀티가 되는 아내가 신기한 그가 얼른 전화를 끊으라고 그녀에게 눈짓을 주었다.

"내일 다시 통화해도 될까요? 오늘 남편하고 잠깐 외부에 나와서…… 신혼은 무슨, 아니에요. 어머, 갈수록 예뻐진다니. 은주 엄마 안 본 사이에 농담이 늘었어요. 그래요. 내일 통화해요."

전화를 끊은 후 정숙은 후– 한숨을 쉬었다.

그렇게 쉴 새 없이 전화를 받으며 사람을 상대하는 것도 곤욕인데. 엘리베이터 문이 열리자 그는 아내의 손을 잡고 내렸다.

같은 시각, 윤 여사는 모임 장소 앞에서 재신의 어머니인 차 여사를 만났다.

"차 여사님~ 요새 아드님 TV에도 나오고 멋지던데요."

"고마워요."

"고맙긴요. 유 대표님 연애한다는 소식에 내가 더 기쁘더라고요. 맞선 자리 그렇게 싫어하더니."

"맞선 그렇게 싫어하더니 이번엔 임자 만났나 봐요. 다 윤 여사님 덕분이죠."

서로 훈훈한 덕담이 오갔다. 윤 여사는 차 여사의 어깨를 부드럽게 밀며 파티 장소로 이끌었다.

"네. 들어가면서 얘기해요. 안 그래도 맞선 주선한 민지 씨쪽과 방금 식사하고 왔는데 아주 부부가 깨가 쏟아집니다. 애가 바르게 잘 클 만해요."

"방금 만난 여자분이 민지 씨 어머니라고요?"

"네. 참 곱죠?"

그녀의 칭찬에 차 여사의 표정이 점점 굳었다. 윤 여사는 무언가 이상함을 깨닫고 덧붙여서 하려던 말을 멈췄다.

"우리 아들 소개해 준 집 부모가 런던에 있는 대학에서 만났다고 했죠? 중소기업 어디라고 했는데."

"해외파 맞죠. 회사명이 크라운바디. 왜, 요새 백화점에도 입점해서 인기 좋잖아요."

"그 브랜드는 아는데. 혹시 성함 알아요?"

"정숙 씨요."

"누구라고요?"

"김정숙 씨요. 아는 분이세요?"

잠시 차 여사에게선 말이 없었다. 싸늘하게 식은 표정을 한차 여사가 입꼬리를 말아 올려 웃으며 그녀에게 인사했다.

"먼저 들어가세요. 저 전화 통화 한 번만 하고 갈게요."

"차 여사님도 참, 아드님과 통화하시려고요?"

"네."

"진짜 못 말려요. 그럼 먼저 들어갈게요. 금방 들어오세요."

윤 여사가 오늘 약속 장소인 파티장 안으로 들어갔다. 차지영은 윤 여사가 잘 들어갔는지 확인하고 핸드폰에 저장된 연락처를 찾아보았다.

[목]

'목'으로 검색을 하자, '목욕'이 떴다.

[목욕 김정숙]

그래, 김정숙. 그 여자의 이름은 정숙이 확실하다.

우아하게 사람이 변했어도 그 여자는 그녀가 자주 집으로 불렀던 목욕관리사였다. 손맛이 좋아서 정숙에게 거액을 주고 집으로 불러서 관리를 받았다.

일단 집으로 오면 그녀의 몸의 묵은 각질을 제거해 주고 손톱 발톱을 정리해 주는 걸로 시작하였다. 나중엔 피부마사지와 바디마사지까지 배워서 하루 동안 묵은 피로를 다 풀어 주고 가던 사람이었다.

맞다. 그때 백화점에서 마주쳤었지.

분위기가 많이 바뀌어서 못 알아볼 뻔했지만, 김정숙이 맞았다.

지영은 우연히 건너편 호텔에서 누군가와 수다를 떠는 윤 여사를 발견하였고, 같이 파티장에 들어가려고 기다리던 중 상대의 얼굴을 보았다.

그녀가 아는 얼굴이라 놀란 것도 잠시, 재신과 맞선 본 여자의 어머니라니.

너무 충격적이라 말이 나오지 않았다.

"얜 왜 전화를 안 받아."

그녀는 아들에게 계속 전화를 걸었다.

그래, 사랑하는 아들을 아무 여자에게 보내고 싶지 않았다.

적당히 참하고 아들에게 순종할 여자. 시어머니에게 대들지 않고, 스펙도 있는 여자. 집안끼리 비교했을 때 조금은 기울어서 초반에 아예 기를 누를 생각이었다.

너무 잘사는 집 아이를 데려오면 그녀가 컨트롤하기 어렵다. 왜냐하면 상대 어머니도 그럼 부부 사이에 참견을 할 테니까.

그래서 일부러 윤 여사를 통해 적당히 사는, 어느 정도 배운 여식으로 골라 부탁을 한 건데. 어디 배워 먹지도 못한 직업을 가진 사람들과 사돈이 된단 말인가. 런던 대학? 코웃음을 치며 지영은 다시 재신에게 전화를 걸었다.

그때와는 달리 정숙이 사업을 해서 입에 풀칠을 하고 살더라도 과거가 없어지는 건 아니었다.

아예 태생이 다른데 감히 자신의 아들을 넘보다니. 적어도 기본적인 수준은 돼야 사돈을 맺을 것 아닌가.

황당한 그녀는 받지 않는 전화를 보며 인상을 썼다.

내일 당장 재신의 사무실로 가야겠다는 생각을 하며 그녀는 표정을 고치고 양 입꼬리를 늘리며 업체 사모님들끼리 모이는 파티장에 입성했다.

윤 여사에게는 아직 티를 낼 시기는 아니었다.

그녀가 알아보고 확실해졌을 때, 조용히 두 사람의 연애만 막으면 되는 것이다.

아직도 재신과 맞선을 볼 여자는 구하려고만 한다면 줄을 세울 수도 있었다. 그만큼 지영은 자신의 아들에게 자부심이 넘쳤다.

내 아들. 우리 아들.

아들도 그 여자의 딸에게 속고 있는 것이다. 차 여사는 그 모든 사실을 재신에게 알려 줘야겠다는 생각뿐이었다.

※　✻　※

시작은 그가 씻고 나오자마자 꾸벅꾸벅 졸고 있는 그녀를 번쩍 안아 침대로 옮긴 것부터였다. 그 움직임에 잠에서 깬 그녀가 얼마나 예쁜지 그는 참지 못하고 입을 맞춘 것이다.

민지는 두 다리로 그의 허리를 감았다. 키득거리며 그가 그녀의 콧방울을 코로 비비다가 입을 맞춰 왔다.

쪼옥— 쪽.

입맞춤이 점점 길어지며 질척이는 소리가 났다.

키스를 하며 옷이 흐트러지자 겨우 아래를 가리고 있던 그의 티셔츠가 점점 위로 올라갔다. 그는 민지가 입은 자신의 옷 속으로 손을 넣었다.

가슴을 가리고 있어야 할 속옷이 사라져 있었다.

그는 단숨에 그녀의 가슴을 손에 쥐고 그대로 티셔츠를 올렸다. 어차피 벗길 거 처음부터 입지 말라고 할걸.

그 또한 입고 있던 나이트가운을 벗어서 침대 아래에 내려놨다.

그대로 그녀의 몸 위로 올라온 그는 맞닿은 살결이 느껴지자 탁한 숨이 나왔다.

부드러운 그녀의 몸은 온도마저도 적당해서 사람을 미치게 만들고 있었다.

"민지야. 우리 민지."

그는 그녀의 몸에 난 상처가 없나 꼼꼼히 살폈다. 멍은 사라지고 상처도 없어졌다. 한 달이란 시간은 그녀가 몸을 회복하기에 충분한 시간이었던 거 같다.

"사랑해."

그는 그녀에게 사랑을 속삭이며 입술을 턱 아래로 내렸다. 키스를 하며 손으로는 허리를 만지고 다리 사이로 손을 넣어 실오라기 하나 없는 상태로 만들었다.

"춥진 않지?"

"네. 오빠 몸이 뜨거워서 안 추워요."

"응."

그는 대답과 동시에 둔덕을 빨았다. 그녀가 그의 머리를 감싸며 몸을 앞으로 내밀었다. 쪽쪽 빨려 들어가는 살결이 그의 혀로 인해 부서진다. 야한 혀 놀림에 그녀는 말을 잃고 눈을 감았다.

질척하고 끈적끈적한 느낌, 온몸을 기어 다니는 듯 야릇한 느낌에 그녀가 다리로 그의 허리를 더 꽉 감았다.

"오빠…… 재신 오빠. ……읏."

그녀는 무릎으로 그의 복근과 몸을 건드려 밀어내면서도 두 팔로는 그의 머리를 감싸 제게로 당겼다.

온몸이 간지럽고 터질 거 같아서 그를 밀어내고 싶은데, 막상 그러기엔 그가 주는 이 쾌감이 좋았다.

민지가 몸을 부르르 떨며 그의 허리에 감은 다리에서 힘이 빠져 침대 위로 떨어졌다.

그는 그걸 놓치지 않고 손으로 그녀의 몸을 확인했다.

"하아……. 으읏."

질척거리는 소리와 위에서 자신을 바라보며 제 몸을 만지는 그의 표정이 야해서 민지는 침을 꼴깍 삼켰다.

그의 손 하나에 몸이 간헐적으로 떨리며 위로 튕겨 오르는 것이 부끄러웠다. 발갛게 달아올라서 온몸이 더웠다.

그녀는 그의 손목을 잡고 그녀 쪽으로 당겼다.

"오빠……그만, 그만요. ……으읏, 하아……!"

손의 움직임이 거칠고 더 빨라질수록 그녀 또한 눈앞이 캄캄해졌다.

그가 손을 빼고 가운데로 자리하자 그녀의 심장박동 수는 더욱더 빨라졌다.

아프겠지.

처음 그와 사랑을 나눌 때 받았던 충격 때문인지 아직도 이 순간엔 긴장을 하곤 했다. 그는 그녀의 허벅지를 손으로 부드럽게 잡고 몸을 겹쳐 안았다.

"아."

탁한 신음이 그의 입에서 나왔다. 민지는 손등으로 입을 가리고 눈을 질끈 감았다.

부드럽게 그가 밀려왔다가 빠져나갔다. 그러더니 그녀가 신음 소리를 낼 틈도 없이 빠르게 덮쳤다.

"하…… 민지야."

"응. 응."

"사랑해."

그는 손을 그녀의 양옆에 대고 몸을 지탱했다. 허리의 반동만으로 그녀를 절정으로 몰아갔다. 어찌나 그녀의 몸 구석구석을 잘 아는지, 그를 잘 따라가면 그녀는 쾌락의 끝을 만났다.

그의 몸 아래서 그녀는 눈물을 찔끔 흘릴 정도로 쾌락을 맛보았다.

그의 사랑과 욕망을 모두 받아 내는 지독한 밤이 지나가고 있었다.

✻　✻　✻

다음 날 출근한 재신은 오전 회의를 마무리하고 잠시 옥상으로 올라왔다. 어머니에게서 여러 통의 부재중 전화가 와 있었다. 혹시 지유의 문제인가 싶어 아침에 어머니랑 무슨 일 있었는지 물어보았으나 최근에 아무 일도 없었다고 한다.

보통은 한두 번 전화하고 말 사람인데.

재신은 어머니께 전화를 걸었다. 신호음이 몇 번 가기도 전에 어머니가 전화를 받으셨다.

― 재신이니?

"네, 어머니."

― 오늘 점심에 잠깐 시간 되니?

"오늘 점심이요? 잠시만요."

재신은 핸드폰을 귀에서 뗀 다음 스피커폰으로 바꾸었다. 그리고는 스케줄러에 들어가서 오늘 회의와 미팅 일정을 확인했다.

"저녁에 돼요. 저녁에 최 박사님하고 식사 예약되어 있는데, 어머니도 함께하셔도 돼요."

― 아니다. 따로 집으로 와.

"네. 알겠습니다. 근데 무슨 일 있으세요?"

– 얼굴 보고 얘기하자꾸나.

그의 미간이 살며시 좁혀졌다. 평소와 달리 어머니의 목소리는 누가 뒤에서 따라오는 것처럼 급했다. 꼭 얼굴 보고 마주한 상태로 해야만 하는 말이 도대체 무얼까.

– 오늘 꼭 와. 기다리고 있을게.

"네, 어머니."

– 우리 아들. 일하는데 힘내고. 좋은 생각만. 아자아자.

말을 잘 듣는 어린 아들을 칭찬하듯 어머니의 목소리는 단숨에 변해 있었다.

그녀의 말에 복종할 때면 세상 착하고 사랑스러운 아들이 되고, 어머니의 말을 거역하거나 말대꾸를 하면 히스테릭하게 변했다. 그래서 그는 어머니 마음의 평화가 오도록 웬만해서는 다 '네'를 하는 편이었다.

도대체 무슨 일일까.

심각하지 않은 일이면 회사를 오가다가 말하거나 전화로라도 말했을 텐데. 후암그룹과 관련된 일인가.

고민하던 재신은 전화를 끊었다. 이후에 기획 관련 2차 회의가 잡혀 있었고, 그다음엔 그가 출연하는 프로그램 관련하여 대본을 체크해야 했다.

저녁까지 빡빡한 일정을 소화해야 하는 그는 숨 돌릴 틈 없이 회의실로 내려갔다.

❊　❊　❊

'크라운바디(주)'

차지영은 비서의 차를 타고 회사 앞에 내렸다. 5층짜리 건물을 모두 사용하고 있는 걸 보면 회사 규모는 꽤 큰 편인 거 같았다.

재신이 만나는 부모님이 운영하는 회사인 '크라운바디(주)'는 얼마 전부터 급부상한 바디워시 브랜드로 최근엔 화장품으로도 영역을 넓혀서 백화점에도 입점을 했다.

고가의 브랜드를 새로 런칭하였고, 그 브랜드는 백화점에 입점 후 고급화 전략으로 입소문을 타고 금세 인기가 좋아졌다.

그때 그녀의 옆으로 식사를 마치고 돌아오는 직원들이 지나갔다.

"그러니까 동남아시아 진출하려면 해썹 외에 할랄 인증마크도 받아야 합니다. 그쪽으로 한 번 더 알아봐 주시고요."

"네. 알겠습니다."

"오늘은 오후에 먼저 퇴근합니다."

"따님과 데이트 있으신 날이죠?"

남자의 입술 끝이 말려 올라가며 굳어 있던 표정이 사르르 풀렸다. 누가 봐도 딸을 사랑하고 있단 걸 알 수 있었다.

그사이 알아본 결과 대표는 각 대학의 최고위 과정을 통해 인맥을 넓혔지만 영국에 있는 대학교를 졸업한 건 아니었다. 지금은 대표자를 하면서 대학원 경영자 과정을 밟고 있지만 그건 학벌 세탁에 불과했다.

그 대학교에 거액을 기부하는 대신 학위를 따는 형태였다.

마음이 착잡해진 그녀는 처음부터 제대로 알아보지 않은 자신을 탓하며 인상을 찌푸렸다.

수많은 맞선 자리를 제안했지만 재신 쪽에서 여자를 선택한 건 이번이 처음이었다.

지영은 재벌가보다는 오히려 중소기업 쪽으로 재신의 짝을 찾았다. 그녀가 보는 조건은 딱 하나였다. 그들보다 기우는 집 안. 며느리를 제멋대로 굴릴 수 있는 곳. 그래서 며느리의 친정 에서 그들에게 찍소리도 못 하게 하는 것.

사람들은 그녀가 요새 시어머니상이라고, 아들 그렇게 잘 키 웠는데 욕심도 없다며 신기해했지만 실상은 달랐다.

그런데 그들보다 조금 기우는 걸 원했던 거지 아예 배우지도 못한 사람들을 사돈으로 둘 순 없었다. 그건 결국 언젠가는 재 신에게 웃음거리가 될 거다.

지영은 맞선을 주선했던 상대에게 전화를 걸었다. 아무래도 김정숙 그 여자와 만나서 담판을 지어야 할 거 같았다.

당신이 지금 사위로 누굴 넘보고 있는지 깨닫게 하고 두 사 람의 연애는 이 정도에서 멈추는 게 맞다.

지영은 더 볼 것도 없다는 듯 그곳에서 등을 돌렸다.

❋　❋　❋

회사가 끝난 오후. 민지는 회사 앞에 선 벤츠를 보고 활짝 웃 으며 조수석 문을 열었다. 운전석엔 아빠가 있고, 뒷좌석엔 엄 마가 타고 있었다.

"어제 두 분 데이트는 잘 하셨습니까?"

"얘는. 남사스럽게."

"응. 네 엄마랑 좋은 시간 보냈지."

"어후. 로맨티스트네, 우리 아빠."

철수는 민지가 안전벨트를 매자 차를 출발했다. 퇴근 시간 꽉 막힌 도로에서 차가 정체해도 아빠는 화 한 번 내는 법이 없다.

오히려 엄마는 그냥 회사 건물 주변에서 먹고 갈 걸 그랬다며 툴툴거렸지만 아빠는 여기만 막히는 거라며 엄마를 달랬다.

"아빠는 학교 다닐 만해?"

"아니."

"그럼 왜 다녀?"

그때 뒷좌석에 타고 있던 엄마가 가운데로 얼굴을 밀어 넣었다.

"왜 다니긴. 네 아빠랑 엄마가 가방끈이 짧잖아. 이렇게라도 늘려야지."

"가방끈 짧아도 회사 잘 꾸려 가고 있는데, 그게 뭐가 중요해? 아빠 서울 주요 대학 최고위 과정 뺑뺑이 돌면서 다니는데 불쌍하지도 않아?"

"다 그렇게들 살아."

"……."

"그리고 네 아빠 말고 나도 다니고 있다?"

"그래. 엄마도 왜 사서 고생을 하냐고. 그 돈으로 여행을 다녀, 여행을."

한 학기에 내는 돈이 얼마야.

아니면 한 번 다니면 끝내지, 왜 대학교를 옮겨 다니면서 대학원 도장 깨기를 하냐고. 거기서 만난 사람들이 도대체 엄마랑 아빠에게 무슨 도움이 되는데.

"아빠 말 좀 해 봐. 엄마한테 학교 다니기 싫다고 해!"

"그 덕에 일주일에 한 번은 꼭 네 엄마랑 드라이브하잖아."

"착해서는."

젊었을 적 고생하게 했다는 죄책감에 아빠는 엄마의 말이라면 뭐든 다 들어주고 보는 거 같았다.

그때, 핸드폰에서 진동이 울렸다. 민지는 핸드폰 액정을 봤다가 핸드폰을 아래로 내리며 진동을 껐다. 손안에 울리던 진동이 멈추자 아빠가 운전을 하다 말고 그녀를 보았다.

"받아."

"아니야. 나중에 연락하면 돼."

"남자 친구?"

"응."

아빠랑 엄마가 있는 데서 전화 받기엔 매우 곤란하다. 밀어를 속삭이는 것도 아닌데 왜 전화를 받지 못하겠는 걸까.

"유 대표? 얼른 받아. 우리 아무것도 못 들은 척할게. 얼른."

"아니야. 다음…….."

"받아, 얼른. 기다리시잖아."

엄마는 얼른 받으라며 그녀의 어깨를 흔들었다. 민지는 전화가 끊기기 전에 통화 버튼을 눌렀다.

"네, 여보세요."

ㅡ 어디야?

"오늘 엄마랑 아빠랑 외식하기로 해서 같이 있어요. 오빠는?"

ㅡ 최 박사님과 식사하러 가고 있어. 저녁 먹고 밤에는 어머니께 갈 예정이야.

저녁 먹고 바로 집에 가서 쉬지. 어머니를 만나고 집에 가면 엄청 피곤할 텐데.

어제 밤새 자신을 안느라 체력 소모도 많이 했을 재신이 걱정되었다. 무슨 일이 있나? 본가에 왜 가는 걸까?

— 이따가 밤에 통화할 수 있으면 하자.

"좋아요."

— 식사 맛있게 하고. 조만간 부모님께 인사드리러 갈게.

"네? 우리 엄마 아빠요?"

민지가 조수석에서 등을 떼고 척추를 곧게 폈다. 우리 부모님께 인사드린다고? 내가 잘 들은 게 맞나?

결혼을 전제로 만나는 건 맞지만 인사드리러 온다니까 긴장이 된다. 그녀는 괜히 운전하는 아빠를 힐끗 보았다.

"응. 응. 알겠어요. 끊어요!"

당황한 그녀가 전화를 끊었다. 왠지 뒤가 따끔따끔하다. 뒤를 돌면 엄마가 자신을 뚫어지게 보고 있을 거 같은 예감이 든다.

민지가 뒤를 돌자 아니나 다를까 엄마가 눈을 초롱초롱하게 뜬 채 그녀를 보고 있었다.

"왜, 왜 그렇게 봐?"

"유 서방?"

"누가 유, 서방이야?"

"맞선 보고 연애하면 결혼하는 거지."

"민지 엄마. 적당히."

아빠는 엄마가 구구절절 잔소리를 퍼붓기 전에 한 템포 멈추게 했다. 맞선 보고 연애를 하다 보면 결혼까지 골인할 확률이 높긴 하다. 결혼이 전제된 만남이니. 그러나.

"아직 우리 딸 결혼 안 했어."

"아직 그렇긴 하지."

"근데 왜 유 서방이야? 난 아직 인사도 못 받았는데."

아빠의 질문에 엄마는 입을 삐죽 내밀었다가 다시 넣었다.

"내가 다 알음알음해서 좋은 남자 어렵히 구했을까 봐. 우리 딸한테 딱이라니까."

"그러니까 좀 더 연애를 해 보고 민지가 정할 일이라는 거지."

"자자− 내 결혼이니까 여기서 그만. 싸우지 맙시다."

민지는 운전하는 아빠의 팔을 살며시 잡았다 떼고 몸을 옆으로 틀어 뒷좌석에 앉은 엄마도 힐끗 보았다.

"유 대표가 왜 전화한 거래?"

한층 풀이 꺾인 엄마가 유 서방에서 유 대표로 호칭을 바꿨다. 아빠는 그제야 마음에 드는지 얼굴 표정이 편해졌다.

"그냥 안부 인사지."

"마지막에 우리 보러 온다고 한 거 아니야?"

"다 들렸어?"

하긴, 지금 차 안은 음악 소리 하나 없이 조용히 가고 있었다. 내비게이션조차 꺼 둬서 통화를 하면 상대 목소리가 들리는 건 당연한 거였다. 역시 전화를 받지 말았어야 했어.

"언제 온대?"

"나도 몰라. 아직."

"피부 관리 예약해야겠네. 조만간 오겠지?"

"엄마. 엄마는 창창한 딸 시집보내고 싶어? 나보다 더 재신 오빠를 기다리는 거 같아."

"나도 우리 딸 오래 내 옆에 두고 싶지. 사랑하는 내 딸. 그런데 좋은 남자 만나서 호강하면서 살면 좋겠어."

"난 내가 잘 벌어서 잘 먹고 잘 살 거거든."

민지는 입을 삐죽였다. 그때를 딱 포착한 아빠는 갑자기 키득거리며 웃기 시작했다. 때아닌 웃음소리에 그녀는 고개를 갸웃했다.

"왜 웃어, 아빠?"

"입 삐죽이는 게 네 엄마랑 똑같아서. 표정이 어쩌면 딱 네 엄마니."

안 닮았다고 하려다가 힐끗 뒤를 본 그녀는 인정해야 했다. 자신은 엄마와 똑 닮아 있었다.

"그래. 우리 딸 취직도 잘했고 잘 먹고 잘 살 거야. 그거랑 별개로 남자 잘 만나서 호강도. 알았어. 잔소리는 여기까지 할게. 네 아빠가 죽일 듯이 노려본다."

엄마는 아빠와 룸미러로 눈이 마주치자 말을 멈췄다. 그러고 보면 아빠가 엄마한테 당하는 거 같다가도 또 아빠가 정색을 하면 엄마는 한없이 액셀을 밟고 가던 상황에서 브레이크를 잘 밟는다.

고생을 하면 어떻나.

지금 엄마 아빠를 보면 오히려 돈독하고 좋아 보여서 그녀는 딱 두 분처럼만 살고 싶었다. 오래오래 옆에서 서로의 조력자가 되어 주는 관계로 말이다.

"재신 오빠랑 얘기해 보고 나중에 알려 줄게. 아직은 정말 연애 중이란 말이야. 결혼은 지금 말하기엔 섣불러."

아직 프러포즈도 받지 않았고, 그거에 대해서 그와 진지하게 이야기를 나눠 보지 못했다.

그러나 만약 그가 결혼하자고 한다면 그녀는 지금이라도 좋다고 할 의향이 있었다.

재신을 떠올리는 민지의 입가엔 사랑스러운 웃음이 걸렸다.

❋　❋　❋

바깥은 어둑해진 상태였다. 본가 차고에 주차를 마친 재신은 차에서 내렸다. 스마트키를 누르자 삐빅 소리와 함께 차 문이 잠겼다.

저녁 식사가 끝날 때쯤 내리기 시작한 비가 아직도 여전히 오고 있었다. 그는 손으로 머리를 가리고 빠른 걸음으로 정원을 지나 문 앞으로 왔다.

초인종을 누르자 바로 문이 열렸다. 그는 안으로 들어갔다.

"비 맞고 왔어?"

"네. 갑자기 쏟아지더라고요."

"선영 씨, 여기 따듯한 차 좀 부탁해요. 수건도."

"아닙니다. 수건 제가 가져올게요."

재신은 일하는 분을 보며 고개를 저었다. 수건은 그가 가져와도 되는 거였다.

"그럼 차만 부탁해요."

"네. 저번에 사모님께서 선물 받으신 그 차로 내오겠습니다."

선영은 아주 잠깐 비를 맞은 재신이 먹을 차를 내오기 위해 부엌으로 갔다. 그는 욕실 앞 선반에서 수건을 꺼내 머리를 털었다.

"무슨 일이에요?"

"넌 오자마자 엄마 안부도 안 묻고 용건부터 묻니."

"어머니 잘 지내신 거 눈으로 확인했으니까 용건을 묻는 거죠."

"얘가 연애하더니 엄마한테 너무 소홀하다?"

소홀하기는. 얼마 전에도 어머니 친구분들과 식사하라고 비싼 레스토랑 식사권도 보내고, VIP 쇼핑을 하고 싶다기에 마음껏 할 수 있게 자리를 마련해 드렸다. 그 외에도 어머니가 종종 요청하는 건 모두 들어 드렸다.

다만 전보다 연락드리는 횟수는 줄어 가고 있었다.

"엄마 서운하게."

"어머니 저 이제 연애하는 건데, 아들 응원 좀 해 주세요. 여자 친구한테 연락할 정신도 없습니다. 회사가 바빠서."

"그래. 그 여자 친구."

그때 선영이 쟁반에 찻잔과 주전자를 들고 나왔다. 소파에 앉은 두 사람 앞에 찻잔 두 개가 놓였다. 선영은 우려낸 차를 따른 후 잠시 물러났다.

"향이 좋네요."

"응. 향 좋지? 선물 받은 거야."

"맛도 좋고요."

재신의 말에 차지영은 만족스럽게 웃었다. 제 아들이 잘 마시는 걸 잠시 지켜보던 그녀가 찻잔을 내려놓았다.

"내가 보자고 한 건 말이다."

"네, 말씀하세요."

"우리가 맞선 사기를 당한 거 같구나."

맞선 사기? 재신은 고개를 갸웃거렸다. 맞선이라면 민지와의 맞선을 말하는 거 같은데, 거기에 사기라는 단어가 왜 붙는거지?

"그쪽 부모가 영국에서 대학교를 나왔다고 우릴 속였더구나. 아무리 딸 좋은 남자, 좋은 집안에 시집보내고 싶었어도 그렇지. 그런 부모 밑에서 그 앤 뭘 배웠겠니."

"무슨 말씀이십니까."

"네가 만나는 그 애. 대기업 다니고 공부도 잘했다더니 자랑거리는 그거 하나였던 모양이구나. 중소기업 하나 제대로 꾸린다고 태생이 변하는 건 아니다. 그 애 엄마가 글쎄 우리 집에 나 때 밀러 왔던 그 아줌마지 뭐니?"

재신은 머릿속으로 두서없는 어머니의 말을 요약하기 시작했다.

민지의 부모님이 중소기업 사업체를 운영하고 있고, 민지가 좋은 대학교를 나와 취업을 했다는 건 팩트이다. 그러나 그 외 민지의 부모님에 관한 정보가 오류가 있다는 거네.

그런데 그게 뭐가 중요하지?

그가 만나는 사람은 그녀의 부모님이 아니라, 민지였다. 그리고 그가 본 민지는 부모님의 사랑을 잘 받고 커서 밝고 예쁘고 사랑스러웠다.

모든 사람이 완벽할 순 없지만 적어도 민지를 보면 그녀의 부모님도 좋은 사람일 거라는 건 확실하다.

"어머니. 그게 중요합니까?"

"당연하지! 우리 집안에 때밀이라니. 어렸을 때 걔가 뭘 보고 자랐겠어? 엄만 절대 싫다. 내가 널 어떻게 키웠는데 그런 집에 보내?"

"어머니."

재신은 흥분한 어머니를 불렀다. 그러자 콧김을 뿜을 것처럼 흥분했던 엄마의 감정이 서서히 식어 갔다.

"저 민지랑 연애하고 있어요."

"그래. 그러니 거기서 그만두라는 거다."

"처음 맞선을 보라고 하신 건 어머니였습니다. 결혼 생각 없던 제게 결혼하라고 강요하신 것도 어머니구요."

"다신 안 하마. 그러니까 그 앤 싫다. 내 몸 관리해 주던 관리사를 어떻게 사돈으로 둬? 동네 창피해서 얼굴을 어떻게 들고 다니냐고!"

어머니의 말에 재신은 표정을 점점 굳혔다. 어머니가 아이처럼 떼를 부려도 이건 그의 연애였다. 다른 건 몰라도 이 문제에선 그는 어머니의 뜻을 따를 수 없었다. 그건 생각하고 말고의 여지가 없었다.

"어머니 저는 지금, 어머니 말대로 할 수 없다고 말씀드리는 거예요."

"뭐?"

"그러기엔 제가 민지 많이 사랑해요. 그래서 못 헤어져요."

"재, 재신아!"

"전 어머니께서 거절하시는 이유를 납득할 수 없어요. 과거에 어떤 직업이든 열심히 살았으니 지금이 있는 거잖아요. 이 이야긴 못 들은 거로 하겠습니다."

재신은 찻잔을 내려놓고 일어났다. 더 듣고 있을 여유가 없었다. 어머니가 이런다고 해서 그는 그녀와 헤어질 생각이 없으므로 이 문제는 어머니가 굽혀야 할 것이다.

"재신아! 얘!"

"저 그만 가 보겠습니다."

"너, 네가 어떻게 나한테 이래! 엄마가 더 좋은 사람 찾아 줄게. 아니다. 넌 결혼 안 해도 돼. 그러니까 그 앤 아니야."

"어머니."

재신아, 제발. 그 앤 안 돼.

어머니의 눈은 간절함을 품고 있었다. 그러나 재신은 어머니의 손목을 잡아 자신을 놓도록 하였다.

"어머니, 저 민지 아니면 안 돼요. 장난으로 가볍게 만나는 사이 아닙니다. 고작 그런 이유로는 못 헤어져요."

"……."

"다른 건 다 들어 드려도 이건 안 됩니다."

재신의 단호함에 어머니만 놀란 건 아니었다. 선영도, 재신 본인도 크게 놀랐다. 보통은 어머니의 말에 '네'로 통했던 그가 이렇게 단호해질 줄 그도 몰랐다.

잠시 할 말을 잃은 어머니가 재신의 옷깃을 쥐려다가 손을 떨어뜨렸다. 상당히 충격을 받은 모양인지 아직까지 망연한 표정이었다.

"죄송합니다. 어머니."

그래도 그건 안 돼요.

본가를 나와 오피스텔로 가는 길, 아까보다 비가 더 쏟아졌다. 차체를 때리는 빗소리와 아무렇게나 흘러나오는 라디오 소리가 겹쳤다.

그때 그의 핸드폰이 울렸다.

블루투스에 연결된 핸드폰은 버튼 하나를 누르자 차 안에 전화를 연결해 주었다.

─ 재신 오빠?

"응. 듣고 있어."

─ 아직 본가예요?

"아니, 이제 집에 가."

─ 혹시 아직 어머님과 있을까 봐 전화할까 말까 고민했는데, 하길 잘했네. 밖에 비 많이 오죠?

"응. 저녁은 맛있게 먹었어?"

─ 네. 오랜만에 소고기 구워 먹고 집에 와서 커피 마셨어요.

그는 그녀의 이런 점이 좋았다. 가족끼리 식사를 하고 집에 와서 오순도순 커피를 마시며 수다를 떠는 일.

그는 어린 시절을 포함하여 지금까지도 이런 날이 없었다. 지유는 어머니의 눈치를 보고, 어머니는 집안의 가장이자 곧 법이라 그들에게 뜻을 따를 것을 강요했다.

또한 한편으로는 자신이 아버지가 돌아가신 후 혼자라는 점과 후암에서 내쳐진 것을 강조하며 불쌍하단 말을 자꾸 듣고 싶어 했다.

그런 상황에서도 너희를 이만큼 키워 냈으니 자신한테 잘해라. 그런 마음이 속 안에 깔려 있었다.

재신은 머리가 크고 나선 어머니가 불쌍하단 생각을 했다. 지유보다도 특히 자신만을 바라보는 것이, 자신에게서 아버지의 젊은 날을 보는 것 같기도 했다.

그는 아주 어릴 적부터 어머니의 옆에서 아들, 친구, 남편 등 어머니가 그날 원하는 사람이 되어 주었다. 어쩔 땐 아들이 되어 응석을 부리고, 어떨 땐 친구처럼 이야길 들어 주고, 어쩔 땐 남편처럼 쓸쓸하시지 않게 손을 잡아 드렸다.

근데 민지는 부모님께 그저 딸 하나의 역할만 하고 있었다. 그는 그게 부럽고 좋아 보였다. 그녀가 사랑스러울 수밖에 없는 건, 오직 딸로서 부모에게 사랑만 받았기 때문이리라.

– 오빠? 오빠?

"응?"

– 비 오니까 운전 조심하라고요. 내 말 하나도 안 들었죠?

"응. 미안. 잠깐 딴생각했어."

– 어허 이 사람 안 되겠네. 나랑 통화하면서 다른 생각 하고.

엄한 말투를 흉내 내는 그녀가 귀여워서 그는 웃음이 나왔다. 그냥 갑자기 그녀가 너무 보고 싶어졌다.

이런 여자랑 어떻게 헤어져?

맞선 봐서 결혼하라고 닦달을 할 땐 언제고.

한편으로 계속 반대하면 어쩌지 하는 생각이 들었다. 그는 그녀와의 미래를 같이 꿈꾸고 있는데 그걸 방해하는 사람이 어머니는 아니었으면 좋겠다.

"민지야."

– 응?

"보고 싶다. 잠깐 나올 수 있어?"

만약, 그녀와 어머니 중 선택을 해야 한다면…….

그는 빨간불에 차를 멈추고 눈을 잠시 감았다가 떴다. 머릿속엔 온통 민지 한 사람만 생각이 났다. 그건 그의 자아가 내린 답변이기도 했다.

– 그럼 우리 집 앞으로 올래요? 잠깐 나갈게요!

"응. 갈게."

– 그럼 차 안에 있어요. 조금 멀찍이 떨어진 곳에 주차해 두면 거기로 찾아갈게요. 불 켜고요!

"불?"

– 왜, 차 앞에 깜빡이요. 차 앞에 세모나게 생겨서 그거 누르면 깜빡깜빡하는 거 있잖아요.

그녀가 말한 불은 자동차 비상등을 말하는 거 같았다. 재신은 알겠다며 대답을 했다. 좌회전 깜빡이를 켜고 좌회전 신호가 뜨자 그는 핸들을 돌려 유턴을 했다.

그의 오피스텔이 아닌, 그녀의 집으로 가기로 선택했다.

그게 그가 생각한 올바른 선택이었다.

10장. 사랑하지만

　민지는 예쁜 트레이닝복으로 갈아입고 밖으로 나갔다. 우산을 쓰고 아파트 입구까지 걸어 내려간 그녀는 재신의 차가 오는지 목을 빼고 기다렸다.

　목소리가 좋지 않았던 거 같다. 본가에 가서 무슨 일이 있었던 걸까? 그가 걱정이 된 그녀는 밖에서 TV가 꺼지는 소리를 듣자마자 살금살금 나온 것이다.

　그때 불빛 하나가 아파트 정문 쪽으로 점점 가까워졌다. 재신의 차였다. 민지는 트레이닝복 모자를 뒤집어쓰고 그의 차 앞으로 갔다.

　우산을 쓰고 있어도 비껴서 들어오는 비 때문에 젖는 건 마찬가지였다.

　똑똑.

　창문을 두드리자 딸깍 소리와 함께 차 잠금이 해제됐다. 그녀는 조수석 문을 열고 안에 탔다.

"오빠!"

"벌써 나왔어?"

"네. 여기 너무 정문인데, 저기 더 으슥한 데로 가요!"

민지의 말에 그는 고개를 끄덕이며 차를 출발했다. 빗줄기가 굵다 보니 투명한 창이 흐릿해졌다. 와이퍼가 빠른 속도로 움직이곤 있었으나 생명의 위협이 느껴졌다.

민지는 손잡이를 잡고 벨트를 꼭 쥐었다. 그런 그녀를 본 그가 피식 웃었다. 그러곤 문 닫은 음식점 앞에 차를 주차했다.

"여기까지 어떻게 왔어요? 앞이 안 보이는데."

"운전 경력이 얼만데. 다 보여."

"그럴 때가 제일 위험하댔어요."

비가 계속 이렇게 쏟아지면 집에 가는 길도 앞이 안 보일 텐데. 거기다 시간이 늦어서 졸리기까지 하면 큰일이다.

"오늘 가족끼리 좋은 시간 보냈어?"

"그럼요. 엄마가 아까 통화 소리 듣고 오빠가 엄청 궁금하신 모양이에요."

"잘 보여야 하는데."

"이미 잘 보인 거 같은데요?"

벌써부터 유 서방이라고 부르는 거 보면, 이미 잘 보인 거 같다. 그럴 확률이 높다. 엄마에겐 아마 그가 하나의 액세서리처럼 자랑거리가 될 것이다.

"엄마보단 우리 아빠한테 잘 보여야 해요."

"그래. 맞네."

"아빤 호락호락하지 않거든요. 그래도 오빠라면 분명 한 번

402

에 허락할 거예요. 내가 또 보는 눈이 있으니까."

그녀는 먼저 손을 뻗어 그의 큰 손을 잡았다. 그러자 그가 손에 힘을 줘 깍지를 끼었다. 이렇게 손 한 번 잡는 게 그에게 힘이 될지 모르겠지만 그녀는 이렇게라도 힘을 주고 싶었다.

"오빠 손 내밀어 봐요."

재신은 그녀에게 손바닥을 내밀었다.

"초콜릿이에요. 집에서 몇 개 가져왔어요."

엄마랑 아빠가 부부 동반 모임으로 해외에 갔다가 면세점에서 사 온 초콜릿이었다. 입에 넣으면 사르르 녹는 초콜릿이라 발끝을 세우고 나오는 와중에 냉동실에서 몇 개 꺼내서 주머니에 넣어 왔다.

"시간이 늦어서 줄 건 없고, 여기까지 왔는데 그냥 보내기도 그렇고."

재신이 손을 빼려고 하자 그녀가 그의 손을 다시 잡아당겼다. 그리고는 다른 주머니에서 5만 원짜리 지폐 한 장을 꺼냈다.

"돈?"

"네! 이따 집에 갈 때 주유비 해요."

황당한 표정을 짓던 그가 특유의 잔웃음을 터뜨리더니 결국 소리 내어 웃었다. 민지는 그가 웃으니까 좋아서 따라 웃었다.

"됐어. 넣어 둬."

"왜요? 안 받아요? 내가 주는 오빠 용돈인데."

"괜찮아. 초콜릿만 받을게."

재신이 초콜릿만 가져가자 그녀가 상체를 그에게 기울인 다음 주머니에 돈을 쏙 넣었다.

"이것도 받아야죠."

"귀엽긴. 알겠어. 5만 원 잘 간직할게."

"간직이 아니라 써야죠!"

"어떻게 써. 아까워서. 하는 짓이 귀여워 죽겠네."

그는 그녀의 볼을 잡아당겼다. 그러다 그가 쪽 하고 입을 맞췄다. 촉촉하게 입술이 닿자 그녀는 벨트를 풀고 그의 목에 두 팔을 감았다. 누가 먼저랄 것도 없이 서로의 입술을 찾아 허겁지겁 키스를 하였다.

다행히 비가 쏟아져 밖에선 사람이 지나가도 그들을 볼 수 없을 지경이었다. 또 비가 오니 이 시간에 이곳을 지나다니는 사람도 없었다.

시동을 끈 차 안의 공기가 후덥지근하게 데워졌다. 재신은 그녀의 말랑한 손바닥으로 감싼 제 얼굴을 기울였다. 빨고 빨아도 갈증이 일어 민지는 그의 옷깃을 쥐었다.

"하아……."

숨을 몰아쉬다가 다시 부딪쳤다. 더 진하게 스킨십을 하고 싶은데 차 안이라는 공간적 제약에 그들은 아쉽지만 떨어졌다.

재신은 타액이 묻어 번들거리는 그녀의 입술을 엄지로 닦아주었다. 그러곤 살살 쓸자 그녀가 더운 숨을 뱉는다.

"이렇게 달아오른 너, 정말 예쁘다."

말간 웃음을 보며 그는 그녀의 입술에 쪽 가볍게 뽀뽀했다.

"사랑해요."

그녀의 고백에 그는 '나도'라고 대답했다.

서로 눈이 마주치자 피식 웃음이 나왔다. 매일 봐도 이렇게 애틋하고 보고 싶은 사람은 처음이었다. 민지는 떨어지기 싫다는 듯 그와 대화를 하는 와중에도 손을 놓지 않았다.

손가락으로 그의 손바닥을 긁으며 장난을 치고, 또 다른 손으로 그의 손등을 덮었다. 그러고는 무슨 말인지 맞춰 보라며 그의 손바닥에 글자를 써 보기도 했다. 그러다가 눈이 맞아 입을 맞추고.

"오빠, 진짜 가 봐요. 너무 늦었어."

"아쉬워."

"그래도 내일 우리 둘 다 출근해야 하잖아요. 오빠는 대표라 조금 늦게 출근해도 되지만, 난 일개 사원이라 지각하면 안 된다고요."

"외, 아니다."

"외박할까?"

그녀는 찰떡같이 그가 할 말을 알아듣고 눈을 반짝거렸다. 엄마 아빠가 물어보면 친구 만나고 왔다고 얼버무리면 모른 척해 주지 않을까.

점점 그와 만나면서 뻔뻔한 생각이 커진다. 그녀가 밖에 나간 걸 알면 밤새 걱정할 부모님 생각은 자꾸 멀어지고 그와 단 몇 분이라도 같이 있을 궁리만 하게 되는 거 같다.

"아니. 너 집에서 눈치 보게 하기 싫어."

"나도 그럼 안 되는 거 아는데, 같이 있고 싶어서 자꾸 외박 생각만 들어요."

"……그러지 마. 오빠 힘들어."

재신은 그녀의 손을 놓고 핸들을 꽉 잡았다.

"조만간."

"응."

그는 핸들에 이마를 대고 그녀 쪽으로 고개를 틀었다. 그러곤 긴 팔을 뻗어 그녀의 머리카락을 넘기며 미소를 띠었다.

"조만간 합법적으로 데리고 갈게."

"……."

"조금만 기다려."

귓불을 만지던 그가 머리카락을 빗듯이 쓸고 내려와 볼을 감쌌다.

민지는 심장이 떨려서 숨을 멈췄다. 합법적으로 데리고 간다는 건 한 가지뿐이다. 결혼. 그는 그걸 미리 예고하고 있는 거였다.

이렇게 좋은데 한시라도 빨리 그와 결혼해서 매일 떨어지지 않고 같은 집으로 들어가면 좋겠다.

"사랑해."

"오빠, 나도요."

그는 아쉽지만 차 시동을 켰다. 차를 출발해 그녀의 아파트 입구로 간 그가 먼저 내려서 장우산을 꺼낸 후 조수석 문을 열었다.

"집 앞까지 데려다줄게."

"바로 앞인데?"

"밤이라 위험해. 내 여자 누가 집어 가면 어떡해."

"아으. 그럼 실례하겠습니다."

그녀는 조수석에서 빠르게 내려 그의 허리를 꽉 감싸며 우산 안으로 쏙 들어갔다. 이러고 있으니 카페에서 그를 기다리다가 비가 왔던 그날이 떠올랐다. 그때 그의 우산을 쓰고 걸을 때 나던 향이 잊히질 않는다.

집 앞까지 그녀는 일부러 천천히 걸었다. 거의 코알라처럼 매달리다시피 그의 허리를 안은 그녀 때문에 그는 걸음걸이가 쉽지 않았음에도 투정 한 번 부리지 않았다.

오히려 그녀의 어깨를 감싸 중간중간 걷다 멈춰서 코를 비비고 이마에 입을 맞추며 사랑을 속삭였다.

아파트 정문에서 집 앞까지 가는 길은 그녀가 걸었던 날들 중 가장 달콤했다.

❋　✱　❋

다음 날 출근한 재신은 여전히 기분이 가라앉은 상태였다. 사랑하는 제 여자를 반대하는 어머니가 계속 신경 쓰였다.

아니나 다를까 자기 전에 전화해 밤에 집에 잘 왔는지 여부를 물었고 아침에도 여자 친구와 오늘 만나냐며 그를 옥죄기 시작했다.

헤어질 생각 없다고 딱 잘라 말했기에 헤어지라고 하진 않았지만 은근히 압박을 하는 것이다.

어머니의 전화를 피하며 잠수 탈 나이는 지났으니까. 이렇게 심리전을 펼치면 그가 제풀에 나가떨어지고 어머니의 말을 들어줄 거라 생각하신 듯싶었다.

커피라도 한 잔 마셔야지.

대표실 문을 열고 나가자 김창우 비서실장이 펜을 놓고 그에게 달려왔다.

"대표님, 무슨 일 있으세요?"

김 실장은 그의 핸드폰을 곁눈질로 보며 고개를 갸우뚱했다.

"전화 안 했어요. 커피 타러 가려고요."

"제가 하겠습니다."

"아니에요. 일 보세요. 겸사겸사 머리도 식히려고요."

"그래도······."

의자에서 일어나 책상 옆으로 삐죽 나오려고 하는 김 실장을 다시 앉혀 두고 그는 휴게실로 갔다. 그가 들어오자 몇몇 누워서 쉬고 있던 직원이 벌떡 일어나 그에게 인사했다.

"쉬어요. 커피만 뽑아서 나갈 거니까."

"아닙니다. 대표님!"

졸지에 휴게실에서 쉬던 직원을 모두 쫓아낸 꼴이었다. 자판기에서 뽑은 원두커피를 손에 들고 한입 마시는데 한숨이 새어 나왔다.

그때, 휴게실 문이 열렸다. 이 상황에서 반갑지 않은 손님이 그에게 꾸벅 묵례하며 들어오고 있었다.

"안녕하세요, 대표님."

"네. 안녕하세요. 권남우 원장님."

샤인 프로덕션의 직원, 소속 연예인들을 담당해 줄 다음 업체가 선정되었다. 전 상담사의 추천과 실제 제일 가까운 곳에 있고, 실력 있는 '힐링상담센터'가 협력 업체가 되었다.

"오늘은 연습생 친구들 그룹 상담이 있는 날이죠?"

"네. 맞습니다. 인문학 공부를 해서 그런지 다들 생각이 깊은 거 같아요."

샤인은 연습생 때부터 다양한 공부를 시키기로 유명했다. 역사, 인문학은 기본이고 원하는 외국어 하나는 회화가 될 정도로 시켰다.

연습생으로 뽑을 때 실력과 인성으로 한 번 거르긴 하지만, 연습생 기간 동안에도 꾸준히 그들을 평가한다.

그가 시키는 공부는 점수를 따기 위함이 아니다. 적어도 대한민국에 살아가면서 나라를 팔아먹는 짓은 안 할 정도로 역사를 배우면 되고, 인문학 또한 인성 교육과 삶의 지혜를 깨닫게 하기 위해 선택한 것이다.

"샤인이 연습생 중 모범생만 모여 있다더니 정말 그런 거 같아요."

"그렇지만 실력은 최고죠."

재신은 실력과 개성으로도 샤인이 빠지지 않는다고 확신한다. 자기 소신껏 말하는 그는 흔들림이 없었다.

"민지랑 잘 지내시죠?"

"그럼요. 아주 뜨겁습니다."

재신은 남우의 질문에 활짝 웃으며 말했다. 그의 입에서 '민지' 이름이 오른 것만으로도 기분이 불쾌해서 평소 재신의 말투와 달리 오버를 했다. 그래서 웃고 있는 입과는 달리 귀가 빨개졌다.

"민지 부모님도 뵈었고요?"

"그건 왜 묻죠?"

"아뇨. 저도 민지 어머님은 잘 알거든요. 다들 잘 지내시는지 궁금해서요."

민지 부모님을 그가 안다고? 자신은 아직 인사도 못 드렸는데. 선수를 빼앗긴 거 같아서 기분이 더러워졌다.

아직 민지한테 마음이 있는 건가? 권남우가 아무리 흔들어도 민지를 눈앞에서 뺏길 일은 없겠지만 괜히 골키퍼 있다고 골

안 들어가냐는 둥 이딴 소리 하면서 민지를 흔들면 가만두지 않을 것이다.

"두 분 맞선으로 만나셨다고 하셨죠?"

"네."

그는 커피를 한 모금 더 마셨다. 점심을 걸러 빈속에 커피를 들이부으니 속이 싸하게 쓰렸다.

"대표님 어머니께서 저희 어머니와 아는 사이시더라고요. 그래서 좀 놀랐어요. 저희 어머니께서 자랑 엄청 했던 엄친아가 대표님이시더라고요."

"그렇군요."

어머니야 워낙 사모님들 사이에 발이 넓으셔서 그도 가끔 놀랄 수준이었다. 정재계 사모님들과는 대부분 알고 지내며, 단순히 아는 걸 넘어 친분이 두터운 경우도 많았다.

"당연히 재벌가와 맞선을 보실 줄 알았는데, 의외였어요."

"하고 싶은 말이 뭡니까?"

도대체 하고 싶은 말이 뭐길래 이렇게 빙빙 돈단 말인가.

"아뇨, 그냥요. 하긴 과거면 모를까 지금은 민지 집안도 나쁘지 않죠."

분명 말에 뼈가 있다. 그는 남우가 했던 말을 곰곰이 다시 생각했다. 재벌가와 결혼할 줄 알았고, 자신의 어머니를 알고 있고, 민지의 부모님 또한 알고 있다.

거기까지 생각이 미치자 어제 민지와 헤어지라며 자신을 몰아갔던 어머니의 말씀과 묘하게 겹쳐졌다.

"저는 맞선으로 결혼할 생각이 없던 사람입니다."

"……."

410

"그건 스펙 집안 따져 가며 사람 보는 사람이 아니란 거예요."

"그렇죠. 대표님은 그러시겠죠."

그런데 당신의 어머니는 아니지 않느냐. 권남우는 돌려서 그를 까고 있는 것이다.

"민지가 어떤 과거가 있든, 부모님이 어떻든 저는 다 상관없어요. 현재의 그녀가 좋을 뿐입니다. 그러니 단도직입적으로 말하겠습니다. 민지와 제 사이에 관심 끄시죠."

"제가 언제 관심을……."

남우가 해명을 하자 재신의 표정이 굳어졌다. 밤늦게 술 마시고 전화를 한 건 뭐라고 설명할 거란 말인가? 두 사람이 우정을 나누는 친구 사이도 아닌데 말이다.

"제 사람한테 관심 두는 거 신경 쓰입니다. 민지는 제 여자고 제 사람입니다. 미래를 같이 고민하고 있는 여자이기도 합니다."

아직 민지에게 프러포즈를 하진 못했지만, 그가 민지와의 미래를 고민하는 건 맞다. 그녀와 시기적인 조율이 끝난다면, 그녀가 자신과의 결혼에 확신이 생긴다면 그는 언제든지 그녀와 합칠 생각이 있었다.

밤에 헤어지고 그녀를 다시 만나기까지 기다리는 시간이 너무 길다. 매일 보고 또 보고 싶다. 그녀의 옆에서 잠들고 싶고, 안고 싶고, 다른 누군가가 눈독 들이지 못하게 그의 여자라고 낙인을 찍고 싶다.

"그런 거로 알고, 저희 소속사 식구들 잘 부탁합니다."

재신은 다 마신 종이컵을 한 손으로 구긴 후 쓰레기통에 버렸다. 그에게 민지와의 일로 도발을 하려던 거 같은데, 제 여자 친구를 건들지 말라고 딱 선을 긋는 재신으로 인해 남우는 당황한 거 같았다.

그는 권남우에게 묵례를 하고 휴게실을 나왔다.

✱　✱　✱

퇴근 후 민지는 한영을 만났다. 아이로 인해 바쁜 한영이 한달음에 민지의 회사 앞으로 다가온 건 다름 아닌 문자 한 통 때문이었다.

[남자 친구가 프러포즈를 하고 싶어 하는 거 같아. 남친이 프러포즈를 하면 내가 어떤 답을 할지, 어느 정도 확신을 줘야 진짜 하는 거야?]

조만간 합법적으로 데리고 갈게.

그가 했던 말이 밤새 떠올라 그녀는 거의 뜬눈으로 밤을 새웠다. 결혼을 전제로 한 만남이지만 그가 실제로 프러포즈를 할 거 같다는 마음은 어제 확실해졌다. 그래서 자꾸 가슴이 두근거린다.

부모님께 인사드리러 온다고 한 것도 그렇고, 그는 정말로 진심인 것이다.

민지는 먼저 결혼한 한영에게 도움을 청했고 그녀는 저녁에 시간 되냐며 묻더니 남편에게 아이를 맡기고 달려온 것이다.

"네 남자 친구가 프러포즈를 할 거 같단 말이지? 너한테 티를 냈다는 거지?"

"응. 어제."

"와우! 축하해, 기지배. 좋은 남자 만나서 결혼하고 싶다더니 어떻게 한 번에 만나냐!"

"좋은 사람인지 어떻게 알아? 너 안 만나 봤잖아."

민지의 말에 한영은 볼 필요도 없다는 듯 손사래를 쳤다.

"네가 아무 남자한테 빠질 애야? 그랬으면 벌써 남자 한 트럭 사귀었지. 은근 까다롭고 너 눈 높다?"

"내가 그래?"

"응. 근데 네 마음을 녹였으면 그 남잔 범상치 않은 게 확실하고. 또 TV에서 나올 때 보니까 인성도 좋아 보이더라."

"그치?"

나도 그래. 내 남자 좋은 사람 같아. 그녀는 한영의 말에 동의했다.

"학교 폭력에 대해 소신 있게 말하는 점도 좋더라. 그 재미룬 소속사 걔, 결국 경연 프로그램에서 하차하고 연습생 잘렸다더라. 근데 중학생이라 교내 봉사 정도로 끝난다며. 그것도 이슈가 돼서 그 정도라고 하더라."

고작 중학생이기 때문에 그들은 교내 봉사와 강제 전학 정도로 해결이 되었다. 그들이 한 짓에 비하면 솜방망이 처벌이나 더 할 수 있는 게 없었다.

그중 초연이란 아이와 부모는 재신을 직접 찾아와 사과했다. 경연 프로그램에서 떨어뜨리지 말라고, 아이의 꿈을 꺾지 말아 달라고 부탁을 했지만 재신은 문전박대를 했다고 들었다.

그럼 당신의 자식이 꺾은 다른 아이의 꿈은 어떡할 거냐고.

부모가 자식의 잘못에 안일하게 대처하면 결국 자식을 망치는 길이라고, 그거 결국 다 돌아온다며 똑바로 살라며 언성을 높였다고 한다. 그게 샤인의 연습생들 사이에 퍼져서 결국 국민들도 알게 되었다.

경연 프로그램으로 인기를 얻은 초연은 그 후 SNS를 통해 공개적인 사과를 하였다. 다시는 사람을 때리지 않을 거며 지금까지 괴롭혔던 친구들에게 진심으로 사과한다며 동영상도 첨부했다.

그렇지만 네티즌들은 초연이 했던 짓이 워낙 잔인했기에 용서하지 않았다. 그래서 어느 소속사로도 들어갈 수 없었고 데뷔의 기회는 아예 멀어진 것이다.

"자기 소신 있고, 또 그 남자 손에 들어간 건 뭐든지 해내잖아. 그런 남자가 네 옆에 있으면 너도 자극받고 좋을 거 같아. 내 친구랑 잘 어울려."

"정말?"

"응."

"사실 나 최혜린하고 있었던 일 털어놨거든. 근데 색안경 끼지 않고 봐 주더라. 그냥 뭘 해도 내가 좋대."

"닭살이야. 진짜."

"너도 결혼 전에 그랬거든요? 조한영 씨?"

결혼 전에 준호 씨 자랑을 얼마나 했는지 기억을 다 지워 버린 건가. 성생활도 아주 상세히 나열하며 정력까지 칭찬했었다.

"부러워서 그런다, 부러워서."

"뭐가 부러워?"

"그냥 연애 기분 느끼는 거. 나는 요새 떨리지도 않고, 가끔은 오빠 보면 짜증도 나. 한심해 보일 때도 있어. 내가 왜 이러는지 모르겠어."

권태기인가? 아이를 낳고 어느 시간이 지나면 권태기가 온다 던데. 근데 그 시기를 잘 극복하면 가족으로서, 부부로서 제2의 전성기가 올 수도 있다고 생각한다. 어떻게 사람이 평생 사시 사철 좋기만 할까.

문득 한영의 솔직한 속내를 듣고 보니 그녀도 덜컥 무서워졌 다.

재신에게 자신이 보기만 해도 짜증나는 존재가 되는 날이 오 면 어쩌지. 자신을 볼 때 사랑이 넘치던 눈빛이 식어 버린다 면……. 상상하기도 싫었다.

가슴에 통증이 느껴지는 것만 같아 그녀는 손바닥으로 가슴 을 지그시 눌렀다. 그럴 일이 없었으면 좋겠다. 그의 사랑이 평 생 식지 않으면 좋겠다.

"그나저나 최혜린 조용하네? 한동안 예능에 좀 나오더니?"

"그러게."

남우랑 같이 점심 먹자며 친한 척을 할 땐 언제고 연락도 없 다. 다신 안 보고 싶을 땐 이상한 우연으로 자꾸 마주치더니, 재신과 연애하면서 마음의 여유를 찾은 지금은 오히려 그녀의 머리카락 한 올도 볼 수가 없었다.

권남우도, 최혜린도 그녀의 일상에서 점점 사라지고 있었다.

"준호 씨랑 둘이 여행이라도 가 보면 어때?"

"그럴까?"

"응. 그럼 다시 불타오르지 않을까?"

"내가 우리 남편한테 여자가 아닐까 봐, 그때 우리 둘 다 서 로한테 설레지 않고 밋밋한 여행이 될까 무서워. 내 예감이 확신이 되는 거니까."

"한영아."

워낙 두 사람이 절절한 사랑을 했다는 걸 알아서 그런지 그녀는 지금 이 상황이 너무 당황스러웠다. 한영이 이렇게까지 말하는 거면 지금 부부 사이에 문제가 있는 건 확실했다.

준호는 회사가 바빠지면서 한영과 자식을 챙길 시간이 점점 줄고, 한영 또한 아이로 인해 남편과 대화할 시간이 부족했다. 민지는 아마도 그게 문제가 아닐까 생각했지만, 그건 이유를 알면서도 해결할 수 없는 문제였다.

회사가 바쁜 걸 한가하게 만들 수 없고, 이미 태어난 아이는 점점 더 손이 많이 갈 테니까.

"나 너무 궁상맞다. 하여튼 너 결혼하고 싶으면……."

한영이 가까이 오라고 손짓했다. 민지는 상체를 앞으로 기울였다.

"왜 그냥 지나갈 때 아기들 막 보이면, 오빠랑 나 닮은 아이는 되게 예쁘겠다, 그죠? 이렇게 질문하는 것도 좋고. 아니면 결혼식장 갈 일 있으면 은근히 하고 싶다고 흘려. 그럼 알아서 눈치채고 프러포즈 할 거야."

"역시 확신을 주는 게 좋겠지?"

"응. 확신을 주면 시기를 더 당기겠지."

민지는 위아래로 고개를 끄덕였다. 친구의 부부 생활이 삐걱대긴 해도 그녀는 한영 부부가 평생 서로를 사랑하며 행복하게 살 것이라 믿는다.

왜냐하면 한영에게 빠져 그녀만 보던 준호의 지난날이 그녀의 머릿속에 추억처럼 자리 잡혀 있기 때문이다.

"오늘은 널 위해 내가 야식 쏜다! 우리 한영이, 또 뭐 먹고 싶어?"

"매운 거. 닭발?"

"좋아, 가자!"

민지는 한영에게 팔짱을 꼈다. 카페에서 수다를 떨며 케이크와 디저트로 배를 채우던 두 사람은 가까운 매운 닭발 가게로 향했다.

✼　✼　✼

일주일이 조용히 지나갔다. 재신은 회사 일 외에 그가 출연하는 프로그램의 막바지 촬영 때문에 바빴고, 민지 또한 야근이 겹쳐서 두 사람은 영상 통화를 하며 서로의 생사만 확인했다.

그랬던 그의 일상에 돌을 던진 건 지유의 전화 한 통이었다.

─ 오빠, 엄마 입원하셨어.

처음엔 전화로 헤어지라고 설득했고, 그다음엔 재신을 찾아왔다.

'어머니. 민지 좋은 여자예요. 이런다고 제 마음 변하지 않습니다.'

'너 내 아들 재신이 맞아? 그 여자가 뭘 어떻게 했길래 네가 이래? 어?'

'그 여자가 뭘 어떻게 한 게 아니라, 어머니 아들이 원래 그런 사람이에요.'

고집도 세고 해야 하는 건 누가 뭐래도 하는 성격이다. 어머니도 알 것이다. 사 달라는 거 하라는 거 다 해도 이번만은 자신이 굽히지 않을 거라는 걸.

아무리 해도 안 되니 머리를 싸매고 드러누운 것이다. 당신의 아들이 어머니의 눈물과 아픈 것에 약하다는 걸 알고 말이다.

그건 결국 통했다. 꿈쩍 않던 그가 어머니가 입원한 병실로 찾아갔다.

"오빠, 왔어?"

"어머니는?"

"안에 계셔. 잠깐 나랑 대화 좀."

재신은 지유에게 끌려 보호자 휴게실로 갔다. 동전을 넣어 음료를 뽑은 지유가 시원한 캔 음료를 재신에게 주었다.

"고마워."

"아니야. 오빠 속 좀 가라앉히라고."

그는 캔 음료를 따서 꿀꺽꿀꺽 마셨다.

"촬영은 끝났어? 누가 1등 했어?"

"그건 극비라 말 못 해."

"융통성 없긴."

"어디 아프신 데는 없으시지?"

"응. 그냥 내 아들 유재신이 다른 여자의 남자가 되는 걸 못 보는 거지. 아마도 좋아하는 남자한테 차인 여자의 심정 정도 아닐까. 아니면 내 남자가 바람피워서 스트레스 받는 본부인?"

재신은 미간을 좁히며 인상을 썼다. 지유가 하는 비유가 별로 와닿지 않았다. 자신은 어머니에게 아들이지 남자는 아니었다. 그런데 차인 여자, 스트레스 받는 본부인은 오버라고 생각한다.

"내 말을 못 믿네. 엄마 마음이 정말 그렇다니까. 꾀병은 아니셔."

"응."

"엄마가 맞선 사기라고 하던데. 민지 씨 부모님께서 어마어마한 거짓말을 하셨다며."

재신은 말하기 껄끄러워 머리를 긁적였다. 민지의 가정사가 들어간 문제라 쉽게 누설할 수 없다. 그가 난감해하는 표정을 짓자 지유는 그의 팔을 잡고 흔들었다.

"얼른 자세히 좀 말해 봐. 엄마가 두서없이 말해서 정리가 안돼."

"사기는 아니야."

"그러니까 유학파에 혈통 좋은 집안이라고 했는데, 그게 아니었단 거잖아. 우리 집 거쳐 간 가정부 출신이라고 하시던데."

"그것도 아니야."

"그럼?"

재신은 한숨을 쉬며 마른세수를 했다. 세상이 좁다 한들 어떻게 이렇게 마주친단 말인가.

차라리 스쳐 가는 사람 중 하나였다면 기억을 못 할 수도 있었을 텐데. 민지의 어머니는 어머니께서 아끼시던 목욕관리사 중 한 분이셨다.

예전의 기억을 떠올려 보니, 갑자기 이사를 간다고 한 이후에 연락이 두절되어 아쉽다며 그에게 말했던 적이 있는 분이었다.

"지유야. 마음은 고맙지만 내가 알아서 할게. 신경 쓰지 마. 민지, 정말 좋은 사람이야."

"응. 조만간 엄마 하소연 들어 주고 말 상대는 내가 할게. 도형 오빠한테도 티 안 내고. 잘 해결되길 바라."

그는 잠시 멀거니 서서 지유를 보았다. 결혼하고 애를 낳더니 사람이 부쩍 큰 거 같았다. 분명 키도 얼굴도 몸도 그가 아는 동생 그대로인데, 마음과 세상을 보는 눈이 배로 넓어진 거 같았다.

나이를 먹었기 때문인지, 아니면 결혼을 해서 그런 건진 알 수 없었지만 말이다.

"나 회사 잠깐 다녀와야 하는데. 오빠 엄마랑 대화하고 있어."

"응. 다녀와."

"아무 일 없기를. 엄마 크게 몸에 이상 있는 건 아닌데, 꾀병도 아니야. 알겠지?"

재신은 위아래로 고개를 끄덕였다. 두 사람은 병실로 갔다. 지유는 가방을 챙겨 병실을 나갔고 재신은 보호자 의자에 앉았다. 그러자 어머니가 옆으로 등을 돌리고 누워 그를 보지 않으셨다.

"어머니."

"……."

"몸은 좀 어떠세요?"

상대는 대답을 하지 않았다. 오히려 이불을 끌어 머리끝까지 쓰셨다.

나이를 먹고도 어머니와 대치할 일이 생길 줄은 몰랐다. 한

420

편으로 이성적이지 못한 어머니의 행동에 화가 나기도 했다.

민지를 소개해 준 건, 처음부터 제대로 확인하지 않은 건 어머니라고.

이미 사랑하게 됐는데 어떻게 헤어지냐고.

그녀와 사랑을 나누고 책임져야 할 일을 다 했는데, 결혼하고 싶다는 뉘앙스까지 풍겼는데 이제 와서 헤어지는 게 말이 되냐고.

고작 그런 이유 때문에.

그러나 재신은 묵묵히 잠시 침묵을 지켰다. 그가 아무 말 없자 어머니는 이불을 내리고 고개만 빼꼼히 돌려 그를 보았다.

"안 갔냐?"

"갈까요?"

재신의 말에 어머니는 다시 답이 없었다. 그건 가지 말라는 것과 같았다.

"어머니, 왜 이러세요. 저 좀 살려 주세요."

"너 말 웃기게 한다. 내가 널 죽이니? 내가 널 힘들게 해? 다 너 잘 되라고, 엄마는 우리 아들 행복하기를 바라는 사람이지. 너 정말!"

집에서 우셨는지 눈가는 팅팅 불어 있었다. 그래서 꼭 갓 쌍꺼풀 수술을 한 사람 같아 보이기도 했다. 흰자에는 실핏줄이 보였다.

이 상태가 지속된다면 결국 민지도 알게 될 것이다.

"죄송해요. 어머니. 근데 이런다고 바뀌는 건 없어요. 그냥 어머니가 져 주세요. 아들 행복한 거 바라신다면서요."

"그건 행복이 아니야! 사기꾼 집안에 널 어떻게 보내?"

"전달상의 오류였을 수도 있고, 이유가 있겠죠."

"그건 사기야. 사기 치는 집안에서 자란 딸이 제대로 컸겠니? 난 싫다. 집안에 사람 한번 잘못 들이면 풍비박산이 나. 네가 지금까지 일군 걸 사람 하나 잘못 들여서 망할 수도 있다고."

억지를 쓰는 어머니의 말을 묵묵히 듣고 있던 그의 표정이 점점 굳어졌다. 제 앞에서 사랑하는 여자를 욕하는 어머니를 보니 감정이 상했다.

"어머니, 제가 사랑하는 사람 그냥 예뻐해 주시면 안 돼요? 그런 일 없도록 할게요."

"말이 안 통해. 너마저도 이렇게 변하면 어떡하니. 도대체 뭘 어떻게 구워삶았기에 내 아들이……."

"어머니!"

"내가 동네방네 물어봤다. 내가 지금 오버하는 건지. 그런데 아니라더라. 다들 그 집안 미친 거 아니냐고, 어떻게 그런 집에 곱게 키운 아들을 보내냐고 길길이 날뛰더라. 그런 여자 가만히 두냐고. 머리채를 잡고 때려도 시원찮다고 하더구나. 네 엄마가 둥글둥글한 사람이라 이러고 있는 거지, 다른 사람이었으면 당장 찾아가서 가만 안 뒀어."

어머니는 자신의 말을 합리화하기 위해 다른 익명의 사람의 의견을 덧붙이며 말했다. 그러나 재신이 맞춰 주기는커녕 더 표정이 굳자 어머니는 말을 멈추고 다시 등을 돌렸다. 이불을 어깨까지 올려 덮으신다.

어머니의 어깨가 간헐적으로 떨리는 걸 보니 서운함이 극에 달하신 거 같다. 재신은 보호자 의자를 당겨 어머니의 어깨를 큰 손으로 잠시 눌렀다.

"우리 감정 소모하지 말아요. 어머니. 잘 사는 모습 보여 줄게요. 둥글둥글하게 넘어가 줘요."

"……."

"저 다시 회사 들어가 봐야 해요. 내일모레 다시 올게요."

재신은 손목시계를 보고 일어났다. 더는 지체할 시간이 없었다. 지금 나가지 않으면 드라마 제작사와의 미팅 시간에 늦을 거 같았다.

그가 인사를 하고 나가는 동안 이번엔 어머니도 그를 보려고 몸을 돌리지 않았다. 이런 날이 지속될수록 둘 다 감정이 상하기만 할 텐데 어떻게 어머니를 설득해야 할지 그는 난감해졌다.

민지에게 이 사실을 말하면 상처받을 텐데. 내 여자 결혼 전부터 상처 주고 싶지 않은데. 어머니와 잘 풀지 않으면 그 이후에도 민지가 힘들 수 있다.

그러나 그는 민지와 헤어지는 건 최악이라고 생각한다. 다른 걸 다 제쳐 두고라도 갖고 싶은 단 한 가지가 그녀였으니까.

언제부턴가 그녀가 제 삶에서 가장 중요한 순위가 되어 버려서 그는 어머니를 꺾어야만 했다.

❄ ✳ ❄

일요일 오후.

오랜만에 집으로 일을 가져와서 하지 않아도 되는 날이었다. 그녀는 느지막한 오후에 잠에서 깬 다음 혼자만의 시간을 위해

PC방으로 갔다.

재신과 연애를 하고부터 PC방에 가는 날이 현저히 줄었다. 아니, 최근에는 아예 안 갔던 거 같다. 그녀의 유일한 스트레스 풀이원이었던 게임을 멀리하게 된 것도 재신을 만나면서부터였다.

오늘은 그와 뭘 하지, 잠깐의 짜투리 시간에도 그를 만나려고 노력했기에 게임 생각은 아예 나지도 않았다.

오랜만에 게임에 접속한 그녀는 키보드 위에서 열 손가락을 깍지 끼고 손을 풀었다.

그때 '월드폭격기' 님이 그녀에게 1:1로 말을 걸기 시작했다.

[요정님? 오랜만에 접속했네요! 잘 지내시죠?]
[네 안녕하세요! 월드폭격기 님이면, 태훈 오빠 맞죠?]
[네. 기억하고 계셨네요.]
[그럼요!]

방장은 잘 기억한다. 그때 같이 게임 했던 재신의 친구들 닉네임, 얼굴, 이름을 다 매치할 순 없지만 월드폭격기 님은 워낙 대배우라 기억하지 않을 수가 없다.

[재신이는 잘 지내죠?]
[네. 요새 바빠서 저도 얼굴 못 보고 있어요. ㅠㅠ]
[운동 시간도 안 맞아서 새벽에 잠깐 하고 가는 거 같더라고요. 그럼 바쁜 사람은 두고 우리 겜 한판 어때요?]

[종조. 즐겜 합시다!]

민지는 월드폭격기 님의 초대로 어느 정도 등급이 높은 사람들만 참여한 게임방에 들어갔다. 오늘 정말 제대로 놀아 볼 수 있겠는데.

그녀는 그곳이 연예인 중에서도 게임 잘하는 선수급을 모아 둔 곳이라는 걸 몰랐다. 키보드를 누르기 전 의식처럼 손을 풀고 마우스를 잡았다. 경건한 마음으로 심호흡을 했다.

게임이 시작되고 화면이 넘어가는 그사이 민지의 눈빛이 바뀌었다.

완벽한 승리였다.

전투요정을 모신 전투폭격기 팀은 상대 팀을 밟아 버렸다고 할 만큼 완승을 거두었다. 태훈의 환호가 헤드셋을 타고 팀에게 모두 울렸다.

[전투요정 님 한 판 더? 콜?]

[우리 요정 님 바쁘셔. 안 돼. 그죠, 요정 님?]

[아쉽지만 저는 여기까지 하겠습니다. 다들 즐겜 하세요~]

민지는 모두에게 인사를 한 후 게임을 종료하고 PC방을 나왔다.

하늘은 맑고 상쾌했다. 기지개를 쭉 켜자 목과 허리에서 뚜둑- 소리가 났다. 오랜만에 한 게임에서 승리를 거두니 몸이 깃털처럼 가볍게 느껴졌다.

가끔 팀이 너무 못해서 그녀가 아무리 캐리를 해도 지는 경우가 있다. 또는 특별히 게임이 안 풀리는 날이나 컴퓨터의 문제로 갑자기 중요한 순간에 멈춰 버릴 때는 그날 하루가 내내 무겁다.

그러나 오늘은 날씨도 좋고 게임도 이겨서 컨디션이 최상이었다.

그녀는 집으로 돌아가는 길 엄마에게 전화를 걸었다. 하늘도 맑은 게 외식을 하면 딱 좋을 날씨였다.

겸사겸사 재신의 이야기도 꺼내 엄마의 궁금증을 해소시켜 주고 싶기도 했다. 그러려면 둘만의 시간이 필요한데…….

– 여보세요.

"엄마. 오늘 저녁에 약속 있어?"

– 없었는데, 생겼어. 너 맞선 주선해 주신 분 만나려고.

"그래? 엄마 시간 되면 같이 저녁 먹자고 하려고 했는데! 외식하기 딱 좋은 날씨라서. 그럼 아빠한테 전화해 봐야겠다. 좋은 시간 보내, 엄마!"

– 응. 네 아빠는 아마 될 거야.

민지는 엄마와 통화를 마친 후 아빠에게 전화를 걸었다.

"아빠. 엄마는 오늘 약속 있다는데, 저녁 밖에서 먹자."

– 좋아.

"어디서 먹을까? 가고 싶은 데 있어?"

– 네 엄마는 서래마을로 간다는데.

"그럼 우리도 거기로 갈까?"

민지는 입 끝을 말아 올리며 아빠가 원하는 답을 드렸다. 엄마가 있는 곳으로 가고 싶은 거다. 우연히 마주칠 수도 있고,

때마침 그곳에 있었다며 집에 올 때 엄마를 모시고 올 수 있으니까 말이다.

그녀는 집으로 들어온 후 샤워를 했다. 그러곤 주말에도 출근하는 아빠의 일터인 회사로 갔다.

❋　❋　❋

정숙은 숍에서 메이크업을 받고 자연스럽게 안쪽이 말려 우아하게 보이도록 머리 세팅을 부탁했다. 디자이너들의 손에서 새로운 모습이 탄생되고 있었다.

그녀가 가장 좋아하는 시간이었다. 거울 속 여자는 어디 가서도 꿀리지 않을 정도로 적당히 품위가 있고 고왔다. 손톱, 발톱 모두 관리를 받아 깨진 곳이 없고 피부도 관리를 받아 잡티가 없었다.

젊었을 적 고생만 했던 얼굴과 지금의 얼굴은 참 많이 달랐다.

예쁜 거로 따지면 젊을 때가 더 예쁘지만, 그녀는 지금의 모습이 더 마음에 들었다.

정숙은 택시를 타고 윤 여사와의 약속 장소로 갔다. 할 말이 있다고 했던 목소리가 썩 좋지 않았기에 약간 긴장되기도 했다.

빵!

"괜찮으세요?"

클랙슨 소리와 급브레이크 소리가 들리더니 앞으로 몸이 고꾸라진 정숙이 이마를 운전석 뒤에 박았다. 뒤돌아보며 묻는 택시 기사의 말에 그녀는 이마를 손으로 누르며 괜찮다며 고개를 끄덕였다.

"네. 급하지 않으니 천천히 가 주세요."

"미안합니다."

기사는 그녀에게 빠른 사과를 하고 앞을 보았다. 신호가 바뀐 후 차가 출발했다. 정숙은 손잡이를 꽉 잡았다. 다행히 약속 장소에 도착할 때까지 사고는 나지 않았다.

택시가 그녀를 내려 준 후 바로 출발했다. 그 도로를 따라 다른 차가 옆에 멈춰 서면서 물웅덩이에 고여 있던 물이 그녀의 스타킹에 튀었다.

"어머!"

오늘 왜 이러지. 그녀는 가방에서 손수건을 꺼내 발목 주변에 묻은 검은 물을 닦았다. 괜히 찝찝해서 만나기로 한 식당 화장실로 가서 물로 손을 씻었다.

거울에 비친 자신을 한 번 더 보고 그녀는 어깨를 펴고 예약한 자리로 가서 앉았다.

일식 식당은 각각 개별 룸으로 되어 있었다. 문을 닫고 들어가면 세 사람용으로 자리가 세팅되어 있었고, 좌식 마루는 다리를 내리고 앉을 수 있었다.

다다미방은 아늑하고 조용했다. 벽은 회색과 흰색의 격자무늬가 배열되어서 세련된 느낌도 주었다.

약속 시간보다 일찍 도착한 정숙은 따뜻한 물을 주문해서 마셨다. 그때, 문이 열리고 윤 여사가 들어왔다.

"언니, 잘 지냈어?"

"응."

살갑게 그녀를 대하던 윤 여사의 태도가 변했다. 눈을 한 번 마주치고 자리에 앉은 그녀에게선 싸한 느낌이 들었다.

"무슨 일 있어?"

"아니. 무슨 일은 없고. 한 명 더 초대한다고 했잖아. 그때 맞선 주선했던 유재신 대표 어머니가 오시기로 했어."

"뭐?"

지금 민지와 연애하고 있는 유재신 대표의 어머니?

"언니, 그런 말 없었잖아."

"일단 앉아 봐."

정숙은 당황하여 긴장한 기색을 내비쳤다. 오늘 누굴 소개해 주겠다고 하긴 했지만, 그 사람이 재신의 어머니일 줄은 몰랐다. 민지가 결혼하면 시어머니가 될 수 있는 상대를 이렇게 대책 없이 만난다니 그녀로서는 어떻게 행동해야 할지 난감해졌다.

"미리 귀띔 좀 하지. 나 어때요? 괜찮아?"

정숙의 질문에 윤 여사는 고개를 위아래로 끄덕였다. 오늘 왠지 머리도 하고 화장도 숍에 가서 하고 싶더라니 이게 다 그분을 만나기 위함이었나 보다.

이래서 사람은 늘 잘 차려입고 다녀야 하나 보다. 언제 어디서 누굴 만날지 모르니까 말이다.

정숙이 심호흡을 할 때, 다다미방의 문이 조심스럽게 열렸다.

먼저 보인 건 구두를 벗고 들어오는 발이었다. 작고 뽀얀 발과 가는 발목, 그 위로 뻗은 다리는 운동으로 인해 탄력 있어

보였다.

천천히 위로 고개를 들자 방금 들어온 상대와 눈이 딱 마주쳤다.

정숙의 눈이 점점 커졌다. 그녀는 두 손으로 입가를 막으며 화들짝 놀랐다.

저분이 재신의 어머니?

정숙도 잘 아는 분이었다. 그녀가 돈을 위해서 꼬박 지하철과 버스를 타고 가 그녀의 집만 한 욕실에서 세신을 하고 손톱, 발톱을 잘라 주던 상대. 집에 올 때마다 그녀에게 박탈감을 주던 곳.

그 집은 매일 아들을 위한 귀한 음식 재료가 배달되어 왔다. 그럼 집주인이 매일 식단에 맞게 유기농 재료를 사용하여 영양이 골고루 배합된 레시피로 요리를 하였다. 그게 욕실까지 솔솔 향이 났었다.

그 집에 가는 하루에, 그녀가 일주일을 일해야 벌 수 있는 만큼이나 일당을 세게 주셨다.

민지가 전학 가기 전까지는 말이다.

"오랜만이죠?"

재신의 어머니인 차지영이 그녀의 앞에 앉았다. 정숙의 물컵이 식탁 위에 넘어져 쏟아진 물이 아래로 흘렀다. 정숙은 치마가 젖어 가는지도 모르고 잠시 벙쪄 있었다.

❊　❊　❊

아빠의 차를 타고 도착한 곳은 스파게티 가게였다. 그런데

430

하필 '일요일 휴무'라고 팻말이 붙어 있었다. 배가 고픈 민지는 주변을 둘러보았다. 지금 철이라도 씹어 먹을 수 있을 정도로 배가 고팠다.

"아빠, 국밥 어때?"

"좋아. 민지 네가 먹고 싶은 거면 다 좋아."

"아빠가 먹고 싶은 건 없어?"

"응."

민지는 바로 옆 국밥집 문을 열었다. 몇 평 안 되는 공간엔 혼밥을 하는 사람들로 가득해서 한참을 기다려야 했다.

"너무 배고픈데."

"길 건너 일식집 갈까? 너 괜찮으면."

"응. 아빠 거기도 자리 없으면 어떡하지? 예약하고 올걸."

"있을 거야. 거긴 항상 있더라."

잘 아는 가게인 것처럼 아빠는 찻길을 건넜다. 성큼성큼 가는 아빠를 따라가며 민지는 고개를 갸웃했다.

"아빠 자주 가는 가게야?"

"응. 종종 외국에서 바이어 오면 이곳에 자주 와. 음식도 괜찮고. 오늘 네 엄마한테도 여기 추천했거든."

"아, 진짜. 아빠!"

민지는 못 이기겠다는 듯 고개를 절레절레 흔들며 아빠를 따랐다. 엄마의 뒤를 졸졸 쫓아다니는 걸 보면 나이가 들어도 그렇게 좋을까 신기했다.

일식집은 다다미방으로 칸막이도 있고 해서 그들이 들어가도 엄마를 만날 순 없었다.

"사장님, 오랜만입니다~ 옆에는 따님?"

"네. 우리 딸입니다. 인사드려. 여기 가게 사장님."

"안녕하세요. 이민지입니다."

"딸이 아빠랑 붕어빵이네요."

"아니에요. 제 엄마랑 더 붕어빵이죠."

"그런가? 내 보기엔 딱 아빤데?"

가게 주인은 아빠와 이야기를 나누곤 하나 남은 방이라며 안쪽으로 안내했다. 개별 룸은 다 차서 없고 세 테이블이 있는 룸은 칸막이로 나눌 수 있게 되어 있었다. 칸막이를 빼면 하나의 긴 테이블이 되어 회식 자리로 사용되는 모양이다.

"엄마한테 전화해 볼까?"

"아니. 식사하는데 불편하게. 됐어."

"아빠는. 엄마 여기서 식사하는 거 알면서 와 놓고!"

"다른 곳이 다 문 닫고 자리도 없으니까. 여기가 아빠 단골이야."

단골이라서 온 거 아닌 거 같은데. 민지는 미간을 좁히며 아빠를 놀리듯 씩 웃었다. 그러자 아빠는 그녀의 눈을 은근히 피하며 메뉴를 주문했다.

"아빠 잠시 전화 좀."

아빠는 울리는 핸드폰을 쥐고 룸 밖으로 나갔다. 민지는 샐러드부터 갖가지 반찬이 나오는 걸 보며 젓가락을 들었다가 내려놓길 반복했다. 먹고 싶지만 아빠가 오면 먹어야지.

그때 그녀의 핸드폰이 울렸다.

민지는 문이 열리는지 보고 인기척이 느껴지는지 촉각을 곤두세웠다. 발소리도 들리지 않자 그녀는 전화를 받았다.

"여보세요."

─ 응. 나야. 어디야?

"아빠랑 저녁 먹으러 나왔어요. 오빠는요?"

─ 나 지금 회사에서 나왔어. 다음 주는 어때? 계속 야근이야?

"월요일은 바쁠 거 같고, 화요일은 돼요. 안 돼도 밤에라도 만나요."

─ 내가 하고 싶은 말인데 통했다.

월요일은 일주일의 첫 시작이라 그녀도 그도 엄청 바쁠 게 뻔하다. 화요일은 또 화요일이라서 바쁘겠지만 그래도 월요일보단 낫다. 그렇다고 수목까지 그를 안 보면 보고 싶어서 죽을지도 모른다.

그도 같은 마음이라니 그녀는 너무 기뻤다. 자신이 그를 사랑하는 만큼 그도 자신에게 사랑을 주고 있어서 풍족한 느낌도 든다.

그와 자신의 사랑이 각각 시소의 끝에 앉아 무게를 잰다면 분명 일치하리라.

─ 그럼 화요일 저녁에 데리러 갈게. 늦더라도 알려 줘. 늦게라도 갈게.

"응. 좋아요."

─ 저녁 맛있게 먹고.

"오빠도 거르지 말고 꼭 챙겨 먹어요."

─ 응. 계속 앉아 있고 먹기만 했더니 몸이 무거워. 운동이나 하고 들어가려고.

"밥 먹으라니까 운동한대. 밥을 잘 먹어야 힘이 나죠."

밥도 안 먹고 운동부터 간다는 말에 그녀는 너무 놀랐다. 그가 체질적으로 살이 안 찌고 몸이 좋은 게 아니라 평소 식습관이 남들과 다른 거 같았다.

남들이 밥심으로 산다고, 세끼를 꼭 먹어야 한다고 생각한다면 그는 의도치 않게 간헐적 단식을 즐기고 밥보다도 운동을 먼저 생각하는 남자였다.

배고픈 감각을 잘 모르나?

— 사랑해. 밥 맛있게 먹어.

"나도, 오빠. 사랑해요."

그녀는 전화를 끊고 괜히 부끄러워서 물을 마시고 주위를 보았다. 칸막이 옆 테이블과 그 옆옆 테이블엔 사람이 없어서 통화를 들은 사람은 없었다. 또한 아빠도 아직 오지 않았고.

"왜 이렇게 늦지?"

그녀는 목을 긁적이며 자리에서 일어났다. 다다미방 문을 열고 밖으로 나온 그녀가 아래 놓인 신발을 신고 나갔다.

일식집 문을 열고 나가자 아빠의 등이 보였다. 왜 이렇게 통화를 오래 하냐고 음식 다 나왔다고 전해 주려는 찰나, 그 앞에선 엄마가 보였다.

그런데 그녀는 두 사람 사이에 끼어들지 못했다. 엄마의 표정은 뭐랄까, 참혹했다. 서러워 보이기도 했고 눈빛이 한참 흔들렸다.

아빠의 목소리도 점점 커지고 엄마는 눈에 힘을 줘 절대 울지 않으려고 애썼다. 그 모습을 보는 민지는 과거에 자신으로 인해 엄마와 아빠가 상처받고 싸우던 그때와 겹쳐졌다.

그래서 무서워졌다. 이렇게까지 부모님이 대치하는 상황은 자신과 관련이 있을 것만 같아서.

평소에 사이좋은 두 분이 자격지심을 갖게 하는 원인도, 상처를 받게 하는 것도, 잘 살려고 노력하게 만드는 것도 모두 자신으로부터 비롯되었으니까.

"아빠, 엄마. 엄마!"

민지가 아빠랑 엄마를 부를 때쯤, 엄마는 화가 났는지 등을 돌려 도로로 갔다. 민지는 민첩하게 뛰어 택시를 잡기 직전인 엄마를 잡았다.

❄ ❄ ❄

미친 듯이 부끄러워서 이 순간 땅으로 꺼져 버렸으면 싶었다. 누구라도 여기서 날 꺼내 주었으면 싶은 순간.

정숙이 어렸을 적 그런 날이 있었다. 학교에 자랑하려고 어머니 방에 있던 금으로 된 돼지를 들고 갔다가 잃어버린 날. 어머니가 정숙을 불러다 놓고 그녀에게 추궁을 하셨다.

그거 어머니께서 일하는 사모님 집 거라고 혹시라도 가져갔다면 달라고 했다. 그녀는 아니라고 거짓말을 하였고 어머니는 어쩌면 좋냐고 눈물을 글썽였다.

문제는 그 사건은 정숙과 같은 반이었던 사모님의 아들이 자기 어머니를 놀라게 하기 위해 몰래 가져가 가방 속에 넣어 둔 거였고, 그 아들은 그녀가 금돼지를 들고 와 자랑했을 때부터 그게 본인 집에서 나온 거란 걸 알고 있었다.

그 학생에 의해 정숙은 그 집 마당에서 사모님께 혼이 났다. 일하다 나온 어머니는 그녀를 감싸 주며 제 딸은 절대 아니라고 믿어 주었는데, 그 아들과 반 친구들에 의해 정숙의 거짓말이 들통이 난 것이다.

그때 어머니의 실망했던 표정이 기억났다.

나는, 그러려던 게 아닌데.

내가 왜 그랬지.

잃어버렸다고 생각한 금돼지는 그 학생의 손에 들어가 있었다. 처음부터 저 애가 꾸민 짓이었다는 걸 알았지만, 그녀의 말은 아무도 믿어 주지 않았다.

'이래서 천한 것들은 손버릇도 안 좋아. 다신 나오지 말아요.'

그날 집으로 가는 길, 정숙은 어머니 뒤를 쫄래쫄래 쫓았다. 혼이 나고 매질을 당할 거라 생각했지만 어머니께선 그러지 않았다. 대신 넉넉하지 못한 살림에 특별한 날이 아니고는 사 먹을 수 없었던 바나나를 사 주셨다.

지금과는 달리 그땐 바나나가 엄청 귀했다. 평소라면 바로 까서 입안에 쏙쏙 넣어 먹었을 바나나를, 그녀는 차마 껍질을 까지 못하고 쭈뼛거렸다.

'엄마가 미안해.'

어머니는 이미 그 학생의 농간이었다는 걸 알고 있었다. 그런데 딸 굶게 하기 싫어서 꾹 참고 견딘 것이다. 직장을 잃을 순 없으니까 말이다.

그때부터였을까.

부와 권력은 잘잘못도 다 덮을 수 있는 거라는 생각이 든 건. 그리고 높은 자리까지 올라가야 한다는 열망을 품고 살았던 거 같다.

처음 만나는 자리에서 그 사람의 성품보다는 그 사람의 스펙이 중요하다는 걸 나이가 들수록 더 깨닫게 되었다.

정숙은 적어도 제 딸에게만은 그런 삶을 물려주고 싶지 않았다. 그래서 자신과는 다른 삶을 살게 하기 위해 공부에 매진하도록 매질을 하였고, 그녀 선에서 최대한 옷차림을 단정하게 해서 보내려고 노력했다.

음식이 나오고 시간이 흘렀다. 서로 웃으며 인사를 하지만 그녀는 그 자리가 불편했다. 그러다 결국 차지영은 둘만 아는 이야기를 꺼냈다.

"근데, 내가 아는 정숙 씨 맞죠?"

그 여자는 제 딸아이가 맞선을 보고, 현재 연애 중인 남자의 어머니였다. 삐딱한 입꼬리를 본 순간 오래전 기억과 겹쳐졌다.

제 자신이 너무 하찮고 보잘것없이 느껴졌다. 도망가고 싶었다. 이 자리에서 연기가 되어 사라지면 좋겠다는 생각이 들었다.

"그때 우리 집 와서 마사지해 주고, 손톱 발톱 잘라 주던 정숙 씨 맞잖아요. 그죠?"

확인 사살을 하는 지영으로 인해 그녀의 얼굴은 하얗게 질렸다. 대답하지 못하고 있던 몇 분이 억겁처럼 느껴졌다.

그때, 문이 열렸다.

속으로 이 자리를 벗어날 수 있게 해 달라고 빌었건만 그 자리에 남편이 나타났다. 그는 성큼성큼 들어와 두 사람에게 인사를 하고 자신의 손을 잡아 일으켰다. 그러곤 그곳에서 자신을 꺼내 주었다.

집으로 가는 차 안은 쥐 죽은 듯이 고요했다. 평소 조잘거리
던 정숙도, 그런 엄마와 투닥거리는 민지도 말이 없었다. 그건
두 사람 모두 남편이자 아빠인 철수의 눈치를 보고 있는 것이
었다.

핸들을 잡은 철수의 손등에 핏줄이 불거졌다. 주차장에 차를
댄 후 먼저 내린 그가 제 사람들을 기다리지 않고 먼저 걸어가
기 시작했다.

두 사람이 차에서 내린 소리가 나자 철수는 뒤를 돌아 스마
트키로 차를 잠근 후 안으로 들어갔다.

"엄마."

"너 잠시 카페 가서 커피 마시고 와. 아빠랑 엄마랑 이야기할
게."

"뭔데. 뭐 때문에 이런 건데?"

정숙은 자신의 손을 잡고 걱정스러운 표정을 짓는 민지의 손
을 났다.

"나중에 이야기할게, 민지야. 잠깐만 멀리 가 있어."

"알겠어."

그녀는 딸을 멀리 쫓았다. 그 후에 남편이 기다릴 집으로 들
어갔다. 그땐 정신이 없어서 민지가 그녀의 말을 다 들었던 어
린애가 아니라는 걸 순간 잊었다.

멀리 가 있으라는 말에 들어오지 않는 척만 하고 다시 와서
밖에서 다 듣고 있을 거란 걸 예상하지 못했다.

✻ ✻ ✻

　폭풍 같은 주말이 지나고 아침이 찾아왔다. 그리고 재신을 만나기로 했던 수요일은 더 성큼 다가왔다.

　민지는 그의 회사로 갔다. 데스크에 자신이 왔다는 걸 알리자 얼마 안 돼서 재신이 나왔다.

　"나한테 전화하지."

　"전화 안 받더라고요."

　"아, 미안. 무음이었어."

　그가 그녀에게 다가와 어깨를 감싸며 데스크에 인사를 하고 밖으로 나갔다. 오랜만에 바에 가자는 말에 그녀는 고개를 끄덕였다.

　"주말 내내 우리 민지 보고 싶어서 죽는 줄 알았네. 눈밑이 왜 이렇게 퀭해?"

　"게임 하느라."

　"그래서 이겼어?"

　"당연하죠. 저는 절대 안 져요."

　사실 게임 때문은 아니다. 그날 문밖에서 엄마와 아빠가 하는 이야기를 다 들었던 게 문제였다.

　공포영화에서 절대 들어가지 말라고 하는 곳에 들어가면 사달이 나는 것처럼, 그녀도 엄마의 말을 듣고 집으로 들어가지 말았어야 했다.

　'내가 그러니까 거짓말하지 말랬지! 당신 도대체 왜 그래! 뭐가 부족해서 자꾸 그러냐고.'

'미안해요. 나도 이런 일이 일어날 줄 몰랐어. 내가 목욕탕에서 당신과 때밀이 생활할 때 왔던 손님이 민지 결혼할 유 대표 엄마일 줄 알았겠냐고요!'

'그러니까 처음부터 거짓말을 왜 해!'

'안 그러면 우리 때문에 민지도 우습게 볼까 봐 그랬어요. 우리랑 다르게 민지는 똑똑하고 예쁘고 대기업도 가고.'

'그게 뭐가 중요한데? 열심히 노력해서 우리도 이만큼 왔잖아. 민지가 택할 일이야. 우리처럼 힘들게 시작해서 일궈 가는 것도 우리 딸 몫이고, 부잣집에 시집가서 떵떵거리며 사는 것도 걔가 선택할 일이야. 왜 당신이 가운데서 일을 꽈?'

'여보!'

웬만해서는 엄마에게 소리 한 번 지르지 않던 아빠다. 해 달라는 건 다 해 주던 아빠가 화를 낸 건 정말 오랜만이었다.

그녀는 두 사람 대화를 끝까지 듣지 못하고 카페로 왔지만, 주말 내내 가슴이 꽉 막혔다.

"타시죠. 전투요정 님."

재신은 차 문을 열어 준 후 민지를 기다렸다. 그의 얼굴을 보자 상념이 사라졌다. 그와 이렇게 있는 순간이 너무 좋았다.

다른 건 제쳐 두고 그녀는 재신을 좋아한다. 너무 좋아서 그녀는 차에 타는 대신 그의 허리를 꽉 안으며 안겼다.

그도 큰 팔로 그녀를 안았다.

"무슨 일 있어?"

도리도리. 그녀는 그의 가슴에 얼굴을 대고 고개를 저었다.

"아니면 나 유혹하는 건가?"

"……."

"바가 아니라, 집으로 가?"

"아뇨. 바로 가요."

그녀는 고개를 저으면서 대답했다. 그러곤 그의 품에서 나와 차에 탔다. 그는 그녀를 보고 피식 웃으며 차 문을 닫아 준 후 운전석으로 와서 앉았다.

석현이 운영하는 바는 오늘이 평일이라 그런지 사람이 없었다. 두 사람이 들어오자 석현이 그들을 반겼다.

"웰컴. 민지 씨 이쪽으로 오세요."

"네. 항상 반겨 주셔서 감사해요."

이 바를 환하게 밝혀 주는 건 빛이 아니라 석현의 외모였다. 오늘따라 잘 차려입은 석현을 보며 민지가 고개를 갸웃했다.

"오늘 데이트 있으세요?"

"아뇨. 형. 이쪽으로 와서 앉아. 제가 오늘 특별한 요리를 준비했답니다. 기대하셔도 좋아요."

"신메뉴 나오는 거예요?"

"그럼요. 두 분을 위한!"

"얼른 들어가."

재신은 그런 석현을 밀어냈다. 석현은 주방으로 가서 직원에게 뭔가를 지시하였다.

"여자 친구 생기셨나? 오늘 좀 다른 거 같아요."

"그래?"

"오빠는 못 느꼈어요? 평소랑 다른데."

"글, 쎄?"

홀의 중간, 제일 좋은 좌석에 앉은 두 사람은 계속해서 나오는 음식들을 보며 입을 크게 벌렸다.

기분이 처져 있던 그녀는 누군가가 자신을 위해 정성을 다해 만든 음식에 절로 웃음이 나왔다. 맛있는 음식, 좋은 곳을 가면 힐링이 된다는 게 이런 뜻인 거 같다.

"와!"

데코 하나하나와 소스가 뿌려진 형태마저 예술품이었다. 심지어 식전에 나온 브레드조차도.

"예뻐서 어떻게 먹죠. 사진으로 남겨야지. 오빠─ 잠깐만요. 아직 먹지 말아요."

민지는 포크를 든 재신을 멈추게 하고 핸드폰으로 사진을 찍었다. 전체 음식이 다 나오도록 찍고 하나하나 확대해서 사진을 찍었다.

"자, 이제 먹어도 돼요."

"먼저 먹어."

"그럼, 저 먼저~"

입안에서 요리들이 사르르 녹는다. 재료는 모두 그녀가 어디선가 먹어 본 건데 왜 이렇게 맛은 새롭고 다를까. 맛있어서 자꾸 포크가 갔다. 재신은 유독 그녀가 잘 먹는 음식은 그녀의 앞으로 접시를 바꿔 주었다.

"오빠는 안 먹어요?"

"응. 먹어."

그는 포크로 음식을 먹는가 하면 다시 포크를 내려놓고 그녀를 보기만 했다. 민지는 큐브 스테이크를 포크로 집어 그의 입가로 가져갔다.

442

"아ㅡ! 음식 남기면 벌 받아요. 얼른. 아."

그가 입을 벌리자 그녀는 고기를 입안에 넣어 주었다. 잘 받아먹는 재신을 보니 뿌듯한 기분이 들었다.

"방금 오빠, 말 잘 듣는 대형견 같았어요."

"네가 원하면 개라도 되지 뭐."

그는 어깨를 으쓱 올렸다가 내렸다. 의자에 등을 기댄 그가 그녀가 준 스테이크를 오물오물 잘도 먹었다. 팔짱을 낀 그의 손끝이 꼼지락거렸다.

어느 정도 배를 채운 그녀는 별로 건드리지 않아 깨끗한 그의 접시를 보았다.

음식과 곁들이라고 나온 와인도 그는 몇 모금 마시지 않았다.

"오빠 저녁 먹고 온 거예요? 너무 안 먹는데."

"아니. 안 먹었어."

배부른 그녀가 테이블에 팔꿈치를 대고 턱을 괬다. 턱으로 손등을 꾹 누르며 재신을 자세히 보았다.

이렇게 멋지고 성품 좋은 그를 키운 어머니가 어쩌면 자신을 반대할 수도 있겠단 생각이 들었다. 그리고 자신의 엄마 아빠도 이렇게 멋진 그를 싫어하게 될 수도 있겠단 생각이 든다.

하필 왜 재신의 어머니일까.

엄마는 왜 거짓말을 했을까?

만약 상대가 그녀의 과거와 그녀의 부모님을 부끄럽게 생각한다면 그녀는 아무리 사랑한다고 하여도 상대를 놓아주는 게 맞다고 생각한다.

그렇지만 재신은 안 그럴 거 같았다. 왜냐하면 그녀의 과거

443

를 그는 알고 있으니까.

　똑똑.

　그때 그가 테이블을 작게 두드렸다. 그녀가 시선을 그에게로 돌리자 그가 손을 달라는 듯 손바닥을 내밀었다. 그녀는 턱을 괸 손을 빼서 그의 손을 잡았다.

　큰 손이, 그의 엄지가 그녀의 손가락 하나하나를 살살 쓸며 서서히 꽉 잡아 왔다.

　"민지야."

　"응?"

　외국 힙합 음악이 가득하던 바 안에 아까부터 한국 노래가 들려왔다. 사랑을 속삭이는 간질간질한 음악의 가사는 그녀의 귀에도 잘 들렸다.

　"아직은 서로 알아 가는 단계라 섣부른 감이 있지만, 결혼하자. 앞으로 남은 삶을 함께하고 싶어."

　"……!"

　"서로 눈치 안 보고 같은 집으로 같이 퇴근하고, 같이 일어나고. 소소한 일상을 너와 하고 싶어. 사랑해."

　그가 미리 준비해 온 반지 케이스를 꺼냈다. 민지는 너무 놀라서 눈이 커졌다

　'조만간 합법적으로 데리고 갈게.'

　그가 미리 예고했던 말이 있었지만, 불과 얼마 전 일이라 이렇게 빨리 프러포즈를 할 줄은 몰랐다.

　"부모님께 인사 가기 전에, 민지한테 허락받는 게 우선이더

라고. 사랑해. 민지야. 결혼해 줘."

"……."

그녀가 그에게서 뺀 손으로 얼굴을 가리고 눈만 내놓고 있자 그가 강아지처럼 축 처진 얼굴을 했다. 그래도 빛이 나는 건 여전했지만 말이다.

"오빠 구제 좀 해 줘. 응?"

"재신 씨…… 오빠."

그의 프러포즈를 기다렸다. 그래서 행복한데, 가슴이 벅찬 건 분명한데 주말에 있었던 일이 계속해서 신경 쓰였다.

"그 전에 하고 싶은 말이 있어요."

"응. 말해 줘."

"우리 맞선으로 만났잖아요."

"응."

"근데 우리 부모님에 대해 잘못 알고 계신 거 같아요. 엄마가 저 부족하게 보이지 않게 하려고 부모님들이 유학파라고 거짓말을 하셨대요. 저희……."

말을 하는 와중에 그가 그녀의 손을 덥석 잡았다.

"알고 있어."

"네?"

"그렇다고 해도 내 생각은 변함없어. 나는 네가 좋아. 네 자체가 좋은 거니까. 그 외 다른 건 아무것도 상관없어."

그가 알고 있었다고? 그의 어머니가 먼저 알고 그에게 말한 건가, 그가 먼저 알게 된 건가? 민지는 그에게서 손을 뺐다.

"언제부터 알았어요?"

"얼마 안 됐어."

그럼 그의 어머니가 자신의 어머니를 찾아와 과거 일을 들먹거린 것도 아는 걸까?

그를 사랑한다면 자신과 자신의 부모님이 어떤 홀대를 당해도 괜찮다는 건가? 그걸 알면서도 해결되지 않은 상태로 프러포즈를 한 거야?

"민지야."

"……."

"나한텐 내가 만나는 사람이 너라는 거, 이민지라는 거 그거 하나만 중요해. 알고 있는데 말 못 해서 미안해."

"근데 오빠. 재신 씨."

"응."

민지는 테이블 아래로 내린 두 손가락을 얽어 꼼지락거렸다. 그의 마음은 고맙다. 다른 걸 다 제쳐 두고 사람 하나만 본다는 그의 말은 감동이기도 했다.

만약 주말에 그런 일이 없었다면 행복한 마음으로 당연히 프러포즈를 받아 주었을 것이다. 그녀 또한 그를 사랑하니까.

그런데 지금은 달랐다.

"조금만 생각해 봐도 될까요? 결혼이요."

"어?"

그는 자신의 답변이 의외였는지 잠시 당황한 표정을 보이더니 금세 원래의 그로 돌아와 고개를 끄덕였다.

"응. 생각해 봐. 얼른 내 사람으로 만들고 싶어서 내가 급했어."

"저도 오빠 사랑해요."

"나도."

재신은 그녀의 옆으로 와서 앉았다. 그러곤 테이블 아래에 꼼지락거리는 그녀의 손을 잡았다. 그러곤 그녀의 손바닥 위에 반지 케이스를 두고 잡게 했다.

"이거 갖고 있다가 다시 줘."

"……."

"반지 주인은 너니까."

"오빠……."

민지의 목소리가 떨렸다. 그는 괜찮다는 듯 그녀의 머리를 쓰다듬고 폭 안았다.

"괜찮아. 네 생각 존중해. 기다릴 수 있어. 그게 얼마의 시간이 되든. ……사랑해."

귓가에 속삭이는 그의 사랑이 달았다. 그의 품에 안긴 그녀는 쿵쿵 불규칙적으로 뛰는 그의 심장 소리가 들리는 것만 같았다. 프러포즈의 답변을 받지 못해 민망한 상황에서도 자신을 생각해 주는 그가 좋다.

자신을 얼마나 사랑하는지 느껴져서 그녀는 그에게 미안해졌다.

그와 그의 어머니와 자신과 자신의 부모님. 사랑하는 사람들이 상처받는 건 그녀로서는 견디기 힘든 고통이라 덜컥 무서워졌다.

그를 사랑하지만,

그렇기 때문에 쉽게 승낙할 수 없었다.

11장. 당신만이

「맞선으로 시작한 연애.

프러포즈를 받았고 승낙도 거절도 아닌 애매한 상황.

만약 이대로 계속 간다면…….」

민지는 아빠를 기다리면서 스케줄러에 지금의 상황을 펜으로 써 보았다. 프러포즈를 받은 날 이후로 2주가 지났다. 분명 전과 같지만 묘하게 다름을 그녀는 느꼈다.

이 상황이 지속된다면, 우리가 결혼이라는 마지막 지점에 닿지 못한다면 결국엔 끝이 보이는 것만 같았다.

그가 얼마나 더 오랜 시간 기다려 줄까?

끝이 보인다고 생각하니 절로 눈가가 시큰거리며 눈물이 앞을 가렸다. 그와 헤어지고 싶지 않다. 자신에게 사랑한다고 속삭이는 그의 얼굴이 아른거린다.

그때 아빠가 카페 문을 열고 안으로 들어왔다. 민지는 일어나서 한 손을 흔들며 아빠를 맞이했다. 평소처럼 애교를 부리며 아빠에게 팔짱을 꼈는데 표정이 굳어 있었다.

그녀는 주눅이 들어 의자에 도로 앉았다.

"아빠, 커피 주문할까? 아메리카노? 바닐라 라떼?"

"아무거나."

"응. 금방 주문하고 올게!"

그녀는 무거운 분위기를 환기시키기 위해 달달한 바닐라 라떼를 주문했다. 진동벨을 들고 카운터 앞에서 기다리며 괜히 메뉴판을 보고 자신의 발끝을 보았다. 사람이 없어서 그런지 동네 카페는 금방 커피가 나왔다.

"단거로 시켰어."

"응. 고마워."

"……."

아빠가 왜 따로 보자고 했을까. 아마도 재신과 관련된 거겠지. 그래서 불안했다.

"민지야."

"응. 아빠."

"그 남자랑 결혼 생각 있니?"

아빠의 질문에 민지는 온몸이 화끈거렸다. 아빠에게 이런 질문을 들을 줄은 몰랐다. 얼굴에 열이 오른 그녀가 아빠의 얼굴을 보지 못하자 아빠는 그녀의 대답을 대충 예상한 거 같았다.

"엄마가 네 맞선 본 상대 쪽에 큰 거짓말을 했어. 우리가 유학파에 태생부터 좋은 집에 태어났다는 해선 안 될 말을 했어. 근데 문제는 유 대표 어머니가 그 사실을 알았다는 거야."

이미 나도, 재신도 그 사실을 안다고 말을 해야 하나. 근데 말을 끊을 상황이 아니었다. 그녀는 일단 묵묵히 아빠의 말을 들었다.

 "하필이면 엄마랑 아빠가 목욕탕에서 일할 때, 그때 엄마한 테 거물급 사모님이라며 추천해 줬거든. 너도 기억나지? 엄마가 화요일, 목요일마다 부잣집에 다녀왔잖아. 그 집 사모님이더라고. 유학파라고 속였는데 과거 인연이 그렇다 보니."

 "응. 듣고 있어."

 아빠가 말을 멈추고 그녀의 기색을 살피는 것 같아 가만히 대꾸했다.

 "사돈으로 만나면 서로 많이 불편할 거야. 이미 그쪽에서 반대도 심할 거고. 네 엄마도 네 엄마대로 기분이 상해서 현재는 결혼이고 뭐고 다 필요 없대. 같이 나오자니까 네 얼굴 볼 면목 없다고 못 나오겠다고 해서 나 혼자 나왔다."

 알고 있던 얘기를 깔끔하게 정리해서 들으니 다시 한 번 가슴이 아팠다.

 엄마가 사모님의 몸을 관리하면서 받았던 박탈감을 그녀도 옆에서 같이 느꼈다. 다녀오던 날이면 그 집에 대해 찬양을 하면서도 은근히 불편함을 드러냈었으니까.

 그 집 자식들이 학교에 갔을 때 집 안에 있는 가사도우미가 유기농으로 좋은 재료를 선별해서 최고급 요리를 매일매일 만드는 거 같다며 부러워도 했었다.

 그 상대 사모님 얼굴을 몰랐지만 그녀는 그 집이 얼마나 잘 사는지는 알고 있었다.

 "그 집 사모님이 너희 엄마한테 전화한 모양이야. 어떤 이야기가 오갔는진 얘기 안 하마."

"전화가 왔다고?"

그때 집 앞에서 그녀는 부모님께서 하는 이야기를 다 들었다. 그래서 재신의 어머니가 일부러 일식집에 자리를 마련했고, 그 자리에서 엄마에게 과거 일을 들먹이며 부끄럽게 만들었다는 걸. 그래서 더욱 그녀는 재신의 프러포즈를 승낙할 수 없었다.

엄마가 잘못한 게 맞다. 처음부터 거짓말을 하면 안 됐으니까. 그런데 팔은 안으로 굽는다고, 그녀는 그의 어머니가 너무 미웠다. 아직 만나 뵙지도 않았지만 그녀가 가장 사랑하는 엄마의 마음을 아프게 한 사람이니까. 민지는 질끈 눈을 감았다.

재신을 사랑하지만 그를 낳아 준 어머니는 사랑할 수 없을 거 같다.

그걸 재신은 어떻게 받아들일까. 아직 결혼도 하지 않았는데 벌써부터 이런 문제가 생기는데, 우리의 끝은 결혼을 해서도 그 문제로 다투는 나날이 되는 건 아닐까. 고민이 많아졌다.

"전화 와서 뭐라고 하셔? 나도 알고 싶어, 아빠."

"헤어지래. 눈에 흙이 들어가도 결혼 못 시킨대."

"그리고?"

"사람에겐 보이지 않는 계급이 존재한다고 하더라며 설교를 늘어놨대. 그래서 아빠가 전화로 쏘아붙였다. 막돼먹은 사람이라고 아빠가 욕했어."

엄마를 사랑하는 아빠라면 충분히 그러고도 남을 것이다.

"미안하다. 민지야."

"……"

"네게 면목이 없다."

아빠는 아빠의 행동을 그녀에게 사과했다. 또한 엄마를 대신해서 그녀에게 잘못을 인정한 것이다. 부모로서 자식에게 고개를 숙이는 게 얼마나 어려운 일일까. 그녀는 고작 상사에게 죄송하다고 말하는 것도 어려운데.

숨이 막혀 온다. 그녀는 자신도 모르게 눈물이 차올랐다.

자신이 한 일도 아닌데 외부의 일로 모든 게 바스라지게 생겼다. 부모님도 사랑하지만 그녀는 그만큼 재신도 많이 사랑한다. 너무 좋아서 모든 걸 줘도 아깝지 않고, 미래에도 함께하고 싶은 남자인데. 아아. 나는 어떻게 해야 하는 걸까.

"아빠……."

"우리 민지, 네 엄마 몫까지 아빠가 미안해."

아빠 잘못이 아닌데. 아빠 잘못이 아니야.

근데 그녀는 그 말이 나오지 않았다. 입을 열면 처음으로 부모님을 원망할 거 같았다.

난 엄마 아빠 그 자체를 사랑했다고, 전혀 당신들이 부끄럽지 않았다고. 부모님으로 인해 자신이 누군가에 평가를 받아야 된다면 달게 받을 거라고. 그런데 왜 자신을 핑계로 거짓말을 했냐고. 왜 학력을 속였는지 너무 밉다고 소리칠 거 같았다.

왜, 왜 그런 짓을 저질러서 사랑하는 남자를 받아 줄 수 없게 만드는 거냐고.

"나 사실 프러포즈 받았어. 아빠."

"뭐?"

"근데 승낙 못 했어. 그런데 영영 못 할 거 같네. 아빠. 아아……."

목소리가 더 나오지 않아 그녀는 손으로 목을 잡았다. 그에게 사랑한단 말을 듣고 프러포즈를 받아서 정말로 행복했다.

최근 가장 행복한 날을 떠올리면 그날이 떠오르고, 그날 어떤 음식이 나왔는지 재신은 어떤 옷을 입었는지, 어떤 표정으로 제게 고백을 했는지 아직도 생생하다.

그런데 그녀가 그를 승낙한다는 건 재신이 자신의 친모와 자신을 두고 싸워야 한다는 거고, 자신이 가장 사랑하는 부모님께도 상처가 되는 일이다.

알면서, 다 알면서 왜 거절을 하지 못하는 걸까.

맞선으로 만나 결혼을 하지 않는다면 끝이 날 거다. 그래서 그녀는 승낙도 거절도 못 한 상태로 애매하게 둔 것이다.

"아빠, 나 어떡해."

민지가 울먹이자 아빠는 손수건을 꺼내 그녀에게 주었다. 세상에 남자는 많다, 다른 좋은 사람 만날 거야 등등 위로해 줄 말은 많겠지만 아빠는 침묵으로 그녀를 지켜보았다. 그녀에게 그 어떤 말도 위로가 되지 않을 거란 걸 이미 알고 있었을 테니까.

❋　❋　❋

재신은 답장 없는 핸드폰 액정을 보며 입술을 물었다. 그날 이후로 그녀에게서 연락이 뜸해졌다. 톡을 보는 즉시 답이 오던 채팅창은 조용했고, 밤마다 하던 전화도 고작 몇 분을 넘기지 못했다.

목소리에도 힘이 없었다. 야근을 하고 피곤한 날에도 그를 만나기 위해 애써 나와 주었던 그녀는 이제는 피곤한 날에는

454

먼저 집에 가겠다고 말하기도 했다.

주말에 막상 만나면 자신을 보는 표정은 민지가 맞는데 뭔가 말하려는 듯 말하지 못하며 돌아가는 순간이 한두 번이 아니었다.

답답한 마음에 그는 넥타이를 끌렀다.

[오늘 시간 되는 사람? 술 한잔 사 줘라.]

그룹톡에 메시지를 보내자 종우와 태훈이 된다고 답장을 주었다. 도형은 애가 둘이다 보니 지유 힘들어서 안 된다고 미안하다고 답을 줬다.

그렇게 해서 세 사람은 재신의 오피스텔 건물 지하에 모였다. 간단한 안주와 소주를 주문했다.

"요새 연애하느라 바쁘더니 웬일이야? 설마 청첩장 소식?"

태훈이 먼저 말을 꺼냈다. 그러나 재신의 표정이 시무룩해져 있는 걸 보고 뭔가 심각성을 깨달은 그는 소주가 나오자마자 뚜껑을 열었다. 소주잔에 일단 소주부터 따랐다.

"뭔데?"

"나 프러포즈했는데, 답을 못 받았다."

"언제 했는데?"

종우가 묻자 재신은 일단 소주를 한입 털어 넣었다.

"2주 전에."

"정말? 민지 씨는 다른 말 없고?"

끄덕끄덕. 재신이 고개를 끄덕이자 태훈과 종우의 눈이 커졌다.

"혹시 싸웠어?"

"아니."

"그럼 너 바람피웠어?"

"야. 유재신이 아무한테나 몸이 동하는 남자냐? 소속 배우들 헐벗고 다녀도 눈 하나 깜짝 안 하는 강철 팬티 입었는데."

종우의 말에 재신과 태훈이 동시에 흘깃 보았다. 지금 농담 주고받을 타이밍이 아니라고. 재신의 시선에 종우는 깨갱하며 두 손을 위로 번쩍 들었다.

"사과한다. 방금 내 발언."

"됐어. 머리가 다 지끈거리네."

재신은 관자놀이를 누르며 한숨을 팍 쉬었다.

"혹시 너 나이 많아서 싫은 거 아니냐? 막상 결혼하려고 보니까 너무 아재인 거야."

"도종우."

"아니, 모든 가능성을 열어 두고 보라는 거지."

"진짜 죽는다."

재신의 말에 종우는 입을 꾹 다물었다. 나이가 많아서 싫다니, 그랬으면 연애도 안 했지.

"그래서 요새 전투요정 님이 게임할 때 학살을 하는군."

"게임에 접속해?"

"응. 가끔 게임에서 만나거든."

"나도 못 만나는데 왜 네가 만나?"

"그럼 너도 게임 배워라."

태훈은 고개를 절레절레 저으며 혀를 쯧 찼다.

"내가 아는 유재신 맞아? 네가 질투도 다 하고. 민지 씨가 정말 좋긴 한가 보구나."

"응. 그러니까 결혼 생각하지."

"왜 그러는지 이야기해 봤어? 짚이는 거 없어?"

종우가 상체를 앞으로 숙이며 물었다. 곰곰이 생각하던 재신은 하나 떠오르는 게 있었다.

자신은 괜찮다고 했지만 그녀의 부모님께서 유학파라고 속였던 게 못내 걸리는 모양이었다. 그는 정말 그런 건 중요하지 않은데.

그의 어머니 또한 이후로 그에게 헤어지라는 뉘앙스의 말을 풍기지 않았다. 아예 그날 이후로 연락이 거의 끊겼다고 해도 과언이 아닐 정도였다.

대신 지유가 어머니를 자주 찾아가 말동무가 되어 주긴 하지만 말이다.

"안녕하세요, 대표님?"

그때 갑자기 그에게 인사를 전한 사람이 있었다. 재신이 옆을 보자 혜린과 남우가 보였다.

"선배님도 계셨네요. 안녕하세요."

"어, 안녕?"

"안녕하십니까, 대표님."

남우도 그에게 깍듯이 인사를 했다. 재신도 일어나서 작게 묵례를 하여 인사를 했다.

"술 드시러 오셨나 봐요. 저도 여기 사람 없어서 자주 이용하거든요."

"매니저는 어쩌고?"

"주차하고 금방 올라온대요. 선배님 저 걱정해 주시는 거예요?"

"아니. 매니저 없이 다니지 말라고."

혜린은 태훈뿐만 아니라 종우에게도 알은척을 했다. 요 앞 피부과 원장님 아니냐며 인사를 하자 종우는 한껏 경계하며 혜린을 보았다.

친구들 중 종우는 제일 능글맞아 보이지만 한편으로 여자를 가장 경계하는 편에 속했다. 특히 첫인상이 좋지 않은 사람에겐 더더욱.

"요새 민지랑은 조금 어려우시죠?"

"네?"

혜린이 묻자, 남우가 그녀의 팔을 잡아당겼다.

"최혜린, 그만해. 말하지 말라고 했잖아."

재신은 남우의 속삭임을 이미 들었다. 자신과 민지 사이에 무슨 일이 있는지 그가 어떻게 안단 말인가. 그사이에 민지를 만났을 린 없고.

"알겠어. 알겠어. 그럼 좋은 시간 보내……."

"잠시만요."

재신은 친구들을 두고 자리에서 일어났다. 그러고는 남우의 앞에 섰다. 남우도 키가 크지만 재신보다는 작았다. 미세한 눈높이 차이가 나지만 압도하는 힘은 재신이 더 컸다. 남우는 멈칫하며 한 발자국 뒤로 물러났다.

"무슨 일이시죠?"

"잠시 이야기 좀 합시다. 물어보고 싶은 게 생겨서요."

"저한테요?"

남우는 머리를 거칠게 쓸었다. 그러더니 혜린의 매니저가 들어오자 혜린을 다른 테이블로 보내고 그는 재신을 따랐다.

다른 빈 테이블에 마주 보고 앉은 두 남자는 같이 있는 게 어색한지 한 명은 머리를 긁적이고 한 명은 괜히 마른세수를 했다.

　"아까 혜린 씨 말 들어 보니까 뭔가 알고 있는 거 같아서요. 혹시 민지랑 무슨 이야기 나누신 겁니까?"

　"아뇨. 연락하지 말라면서요."

　"그랬죠. 그럼?"

　그럼 어디서 무슨 말을 들은 거지? 재신이 고개를 갸웃했다.

　"대표님 어머니와 제 어머니가 아는 사이라고 일전에 말씀드렸죠?"

　"네."

　"안 그래도 대표님하고 맞선을 봤다고 해서 이상하다고 생각하긴 했어요. 유학파라고 들었는데 제가 아는 민지 부모님은 전혀 그렇지 않았거든요. 그래서 대표님 어머니께서 그 집안 발칵 뒤집어 놨다고 들었어요."

　"뭐라고요?"

　누가 어디를 뒤집어 놔? 재신의 표정이 싸늘하게 변했다. 온몸에 흐르는 피가 순간 솟구쳤다가 식어 버리는 느낌이 들었다.

　"저희 어머니가 민지 씨네 집안을 발칵 뒤집었다고요?"

　"모르셨어요?"

　"말씀해 주셔서 감사합니다. 제가 지금 좀 급해서, 다음에 만나면 밥 사겠습니다."

　재신은 남우에게 인사를 하고 자리로 돌아와 그의 핸드폰을 챙겼다. 그리고 친구들에게 미안하다고 사과한 후 술집을 나왔다.

민지에게 전화를 하면서 지나가는 택시를 잡았다. 일단 그녀의 집 주소를 부른 후, 그는 발을 동동 구르며 이로 입술을 짓이겼다.

– 여보세요.

그녀의 목이 막혀 있었다. 울었나? 감기에 걸린 건가? 걱정이 먼저 앞섰다. 그러나 그는 그녀에게 사죄를 해야만 했다.

"나 지금 너희 집 앞에 가고 있어. 잠깐 나올 수 있어?"

– 지금요?

"응. 5분만. 잠깐이면 돼."

– 혹시, 술 마셨어요?

그녀의 질문에 그는 잠시 멈칫했다. 그러나 거짓말을 할 순 없었다.

"딱 두 잔 마셨어. 택시 타고 가고 있어. 민지야, 나 너한테 꼭 해야 할 말이 있어."

– 알겠어요. 저도 마침 할 말이 있었어요. 오시면 연락 주세요.

싸늘한 그녀의 목소리에 그는 눈앞이 캄캄했다. 그녀가 어떤 말을 할지 알 것만 같아서 속이 까맣게 타는 거 같았다.

재신은 택시가 도착하자마자 벌을 받듯이 서서 그녀를 기다렸다. 아파트 앞 불이 켜지고 그녀가 골목을 내려왔다.

모자를 쓴 그녀가 가까워질수록 얼굴이 점점 자세히 보였다. 울어서 눈은 팅팅 부어 있고 볼은 창백했다. 그는 그녀를 보자마자 와락 품에 안았다.

"민지야."

"……."

"미안해."

너희 부모님께 우리 어머니가…….

그는 정말 미안해서 그녀의 눈을 마주칠 용기가 나지 않았다. 그런 그의 몸을 떼어 낸 건 그녀의 손바닥이었다.

민지는 그의 품에서 나와 조금 앞서 걸었고, 그는 그녀를 따랐다. 몇 걸음을 가서 사람들이 없는 공원에 선 두 사람은 서로를 마주 보았다.

"오빠. 나 정말 많이 고민했는데."

"……."

"안 될 거 같아요. 우리."

말을 하는 그녀의 눈가가 촉촉해졌다. 많이 울어서 그런지 눈가는 금세 빨개졌다. 재신 또한 울컥거리는 감정을 삭이느라 잠시 고개를 돌렸다.

이 여자와 이렇게 어긋나고 싶지 않다.

오직 이민지, 그녀만이 그를 흔들리게 할 수 있는 사람이다.

그를 설레게 하는 것도, 안달 나게 하는 것도, 일보다 좋은 것도 모두 오직 그녀뿐이다. 그가 미래를 같이 설계하고자 생각하는 사람도 그녀가 처음이다. 그런데 안 될 거 같다니!

그녀와의 이별을 생각해 보지 않았다. 잠시 답변이 늦어지는 것이지, 헤어질 거라는 가정이 없었기에 그도 받은 충격이 컸다.

"민지야."

"나, 나도 정말 고민 많이 했어요. 재신 씨가 좋고, 난 오빠 너무 사랑하고, 그런데 근데 안 돼요. 오빠네 어머니 저 반대하시잖아요. 우리 엄마랑 아빠 상처 주잖아요. 도대체 당신이 뭔데! 왜 우리 가족을 상처 줘요?"

"……."

"우리 엄마, 그래요. 딸 부족해 보이지 않게 하려고 거짓말한 번 했어요. 나쁜 짓 맞아요. 근데 찾아오고, 전화까지 하면서 사람 기죽일 필요는 없잖아요. 그런데 어떻게 당신하고 결혼을 해요, 내가."

그녀는 울면서 그의 가슴을 고사리 같은 작은 주먹으로 쿵쿵 쳤다. 그는 똑바로 서서 그녀의 주먹을 다 받았다.

그리고 그는 그녀가 보는 앞에서 한쪽 무릎을 꿇었다. 나머지 하나도 무릎을 꿇으려고 하자 그녀가 놀라서 그의 팔을 잡았다.

"이러지 말아요."

"미안해. 내가 대신 사죄할게."

"당신이 왜……."

"이런 일이 벌어지고 있는지 몰랐어. 어머니께서 그런 일을 저지르실 줄은 정말 몰랐다. 부모님께도 사죄해야 하지만, 그전에 네게 먼저 용서를 구할게."

그의 진심 어린 사과에 그녀는 스르르 주저앉았다. 손바닥으로 얼굴을 가린 그녀의 아래 아스팔트 바닥엔 눈물 자국이 났다. 회색이 검은색이 되어 하나의 점이 되고 결국엔 작은 웅덩이가 되었다.

재신은 그녀의 손을 내리고 두 볼을 잡아 자신을 보도록 했다. 예쁜 얼굴에 난 눈물 자국을 닦아 주었다.

"혼자 아프게 해서 미안해."

"……."

462

"아무것도 몰라서 미안해."

"......."

"그래도 나 버리지 말아 줘. 너밖에 없어."

그는 진심을 다해 그녀를 잡았다. 자신은 그녀밖에 없다고, 버리지 말라고.

"민지야."

"......."

"민지야. 오빠 좀 봐 봐."

그녀가 꾹 감았던 눈을 떴다.

"미안해요."

"......."

"오빠, 정말 미안해요."

민지는 무릎에 얼굴을 묻고 다시 펑펑 울었다. 그는 그녀의 앞으로 와서 작은 그녀의 몸 전체를 안아 주었다.

사랑하는데, 이렇게나 그녀가 좋은데, 어떻게 잡아야 할지 모르겠다. 그는 오늘이 꼭 꿈이었으면 싶었다. 제발. 그녀를 이렇게 놓치고 싶지 않은데.

그녀가 울음을 그칠 때까지 그는 잠시 그녀를 안고 있었다.

❊　✳　❊

다음 날 재신은 본가로 갔다. 아침 일찍 찾아온 아들을 보고 놀란 어머니가 얼른 음식을 하라며 가사도우미를 보냈다. 그로 인해 분주한 집 안을 그는 넋이 나간 표정으로 보았다.

그가 집에 오는 날이면 어머니는 평소보다 예민해져서 집 안

463

의 가사도우미를 거의 잡다시피 했다. 재료를 손질하는 것부터 음식이 플레이팅 되는 것까지 모두 일일이 신경 썼고, 먼지 하나 없이 청소를 하도록 닦달했다.

갑작스럽게 닥친 오늘도 별반 다르지 않았다.

"잠을 못 잔 거니? 안색이 창백해. 우리 아들, 몸보신해 줘야겠네."

"어머니."

"응. 재신아."

왜 그러셨어요.

헤어지지 않겠다고, 제가 소중하게 생각하는 사람이라고 몇 번을 말씀드렸는데. 왜, 왜 그러셨어요.

"무슨 일 있니?"

"왜 저와 상의 없이 민지 부모님께 찾아가셨어요?"

"재신아, 그건 다 널 위해 그런 거란다. 거짓말을 입에 달고 사는 집이라면 말할 것도 없지. 그런 집 더 볼 것도 없다. 지금 콩깍지에 쓰여 아무것도 안 보일 수 있어. 근데 시간이 지나면 다 보일 거야."

재신은 이런 어머니가 오늘따라 낯설고 멀게 느껴졌다. 한편으론 소름 끼치도록 무섭다는 생각도 들었다. 자신이 괜찮다는데, 그 여자 하나면 된다는데 왜 도대체 혼자서 판단하고 결정하는 건지 모르겠다.

항상 이런 식이었던 어머니였는데 왜 한 번도 반항해 볼 생각 안 했을까? 그저 불쌍하다고, 어머니는 아버지를 잃고 집안에서 쫓겨나 안쓰러운 사람이라고 생각하며 그는 참고 이해하고 또 참았다. 그런데 이건 아니었다.

평생 같은 길을 걸어갈 반려를 선택하는 일이었다. 그런데 이마저도 어머니의 뜻을 따르게 하는 건 잘못된 것이다.

"어머니. 아들 행복한 거 바라면 제발 져 달라고 부탁했잖아요. 이런다고 바뀌는 건 없다고. 어머니께서 이럴수록 저는 그집에 가서 싹싹 빌고 빌어서라도 용서 구할 거예요."

그 말에 어머니의 눈에서 불꽃이 튀었다.

"뭐, 뭐라고? 네가 그 집에 가서 왜 빌어! 잘못은 그 집이 먼전데!"

"잘못을 그 집이 먼저 했어도 이런 식으로 반칙을 하는 건 아니죠. 감정을 상하게 하셨잖아요. 민지네 가족 상처받게 하셨잖아요."

"네 엄마는 상처 안 받았겠니?"

"지금 상황에선 어머니 편 못 들어 드려요."

아무리 착한 아들도 제 것을 뺏길 거 같은 순간엔, 목숨의 위협이 되는 순간엔 부모를 물기 마련이다. 그는 지금이 그런 순간이라고 생각했다.

가장 소중한 걸 잃게 되느니 어머니라는 벽을 넘어서는 게 맞는 것이다. 어머니가 상처를 받더라도.

"제 삶은 제 거예요. 이때까지 다 드렸잖아요. 원하시는 삶 살게 해 드렸잖아요. 그럼 제 사람은 제가 선택하게 해 주세요. 아니면 저 어머니 안 봅니다."

"뭐? 네가 감히!"

"어머니 아들 착한 놈 아닙니다. 안 본다고 하면 정말 그럴 수도 있는 놈이에요. 그러니 더 도발하지 마세요."

재신이 차갑고 단호하게 말하자 어머니는 혼비백산한 얼굴로 소파로 털썩 넘어지듯 앉으셨다. 마음이 아프지 않다면 거짓말이나 그는 지금 순간에도 무엇을 우선시해야 하는지 정확히 알았다.

어머니는 자신을 낳아 준 분이지만, 민지는 그의 삶에서 끝까지 함께할 여자이다. 둘 다 사랑하는 사람이지만 그에게는 민지가 우선이 되는 게 맞다.

"재신아. 재신아. 가지 마라."

"……."

그는 어머니께 고개를 숙였다. 어머니가 굽히실 때까지 그는 잠시 어머니와 이별을 하는 걸 선택했다.

"얘. ……얘!"

"……사모님!"

"사모님!"

재신이 문 앞까지 왔을 때, 가사도우미 두 명은 거의 혼절할 듯 누워 있는 지영을 발견하고 그녀를 부축했다. 어쩔 수 없이 재신은 어머니께 다가가 번쩍 안아 들고 안방으로 갔다.

"최 박사님 부를게요. 수액 맞으시고 쉬세요."

"재신아!"

"죄송하지만, 아들이 어느 회사의 대표인지 한 번만 더 생각해 보세요. 어머니."

난다 긴다 하는 배우들을 관리하고 있는 기획사 대표이자, 프로듀서로서 촉망받는 1인이었다. 그런데 그의 앞에서 연기라니.

이렇게까지 머리를 싸매고 반대를 하고 싶으실까. 나이가 들수록 사람이 냉정해지고 지혜가 무르익는 게 아닌가 보다.

"이번엔 져 드리지 못해서 죄송해요. 한 번만 제 뜻대로 할게
요."

아들, 남편, 친구. 당신에게 모든 역할을 다 해 드렸지만, 지
금은 그 어떤 것도 해 드릴 수가 없었다. 착한 아들, 듬직한 남
편, 죽이 잘 맞는 친구. 그 어느 것도.

재신은 다시 한 번 죄송하다고 인사를 한 후 본가를 나왔다.

차에 탄 그는 비장한 표정으로 내비게이션에서 주소지를 찾
았다.

[크라운바디]

주소를 한참 보고 있던 그가 한숨을 깊이 쉬고 차를 출발했
다.

❉　❉　❉

민지는 퉁퉁 부은 눈으로 출근하였다. 아침에 차가운 숟가락
으로 부기를 빼 보았지만 잘 안 됐다.

헤어진 것도 연애를 하는 것도 아닌 상태가 되었다. 그녀는
그에게 헤어짐을 고했지만 그는 미안하다며 그녀를 잡았다. 결
국 또 답변을 미룬 상태가 되었다.

업무에 집중하다 보면 퇴근 시간이 된다. 퇴근을 한 그녀는
다시 또 고민에 고민을 거듭하고 괜히 핸드폰 속의 재신과 나
눈 메시지를 보며 눈물을 한 바가지 쏟았다. 청승맞게 나 뭐 하
는 거야.

그가 보고 싶은데, 보자고 연락하지 못하니 이렇게라도 그를
느끼는 것이다. 같이 찍은 사진도 보고, 그의 톡 프로필 사진을

467

넘겨 보며 그의 발자취를 좇았다.

포털 사이트에 유재신을 검색해 보기도 하고 말이다. 프로듀서로서 이름을 날리고 있는 그의 여러 사진이 여기저기서 돌아다녔다.

〈기획사 대표의 미친 외모! 연습생들 사이에서도 단연 톱!〉

오히려 연습생이나 지망생보다 재신의 미모가 더 빛이 났다. 그녀는 그걸 보며 잠시 웃었다가 울었다.

그렇게 하루가 지나고, 이틀이 지나고, 일주일이 갔다. 일주일째 됐을 때쯤 시름시름 앓던 그녀는 회사에 출근하자마자 머리가 핑 돌아 병원에 가야 했다. 1시간 동안 병원 베드에 누워 수액을 맞는데 눈물이 주르륵 쏟아졌다.

지금도 이렇게 아프고 힘든데 헤어지면 얼마나 더 괴로울까.

엄마, 아빠…….

나 이 남자 못 놓겠는데 어떡해.

정말 어떡하지. 보고 싶어서 미치겠는데.

이불을 덮은 그녀의 어깨가 불쑥 올랐다가 내려가길 반복했다.

재신은 일주일간 본가에 방문하지 않고 하루에 한 번씩 묻던 안부 문자도 어머니께 하지 않았다. 전화가 와도 받지 않았고 문자와 톡도 확인하지 않았다.

지유를 통해 연락이 와도 그는 단번에 차단했다.

그사이 그는 민지의 아버님을 만나 먼저 죄송하다는 사죄를 하였다.

'제가 더 미안하죠. 안사람이 거짓말을 해서 그런 일이 벌어진 건데요, 뭘.'

'아닙니다. 저희 어머니께서 섣부르게 행동하셨어요. 제가 막 았어야 하는데, 다시 한 번 죄송합니다. 다신 이런 일 없도록 하 겠습니다. 전 민지가 제 사람이란 확신이 듭니다. 그래서 무슨 일 이 있어도 다 감당할 테니 민지만 제게 허락해 주세요. 민지는 제 가 설득할게요.'

그는 아버님을 통해 어머니께도 사과를 드렸다. 민지의 말에 의하면 어머니는 그를 참 좋아했다고 했는데 막상 뵈니 그렇지 도 않았다.

"대표님, 주문하신 꽃다발 도착했습니다."

"그래요? 어딥니까?"

"저희 데스크…… 대표님!"

그가 대표이사실을 벗어나 복도를 성큼성큼 걷자 비서도 그 를 따랐다. 그는 데스크 앞에서 꽃다발을 확인한 다음 직접 들 고 안으로 들어왔다. 시계를 흘깃 본 그가 다들 일찍 퇴근하라 고 했다.

"대표님."

"네. 김 실장님."

"요 며칠 힘들어 보이셔서요. 제가 도울 일 있으면 말씀 주세 요."

"그럴게요."

재신이 괜찮다는 듯 웃어 보이자 김 실장은 대표이사실을 나 갔다. 그가 자신을 얼마나 걱정하고 있는지 잘 안다. 요 며칠 그는 심신이 힘들고 체력적으로도 힘들긴 했다.

그래도 아버님께서 그에게 좋은 제안을 해 주셨다.

민지의 마음만 돌린다면 허락해 주겠다고. 제 딸이 원하는 일이라면, 부모님께 미안한 마음을 이기고서라도 자신을 택한다면 그때는 딸을 자신에게 보내 주겠노라고.

꽃다발을 쥔 그는 비장한 표정으로 사무실을 나갔다.

❀　❀　❀

불쑥 회사 앞으로 찾아온 재신으로 인해 민지는 당황하고 놀랐다. 낮에 병원에서 수액을 맞느라 그녀는 점심시간 이후에 복귀를 하였고, 그 덕에 남들보다 퇴근이 늦어졌다. 제때 업무를 마치지 못했기 때문이다.

"언제부터 기다린 거예요?"

"퇴근 시간부터?"

"그 꽃 들고요?"

"응."

은은하지만 자세히 보면 화사한 꽃다발을 든 그는 주변의 이목을 끌기에 충분했다. 그는 그녀에게 꽃다발을 주었다. 민지는 그걸 받으면서도 얼떨떨했다.

결혼은 못 하겠다고 했지만 헤어지자곤 안 했으니까 아직 사귀는 사이인가? 그와 자신을 어떻게 정의해야 하는지 모르겠지만 이렇게라도 얼굴을 보니 그녀는 그가 반가웠다.

다시 보니 심장은 불규칙적인 속도로 뛰고 있었다.

"밥 먹었어?"

"아뇨. 요새 소화가 잘 안 돼서."

"나도 그런데, 그럼 죽 먹을래?"

"네. 죽은 좋아요."

회사 주변에 있는 죽집에 갔다. 소고기죽과 야채참치죽을 주문한 두 사람은 서로의 안부를 물었다. 몇 년을 떨어져 있던 것도 아니건만 서로의 소식을 들으며 안도했고 또 살이 빠지고 아파 보이는 서로의 모습에 아파했다.

"차라리 전화를 하죠. 그럼 끝나는 시간 말했을 텐데."

"전화 못 하겠더라."

"왜요? 오지 말라고 할까 봐?"

"응."

"그럼 안 오려고 했어요?"

"아니."

그럼 전화를 하지. 바보같이 3시간을 기다리냐. 그녀는 눈빛으로 그를 타박했다.

"민지야."

"네?"

"내 생각에는 변함이 없어. 난 아직 너와 결혼하고 싶고, 평생 같이 살고 싶어."

"……."

"행복하게 해 줄게. 그러니까 오빠랑 살자."

"오빠……."

각자 주문한 죽이 쟁반째로 놓였다. 뜨거운 죽 위로 올라오는 연기 때문에 그녀는 눈을 감았다가 떴다. 그런데 왜 눈가에 눈물이 맺히는 건지 모르겠다.

이 남자가 자신에게 이렇게 조를 만한 상대인가. 이 남자의 마음이, 정성이, 사랑이 고마워서 자꾸 울컥거린다. 그래서 미안함이 자꾸 솟아났다.

쉽게 그를 받아들이지 못하는 이 마음 안에는 부모님이 살아 숨 쉬고 있었다.

"오빠 어머니는 어떡하려고 그래요?"

"낳아 주신 분과 내가 사랑하고 평생 지켜 줘야 할 여자 중 우선 순위를 모르면 안 되잖아. 내 삶에서 가장 소중한 사람이 나타났는데 놓치는 바보가 되진 않으려고. 어머니는 결국 내 결정을 따르실 거야."

"어떻게요?"

"결국 어머니는 중요한 순간엔 날 못 꺾으셨거든. 이번에도 그럴 거야."

그의 단호한 말 안에는 힘이 있었다. 정말 그렇게 될 거 같은 힘. 그래서 그녀는 그에게 믿음이 갔다. 그의 말대로 그의 어머니는 우리를 허락하게 될 거 같다.

"오빠."

"응."

"나 좋아해 줘서 고마워요. 이렇게 노력해 줘서 또 고맙고요. 진짜 내가 뭐라고."

"내가 세상에서 제일 사랑하는 여자잖아. 너."

"왜 그래, 정말……."

민지는 티슈를 뽑아 눈가를 닦고 또 티슈를 뽑아 코를 풀었다. 숟가락을 들고 후후 불어 죽을 먹으면서 꼭꼭 씹었다. 물도 마시고 동치미 국물도 먹고 반찬도 모두 먹었다.

"그럼 우리 부모님께서 허락할 때까지 기다릴 수 있어요?"

"응."

"얼마나 걸릴지 모르는데?"

"그래도 좋아. 이렇게 얼굴 보고 같이 있는 것만 해도 좋아. 결혼은 몇 년 이따 해도 되지."

나도 이렇게 오빠와 얼굴 보고 있는 것만 해도 너무 좋은데.

정말로, 너무 좋아서 이렇게 매일 그만 보고 있고 싶었다.

"나도 오빠 어머니께 노력할게요."

"그러지 않아도 돼."

"오빠 어머니니까. 노력은 하는 게 맞는 거 같아요. 우리 부모님께서 절 얼마나 잘 키우셨는지, 제가 얼마나 괜찮은 사람인지 보여 드리면 되잖아요."

그럼 부모님도 그런 취급 받지 않고 자식을 잘 키운 부모가 될 테니까. 자신이 그의 어머니께 잘하면 되는 것이다.

식사를 한 후 두 사람은 손을 잡고 재신의 차가 주차된 주차장으로 갔다. 이렇게 손을 잡고 있는 것만 해도 벅차서 재신은 운전을 하는 와중에도 그녀의 손을 잡았다.

한 손으로 부드럽게 운전하는 그를 보며 위험하다고 해도 그는 자세를 바꾸진 않았다.

집에 도착한 민지는 신발을 벗고 안으로 들어갔다.

엄마와 아빠가 안에서 커피를 마시며 티타임을 갖고 계셨다. 민지도 가방만 두고 나와서 티타임에 합류했다.

"늦었네?"

"응, 엄마. 나 야근했어."

"밥은?"

"먹었어."

"요새 소화 안 돼서 소화제 달고 살더니. 집에 와서 먹지. 지금은 괜찮아?"

"응. 아차차— 엄마."

민지는 자신의 방으로 가서 꽃다발을 들고 나왔다. 그리고 엄마에게 주었다. 그리고 배시시 웃었다.

"유 대표가 준 거야?"

"응. 찾아와서 어머니 대신해서 미안하다고 또 사과하고 갔어. 엄마, 그 사람 내가 정말로 좋대. 나도 그래. ……엄마는 어때?"

그녀는 심장이 쿵쿵 빠르게 뛰었다. 엄마가 절대 안 된다고 반대를 할까 봐, 그의 어머니를 사돈으로 다시 만나는 것이 껄끄러워서 다시 그녀를 설득할까 봐 긴장으로 인해 헛구역질까지 나올 거 같았다.

"네 엄마는 괜찮아. 민지 네가 하고 싶은 대로 해."

"아빠?"

"두 사람 허락하겠다고. 너 아픈 거 보니까 내가 자존심 세우고 고집 피워 뭐하겠나 싶어서. 내가 우리 딸 힘들게 하면 안 되잖아."

"엄……마."

"밤마다 네가 어찌나 우는지 내 맘이 다 아파서 못 자겠더라. 우리 민지, 유 대표가 그렇게 좋으면 엄마한테 와서 말하면 되잖아. 엄마 눈 한번 딱 감아 달라고. 부끄럽고, 사모님 다시 보기 민망한데, 그래도 널 위해서 내가 못 할 일은 아니야."

티 안 내려고 했는데 다 티가 났구나. 혼자 삭이고 힘들어하던 순간을 그녀의 엄마도 같이 겪었다고 생각하니 부끄러움이 밀려왔다. 엄마 아빠가 보는 앞에서 울지 않으면 모를 거라 생각했는데.

일부러 더 웃고, 밥도 같이 씩씩하게 먹었다. 약도 회사에서 먹고 퇴근하고 와서 그녀의 방 안에서 먹었는데. 다 알고 계셨다.

"미안해. 엄마. 아빠."

"네가 뭐가 미안해. 착한 우리 딸이 바보 같은 엄마 기다려 준 거지."

"그래도 네 엄마 진짜 고민 많이 했단 걸 알아줘."

아빠는 엄마의 선택이 얼마나 큰 건지 그녀에게 다시 덧붙였다. 당연히 그녀는 엄마가 얼마나 고민했는지 잘 알았다.

"유 대표도 찾아와서 미안하다고 사과했어."

"재신 씨가?"

"네 아빠를 먼저 찾아가서 도와 달라고 했고, 나한테도 사과하더라. 너 아니면 안 된다는데, 우리 아니고도 널 그렇게 사랑해 주는 사람인데 엄마가 떼를 부릴 수가 없더라고."

안 보이는 시간 속에서 그는 그의 어머니와 대치해서 고군분투하고, 자신의 부모님께 사죄를 하며 그녀를 얻기 위해 노력을 한 것이다.

그 마음이 순간적으로 다가오자 그녀는 부모님이 보는 앞이지만 눈물을 참지 못했다.

미안하고, 또 미안해서…….

'내가 세상에서 제일 사랑하는 여자잖아.'

'행복하게 해 줄게.'

'그러니까 오빠랑 살자.'

방금 전 그가 했던 말들이 생각났다. 그녀는 손등으로 눈물을 닦고 방 안으로 들어갔다.

재신이 줬던 반지 케이스가 어디 있더라. 눈물이 앞을 가려 자꾸 흐릿해졌다. 그녀는 손등으로 눈물을 닦고 서랍을 열어 반지 케이스를 찾았다. 그리고 핸드폰 하나만 들고 집 밖으로 나갔다.

지나가는 택시를 잡아 그의 오피스텔 건물명을 말하다가 그냥 그녀의 회사명을 말했다. 그의 오피스텔은 그녀의 회사와 그리 멀지 않았으니까.

[오빠, 지금 집이에요? 오빠 오피스텔로 가면 만날 수 있어요?]

[지금 만나고 싶어요.]

그녀는 연속으로 메시지를 보냈다.

지금 만나서 그에게 이 소식을 알리고 싶었다. 부모님께서 그를 허락했고, 나는 당신을 사랑한다고. 그리고 미안하다고.

포기하지 않아서, 자신을 믿어 줘서, 부모님께 사과해 줘서, 그의 어머니께 자신이 먼저라고 당당히 말해 줘서. 고마운 게 한두 가지가 아니었다.

그가 그렇게 행동할 수 있다는 건, 그가 자신을 정말로 사랑하고 있기 때문이란 걸. 평생 함께할 사람이고 싶다는 그 말과 그의 행동은 단 한 번도 거짓인 적이 없었던 것이다. 부모님 말씀대로 그들의 사랑만큼 어쩌면 그보다 더 큰 사랑을 그가 주고 있었던 것 같다.

그래서 그녀는 그에게로 가는 길이 너무 행복했다.

"아저씨, 여기서 좌회전이요. 그리고 우회전해서 내려 주세요."

그때, 그에게서 전화가 왔다. 그녀는 택시 기사에게 길을 다시 한 번 설명하고 전화를 받았다.

"여보세요."

― 어디쯤이야?

"다 와 가요. 오빠…… 어디예요?"

― 1층으로 내려갈게. 나도 보고 싶어. 목소리가 왜 그래? 무슨 일 있었어?

"가서, 도착해서 말할게요."

그녀의 마음은 쿵쿵 뛰었다. 택시가 그의 오피스텔 앞에 도착하자 그가 먼저 택시를 발견하고 뒷좌석 문을 열었다. 때마침 계산을 마친 그녀가 택시에서 내린 후 그를 와락 안았다.

"어떻게 왔어?"

"나 오빠 어머니께 허락받기 위해 노력할게요."

"아무것도 안 해도 돼. 그냥 옆에만 있어 주면 돼."

그의 큰 팔이 그녀를 품에 감쌌다. 숨이 막힐 정도로 꽉 안고 있으니 왠지 모르게 안정감이 들었다. 이 품이 그리웠다. 이 사람의 사랑을 다시 받고 싶었다.

더없이 행복했다. 그만큼 미안함도 배로 커졌다.

"나도 오빠랑 결혼하고 싶어요."

"민지야?"

"나도, 오빠랑…… 오빠랑 살래."

그녀의 고백에 놀란 그가 잠시 멈칫하더니 다시 그녀를 뜨겁게 안았다.

"고맙다. 민지야. 고마워."

그가 턱을 그녀의 정수리에 괸 채로 고맙다고 하였다. 그의 목소리가 떨려 나왔다. 그녀를 안은 그의 손이 그녀의 등을 소중하게 감싸고 상체를 잠시 뗐다.

눈물로 얼룩진 그녀의 두 뺨을 감싸고 그가 볼을 만졌다.

"결혼해 줘. 민지야."

"응. 할래요. 나 사실 오빠랑 헤어지고 싶지 않았어. 오빠 사랑해요."

그와의 인연이 끝나지 않음에 감사했다. 오늘 그와 만나고 내일도 볼 수 있고, 앞으로 많은 날들 동안 그와의 미래를 생각하며 불안해하지 않아서 좋았다. 매일의 헤어짐이 아쉬웠는데 이제는 오래도록 같이 있을 수 있단 생각에 설렘이 찾아왔다.

"사랑해. 민지야."

"나도요."

"너만 사랑할 거야. 평생."

"나도요. 나도 오빠만."

민지는 손에 들고 온 반지 케이스를 그에게 보여 주었다. 이제는 제 손가락에 끼워도 된다는 뜻으로 반지 케이스를 보며 그녀가 웃었다. 그는 그녀의 뜻에 따라 반지 케이스를 열고 주인에게 반지를 끼웠다.

"헤어지지 말자, 우리. 우리 민지 힘들지 않게 오빠가 다 막아 줄게."

　"고마워요. 오빠."

　오직 당신만 사랑할래요, 평생.

　오래도록 같이 길을 걷고 싶은 상대는 당신이 유일할 테고,

　당신만이 나를 누구보다 사랑해 줄 거라 확신한다.

　오직 당신만이.

12장. 평생 함께할 약속

민지는 재신에게 본가 주소를 물어보았다. 그리고 일주일에 한 번씩 꽃다발과 편지를 배달했다. 가끔은 편지 대신 좋은 시집을 넣어 보내기도 했다.

「만나 뵙고 싶습니다. -이민지」

그리고 그녀는 재신에게도 본가에 자주 들르라고 했다. 우리의 결혼이 바로 내일 당장 해야 하는 게 아니라면 각 집의 어른들께 허락을 받는 게 도리니까 말이다. 그러나 그는 다른 건 몰라도 그 부분은 그녀의 말을 듣지 않았다.

그사이 아빠는 좋은 성분만 들어간 바디워시 제품으로, 착한 기업에 들어 대통령상을 받았다. 크라운바디가 이슈가 되어 아빠와 엄마는 인터뷰를 했다.

문득 출근해서 포털사이트를 켰는데 그 아래쪽에 부모님의 기사가 뜨는 건 정말 신기한 일이었다.

두 부부의 삶이 닮긴 인터뷰에 그녀는 몇 번을 봐도 감정이 울컥거렸다.

1시간에 한 명씩, 주말에는 우유로 때우며 장장 10시간 동안 수증기 속에 있었다고. 체력이 다할 땐 우유랑 빵을 먹고, 정신이 혼미할 땐 찬물에 들어갔다 나오며 그렇게 돈을 벌었다고 쓰여 있었다.

그때 여탕에선 비누랑 우유랑 섞어서 몸에 바르고 때를 밀어주는 게 유행이었다는 말도 했다.

그렇게 오랫동안 각자 여러 고객을 만나다 보니 자연스레 아이템을 생각하게 되었고, 사업에 불을 붙인 건 딸아이가 피해자가 되는 상황에서 부모의 직업이 정말 많은 영향을 끼친다는 걸 깨닫고부터였다고 한다.

오래전 일이지만 딸이 학교 폭력의 피해자였던 때가 있었는데, 그때 가해자 부모 무리에 변호사가 있더라. 원래도 학교 폭력은 아이들에게 처벌할 수 있는 게 없어서 묻히지만, 그때는 피해자에 대한 보호가 전혀 없었고 딸아이가 전학을 가 온 가족이 이사를 할 수밖에 없었다고 나와 있었다.

그렇게 잘 큰 딸이 지금은 샤인 프로덕션 유재신 대표와 잘 만나고 있고, 대기업을 다닌다는 문구도 있었다.

그럼 조만간 따님이 결혼하냐고 기자가 묻자 두 분은 웃음을 보였다. 상견례 자리가 먼저지 않을까요, 라며.

이 기사의 마지막 질문은 의도된 거였다는 걸 나중에 재신을 통해 들었다.

드르르륵.

바퀴 굴리는 소리가 났다. 그녀가 옆을 보자 김채이 과장의 얼굴이 보였다.

"민지 씨 나 방금 포털사이트에서 무슨 기사를 봤는데. 이분 민지 씨 아버님 같……."

그러다 민지가 보고 있는 기사가 같은 것임을 깨닫고 눈이 커졌다.

"민지 씨 부모님 맞지? 예전에 가족사진에서 본 적이 있어서."

"네. 맞아요."

"어억! 그럼 유재신 대표랑 연애해?"

김채이 과장의 목소리가 너무 컸다. 각각 퍼져 있던 직원들이 시선이 모두 민지에게 향했다. 이윤정 대리와 주희 선배와 입사 동기 한주성까지. 종국에는 주명철 팀장까지도 그들에게 시선을 주었다.

"그게."

"전에 맞선 봤단 상대가 유재신 대표였던 거야?"

"네. 그렇게 됐어요."

그 말에 여자 직원들은 졸지에 '꺄악!' 소리를 냈다가 손으로 본인들의 입을 막았다. 그러고는 입보다 더 빠른 눈동자를 요리조리 굴리며 그녀를 압박해 왔다. 얼른 휴게실로 튀어 오라는 듯 이윤정 대리가 먼저 나갔고, 김채이 과장과 주희 선배까지 나갔다.

민지는 의자를 빼 일어나선 휴게실로 갔다.

"와. 감쪽같이 몰랐어. 유 대표에게 짝이 있었다니!"

483

"그러게요. 그것도 우리 부서에! 그때 프로그램에서 비하인드 스토리 보는데, 유재신 대표가 전화 통화하면서 씩 웃는 거. 거기 영상 밑에 유 대표는 연애 중이라고 자막이 떠서 다들 난리도 아니었는데. 그 짤 아직도 남친짤로 돌아다니잖아요."

웬만해선 흥분 않던 주희 선배마저도 흥분해서 말을 이어 갔다. 그때 재신이 자신과 통화 중이었던가? 통화하다가 갑자기 카메라가 들이대니까 씩 웃었던 거 같은데, 그 모습이 무척 달콤해서 사람들이 좋아하는 거 같다.

"제가 기사에서 봤는데 결혼 준비 중이라면서요!"

"서로 얘기만 나눴어요."

"잘하면 올해 국수 먹겠네."

"아침에 자고 일어났는데 그런 남자가 딱 옆에 있으면 와, 그게 바로 행복 아니겠어요. 그죠, 대리님?"

"응. 민지 씨 정말 행복하겠다. 축하해."

민지는 얼떨떨한 표정으로 축하 인사를 받았다. 재신의 외모를 찬양하다가 TV에서 보여진 그의 성격을 칭찬하고 나중에는 그의 집안 얘기도 나왔다.

청첩장을 주면서 밥을 사고 재신과의 연애 소식을 밝히려고 했는데 이렇게 밝혀지니 의외로 속이 후련하기도 했다.

이제부터는 재신과 눈치 보지 않고 회사 앞에서 만나도 될 거 같았다.

"그럼 결혼하면 회사 그만둬?"

"아뇨! 이 좋은 회사를 제가 왜요~"

민지는 두 손을 꼭 잡고 능글맞게 대답했다. 이 팀에 적응하기까지 얼마나 힘들었는데. 초반에 주희 선배가 자신을 약간

견제했고, 추후엔 이윤정 대리에게 미움을 받기도 했다.

그 속에서 버티면서 선배들의 사랑을 받기 위해 노력해서 이제는 그 누구와도 잘 지내고 있는데 그만두다니! 말도 안 되는 일이다.

"그 말 지켜. 진짜 그만두기만 해 봐. 민지 씨, 집까지 쫓아갈 거야."

"대리님도 참, 저 임신해도 퇴사 생각 없어요. 금방 복귀할 거예요."

"정말?"

"그럼요. 여기 입사하려고 남자도 안 만나고 공부만 했단 말이에요."

오직 대기업 입사를 위해서. 보통 대학생 땐 연애도 하고 여행도 다니고 추억이 많다는데 그녀는 도서관에 박혀 있던 기억뿐이다.

그나마 사람들을 만난 건 교내에 돌아다니는 외국인들과 그룹 지어 경복궁이나 서울 투어를 했던 것? 그것 또한 외국어를 쉽게 배우기 위해 그녀가 쏟는 시간 중 하나였다.

그러고 보면 모든 처음이 그라서 조금 억울하긴 하다.

사무실로 복귀한 그녀의 핸드폰에는 문자 하나가 와 있었다.

[재신이 엄마예요. 둘만 볼 수 있을까요?]

아싸! 좋은 소식이다. 그녀는 기뻐서 환호했다.

❉　❉　❉

그 주 주말 민지는 재신에게 비밀로 하고 어머니를 만나러

갔다. 때마침 재신은 해외 출장이 잡혀 있었다.

거대한 문 앞에 서니 절로 긴장이 된다. 그녀의 엄마가 수없이 걸으며 박탈감을 느꼈을 거리를 걸어 보고 드디어 그 집 안에 입성을 했다. 한편으론 신기했다. 이곳에서 재신이 나고 자랐다는 거니까.

초인종을 누르자 문이 열렸다. 그녀를 마중 나온 가사 도우미가 사모님이 있는 곳까지 안내했다. 거기선 다른 가사도우미가 차를 우리고 있었다.

"안녕하세요. 이민지입니다."

핸드백을 꼭 손에 쥔 그녀가 재신의 어머니에게 인사를 했다.

"반가워요. 여기 앉아요."

그녀는 재신의 어머니와 마주 보는 자리에 앉았다. 나이가 있음에도 사람을 주눅 들게 하는 힘이 있었다. 태어났을 때부터 금수저를 물고 태어나 몸에 밴 듯한 기품과 우아함이 있었다. 그녀의 엄마가 느꼈을 그 느낌이 무엇인지 불현듯 알 거 같았다.

"보내 준 꽃들이 너무 많아서 둘 곳이 없어요. 더 안 보내도 됩니다."

"네. 향은 괜찮으셨어요?"

"예쁘긴 하더군요."

그녀는 꽃다발을 고심해서 고를 때 편지도 정성 들여 썼다. 매일 다른 말들로 가득 채웠다. 무조건 허락해 달라는 말보다 어머니께서 허락하시기 전엔 결혼을 하지 않겠다는 말로 어머니의 마음을 샀다.

제 아들이 아무리 들이대도 당신이 허락하지 않는 한 결혼은 이뤄지지 않는다는 말로 안심을 시킨 것이다. 그리고 그건 그녀의 실제 마음이기도 했다.

"부모님 인터뷰 기사 잘 봤어요."

"아."

"아직 결혼 허락한 건 아닌데 기사가 그렇게 나갔더라고요. 그래서 요 근래 수많은 전화를 받았어요."

"죄송합니다. 그런데 제가 드린 말씀은 진심입니다. 어머니의 허락 없이는 결혼하지 않을 겁니다. 헤어지진 못하지만요."

　만약 어머니와 재신 중에 택해야 한다면 결국 그녀도 재신이었다. 결혼 승낙을 기다려 줄 순 있지만 헤어질 순 없다.

"허락은 하기로 했어요."

"네?"

"민지 씨가 나를 좀 도와준다면."

　민지는 고개를 갸웃했다. 결혼을 허락하기로 했다는 말인가? 그녀로서는 공을 들이긴 했지만 그렇다고 결혼 허락을 이리 쉽게 받을 줄은 몰랐다. 당황한 그녀의 눈빛이 흔들렸다.

"내 아들 혼 좀 내 주고 싶은데."

"재신 씨를요?"

"정말로 제 엄마를 안 보러 오니까 괘씸하네요. 그래도 이때껏 좋았던 순간이 얼마나 많은데 배신감이 커요."

"제가 어떻게 하면 될까요?"

　민지의 질문에 재신의 어머니는 눈을 반짝였다. 어머니는 오히려 그녀에게 부탁을 하고 있었다. 별로 어렵지 않은 일이었다.

"허락해 주셔서 감사드려요. 어머니."

"민지 씨가 마음에 들어선 아니에요. 내 아들 평생 못 보고 살까 봐 걱정돼서 허락하는 거지."

"그래도요. 감사드려요."

그의 어머니의 허락에 담긴 의미는 자신의 어머니가 했던 거짓말도 모른 척 넘어가 준다는 말이 포함되었다. 두 분 다 과거에 자리가 어땠든 사돈으로 맺어지면 서로 예의를 지켜 줄 거란 뜻이기도 했다. 그래서 그녀는 어머니께 감사했다.

✻ ✻ ✻

귀국하자마자 재신은 민지에게 전화 한 통을 받았다. 이렇게 연애만 계속하고 살 거냐고. 어머니 허락 받아 오라고.

자신의 부모님께 허락을 받은 것처럼 이번에도 받아 오면 결혼하겠다고, 자신은 그의 어머니 허락이 없다면 정말로 결혼 생각도 없고, 우리 그럼 계속 이렇게 연애만 하고 사는 거냐며 그녀가 물었다.

그래서 그는 오피스텔로 가는 대신 본가로 갔다.

그가 집 안에 들어오자 먼저 나온 가사도우미가 그의 캐리어를 들었다. 재신이 안으로 들어가자 평소라면 뛰어 나왔을 어머니가 보이지 않았다.

"어머니는요?"

"위층에서 꽃꽂이 수업 듣고 계세요."

"아. 언제 끝납니까?"

"한 30분 남았습니다."

그래, 어딘가 이상하다.

그가 오는 걸 알았다면 꼿꼿이 수업이든 뭐든 중단한 채 내려오셨을 텐데. 수업은 내일 다시 해도 되고, 그다음에 다시 약속을 잡아도 될 테니까. 그런데 이번엔 30분 동안 모든 수업을 다 듣고 선생님과 함께 내려오셨다.

"그럼 다음 주에 또 봬요."

"네, 사모님. 손재주가 좋으셔서 금방 느실 거 같아요."

"선생님이 잘 가르쳐 주셨죠. 선영 씨, 선생님 배웅 부탁해요."

옆에 서 있던 도우미에게 선생님을 집 밖까지 배웅해 달란 부탁을 하고 어머니는 응접실로 와 의자에 앉았다. 재신도 따라 들어와 가까운 자리에 앉았다.

"어머니."

"내가 네 어머니이긴 하니?"

"그건 변함없는 사실이죠."

그를 낳아 준 어머니라는 사실은 그녀가 무슨 짓을 하더라도 변하지 않는 진실이었다.

"여기는 왜 왔어? 네 엄마 아프다고 해도 꿈쩍도 않더니."

"꾀병이셨잖아요."

"반은 정말 아팠다."

어머니의 말에 재신은 미간을 좁혔다. 최 박사님으로부터 어머니의 상태를 온전히 다 전달받고 있었던 터라 반은 아팠다는 말을 믿을 순 없었다.

"마음이 아팠다는 거야. 꼭 몸이 아파야 아픈 거니?"

"아, 네. 마음요."

그는 앞에 놓인 찻잔을 들고 차를 마셨다. 잘 우려낸 차는 응접실 안을 따뜻하게 데웠다.

"어머니, 결혼 허락해 주세요."

"내가 왜? 나 아니어도 둘이 알아서 할 거 아니니?"

"아뇨. 어머니 허락이 필요해요."

재신의 말에 어머니의 얼굴이 묘하게 변했다. 입꼬리를 올리며 웃는 모습에 그는 팔뚝에 소름이 돋았다.

"죄송해요."

"……."

"어머니 혼자 속 끓이게 해서요. 혼자 견디는 거 정말 쥐약인 분인 걸 알면서 모른 척했어요."

"……."

"근데 결혼 전에 제가 입장 정리를 정확히 하지 않으면 결혼 후에도 서로가 힘들 거 같더라고요. 서운해하실 거 알면서 더 모질게 굴었어요."

재신은 덤덤하게 말을 이어 갔다. 어머니의 잘못을 덮어 주고 감싸 줄 수도 있었다. 그러니 아들 한 번 봐서 제발 그러지 말아 달라 회유를 할 수도 있었고 말이다.

민지의 부모님을 찾아가 사죄를 할 때 어머니께도 그럴 수 있었다. 제발 봐 달라고 말이다. 그런데 그는 그러지 않았다.

그 이유는 이때가 아니면 어머니께서 자신이 결혼을 하면 다른 여자의 아내가 된다는 것에 실감을 하지 못할 거 같아서였다.

그가 중간에서 이러지도 저러지도 못하면 결국 상처받는 건 어머니와 아내가 될 민지였다. 그는 사랑하는 사람이 상처받는 건 원치 않았다.

"결혼해서도 저는 어머니의 아들이 맞아요."

"누가 뭐라니."

"근데 또 사랑하는 아내의 남편이기도 하죠. 저 믿고 저한테 시집오는 여잔데, 제가 책임져야죠. 그래야 하는 겁니다."

"요새 시대가 어느 땐데. 네가 장가를 가는 거지, 그 애가 시집오는 게 아니야. 왜 네가 책임을 져."

"지유 보낼 때 생각 안 나세요?"

입양해서 키우긴 했지만 당신의 두 손으로 키웠던 딸이라 시집갈 때 펑펑 우셨다. 도형에게 어떤 상황에서도 제 딸아이의 편이 되어 달라고 그 말씀을 강조하시더니, 반대의 상황이 오니 이제 말이 바뀌신다.

"지, 지유는 지유고."

"그 집에서 민지도 지유 못지않게 사랑받고 컸어요."

"너도 내 사랑으로 컸다!"

"인정합니다. 그러니까 넓은 사랑으로 민지도, 저도 다 받아 주세요."

재신의 회유에 어머니가 움찔했다. 그러나 독하게 마음을 먹은 모양인지 찻잔을 내려놓고 일어나셨다.

"내 눈에 흙이 들어가도 안 돼!"

결국 항복하게 될 거면서 고집을 부리신다. 재신은 생각했다. 어쩌면 어머니는 자신이 매번 이렇게 찾아와 설득하고 어머니에게 매달리는 모습을 더 보고 싶은 게 아닐까 하고. 그렇다면 민지를 얻기 위해서라면 못할 것도 없었다.

뜨겁게 불타오르는 연인은 서로를 만나자마자 입술부터 부딪쳤다. 밥은 생략하고 그의 오피스텔로 간 민지는 거실 소파에 눕혀진 채 그의 키스를 받아 냈다.

그가 살결을 집요하게 빨았다. 격한 숨을 몰아쉬자 그는 그 숨결까지 앗아 버렸다. 폭풍처럼 닥친 키스. 밀려 들어온 혀가 구석구석을 핥고 지나갔다.

그녀는 그의 목을 두 팔로, 허리를 두 다리로 감으며 그에게 매달렸다. 키스만으로도 헐떡이는 그녀의 입술을 놓아주고 그는 턱을 빨았다.

그는 상위에 있는 포식자 같은 모습으로 윗옷을 벗었다. 보기 좋은 근육이 눈앞에 드러났다. 이 남자를 보면 섹시하다는 생각이 먼저 든다. 그건 비단 그녀뿐만이 아니었다. 타이트하게 딱 올라붙은 근육들이 생동감 넘쳤다.

슈트 바지마저 그가 움직일 때마다 달라붙어 근육의 형태를 적나라하게 보여 주었다. 그러니 더 섹시해 보이는 거 같았다.

"재신 씨, 너무 급해⋯⋯."

그녀의 말에도 그는 아랑곳하지 않고 안쪽으로 손을 집어넣었다. 그녀의 귓불을 빨면서 허벅지 안을 타고 와 천 위를 만졌다.

"많이 참았어. 오늘은 이대로 못 자. 다 받아 내."

헤어졌던 시간만큼이나 그는 맹수처럼 그녀를 덮쳐 왔다. 입술이 벌어지자 그가 그녀의 윗입술을 빨았다. 다정하지만 금세 날것처럼 그녀를 압박해 왔다.

허벅지 안쪽에서 몽글몽글한 감각이 피어났다. 인내심이 끊긴 그가 그녀의 손가락을 얽었다. 아직 다 벗지도 않은 상태로 그는 급하게 바지 버클을 풀었다.

그리고는 거추장스럽다는 듯 손목의 시계를 풀었다. 금속성의 소리가 연속해서 딸깍하며 그녀의 귓가를 간지럽혔다. 저것들이 다 벗겨지고 나면 일어날 일을 알기에 그녀는 숨이 턱 막혔다.

"하고 싶어 죽는 줄 알았어."

"변태."

"너도 좋잖아. 벌써 몸은 다른 말을 하는데 말이야."

그는 치마를 남겨 둔 채 안쪽의 거추장스러운 것들은 제거했다. 그녀는 그의 가슴에 손을 댔다. 터질 듯이 움직이는 그의 심장이 손안에서 느껴진다.

"그만 만지지?"

"왜요?"

"나 오늘 자제 못 한다니까. 죽으라는 것도 아니고."

안 본 새 그는 정말 몸이 달았던 모양이다. 헤어졌다가 다시 붙은 다음 감정적 교류를 하느라 이렇게 몸을 부딪칠 시간이 없었다.

그래, 둘 다 일이 바쁘기도 했다. 헤어지기 싫어서 손을 꼭 잡고 있는 것만 해도 어느 정도 그녀에게 마음의 풍요를 갖다주었으니까.

그런데 그의 손이 뱀처럼 몸을 지나다니자 그녀도 인정하지 않을 수가 없었다.

자신의 몸은 그에게 지배당해 그를 기다리고 있었다는 걸.

"아…….."

벌린 몸 안으로 그가 자신을 맞췄다. 그는 그녀를 애태웠다. 아까 안달 나 있던 그가 지금은 그녀를 협박하고 있었다. 사탕을 줄까, 말까 하는 표정으로.

"왜, 왜 이래요? ……읏."

몸 안에선 벌써 그를 기다리며 단내를 풍기고 있는데 그는 일부러 참으며 손을 치마 속으로 넣었다.

"치마 젖어도 돼?"

"사 줄 거예요?"

"그럼. 소파 시트도 사야겠군. 이 정도면."

그는 씩 웃으며 손가락을 입안에 넣어 쏙 빨았다. 이 남자가 오늘따라 왜 이래. 그러나 그녀는 좋아서 두 다리로 허리를 감싸 그를 당겼다. 짤깍. 그의 벨트 버클이 쓸리며 소리가 났다. 그는 아예 벨트를 풀어 바닥으로 던졌다.

"아."

그는 두 손으로 무게를 지탱했다. 민지의 양옆에 바위처럼 선 그의 팔뚝엔 힘줄이 섰다.

"흐윽…… 아."

힘껏 들이치는 그가 힘겨워 그녀는 숨을 몰아쉬었다. 괜히 건드린 건가. 세상이 울리는 것만 같았다. 소리를 지르는 그녀가 그의 목에 매달렸다.

목 끝까지 그가 차오르는 거 같아서 숨이 턱턱 막혔다. 그녀는 쾌락을 참지 못해 몸을 뒤틀며 발을 그의 단단한 허벅지에 댔다. 그러자 그는 발목을 잡아 위로 들어 올렸다.

"오빠. 아아…… 오빠!"

"사랑해. 민지야."

"……읏."

그는 그녀의 몸에 올라탄 상태에서 내려왔다. 발목을 잡아
든 그가 그대로 고개를 숙였다. 그 이후엔 어떤 생각도 나지 않
았다.

그가 어떤 말을 속삭였는지, 사랑한다고 몇 번을 했던 거 같
은데. 눈앞이 하얗게 부서지고 계속 둥둥 어딘가 떠다니는 거
같았다.

그래도 마지막 말은 생각이 났다.

"이제 결혼 날짜 잡자. ……사랑해."

❋   ❋   ❋

그의 품에 기절해서 까무룩 잠이 들었다 깼다. 그사이 재신
은 건물에 위치한 음식점에 가서 음식을 포장해 왔다. 그녀는
그의 집에 있는 그녀의 옷가지 중 아무거나 하나를 걸치고 식
탁 의자에 앉았다.

"언제 사 왔어요?"

"10분 전."

"내가 기가 막힌 타이밍에 일어났네요."

"응. 안 그랬으면 깨우러 갔을 거야. 식겠다. 먹어."

그는 밥과 반찬의 포장을 뜯었다. 아직 따뜻한 국도 그 옆에
뒀다. 이렇게 포장 용기들을 가운데 두고 밥을 먹고 있으니 이
상했다.

"근데 아까 결혼 날짜 잡자고 했잖아요. 어머니께서……."

"허락하셨어."

"정말요? 어떻게요?"

"2주 동안 매일 드나들었지."

"아하."

민지는 키득거리며 웃었다. 딱 한 달만 아들 고생시키겠다고 하시더니 고작 2주 만에 허락을 하다니.

"내가 찾아가서 그러는 게 좋으셨나 봐. 그래서 일부러 더 해 드렸지."

"눈치챈 거예요?"

"뭘를?"

"아니. 일부러 해 드렸다길래."

"아……. 내가 결혼시켜 달라고 조를 때마다 어머니 표정이 변하더군. 아직 어머니 기억 속엔 내가 애인가 봐. 그런 게 좋으신 거 보면."

순간 자신과 어머니 사이에 있었던 일을 알았을까 봐 그녀는 심장을 졸였다. 어머니께서 철저하게 비밀로 해 달라고 했던 일이었다.

"그런데 안 놀라?"

"네?"

"이미 알고 있던 사람처럼 안 놀라네. 좋아하지도 않고."

"와아! 너무 좋죠. 내가 얼마나 기다리던 일인데."

난 이미 알았던 일인데.

그 전에 어머니에게서 한 달 동안 재신이 속 좀 태운 다음에 상견례 잡자고 확답을 받았다. 그때부터 마음이 편안해져서 그런지 그의 말에 반응을 해야 한다는 걸 잊었다.

"좋아하는 거 맞아? 진심이 안 느껴져."

"당연히 좋죠. 사랑하는 오빠랑 결혼하는 건데."

"나도. 사랑해."

상견례를 하고 결혼 준비를 하려면 한동안 되게 바쁘겠다. 재신과 시간을 맞추는 것만 해도 바쁜데. 그냥 웨딩플래너 쓸까? 남이 다 알아서 해 주고 웨딩드레스만 자신이 고르면 될 거 같은데.

밥을 먹는 동안 생각이 많아진 민지가 먹는 속도가 느려졌다.

"왜?"

"결혼 절차가 되게 머리 아픈 거 같아서요."

"웨딩플래너 쓸까?"

"어, 나도 그 생각 하고 있었는데."

"그중 네가 하고 싶은 것만 해. 나머진 다 사람 쓰자."

"스몰 웨딩?"

"날 봐서 그건 참아 주라."

재신은 스몰 웨딩을 하고 싶지만 그래도 재벌가에 속한 자신의 위치와 한 회사를 경영하고 있는 대표로서의 지위를 고려해 달라고 부탁했다.

번거로운 건 딱 질색이지만 연예인도 아닌 자신이 스몰 웨딩이랍시고 그냥 지나가면 가족이든 다른 누구든 오해를 하기 마련이라고.

제 여자를 보여 주기에 거리낄 게 없으니 결혼식은 제대로 하고 싶다고 그가 의견을 제시했고, 그녀는 동의했다.

그 외엔 정말로 그녀가 원하는 대로 모든 것에 다 따르기로 했다.

"그럼 식 순서도 막 바꿔도 돼요? 중간에 오빠가 아이돌 댄스를 춘다거나."

"뭐?"

"노래도 하고. 기획사 운영하는 대표님은 얼마나 실력 있는지 궁금한데. 당신의 점수는요."

"이민지."

그가 그녀의 머리에 꿀밤을 탁 때렸다. 밥을 다 먹을 동안 두 사람은 오순도순 이야기를 이어 갔다.

재신의 눈은 같이 있는 동안 민지에게서 떨어질 줄을 몰랐다. 사랑을 가득 담은 그의 얼굴엔 꿀이 떨어지고 있었다.

✻　✻　✻

한 달 뒤 친지들을 초대할 때 쓰일 청첩장 샘플이 나왔다.

같은 날 각자 회사에서 샘플을 받은 두 사람은 감회가 남달랐다. 드디어 결혼을 하는구나. 맞선으로 만나 결혼까지 골인한 커플이 얼마나 될까? 사실 따져 보면 확률이 현저히 적을 것이다.

아니 연애를 하다가 결혼을 하는 커플도 마찬가지다.

인연이 되어 평생을 함께한다는 건 어려운 일이었다. 서로 결혼하고 싶은 시기가 맞아야 하고, 서로에 대한 확신이 있어야 하고, 또 서로의 부모님께 동의도 구해야 한다.

그 모든 일을 두 사람은 다 해낸 것이다. 그래서 청첩장 샘플을 받은 감회가 남달랐다.

「유재신 이민지의 결혼에 초대합니다.

신랑 유재신
신부 이민지

평생 같이하고 싶은 사람이 생겼습니다. 서로 아껴 주고 이해하
며 사랑을 베풀며 살고 싶습니다. 그 약속의 자리에 함께하셔서 축
복해 주시면 감사하겠습니다.」

평생 함께할 그 약속.
종이에 쓰인 글씨를 만지는 두 사람의 얼굴엔 미소가 번져
있었다. 서로 아껴 주고 이해하며 사랑을 베풀며 평생 살아가
는 것. 그게 결혼이었다.

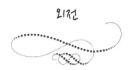

외전

　퇴근을 한 민지는 신랑이 근무하는 샤인 프로덕션으로 갔다.
결혼을 한 이후 되도록 퇴근을 같이 하다 보니 주로 그녀가 재
신의 회사로 오는 경우가 많았다. 그녀보다는 재신이 야근이
더 잦았기에.
　"민지 씨, 오늘도 보네요."
　"태훈 씨, 오늘도 계시네요."
　민지는 재신의 친구인 태훈과 인사를 나누었다. 이곳에 와서
연예인들을 자주 보다 보니 제법 익숙해진 거 같다. 전에는 보
는 사람마다 눈을 휘둥그레 뜨고 감탄사를 연발했는데 이제는
간단한 묵례로 인사를 대신하기도 한다.
　"게임 한 판 어때요? 오늘 애들 다 왔는데."
　"저야 좋죠. 신랑님께서는 아직 회의 중이라고 하니, 게임방
으로 갑시다!"

"이쪽으로 오시죠. 전투요정 님."

민지는 가벼운 발걸음으로 게임방에 들어갔다.

처음엔 태훈 혼자 게임 컨텐츠 방송을 담당했는데 연예인들이 각각 동영상 제작에 관심이 생기면서 컨텐츠가 많이 늘었다.

뷰티 방송, 개그 방송, 게임 방송 등. 그래서 사내에 각각 컨셉에 맞는 개인 방송실이 여러 개 만들어졌다.

재신의 건물인 이곳 아래층 원룸도 각각 개인 방송실로 바뀌고 있었다. 한두 명씩 유명 크리에이터가 이사 오더니 지금은 꽤 많은 사람이 모였다.

개인 방송을 잘 할 수 있도록 재신은 그들에게 전폭적인 지원을 해 주며, 결국엔 그들조차 재신의 회사 식구가 되도록 만들었다.

무료로 제공되는 많은 서비스들은 결국 무료가 아닌 셈이다.

그는 그걸 잘 아는 남자였다.

[전투요정 님이 입장하셨습니다.]

리얼 총 게임은 예전만 못하지만 여전히 핫한 게임이었다. 국내 경기뿐만 아니라 세계적인 경기에서도 한국 팀이 압승을 거두는 걸 실시간 생방송으로 볼 때면 가슴에 전율이 인다.

저 어린 친구들이 타지에서 고생하며 승리하는 모습이 가끔은 그녀의 눈시울을 적실 때도 있었다.

[전투요정님이다 꺄]

[누나, 오랜만이에요. 보고 싶었어요!]

채팅방에는 그녀를 반기는 사람들로 가득했다. 민지는 웃음이 나서 손으로 입을 가리며 키득 웃었다. 헤드셋을 끼는데 태훈이 그녀를 보고 엄지를 위로 올리며 응원해 주었다.

일을 하느라, 연애를 하느라, 결혼하고 재신과 지내느라 민지는 최근 게임을 하지 못했다. 손가락을 풀 겸 손깍지를 껴서 손목을 돌리는데 뚜둑거리며 소리가 났다.

"민지 씨, 살살 해요. 나 무서워."

"종우 씨, 안녕하세요."

"즐겜! 빡겜합시다."

게임이 시작되자마자 민지는 무서운 속도로 집중하기 시작했다. 눈과 손의 협응력이 이렇게 좋은 사람이었던가.

몇 판을 해야 손이 풀릴 줄 알았는데 마우스를 잡자마자 손이 풀렸다. 미친 속도로 킬을 해 버리는 그녀는 여신이었다.

헤드셋에선 같은 팀 사람들의 목소리가 들렸고, 민지도 말을 이어 갔다.

– 너무 느려요.

– 거점에 시그마 있어요.

– 시그마 잡을래?

– 잠깐 잠깐! 거점, 야.

– 건너편으로.

– 2층이 많아, 2층에.

그들만의 언어가 헤드셋 속에 가득했다. 화면에서 누가 죽고, 살고, 거점을 차지하며 치열한 전투를 펼쳤다. 등줄기에 땀이 배고 얼굴에도 열이 올랐다.

그때쯤 얼굴에 시원한 바람이 일었다.

"민지야."

"어, 왜? 나중에. 나중에."

그녀는 건성으로 대답하며 마우스를 타닥타닥 눌렀다. 그러자 이번엔 그녀의 등 뒤로 손길이 느껴졌다.

와락 허리를 안는 손길과 동시에 의자가 밀렸다.

"안 돼!"

민지의 엉덩이 뒤로 의자가 빠져나가는데도 그녀의 몸은 의자에 앉은 것처럼 책상 앞에 딱 붙어 남아 있었다. 투명 의자를 한 채 이번 판이 끝나기 전엔 자리에 뜨지 않겠다는 의지를 보여 주었다.

그러다가 문득 누가 이렇게 매너가 없나 싶어 옆을 보자 재신이 뽀로통한 표정을 짓고 있었다.

민지는 아차 싶었지만 마지막 남은 모든 기를 끌어다가 게임 속 한 명을 더 자른 다음 재신을 보았다. 헤드셋을 벗는 그녀의 머리카락이 땀에 젖어 있었다.

"재신 씨, 회의 끝났어요?"

"응. 10분 전부터 여기 있었어."

"어쩐지 기분이 되게 좋더라니. 옆에 재신 씨가 있었네요."

민지는 재신의 팔에 팔짱을 끼며 머리를 기댔다. 그러자 그가 검지로 그녀의 머리를 장난치듯 밀어내며 눈썹을 찌푸렸다.

"나 있는지 몰랐던 거 같은데."

"어우. 알았지. 근데 게임을 중간에 끊을 순 없었죠. 그랬으면 여기 있는 재신 씨 친구분들께서 엄청 화냈을걸요?"

"감히 내 회사에서 너한테 화를? 누가?"

그의 말을 듣고 보니 그것도 그랬다.

"이 방을 없애야겠어."

"안 돼요!"

"야. 유재신."

"유 대표 너……."

민지, 종우, 태훈이 동시에 말을 했다. 그 옆에 있던 배우 두 명은 말도 못 하고 억울한 표정을 지으며 그를 보고 있었다.

"윤, 창 너희 두 명은 왜 연기 연습은 안 하고 여기 와 있어?"

"대표님, 저희도 태훈 선배님 채널에서 중요한 패널……."

"패널 같은 소리 하고 있네. 빨리 안 나가?"

"갑니다."

두 명은 고개 숙여 인사하고 쏜살같이 방을 나갔다. 다른 이들도 슬그머니 방에서 나갔고, 종우와 태훈, 민지만 재신 앞에 제물로 바쳐졌다.

"지금 게임 방송할 시간 아닌데?"

"연습을 해야지. 이것도 스포츠야. 스포츠."

"재리는 연습 안 해도 잘만 하더만."

"걘 빼야지! 프로게이머랑 우리랑 같냐? 그리고 재리도 연습 엄청 해."

"걔가 연습할 시간이 어디 있어? 학교에 틀어박혀 있는 앤데."

의대생인 재리를 1년간 구워삶아 결국 샤인 프로덕션으로 데려왔다. 게임 스포츠 스타면서 막강한 크리에이터인 재리는 가만히 있어도 돈을 쓸어 담고 있었다. 인기가 많아지는 건 정말 순식간에 일어나는 일 같았다. 그 인기에 비례하여 회사의 가치도 상승한다.

"재신 씨, 우리 얼른 집에 가요."

"응."

"얼른요."

민지는 그의 팔을 잡아당겼다. 옆에 온 그를 투명 인간 취급한 자신 때문에 벌어진 일인 것 같아 그녀는 질질 끌듯이 그를 데리고 나왔다.

주차장으로 간 두 사람은 차에 올라탔다. 운전석에 앉은 재신은 민지가 안전벨트를 매자마자 차를 출발했다.

"화났어요?"

"아니. 안 났어. 내가 아까 실실 웃었으면 게임 한 판만, 한 판만 그랬을 녀석들이라."

"난 또 화난 줄 알았잖아요!"

"겨우 그런 거로 화나게? 까딱하다가 집 못 가게 생겼는데 어떡해? 화라도 내야지."

"그게 마지막 판이었어요. 일어나려고 했다고요."

"의자를 빼도 앉아 있던 네 모습은 압권이었어. 의지가 대단해."

재신의 말에 민지의 볼이 붉어졌다. 넘어지지 않으려고 두 다리에 힘을 보태서 벌 받는 사람처럼 투명 의자를 하고 있던 자신이 부끄러워졌다.

"너무 오랜만에 했더니 나도 모르게 멈추질 못하겠더라고요."

"그래도 나 기다리는 동안 심심할까 봐 걱정했는데, 잘했어."

"잘했다고요?"

"응. 회의가 자꾸 길어져서 미안했거든."

"에이. 그러지 말아요. 너무 늦어진다 싶으면 내가 알아서 집에 갔겠지."

이렇게 퇴근길에 같이 차를 타고 집으로 가는 동안 나누는 대화가 좋다. 이렇게 바로 옆에 있는데도 아직까지 결혼했다는 사실이 믿기지 않는다.

언제쯤 이 사람과 결혼했다는 사실이 익숙해질까.

물끄러미 그를 보고 있자 새삼 웃음이 나왔다. 잘생긴 내 남자. 일도 사랑도 뭐든 열심인 사람.

"왜 그렇게 봐?"

"결혼식하고 신혼여행 다녀와서는 정말 결혼한 거 같고 신기했는데, 오늘은 또 연애하는 기분이 나요. 우리 결혼한 거 맞죠?"

"응. 맞아."

"실감이 안 나요."

이 남자가 내 남자라는 게 문득 이상하게 느껴질 때가 있다. 옆에 붙어 있다가도 낯선 사람처럼 느껴질 때도 있고.

"우리 집으로 가면 실감 날 거야. 내리자."

재신은 차 시동을 끄며 동시에 말했다. 차에서 내린 두 사람은 서로 한 몸인 것처럼 꼭 붙은 채로 집으로 올라갔다.

그의 말대로 하루의 끝이 같은 곳이라 결혼에 대한 실감이 절로 났다.

✳ ✳ ✳

다음 날 민지는 한영을 만났다. 한영의 아들인 태웅이 샤인 프로덕션에서 제작하는 영화에 잠깐 카메오로 출연했다가 거의 스타급이 되었다.

어린아이치고 떡잎부터 남다른 외모를 가진 태웅은 웃고, 울고, 찡그리고, 삐진 표정이 모두 걸작이 되었다.

한영은 요새 아들 사진을 SNS에 올리는 게 하루 일과였다.

A방송국에서는 태웅에게 출연을 제의했다. 아이가 보는 아동용 채널인데 고정으로 주마다 촬영을 해야 하는 거였다.

혼자 가기 떨린다며 한영은 민지에게 같이 가 달라고 부탁했다.

"태웅 아빠는 무조건 싫다고 하는데, 난 그래도 들어 봐야겠어."

"아니면 우리 남편한테 맡길래?"

"재신 씨?"

"응. 전문가잖아."

"아니야. 내 아들 일인데 내가 먼저 듣고 판단해야지. 나 오늘 옷차림 과하지 않지?"

민지는 그제야 한영의 옷차림을 쭉 보았다. 어렸을 때부터 한영을 보고 자란 이래 오늘이 제일 청초하고 우아했다. 결혼식 날보다 더 신경 쓴 티가 팍팍 난다. 그런 친구의 모습에 민지는 오히려 웃음이 나왔다.

"웃겨? 머리에 뽕 너무 많이 넣었어?"

"아니, 아니. 예뻐. 학부모 같아."

"옷 갈아입고 올까?"

소심하게 묻는 친구에게 민지는 고개를 저으며 택시를 잡았다.

방송국 앞까지 가는데도 한영은 남편과 메신저로 계속 연락을 주고받는다.

　"이게 뭔데 이렇게 떨리지? 나 아이 낳고는 떨어 본 적 없는데."

　"정말?"

　"응. 무서울 게 없거든. 나중에 너도 알게 될 거야. 오히려 내 일보다 내 자식 일에 더 파르르 떨리고 무섭다니까. 내 말 한마디와 내 결정이 아들의 미래에 영향을 미치니까. 그게 얼마나 두려운데."

　"아직은 잘 모르겠다. 네 말대로, 난 내 앞가림도 파르르 떨면서 하거든."

　예컨대 보고서를 들고 팀장님께 가는 순간에도.

　거래처 직원들과 미팅을 하는 순간에도.

　실수하지 않기 위해 항상 긴장하고 있는 상태였다.

　방송국이 보이자 한영은 민지의 손을 덥석 잡았다. 택시가 멈춰 서고 문이 열리자 그 앞엔 예상치도 못한 인물이 서 있다.

　혼자 들어가기 무서워하던 한영은 남편을 보자마자 와락 안았다. 공항에서 바로 왔는지 준호의 한 손엔 여행용 캐리어가 들려 있었다.

　사랑이 식었니 뭐니 해도 한달음에 달려오는 걸 보면 그런 건 아닌 거 같다. 그저 한영의 투정이지 않았을까 하는 기분이 들었다.

　"준호 씨, 안녕하세요."

"네. 민지 씨. 오랜만이에요."

"어떻게 왔어?"

"택시 타고 왔지."

"하루 더 있어야 한다더니."

"같이 가 달라며. PD 몇 시에 만나기로 했어?"

한영은 코를 훌쩍이며 몇 시에 어디서 만나기로 했는지 준호에게 보고했다. 방금 전만 해도 태웅의 엄마로 한참 어른인 거 같더니 준호 옆에 서니 사랑받는 여자일 뿐이다.

가장 친한 친구인 한영은 그녀에게 롤모델과 같았다. 아이를 낳고도, 서로의 삶이 바빠져도 저렇게 좋아하는 걸 보니 괜히 뿌듯하고 부럽고 좋아 보였다.

"민지야. 너도 온 김에 같이 가자."

"아니야. 됐어. 준호 씨 왔으니까 난 갈래."

"그럼 내가 너무 미안하잖아."

"내가 너랑 준호 씨 사이에 있는 게 더 불편하거든? 오랜만에 둘만 있는 김에 데이트도 좀 하고. 맛있는 것도 먹고 그래."

"민지 씨, 다음에 제가 제대로 밥 사겠습니다."

민지는 고개를 주억거렸다. 손목시계를 본 민지가 얼른 들어가 보라며 한영을 밀었다. 자신과 가는 것보다 준호와 가는 게 훨씬 마음이 놓일 거다.

두 사람이 방송국 안으로 들어가는 걸 본 후 민지는 재신에게 연락을 하였다.

[데리러 갈게. 30분만 어디 카페에 들어가 있어.]

그리 멀지 않은 곳에 그가 있었다.

재신은 매번 미팅 일정을 공유하기 번거롭다며 아예 그의 스케줄러를 그녀에게 공유해 주었다. 그래서 핸드폰 어플을 들어가면 언제든지 그가 어디서 몇 시에 누구와 미팅을 하는지 그녀도 알 수 있었다.

이렇게까지 안 해도 된다고 했지만, 그는 어딘지 찜찜하다 했다. 어려서부터 어머니께서 어디서, 몇 시에 누구랑 만나는지, 무슨 일이 있었는지까지 보고를 받으셔서 그게 참 싫었는데 안 하려니 이상하다는 거다. 그렇다고 그때처럼 보고를 하는 건 죽어도 싫고.

커 온 환경이 중요하다더니 재신을 보면서 느꼈다.

굳이 그녀가 스케줄러를 보지 않더라도 재신은 그렇게 하는게 본인 마음이 편한 거였다.

가끔 퇴근할 땐 그의 스케줄러를 확인하고 같이 퇴근을 한다든가 지금처럼 외부에 나와 있을 때 만나기에 좋긴 했다.

방송국과 조금 떨어진 개인 커피숍으로 가려던 그녀는 같은 건물로 들어가는 익숙한 뒷모습을 보았다.

"언……."

'언니!'라고 부르려고 했는데, 빠르게 건물 안으로 들어가서 얼굴도 제대로 못 봤다.

중학교 선배 맞는 거 같은데.

동네 주민이며 같은 아픔을 공유한 선배여서 얼굴을 똑똑히 기억하고 있었다.

그냥 갈까. 아니면 위에 올라가서 알은척을 할까.

민지는 잠시 고민했다.

나이를 먹고부터 아는 사람을 만나도 모른 척 지나가기 일쑤인데, 왠지 막상 그러고 나면 뒤에서 생각이 났다. 그때 알은척해 볼걸. 기억 못 한다고 하면 좀 어때. 민망한 상황도 다 지나가기 마련인데.

민지는 커피숍이 있는 건물 2층을 보았다. 3층 건물인 이곳은 3층엔 태권도장과 피아노 학원이 있으니, 왠지 2층에 있을 거 같은 확신이 들었다.

2층은 영화 제작사였다. 영은 언니가 영화 쪽에 있었나? 영은 언니랑 다시 연락됐다고 하면 엄마도 엄청 좋아할 텐데. 그때 부랴부랴 도망가듯이 이사 가느라 영은 언니의 어머니와도 연락이 뚝 끊겨서 한동안 속상해하셨다.

그녀는 계단을 올라가 2층으로 갔다.

똑똑, 문을 두드리자 안에서는 청바지에 티셔츠를 입은 직원 한 명이 나왔다.

"아…… 저기."

뭐라고 해야 하지? 영은 언니 보셨냐고 해야 하나?

"누구 찾아오셨어요?"

"그게, 제가 우연히 아는 분을 만났는데 여기로 들어가신 거 같아서요."

"안 사요."

"네?"

"껌이든 뭐든 안 사요. 돌아가세요."

나 지금 잡상인 취급당한 거야?

민지의 눈썹이 삐죽 솟았다.

"저 영은 언니 따라온 거거든요!"

"이영은 PD님이요? 잠시만요. 이쪽으로 오세요."

민지는 어깨를 활짝 펴고 안으로 들어갔다.

"PD님은 오른쪽 회의실에 계세요."

"혹시 회의 중이시면, 끝나면 얘기 나눠도 됩니다."

"아니에요. 아직 회의 전이에요. 잠시만요."

나 너무 민폐 캐릭터인 거 같은데.

민지는 머리를 긁적거렸다. 그런데 이미 엎질러진 지금 그냥 돌아가기엔 아쉬웠다.

직원이 문을 두드리자 문이 열렸다. 그 틈으로 영은 언니의 얼굴이 보였다. 보자마자 눈시울이 붉어졌다. 어려서부터 엄마들이 친해서 영은 언니 집에서 자주 놀았던 터라 너무 반가웠다.

민지는 직원을 밀치고 그 앞에 가서 섰다.

"언니!"

"민지? 너 민지야? 너 여기 어떻게 왔어? 차선 씨, 나 잠시만."

직원에게 안에 정리를 해 달라는 눈짓을 하고 영은은 회의실 밖으로 나왔다. 민지와 영은은 손을 붙잡고 아이처럼 그 자리에서 동동 뛰었다.

"아줌마는 잘 계셔?"

"그럼. 언니 부모님도 다 잘 계시지?"

"응. 안 그래도 우리 엄마가 너희 엄마 생각 많이 난다고 그랬는데. 알지? 예전에 목욕탕에서 우리 엄마도 매점에서 일했잖아."

"응."

두 분은 목욕탕에서 한 분은 목욕관리사, 한 분은 매점 아르바이트를 하며 친해졌다.

"진짜 반갑다. 왜 나 울컥하지?"

"언니, 나도. 아까 언니 얼굴 보는데 그렇더라니까."

오다가다 목욕탕 앞에서 마주치면 영은 언니는 그게 부끄러워서 새침하게 그녀를 대하곤 했다. 그러나 민지는 그런 언니에게 다가가 조잘거리기도 하고, 중학교 3학년 전교 1등인 언니에게 이것저것 혼자 공부하는 법에 대해 묻기도 했었다.

덕분에 그녀는 족보 아닌 족보인 언니의 노트를 하사받아서 실제로 시험을 잘 보기도 했다. 어쩜 요점 정리를 그렇게 잘하는지.

"민지야. 나 너 번호 좀."

"어. 내 번호가 영일영……,"

"내 번호는 영일영…….''

두 사람은 서로 번호를 말하다가 고개를 갸웃했다. 이렇게 번호를 부르는 상황이 왜 이상하지?

아차! 민지는 가방에서 명함 한 장을 꺼내서 언니에게 주었다. 그리고 그녀도 영은의 명함을 받았다.

A방송국 드라마국 PD 이영은

케이블 방송국인 A방송국은 시청률이 높은 드라마를 많이 보유하고 있었다. 근 5년 사이에 크게 성장하여 얼마 전엔 최고 시청률을 기록한 드라마도 A방송국에서 나왔다.

말도 안 돼! 이게 도대체 무슨 일이야. 왠지 영은 언니는 변호사가 될 거 같았는데, 방송 계통에 자리 잡고 있다니 신기하고 이상했다.

눈을 깜빡이며 영은을 신기하게 보던 민지는 세상에 안 되는 건 없다는 말을 다시 한 번 깨달았다.

"언니 진짜 멋있다. PD라니. 나 커피숍에서 누구 기다리려다가 언니 보고 바로 올라왔는데, 기억해 줘서 고마워. 이것도 놀랍지만, 오랜만에 봤는데도 금방 옛날 내가 알던 언니 같아서 신기해."

"나도. 민지야. 잠깐만."

영은은 회의실 문을 열고 안으로 들어갔다. 아직 처리해야 할 일이 있었던 모양이다. 민지는 그 옆 소파에 앉아서 차선 씨라는 사람이 준 커피 잔을 들고 한 모금씩 마셨다.

방음이 좋진 않은 모양인지 안에서 하는 말이 밖에서도 잘 들렸다.

"그러니까 이미 결정 끝난 일이에요. 그쪽이 이런다고 내가 되돌릴 수 있는 힘도 없고."

"힘 있으시잖아요. 부탁드려요."

"아, 정말 왜 이렇게 사람 불편하게 해요? 혜린 씨 나랑 친해? 나랑 잘 아는 사이야? 왜 내 일정 여기저기 따라다니면서 귀찮게 하는 건데? 다른 사람은 몰라도 혜린 씨 그쪽은 나한테 이럼 안 되지 않나?"

혜린이?

샤인 프로덕션에 와서 이미지 세탁하려다가 학교 폭력 사건이 터지면서 쥐도 새도 모르게 조용해졌던 그 혜린이?

"제가 다 잘못했어요."

"그러게 착하게 살았어야지. 불쌍해 보이면 동정이라도 해 줄 텐데, 그런 마음도 안 들어. 특히 혜린 씨한테는 더더욱."

민지는 고개를 주억거리며 맞는 말이라고 생각했다. 지금 잠시 혜린이 안쓰럽다고 느끼는 사람이 있을 순 있지만, 그녀는 아니었다.

목욕탕에서 일하는 부모님을 욕하고, 그 딸들을 얼마나 못살게 굴었던가. 아니다, 그냥 태어난 게 재수 없다며 혜린에게 맞았던 친구들도 수두룩했다.

어떤 날은 혜린보다 예쁜 머리띠를 하고 있어서, 어떤 날은 혜린이 입고 있는 치마보다 치마가 짧아서, 가지각색의 이유를 만들어 친구, 선배, 후배를 괴롭히던 아이였다.

그중 영은도 혜린에게 자주 맞았기에 더 저러는 것 같았다.

특히 영은 언니는 중3 때, 전 학년에 보는 앞에서 혜린에게 싹싹 두 손으로 빌고, 그녀의 신발을 핥아야 했다. 그때 민지는 나설 수가 없었다. 아니 누구도 나서지 않았다.

당사자는 그 상황도 힘들었겠지만 그 이후는 더 최악이었을 것이다. 그날이 평생 잊히지 않을 테니까.

"왜? 기억 안 나? 혜린 씨가 나한테 어떻게 했는지. 우리 중학교 같이 나왔잖아."

"네?"

"정말 기억 못 하나 보네. 하긴 혜린 씨가 괴롭힌 학생이 한두 명이 아니었지. 그래도 좀 섭섭한데. 나를 기억 못 하다니. 난 아직까지도 혜린 씨가 날 괴롭힌 날이 생생한데. 그래서 지금 혜린 씨 하나도 안 불쌍해요. 이러는 것도 우스워."

당시엔 하지 못했던 말들을 하는 영은 언니가 멋있었다. 그녀는 혜린과 마주했을 때, 그때 난 너 때문에 힘들었다고 말하지 못했다. 그게 아직까지 날 괴롭히고 있다고.

네가 얼마나 큰 잘못을 한 건지 아냐고.

"그럼 한 번 기회를 줄까? 내 구두 핥아 볼래? 그럼 국장님께 캐스팅 다시 한 번 더 고려해 달라고 말해 볼게요."

"……."

"왜, 못 하겠어? 나는 전교생 앞에서 했는데. 기억, 정말 안 나요?"

안의 상황이 어떤지 모르겠지만 밖에서는 무슨 일이 있나 싶어서 회의실 주변으로 직원들이 몰려왔다.

"여기 고작 직원 열 명인데. 그 앞에서 못하겠어요?"

"할게요. 하겠습니다."

그 순간 회의실 문이 열렸다.

직원들이 두 손으로 입을 막고 선 틈으로 민지도 안을 보았다. 생긴 거 하나는 기똥차게 예쁜 혜린이 언니 앞에 무릎을 꿇고 있었다.

처음 보는 모습에 민지도 놀라서 눈이 커졌다.

그녀가 기억하는 혜린은 항상 당당했다. 왜냐하면 그녀를 건들 수 있는 학생이란 지금껏 없었으니까. 그 이후엔 스타가 되었고 그녀가 뭘 하기만 해도 사랑을 받았다.

그런 그녀가 나락으로 떨어진 건 정말 순식간이었다. 그래도, 그렇다고 해도 쟤가 저기서 누군가에게 머리를 조아리고 있다는 게 그녀는 믿기지 않았다.

손등으로 눈을 비벼도 그랬다.

"저 정말 반성 많이 하고 있어요. 그때 왜 그랬는지 모르겠어요. 길 가다 우연히 들어간 카페에서, 미용실에서, 마트에서,

때로는 같이 일하는 사진사로, 아는 동료 배우의 누나로 자꾸 만나요. 피해자였던 사람들이, 자꾸자꾸 내 주변에서 만나게 돼요. 그 일이 이때까지 상처가 될 줄 몰랐어요. 나는 그냥 재미로 했던 건데…….”

“재미? 너 재미라고 했어?”

“죄송해요. 언니.”

“내가 왜 네 언니야? 너 나한테 한 번도 언니라고 한 적 없잖아. 뭐라고 했더라? 공부만 잘하는 찐따? 옆에만 가도 냄새난다며. 너 우리 엄마 일하는 마트로 가서 과자랑 돈 훔쳐 나오게 했지? 안 그러면 더 맞을 줄 알라고 협박하고. 내가 우리 엄마 일하는 곳에서 몰래 돈 훔쳐서 나오고, 우리 엄마 사장님한테 혼날 때마다 얼마나, 얼마나 괴로웠는데. 그게 다 재미였니?”

고작 재미로. 객기로. 그런 짓을.

같은 아픔을 공유한 민지는 눈가가 시큰거렸다. 두 눈에 그렁그렁 눈물이 맺혔다.

“사과받을 생각 없어. 기억도 못 하는 너한텐 더더욱. 그리고 캐스팅 건은 매니저에게 뜻 전달한 걸로 아는데, 차라리 나 말고 작가님을 설득하는 게 어때?”

“작가님…… 배우연 작가님 조카가 저랑 동창이더라고요.”

“걔도 때렸니?”

그 중학교에서 혜린이한테 안 맞아 본 애란 없는 건가.

돌아가며 친구를 왕따시키고, 친구들끼리 싸움 붙여서 지는 사람은 한 달 동안 전교생이 왕따를 시키도록 할 거라고 하기도 했다. 그럼 두 명의 친구는 서로 울면서 이기기 위해 친구에게 주먹을 날렸다.

이게 무슨 동물의 왕국도 아니고. 아니, 그냥 지옥이었다.

여자 일에 관심 없는 남학생들은 잘 몰랐겠지만, 여자 학생들 사이에선 혜린은 공포의 대상이었다.

"안타깝지만 내가 도와줄 일은 없어."

영은의 쌀쌀한 말투에 혜린은 자리에서 일어났다. 영은 언니가 오기 전부터 무릎 꿇고 기다린 건지 일어나다 말고 혜린의 다리가 비틀거렸다.

그때, 제작사 대표님이 안으로 들어왔다. 영은은 금세 표정을 바꾸고 대표님께 알은척을 하며 회의실 밖으로 나왔다. 문이 닫히며 혜린의 얼굴이 언뜻 보였다.

얼굴이 하얗게 질려 있었다.

＊　＊　＊

다음번에 정식으로 만나서 식사하기로 하고 민지는 제작사를 나왔다. 커피숍에서 잠시 재신을 기다리는 동안 생각을 정리했다.

혜린이 스타가 되어 사랑받는 걸 보며 그런 생각을 했다. 남괴롭히고 때린 애가 더 잘 사네. 누군 아직도 공부하며 취업을 위해 치열하게 달리고 있는데, 누구는 몇십 억을 동네 개 이름처럼 생각하며 빌딩을 사네 하면서 말이다.

그건 민지뿐만 아니라 혜린에게 당했던 친구들은 다 느꼈을 것이다.

그러고 보면 혜린은 정말로 과거에 잘못했던 사람들을 마주하고 있는 셈이다. 그중에는 민지 자신도 있었다. 그녀가 재신과 연애하고 결혼할 줄 생각이나 했겠는가.

영은 언니를 PD로 만나고, 피해자의 이모가 작가이고. 또 얼마나 많은 만남이 있었겠는가.

만날 때마다 하나하나씩 그녀에게 불이익을 줬을 것이다.

사람이 아무리 착해도 날 괴롭혔던 이에게 베풀 사람은 없을 테니까.

되는 일을 안 되게 할 순 없지만, 선택권이 있는 자에게 똑같은 스펙이 있을 때 다른 이를 고를 순 있었을 것이다.

"민지야."

"재신 씨, 왔어요?"

"응. 나도 한 입만."

재신은 그녀의 옆에 앉아 커피를 한 모금 마셨다.

"표정이 왜 그래?"

"나 혜린이 만났어요."

"어디서? 너한테 해코지했어?"

"아뇨. 아뇨."

민지는 아까 봤던 상황을 이야기해 주었다. 재신은 별로 놀라워하지 않으며 고개를 주억거렸다.

"안 놀라네?"

"응."

"왜 안 놀라지? 혜린이가 무릎을 꿇었다니까요."

"난 몇 번 봤어."

"정말? 어디서요?"

"샤인 나가고 그 이후에. 나는 잘 몰랐는데 예능국에서도 드라마국에서도 심지어 스타일리스트들 사이에서도 갑질 엄청 했던 모양이더라고. TV에 자기보다 다른 애 예쁘게 찍으면 전화해서 난리 치고, 화장 마음에 들게 안 되면 스텝들 2시간 벌서는 건 기본이고. 잘나갈 때 그랬대."

"와─ 진짜. 근데 왜 나한테 말 안 했어요?"

"그땐 김재훈 스타님 데려오려고 혜린 씨까지 떠맡아야 하는 상황이었으니까? 굳이 내 입으로 내 소속 배우 까내리는 것도 좀 그랬어. 지금은 괜찮아."

"누구 편이야?"

"네 편."

"그런 일 있으면 재깍재깍 말을 해 줘야죠. 속이 뻥 뚫리네. 10년 묵은 체증이 가라앉는 거 같아요."

못된 년.

그 오랜 시간 동안 계속해서 남을 괴롭히며 살았구나.

못됐어.

그런데 왜 마음은 개운하지 못한 건지.

"개운한 표정이 아닌데?"

"응. 개운할 줄 알았는데 아니네요. 그냥 씁쓸해요. 이런 결과를 낳으려고 날 괴롭혔나 하면서. 나 그때로 돌아가면 진짜 잘 싸울 수 있는데. 죽기 살기로 걔한테 주먹 날릴 거 같아요. 그래 봤자 사람인데 뭐가 무섭다고 당했는지 모르겠어요."

"그런 마음으로 사회생활 하면 상사도 안 무서울걸. 아주 좋은 자세야."

"재신 씨는 그런 자세로 일해요?"

"응. 쟤도 나도 눈 두 개, 코 하나, 입 하나인데. 다 사람이 하는 일이라고 생각하면서 일하지. 무섭진 않아."

역시 재신은 어른이다.

같은 어른인데, 가끔은 그가 정말 어른처럼 느껴질 때가 있다. 지금 같은 상황.

민지는 옆에 앉은 그의 어깨에 머리를 기댔다.

"그러고 보면 혜린이가 불쌍하긴 하다. 좋아하는 남자랑도 안 되고, 변하지 않을 거 같던 국민들에게 몰매 맞지, 투자했던 거 사기당해서 재정 상태도 최악이지, 컴퓨터 켜기만 하면 악플이 넘쳐 나지. 살아 보려고 해도 어떻게 자꾸 걔한테 맞은 피해자들을 여기저기서 만나지. 괴롭겠다."

"그러게. 착하게 살지 그랬나. 우리 민지처럼."

"나 안 착한데."

민지의 말에 재신은 그녀를 사랑스럽게 보며 볼을 꼬집었다. 그러더니 남들 안 보는 틈에 빠르게 입술을 붙였다가 뗐다.

"너 보고 싶어서 과속했어. 아무래도 집에 딱지 몇 장이 날아갈 거 같아."

"한 장도 아니고 몇 장? 아니 이 사람이!"

"혼낼 거야?"

"아뇨. 나 빨리 보려고 그랬다는데."

"불법 유턴도 했어. 걸렸을 거야."

선수 치듯 잘못을 고하는 재신을 보니 민지는 웃음이 계속 났다. 혼내야 하는데, 잔소리를 폭풍으로 퍼부으려고 했는데 자꾸 실실 웃음이 난다.

"사랑해서 그랬어."

"……."

"하루 종일 네 생각만 나더라고. 어차피 집에서 볼 건데 말이야. 참 이상하지?"

민지는 고개를 주억거렸다.

아직은 신혼이 맞나 보다. 하루 종일 서로의 생각만 가득한 걸 보면.

어차피 하루의 끝을 맞이할 집에서 만날 텐데. 매일매일 보는데. 왜 안 보는 시간에도 그가 생각나는 걸까.

우리도 서로 바빠지면 집에서 보는 걸로 충분해질까.

그의 시간 속에 끼어들 자리가 없어지는 날이 오면 조금 서운할 거 같긴 하다.

어차피 집에서 볼 거니까.

그런 이유로 하루 종일 내 생각이 안 나고, 일 생각이 먼저 나면…… 상상만 해도 조금 아쉬운데.

"나 방금 든 생각인데. 우리가 결혼 5년 차, 10년 차가 됐을 때 집에 갈 때 각자 따로따로 가고, 집에서 나가는 순간 보고 싶다는 생각도 안 들고, 서로가 그립지 않으면 어떤 기분일까요?"

"상상이 안 가는데?"

"나도. 나도 안 가는데. 그런 날이 오긴 할 거잖아요."

"그때 가서 생각해."

"너무 빨랐죠?"

"아마 10년 차가 됐을 때 그런 마음이 들었다면, 내 집에 있는 네가 아니라, 우리 집에 있는 네가 익숙해져서, 그 그림이 너무 자연스러워서 그런 거 아닐까 싶어. 이 사람은 절대 나를 떠나지 않겠구나, 평생 함께할 수 있는 사람이구나. 그런 확신이 들면 그럴 수 있겠지."

지금도 그런 확신은 있는데.

그녀는 재신에게 평생 사랑받을 자신이 있었다. 그럴 거란 확신이 든다.

"모르겠다. 그냥 오늘 네가 너무 보고 싶었어."

"재신 씨."

"지금 너무 행복해서 다른 생각 안 나. 혜린이든 누구든 귀에 잘 안 들어와."

그는 그녀의 손을 잡고 일어났다. 머그컵을 카운터에 두고 집으로 가는 동안 재신은 액셀을 밟아 차의 속도를 냈다.

집으로 가기 전, 재신의 차가 들어간 곳은 인근의 호텔이었다.

속도를 무시하고 집까지 가기엔 너무 멀었던 모양이다.

결혼을 하고 나서도 호텔을 이용할 줄은 몰랐는데.

룸 안으로 들어가자마자 그는 민지를 번쩍 안았다. 그녀는 그의 허리에 두 다리를 감았다. 위에서 내려다본 재신의 얼굴을 보며 그녀는 먼저 입술을 맞췄다.

진득하게 달라붙은 입술은 떨어질 줄을 몰랐다.

"사랑해요."

"나도. 우리 민지, 사랑해."

당신의 민지.

우리 민지.

흔한 이름이 특별하게 들린 순간이었다.

결혼하길 잘했다. 그에게 소중한 사람이 되어 매일 사랑받는 나날이 민지에게도 행복으로 다가왔다.

영원히 깨고 싶지 않은 행복으로…….

　아이를 낳고 많은 것이 변했다. 출산 휴가 이후 육아 휴직을 쓴 민지는 집에서 동우를 돌봤다. 육아 휴직을 쓰던 날 집에 와서 펑펑 운 그녀를 보며 재신은 지금이라도 복직하라며 그녀를 설득했다.

　그러나 핏덩이 같은 아들을 두고 나갈 순 없는 노릇이었다. 지금 동우의 옆에 있어 주지 않고 일을 한다면, 후회할 것만 같았다. 그래서 재신의 권유에도 그녀는 후회 없도록 육아 휴직을 알차게 쓰고 복직하겠다고 선언했다.

　동우가 태어난 후, 재신은 육아에 참여하기 위해 최소한의 저녁 약속을 잡고, 되도록 일찍 집에 왔다. 민지의 저녁 식사를 챙기고 그녀가 편히 먹을 동안 동우를 씻기는 건 그의 몫이었다.

　민지는 핸드폰이 울리자, 동우를 안은 채로 부엌으로 갔다.

분유를 타다가 핸드폰을 매번 방, 부엌, 거실에 던져둬서 제때 전화를 받지 못할 때가 많다. 아이가 잠들 땐 같이 잠들어 버리기 일쑤라 때로는 벨소리를 못 듣기도 하는데, 신기한 것이 아이의 울음소리에는 귀신같이 눈을 뜬다.

그녀는 댕그란 아이의 눈을 보며 전화를 받았다.

"응. 엄마."

— 몸은 어때? 아픈 곳은 없고?

"안 아파. 컨디션 좋고, 밥 잘 챙겨 먹고 있어. 동우도 잘 있고. 지금 분유 먹고 싶은지 입을 오물오물거려."

— 유 서방은?

"회사에 있지. 아직 집에 올 시간 안 됐어."

그녀는 거실로 나와 시계를 보았다. 눈을 뜨고, 해가 지고, 시간이 가는 것에 감각이 없어졌다. 아침에 눈을 뜬 게 방금 전 같은데, 벌써 저녁 6시였다.

"언제 시간이 이렇게 갔데. 낮잠 자고 일어났더니 6시네."

— 엄마 너네 집으로 가고 있는데, 오늘 동우 우리가 볼게. 유 서방이랑 영화도 보고 데이트도 좀 하고 와.

"엄마 허리도 안 좋으면서, 동우 엄청 무거워."

— 그래 봤자 우량아로 태어난 너만 하겠어? 아빠도 동우 보고 싶다고 하니까 분유랑 젖병만 챙겨 줘. 기저귀랑 물티슈는 우리 집에 있으니까.

"미안해서 그렇지."

그녀는 핸드폰을 귀와 어깨 사이에 끼고 빠른 속도로 분유를 탔다. 젖병을 흔들어 섞고 뒤집어서 손등에 분유를 떨어뜨렸다. 적당한 온도임을 확인하고 아이의 입가에 톡톡 건드리자 금세 동우가 젖병을 물었다.

　백일까지는 모유를 열심히 먹였는데 동우는 타고난 먹성이 좋아 분유를 섞을 수밖에 없었다. 자연스럽게 동우는 분유를 선택했고 그녀는 점점 젖 양이 줄어 갔다. 이러다 자연 단유가 될 판이었다.

　제 아빠를 닮아 빠는 힘 하나는 아이들 중에 단연 탑인 것 같았다. 볼이 패도록 쪽쪽 빨자 젖병에 있던 액체가 순식간에 줄어든다. 예쁜 모습에 자꾸 시선을 뺏긴다. 이 아이를 낳았다는 게, 재신과 자신의 아이라는 게 아직도 신기했다.

　— 듣고 있어?

　"미안, 엄마. 동우 보느라 못 들었어."

　— 유 서방이랑 데이트하고 오라고. 엄마 5분 뒤에 도착해. 동우 목욕은 밤에 알아서 시킬게.

　"바디 워시랑 샴푸 챙길까?"

　— 넌 너희 아빠가 무슨 사업 하는지 까먹었어? 다 있으니까 걱정 마.

　'맞다.' 하며 민지는 배시시 웃었다. 크라운바디는 동우가 태어나기 전 유기농 베이비 라인을 출시했다. 로션과 바디워시, 샴푸 모두 시장에서 반응이 좋았다. 성분도 좋고 순해서 출산 전, 출산 후 산모가 사용하기에도 안성맞춤이었다.

　그녀의 집에도 아빠의 회사에서 개발한 상품들이 쌓여 있었다. 동우와 함께 어디 갈 때면 매번 챙기던 것들이라 순간 아빠 회사 제품임을 잊었다.

　"재신 씨 시간 되는지 먼저 확인해 봐야 할 거 같은데."

　— 응. 전화해 봐. 엄마 끊는다.

"응."

민지는 전화를 끊고 아이를 보며 이마에 쪽 입을 맞췄다. 다 먹은 아이가 함빡 웃음을 짓는다. 그녀는 동우의 코끝을 검지로 톡톡 두드리다가 트림을 시키기 위해 등을 두드렸다.

조리원에서 나와 집에서 혼자 애를 볼 때 동우가 분유를 먹고 다 토해 낸 이후로는 꼭 최소 10분 이상은 등을 두드려 주는 버릇이 생겼다.

그녀는 왼쪽 어깨에 아이를 올려 둔 채로 오른손으로는 재신에게 문자를 보냈다. 미팅 중일 수도 있으니 전화보다는 문자가 나을 것 같았다.

[재신 씨, 지금 바빠요?]

[죄송합니다. 지금은 통화할 수 없습니다.]

그녀가 문자를 보내자마자 온 답장에 민지의 눈썹이 꿈틀거렸다. 보내자마자 바로 답장이 온 건 좋은데, 자동 문자라니!

"이 남자가!"

오래전 일이 생각났다.

맞선 이후에 다시 만나자는 말에 재신이 '지금은 바쁩니다. 미안해요.'라고 답장을 보냈었다. 주말에 다시 보자고 하기까지 얼마나 민망했는지 이 남자를 절대 모를 것이다.

가제 손수건으로 아이의 입을 닦아 준 후 민지는 핸드폰을 그대로 거실에 두고 방 안으로 들어갔다. 손안에 인형을 끼고 아이의 눈앞에서 움직여 가며 왕자, 공주, 마녀가 되어 동화를 들려주었다.

그러는 사이 노크 소리가 들렸다.

민지는 부모님이 들어오실 수 있도록 문을 열어 드렸다. 거실에 이미 차고 넘칠 만큼 장난감이 많은데, 아빠의 두 손에는 역시 선물이 가득이었다.

"들어오세요."

"아직 준비 안 했어?"

"응. 동우 이제 잠들려고 해."

"손 씻고 엄마가 재울게. 넌 얼른 씻고 준비해."

"재신 씨 연락 안 되는데? 오늘 시간 안 되나 봐."

"그럴 리가?"

엄마와 아빠는 손을 씻고 나왔다. 아빠는 거실에서 민지가 짐을 챙기는 모습을 보고, 엄마는 방 안으로 들어가 동우를 안고 나왔다.

"내복도 몇 개 챙겨. 가제 손수건도."

"응. 응."

민지는 가방에 내복, 가제 손수건, 쪽쪽이, 젖병, 분유통을 넣으면서도 이게 무슨 일인가 싶었다.

"혹시 재신 씨가 연락했어?"

"응. 유 서방이 사람이 참 좋더라. 딸은 한 달에 한 번 전화할까 말까에 톡 보내면 답장도 없는데, 유 서방은 우리 동우 사진도 잘 보내 주고, 엄마랑 아빠한테 안부 전화도 자주 해. 때 되면 한우도 보내고, 저번에 네 아빠 한약도 지어 드렸더라."

"정말? 몰랐어."

"넌 애 보느라 다른 거 신경 쓸 틈 없다고 네 서방이 서운해하지 말라고 네 편 들더라고."

민지는 엄마가 재신의 이야기를 하며 기특하단 말을 덧붙이자 민지는 멋쩍게 웃었다. 다소 세심한 면이 부족한 그녀는 누구를 잘 챙기는 법을 몰랐다. 그러고 보면 어머님께도 자주 전화 드리지 못하고, 그래도 며느리 노릇을 하려고 동우 사진과 동영상을 틈틈이 보내는 걸로 대신했다.

"종종 와서 네 아빠랑도 술도 마시고. 이번에 온라인 광고 때릴 때도 유 서방이……."

"여보. 그만."

아빠의 말에 엄마는 동우를 보며 웃긴 표정을 지어 아이를 웃게 했다.

민지는 재신이 그녀의 부모님께 잘하는 모습을 볼 때마다 감사했다. 그는 어머님의 아들이면서 또 그녀의 부모님께도 하나뿐인 아들이 되어 주었다.

그녀는 엄마와 아빠가 집으로 가는 걸 배웅해 드린 다음, 욕실로 들어와서 뽀득뽀득 몸을 씻었다.

머리를 말리고 고데기로 반 웨이브를 주고 화장을 했다. 점점 생기 있게 변하는 모습을 보며 기분이 좋아졌다. 엄마가 아닌 여자, 이민지가 된 것 같았다.

원피스를 입고 백을 매치한 후 그녀는 핸드폰을 들고 밖으로 나왔다.

부재중 전화 6통.

그사이 재신이 전화를 여러 번 한 모양이었다.

민지는 재신에게 전화를 걸었다.

─ 민지야.

"네. 재신 씨. 어디예요?"

─ 나 집으로 가는 중. 어머님, 아버님은?

"동우 데리고 집으로 가셨어요. 나도 집 앞인데."

－5분 뒤에 도착해.

"그럼 여기 서 있을게요."

－응. 빨리 갈게.

민지는 아파트 단지 정문에서 그를 기다렸다. 5분 뒤에 온다더니 3분 만에 도착했다. 그녀 앞에 선 차를 보며 그녀는 조수석에 탔다.

"나 여기 있는 거 어떻게 알았어요?"

"딱 보이던데."

"정말? 오늘 예쁘게 입어서 잘 보였나 봐요."

"평소에도 예쁜데, 뭘."

재신은 부드럽게 차를 몰아 아파트 단지를 빠져나갔다.

"우리 어디 가요?"

"콘서트. 저녁은 간단하게 샌드위치로 하자고."

"누구 콘서트요?"

재신이 콘솔박스에서 콘서트 티켓 두 장을 꺼내서 그녀에게 주었다. 민지는 티켓을 보자마자 '꺄!' 하고 소리를 질렀다.

"이거 어떻게 구했어요?"

티켓팅 시작한 지 1분 만에 매진된 아이돌의 콘서트 티켓이었다. 처음엔 음악이 좋아서 듣다가 TV에서 남자 아이돌이 공연하는 걸 보면서 그녀는 완전 매료되었다.

"그 녀석들 키운 회사가 어딘지 몰라서 하는 말이지?"

"맞다. 내가 얘네들 연습생 때 밥도 해 줬는데. 근데 연습생때랑 지금이랑 때깔이 달라요. 어쩜, 이렇게 환골탈태를 하지?"

요새 모습을 보면 과거는 아예 생각이 나질 않는다. 짐승남

수식어가 붙는 영찬이를 보면 특히 더.

"안 되겠어. 너무 좋아하니까 기분 나쁜데?"

"서방님, 제 눈엔 서방님이 제일 멋지답니다."

그 말에 질투로 가득했던 그의 얼굴에서 웃음이 나왔다. 아직도 민지의 말 한마디에 사르르 녹는다. 그녀는 재신의 그런 모습을 볼 때면 괜히 우쭐해지는 기분이다.

"공연 다 보고는 뭐 해요?"

"와인?"

"애들이랑 다 같이요?"

핸들을 쥔 재신의 손에 힘이 들어갔다.

"장난, 장난. 우리 서방님과 데이트해야죠. 톰 오빠 바 갈 거죠?"

"아니. 호텔 바로 갈 거야."

아직 불퉁한 얼굴을 한 그가 예약해 둔 곳이 있다고 하면서 마른세수를 했다. 그러다 본인이 생각해도 우스웠는지 입술이 실룩거린다.

"재신 씨가 질투하니까 더 놀리고 싶잖아요."

"당사자는 썩 기분 좋진 않아."

지나가는 남자가 민지에게 은근히 추파를 던지기만 해도 그는 질투했다. 민지가 임신 3개월 차일 때 회사 앞에서 번호를 묻는 남자를 본 순간부터 그는 퇴근할 때마다 그녀를 데리러 갔다.

임신하고 최대한 색조 화장을 적게 하고 수수하게 다니자 거래처 직원까지 그녀에게 집적댔다.

민지는 결혼 전엔 이렇지 않았는데 오히려 결혼하고 나니 이런 일이 생긴다며 어쩔 줄 몰라 했다. 가끔은 자신도 모르게 화를 삭이기 못해 얼굴에 표정이 드러나기도 했었다.

"걱정 마요. 나도 그런 기분 느끼니까."

"언제?"

"재신 씨 회사 출근하면요. 거기 회사에 예쁜 연예인들이 바글바글하잖아요."

민지가 입을 일자로 굳게 다물며 콧김을 뿜었다. 그녀에게도 재신의 소식을 들을 입과 눈이 있었다.

결혼을 한 이후에도 몇몇은 뜨기 위해, 잘 보이기 위해 재신에게 몸으로 로비하려는 경우가 더러 있었다. 그때마다 상대가 다신 그런 짓 못 할 정도로 차갑게 거절한다지만, 그런 상황이 있다는 것 자체가 그녀에겐 스트레스였다.

아이를 낳고 몸매가 변하면서 더욱 걱정되기도 했다. 다행히 재신은 아직까지도 그녀에게만 발정하지만 말이다. 만약 동우가 없었다면, 그는 아직도 매일 밤마다 그녀를 쾌락에 울려 놓을 남자였다.

"말 안 해 줄 거예요."

"말해 줘. 당신 걱정할 일 만들고 싶지 않은데."

"다 왔다! 저긴가 봐요!"

민지는 말을 자연스럽게 돌리며 밖을 가리켰다. 거대한 현수막이 여기저기 걸려 있었다. 재신은 건물 주차장에 차를 댄 후, 민지의 손을 잡고 콘서트장으로 갔다.

가장 잘 보이는 VVIP석에 앉은 재신은 주변 사람들에게 묵례로 인사했다.

콘서트가 시작된 이후엔 아이돌들이 땀을 흘리는 만큼 그녀도 자리에서 일어나서 뛰고 소리를 질렀다. 3시간가량 열광적인 콘서트가 끝났을 땐, 아티스트와 관객 모두 땀에 절어 있었다.

✻　✻　✻

콘서트가 끝난 후 민지와 재신은 호텔 바로 갔다. 종종 동우를 맡기고 그와 데이트를 왔던 곳이라 직원이 그를 알아보고 자리로 안내했다.

이렇게 그와 자주 가는 호텔 바와 레스토랑이 하나둘 늘 때마다 뿌듯한 기분이 든다. 여섯 테이블 정도만 있는 소규모 맛집도 좋고, TV에 나오는 떠들썩한 맛집도 좋다. 둘만의 추억이 늘어 갈 때마다 민지는 재신이 더욱 좋아졌다.

아이를 키우면서 재미를 하나둘 잃어 가는 그녀를 위해 재신은 이렇게 그녀의 행복을 찾아 준다. 시댁과 친정에 아이를 하루 맡기는 것도 매번 그가 기획했다.

"배고프지? 게르만 소시지랑 샐러드랑 리코타 치즈 떡볶이 주시고. 킵해 둔 양주 뭐 남았어요?"

재신이 술 창고로 가서 두 사람이 킵해 둔 술을 고를 동안 민지는 턱을 괴고 주변을 보았다. 이 시간에 이렇게 나온 게 거의 한 달 만인가? 어쩔 땐 재신이 일부러 저녁 시간을 빼 줘도 너무 피곤해서 그 시간에 잠을 자겠다고 할 때도 있었다.

"오늘 뭐 했어?"

재신은 그녀의 옆자리로 와서 그녀를 보며 물었다.

"오늘 평소랑 같았어요. 동우 분유 먹이고, 기저귀 갈고, 재

534

우고. 나도 한숨 자고. 아! 콘서트는 최고였어요. 막 뛰고 소리 지르니까 스트레스 풀리고 오히려 엔도르핀이 도는 거 있죠? 고마워요, 우리 남편."

"매일 엔도르핀 돌게 해 주고 싶은데."

"퇴근할 때 오빠 얼굴 보면 그래요. 얼굴만 봐도 좋아서."

민지가 배시시 웃으며 말했다. 그녀 앞으로 주문한 샐러드와 소시지가 나오자 민지는 포크를 집었다. 재신은 소시지를 먹기 좋게 자르고 마지막으로 나온 떡볶이를 그녀의 손이 잘 닿는 곳에 두었다.

콘서트를 보느라 저녁을 가볍게 먹어서 분명 배가 고플 거였 다.

그때, 재신의 핸드폰이 울렸다.

"잠시만. 전화 받고 올게. 먹고 있어."

"네."

민지는 고개를 끄덕인 후 떡볶이를 먼저 먹었다. 리코타 치 즈가 장식처럼 올려져 있는 걸 옆으로 밀자 그 안에도 치즈가 한가득이었다. 민지는 행복한 표정으로 매콤한 떡볶이를 꼭꼭 씹었다. 매운 음식은 먹어도, 먹어도 질리질 않는다.

"잠시, 여기 앉아도 될까요?"

그때 그녀의 앞자리에 누군가 앉아 그녀에게 말을 걸었다.

"혼자이신 것 같아서요. 저 친구랑 같이 왔어요."

그가 뒤쪽으로 손을 흔들자 친구로 추정되는 사람이 손을 흔 들었다.

"괜찮으시면 합석 어떨까요? 이상한 사람은 아닙니다."

남자가 그녀에게 명함을 내미는 순간, 재신의 손이 명함을 낚아챘다. 그러고는 냉랭한 표정으로 남자에게 명함을 돌려주었다.

"동우 엄마, 동우는 어머님께서 잘 보고 계신대. 걱정 말고 내일 들어오라네? 스위트룸 잡았는데, 바로 올라갈까?"

제 여자를 반쯤 몸으로 가린 재신은 민지가 대답할 시간도 주지 않고 남자를 다시 보았다. 얼른 안 꺼지고 뭐 하냐는 표정에 남자는 고개를 숙이고 친구가 있는 테이블로 돌아갔다.

재신은 그녀의 옆에 앉아 그사이 테이블에 채워진 술을 따라 마셨다.

"이것도 먹어요."

민지는 포크로 소시지를 찍어 그에게 내밀었다. 그는 그녀가 준 것을 받아먹으면서도 쉽게 표정을 풀지 못했다.

"널 두고 어딜 가질 못하겠어."

"결혼했다고 말하기도 전에 재신 씨가 왔네요. 엄청 멋진 남편 있다고 말하려고 했는데."

"당연히 말은 해야지."

"그런데?"

"그냥 저런 놈들 꼬이는 거 자체가 스트레스야."

재신은 검지로 이마를 위아래로 쓸며 인상을 찌푸렸다.

"머리 아파요?"

"아니. 괜찮아."

종종 두통이 있는 재신을 알기에 민지는 손을 뻗어 그의 이마에 손바닥을 댔다.

"안 아파. 걱정하지 마."

"진짜죠? 근데 재신 씨, 우리 오늘 자고 가요?"

"응. 어머님께서 걱정 말고 편하게 쉬고 오라셨어."

"그래서 스위트룸도 예약했고?"

"방금 했지."

동우가 없으면 집에 가서 자도 되지 않냐는 물음에 그는 집까지 갈 동안 참을 자신이 없다고 대답했다.

"맨날 그 생각뿐이지."

"아니라곤 말 못 하겠다."

재신은 성욕이 많은 편이었다. 한창 연애할 땐 그의 성욕을 따라가지 못해 버거웠는데, 요새는 가끔 그녀가 먼저 그를 유혹하고 싶을 때가 생겼다. 지금도 매번 끝은 기억을 잃거나 먼저 잠에 들지만 말이다.

"내 눈에 아직도 민지, 네가 예뻐."

"정말?"

"방금 저 새끼 눈에도 네가 예뻤겠지만."

재신이 눈썹을 찡그리며 이로 안쪽 살을 씹었다. 민지는 그런 그의 미간을 손으로 살살 쓸어 주었다.

"그럼 뭐해요. 어차피 내 눈엔 재신 씨밖에 없는데."

얼굴도, 몸도 다 남편이 제일 나은데.

재신이 혼자 전화를 받으면서 나갈 때, 바에 있는 뭇 여성들의 시선이 그에게 쏠렸다. 심지어 아이돌 콘서트장에서도 재신은 관객들의 환호를 받았다. 오히려 외모만 보면 웬만한 남자 아이돌보다 재신이 더 멋있었다.

어른스럽고 사연 있어 보이는 외모와 분위기는 20대에게서 절대 날 수 없으니까. 무르익은 남성의 분위기에 사람들이 눈 돌아갈 만했다.

"맞다. 아까 문자."

"문자?"

민지는 핸드폰을 꺼내서 그 앞에 내밀었다.

[죄송합니다. 지금은 통화할 수 없습니다.]

"이게 왜?"

"우리 처음에 맞선 보고 나서도 내가 만나자니까 바쁘다고 답장 보냈었잖아요."

"그랬나?"

민지는 위아래로 고개를 끄덕였다.

"그때 회의 중이라 바빠서 보낸 것 같아. 회의 멈추기가 그래서. 금방 다시 전화했잖아?"

"그래도 이렇게 보내면 되게 힘 빠진단 말이에요. 회의 중. 이렇게 세 글자를 보내 줘요. 식사 중. 이따 연락할게. 이런 거."

바쁘냐고 보냈는데 이렇게 답이 오면 거절당한 기분이 든다고, 민지는 차근차근 설명했다. 재신은 왜 그런지 모르겠다는 표정이지만 알겠다고 답했다.

"그때 네가 나 애 아빠로 봤었지."

"아니에요."

"나 진짜 충격받았잖아. 아무리 그래도, 애 아빠는 아니지."

"상황이 그랬죠. 총 게임 결승전에서 재신 씨가 다연이 안고 있었잖아요. 그때 얼마나 살뜰하게 보살피고 안아 주는지, 진짜 다정한 아빠 같았어요. 그거 보면서 저런 남자가 내 남편이면 좋겠다 생각했다니까. 그런데 맞선 장소에 나와서 얼마나 놀랐는데요. 외모는 딱 내 스타일인데, 애 아빠라니. 좌절했죠."

아니란 걸 알고 들이댔던 건, 처음부터 그가 마음에 들었기 때문이다. 만날수록 좋고, 더 보고 싶고, 오래오래 함께이고 싶었다. 이런 감정이 든 건 재신이 처음이었다.

"나도 처음 봤을 때부터 좋았어."

"그런 티 안 냈잖아요."

"사례한다고 번호 물어보고, 맞선 자리에서도 나 되게 설레는 표정이었을걸?"

"전혀 아니었어요."

민지가 고개를 젓자 그가 그녀의 기억이 왜곡되었다며 이마로 그녀의 머리를 퉁 밀었다. 이마끼리 닿는 촉감이 좋아 민지가 피식 웃었다.

"지금도 설레."

"나도."

그는 그녀의 귓불을 만지작거리며 어깨를 감싸 안았다. 머리를 기대고 있다가 상체를 숙여 그녀의 귓불과 목에도 자잘한 키스를 하자, 민지가 그의 머리를 검지로 밀어냈다.

"취했어요?"

"아니."

"사람들 봐요. 안 돼."

민지의 말에 그는 웃으며 입술을 뗐다. 가끔 그녀와 둘만 있으면 그는 철없는 남자로 돌아가는 것 같았다. 자꾸 여기가 어디인지, 주변 시선을 신경 쓰지 않게 된다.

"다 먹었어?"

"네. 이거 다 먹었어요."

재신은 그녀의 손에 깍지를 끼고 손가락을 만지작거렸다. 전보다 거칠해진 손을 밤마다 주무르고 로션을 발라 주지만, 물에 자주 노출되어 손이 상했다.

손가락이 부어서 네 번째 손가락이 횡했다.

재신은 재킷 안 주머니에서 작은 상자 하나를 꺼냈다. 그리고는 그녀의 손목에 팔찌를 끼워 주었다.

"팔찌네요?"

"응. 역시 예쁘네. 잘 어울릴 줄 알았어."

"언제 샀어요?"

"저번에 일본 출장 갈 때. 이거 보는데 딱 너 생각 나더라고."

민지는 팔에서 찰랑이는 팔찌를 이리저리 둘러보며 마음에 든다는 표시로 그의 볼에 입을 맞췄다. 선물을 살 때 얼마나 고민을 하면서 꼼꼼하게 보는지 잘 알고 있어서, 그의 마음이 고마웠다.

바쁜 출장길에도 자신을 이렇게 생각해 주는 건 재신, 그뿐일 것이다.

"동우 돌 지나면 반지도 새로 맞추자. 귀걸이도 사 주고 싶어. 복직 전에 여행도 같이 다니자."

"좋아요."

"매일 둘만 있고 싶어. 이렇게."

"동우 서운해할라."

"아들이라 괜찮아. 내 마음 이해할 거야."

민지는 자꾸 웃음이 났다. 그녀의 머리부터 발끝까지 자신의 소유라고, 아들의 몫은 없다고 말하는 모습이 애처럼 느껴져 귀여웠다.

좋은 곳에 가면 그녀가 생각나고, 지나가다가 예쁜 액세서리를 보면 그녀에게 사 주고 싶고, 맛있는 음식을 먹을 때도 옆에 없어서 미안하다고 했다. 그의 고백을 듣고 있으니 마음이 따듯해진다.

넘치는 사랑을 받고 있다는 걸 매일매일 일깨워 주는 남자였다.

"이제 올라갈까?"

"좋아요."

재신은 그녀의 손을 잡았다. 엘리베이터를 타고 스위트룸으로 가는 동안 민지는 심장이 빠르게 뛰었다. 그건 재신도 마찬가지였다.

여전히, 그들은 연애하는 기분이었다. 곁에 있으면 떨리고, 애틋하고, 같이 있고 싶다. 연애 초기 때나 지금이나 변함이 없었다.

서로를 소중히 생각하는 부부로, 그들은 오늘도 최선을 다해 서로를 아끼고 사랑했다.

작가 후기

안녕하세요, 서경입니다.

종이책으로는 여섯 번째 책이네요.

글을 쓸 때보다 작가 후기를 남길 때 더 떨리는 것 같습니다.

작품의 시작은 학교 폭력에 대해 생각하다가 민지라는 캐릭터를 만들게 된 것 같아요. 전작인《그대 마음 한 스푼》에서 민지가 여자 화장실을 못 가고, 생리 현상을 참아서 변비인 이유가 이번《연애, 그 당돌함》을 통해 밝혀지네요.

여전히 해결되지 못한 미성년자 폭행 사건들이 참 많죠.

피해자 분들이 상처받지 않도록 좀 더 법이 강화되면 좋겠습니다.

따뜻한 재신과 사랑받기에 충분한 민지의 이야기는 여기서 끝입니다.

부족한 글, 끝까지 함께해 주셔서 감사드립니다.

더 재밌는 이야기로 찾아오도록 늘 열심히 쓰겠습니다. :)

2020년 3월의 끝자락에

서경 드림